DIESES BUCH GEHÖRT:

Die drei !!!

Die drei !!!

Tatort Hollywood

Teil 1: Falscher Verdacht

Kirsten Vogel

KOSMOS

Umschlagillustration von Ina Biber, Gilching
Umschlaggestaltung von Friedhelm Steinen-Broo, eSTUDIO CALAMAR

FSC
www.fsc.org
MIX
Papier aus verantwortungsvollen Quellen
FSC® C014138

Gedruckt auf chlorfrei gebleichtem Papier

ISBN 978-3-440-17268-1
Redaktion: Lea Hille
Produktion: Lena Geiger
Druck und Bindung: Finidr, s.r.o., Český Těšín
Printed in the Czech Republic / Imprimé en République tchèque

Die drei !!!

Falscher Verdacht

Komische Hunde

»Pablo! Bei Fuß!« Kim hielt mit aller Kraft die Leine fest, an der sie den Mischlingshund der Familie Jülich durch das Villenviertel führte.

Aber Pablo dachte nicht daran, ruhig neben den drei Freundinnen herzulaufen.

Franzi sah sich um. »Ist hier irgendwo ein anderer Hund?«

Laut kläffend lief Pablo weiter.

»Oder eine Wurst?«, fragte Marie und lachte.

»Jetzt zieh doch nicht so!« Genervt beschleunigte Kim ihr Tempo.

»Was? Du lässt dich von dem kleinen Frechdachs so mitreißen?« Franzi griff nach der Leine. »Oh, er hat ja wirklich einen ganz schönen Zug drauf.«

Beide ließen gleichzeitig los, sodass Pablo mit wehender Leine davonschoss. Wie der Blitz verschwand er in der Kastanienstraße.

Franzi spurtete los. »Mist! Ich dachte, du hältst die Leine fest!«

»Ich dachte, du nimmst sie!« Kim sprintete hinterher.

»Ich hab mir unsere Sommerferien irgendwie anders vorgestellt!«, rief Marie und lief ebenfalls los, während Franzi vor ihnen bereits in die Kastanienstraße einbog.

»Wie denn?«, keuchte Kim.

»Er ist dahinten in die Auffahrt gelaufen. Ich hab gerade noch seinen Schwanz gesehen.« Franzi hatte ein gutes Gespür für Tiere. Sie selbst besaß ein Pony namens Tinka und ein Zwerg-

huhn, das humpelte, mit großer Vorliebe Schnürsenkel aufpickte und auf den Namen Polly hörte.
»Mit Hundesitting und Finnsitting haben wir uns vielleicht doch ein bisschen zu viel für die Sommerferien vorgenommen?!«, überlegte Marie.
Die Mädchen hatten Maries Stiefmutter Tessa versprochen, in den Ferien auf Maries dreijährigen Halbbruder Finn aufzupassen. Zu diesem Zweck waren Kim und Franzi vorübergehend in die Villa gezogen. Pablo machte ebenfalls Urlaub in der Villa Grevenbroich, denn seine Herrchen, Kims Zwillingsbrüder, waren in einem Ferienfußballcamp.
Die drei näherten sich einer Einfahrt, in der Pablo schwanzwedelnd vor einem Mädchen saß und an dessen Tasche schnüffelte. Es trug eine weite Stoffhose und hatte lange dunkelbraune Haare. Kim schätzte es auf achtzehn. Während das Mädchen auf dem Boden kniete und Pablo streichelte, hielt es seine Leine fest. »Ist das eurer?«
»Ja, eigentlich gehört er meinen Brüdern, die von Hundeerziehung anscheinend noch nicht so viel gehört haben.« Kim seufzte und nahm die Leine entgegen. »Danke, dass du dich um ihn gekümmert hast.«
»Kein Problem.« Das Mädchen stand auf und zog seinen Matchbeutel zu.
Franzi zeigte auf die Tasche. »Hast du in der Tasche zufällig eine Wurst?«
Lachend schüttelte das Mädchen den Kopf.
Kim, Franzi und Marie verabschiedeten sich von ihm und gingen mit Pablo an der Leine den Weg wieder zurück.
»Was wolltest du denn da, Pablo?«, überlegte Franzi.

»Wenn sie keine Wurst hatte, dann vielleicht Hundekuchen?« Kim grinste, denn sie selbst hatte große Lust auf ein Stück Kuchen. »Wie lange haben wir noch Zeit, bis wir Finn abholen müssen?«
»Zehn bis fünfzehn Minuten«, sagte Marie.
Eine Viertelstunde später verließen die drei Mädchen mit Kuchen und Schokolade die *Chocolaterie*, die sich in Maries Wohnviertel befand. Die Sonne schien und es war sommerlich warm.
Kim hielt die feine Papiertüte vor Maries Gesicht. »Hast du dir unsere Ferien so vorgestellt?«
Marie nickte zufrieden. »Perfekt!«
Pablo, den die Mädchen draußen angeleint hatten, hechelte.
»Wir gehen jetzt zurück und dann bekommst du auch was Feines, Pablo!« Kim öffnete den Knoten, mit dem sie Pablos Leine am Fahrradständer festgebunden hatte. »Und nicht wieder abhauen!« Kim gab Franzi die Papiertüte und hielt die Leine ganz fest.
Aber Pablo blieb sitzen und machte mitten auf den Fußweg einen großen Hundehaufen.
»Oh nein!« Kim versuchte, Pablo zum Gebüsch am Rand des Weges zu ziehen, es war jedoch bereits zu spät.
»Du warst aber auch schon mal besser erzogen, Pablo«, wunderte Franzi sich.
»Vielleicht muss er mal in die Tierschule von Franziska Winkler gehen«, überlegte Kim.
»Lieber nicht, dann lernt er noch, Schnürsenkel aufzupicken.« Marie musste kichern. »Wenigstens ist Finn stubenrein!«

»Haha!« Kim wühlte in der Tasche ihres gestreiften Kleides, fand darin aber nur ein sandiges, halb vertrocknetes Gummibärchen. »Mist, ich hab die Hundetüte vergessen!«

Franzi deutete auf die Papiertüte in ihrer Hand. »Wollen wir die nehmen?«

»Nee, den Kuchen können wir so nicht transportieren und ich kann den Hundehaufen damit ja gar nicht aufnehmen. Ich laufe schnell zur Villa. Bleibt ihr kurz hier?«

Marie gab ihr den Hausschlüssel. »Ja, wir sichern den Tatort ab.«

»Genau, wenn wir schon keinen Fall haben, bewachen wir wenigstens einen Hundehaufen.« Franzi blickte sich nach allen Seiten um. »Die Luft ist rein, Kim.«

»Na ja, fast.« Kim deutete auf den Hundehaufen und lief los zur Villa Grevenbroich, die sich glücklicherweise direkt in der nächsten Querstraße befand. Sie sprang die Treppen hoch, schloss die Tür auf und steckte sich schnell ein Hundetütchen in die Tasche.

Als sie abgehetzt zum Tatort zurückkam, unterhielten Franzi und Marie sich gerade mit einem älteren Herrn.

»Da ist sie ja schon!«, sagte Marie laut und deutete auf Kim. Dabei rollte sie heimlich mit den Augen. »Unsere Freundin wird den Hundehaufen jetzt beseitigen. Das ist Herr Eckhardt«, stellte sie Kim den grauhaarigen Mann vor.

»Na, da bin ich aber froh. Ich wäre nämlich beinahe hineingetreten. Es gibt hier in der Nachbarschaft einfach zu viele Hunde. Und die Hundehalter haben heutzutage auch kein Benehmen mehr. Neulich bin ich erst in einen Hundehaufen getreten. Ekelhaft, sage ich euch!« Der grauhaarige Mann

beobachtete skeptisch, wie Kim sich die schwarze Tüte über die Hand stülpte und damit den Hundehaufen aufhob. Dann drehte sie die Tüte geschickt um und knotete sie zu.
»So, jetzt können Sie sich wieder frei bewegen.« Kim entsorgte die Tüte in einen Mülleimer, der an einer Straßenlaterne hing.
»Danke.« Herrn Eckhardts Gesichtszüge wurden etwas weicher.
»Dann wäre das Villenviertel wieder sicher«, ergänzte Franzi und zwinkerte Kim zu.
Die drei !!! verabschiedeten sich freundlich und liefen weiter.
»Er wäre gar nicht beinahe reingetreten«, raunte Marie Kim zu, als sie ihren Weg zur Villa fortsetzten.
»Natürlich nicht!« Kim lachte.
»Los, jetzt starten wir die Aktion Kuchenessen!« Franzi lief los.
Marie sah auf ihre Uhr. »Gut, dass wir den Fall Hundehaufen so schnell gelöst haben.«
»Stimmt, ein neuer Fall wäre aber trotzdem mal wieder schön«, überlegte Kim, als sie die Villa Grevenbroich fast erreicht hatten. Die drei Mädchen waren nämlich nicht nur beste Freundinnen und Kinder- und Hundesitterinnen, sondern auch Detektivinnen, und zwar *Die drei !!!*. Zusammen hatten sie bereits über siebzig Fälle gelöst. Ihr letzter Fall lag schon eine Weile zurück und da war es vorprogrammiert, dass die drei sich irgendwann nach neuem Nervenkitzel sehnten.
In der Villa angekommen stellte Franzi die Tüte auf den Esstisch im Wohnzimmer und verschwand im Bad, während Kim Pablo mit Wasser und Hundekuchen versorgte.

»Ich hole noch schnell Holunderlimonade. Und dann zeige ich euch, wie ich morgen am Set meine Rolle als Taschendiebin spielen will«, schlug Marie vor, ehe sie im kleinen Vorratsraum, der an die Küche angrenzte, verschwand.
Maries Vater Helmut Grevenbroich war der Hauptdarsteller in der erfolgreichen Fernsehserie *Vorstadtwache*, die demnächst ihr zehnjähriges Jubiläum feierte. Die drei !!! hatten schon öfter kleine Komparsenrollen übernommen und Marie hatte das Talent ihres Vaters geerbt.
Als Kim ins Wohnzimmer zurückkam, stand die schöne Papiertüte der *Chocolaterie* nicht mehr auf dem Tisch. Kim entdeckte sie neben dem Sofa. Sie hob sie auf und blickte hinein.
»Pablo! Hast du etwa meine Cake-Pops geklaut?«, rief Kim Richtung Küche. Ein Kläffen kam zurück.
Franzi und Marie kamen nun mit Tellern und Gläsern dazu und begannen, den Tisch zu decken, während Kim kopfschüttelnd den Wohnzimmerboden absuchte. Sie erschrak. »Das gibt es doch nicht!« Hinter dem Sofa saß ein mittelgroßer Hund. Und er aß gerade ihren Cake-Pop.
»Sweety! *Where are you?*«
Kim, Marie und Franzi waren wie vom Donner gerührt, als plötzlich ein Mädchen im Zimmer stand, das sie bis jetzt nur aus dem Fernsehen kannten. Die siebzehnjährige Schauspielerin hatte viele Jahre die Hauptrolle in der amerikanischen Kinderdetektivserie *Carla Blomquist* gespielt. Kim wusste, dass Marie mal ein großer Fan dieser Serie gewesen war.
Das dunkelblonde Mädchen mit den langen, offenen Haaren und den grünen Augen betrachtete die drei !!! neugierig.
»*Hello!*«, rief sie mit amerikanischem Akzent, kam dabei ziel-

strebig auf Marie zu und nahm sie in den Arm. »*Nice to meet you.* Mein Dad hat schon so viel von dir erzählt.«
»Hallo, du bist Amy, oder?!«, antwortete Marie. »Mein Vater hat gar nicht gesagt, dass ihr kommt. Ist dein Vater auch da?«
»Ja, er lädt gerade unsere Koffer aus dem *cab*. Ich bin schon mal vorgegangen. Die Terrassentür war offen.«
»*Cab?* Heißt es in Amerika nicht auch *taxi*?«, fragte Kim irritiert.
Amy drehte sich zu Kim. »Geht beides. Du weißt Bescheid, Sweety. Ihr seid Kim und Franzi, *right*?«
Die drei !!! waren perplex.
»Woher weißt du, wie wir heißen?«, fragte Franzi überrascht.
»Dads Agent hat für mich recherchiert.« Amy lächelte die drei mit ihren weiß glänzenden Zähnen an.
»Sweety, *come here!*«, rief Amy jetzt dem Hund zu. Aber anstatt zu gehorchen, blieb der Mischlingshund einfach sitzen und knabberte weiter.
»Du bist ja goldig.« Franzi wuschelte über sein Fell.
Der Hund bellte und schnappte sich dann einen Krümel, der auf dem Boden lag. Alle schauten zu, wie er weitere Krümel vom Boden aufsaugte.
»Und irgendwie lustig.« Kim fand den Mischlingshund auch knuffig. Er hatte graues Fell und braune Schlappohren. Sie beobachtete, wie er in Amys braune, überdimensional große Designerledertasche hüpfte. Jetzt waren nur noch seine Schlappohren zu sehen, die oben heraushingen.
Das Bild, das sich ihnen bot, war irgendwie unpassend. Kim fand, dass es albern aussah. »Sitzt der immer in der Tasche?«
»*Yes,* das ist Sweety!«, sagte Amy stolz.

Franzi beugte sich über die Handtasche. »Und wie heißt er?«
»Na, Sweety, Sweetie.«
»Sweety Sweety?« Jetzt kam Kim gar nicht mehr mit.
»Er heißt Sweety. Und Franzi habe ich auch Sweetie genannt«, erklärte Amy.
»Aha«, sagte Kim verwundert.
Im selben Moment betrat ein großer dunkelhaariger Mann den Wohnbereich. Kim stockte kurz der Atem, denn das war der bekannte Schauspieler Joe King, der einen der Polizisten in der amerikanischen Serie *Cops and the City* spielte. Der Mann war in Amerika ein Star und jetzt stand er hier in Maries Wohnzimmer.
»Sie sind Joe King?« Marie gab ihm die Hand.
»Ja, hallo, und du bist Marie. Als ich dich das letzte Mal gesehen habe, warst du noch ein kleiner Mops, und jetzt bist du schon so groß.«
Franzi und Kim mussten kichern, aber Marie achtete nicht darauf. »Mein Vater hat schon viel von Ihnen erzählt.«
»Dir!«, unterbrach King Marie. »Sagt doch bitte Du.«
»Okay!« Marie drehte sich zu ihren beiden Freundinnen. »Das sind meine besten Freundinnen Kim und Franzi. Das ist Joe King. Er war mit meinem Vater in Berlin auf der Schauspielschule. Da hieß er noch Josef König.«
»Ja, *long time ago* …«, sagte King und sah sich in der Villa um. »*Nice, really nice*«, sagte er dann. »Ist Helmi da?«
»Helmi?«, wunderte sich Marie.
»Helmuts Nickname in der Schauspielschule«, erklärte Amy.
»Er ist am Set. Dort feiert die *Vorstadtwache* zehnjähriges Jubiläum«, sagte Marie.

»*I know.* Er hat mich eingeladen. Ich spiele eine Gastrolle in der Jubiläumsfolge. Ich hab Amy mitgebracht, damit sie mal mein Heimatland kennenlernt. Und wo kann man das besser als in einer echten Familie?!«

»Ja, wir verzichten sogar auf das Fünfsternehotel, das die Produktionsfirma der *Vorstadtwache* bezahlen wollte«, meinte Amy stolz. »*By the way,* wo sind denn eure Bediensteten? Die könnten mal meine Koffer in mein Zimmer tragen.«

Marie blieb der Mund offen stehen. »Dein Zimmer?«

»Bedienstete?« Kim war baff. Sie glaubte, im falschen Film zu sein, und beobachtete, wie Amy nun ganz selbstverständlich in die Papiertüte der *Chocolaterie* griff und einen weiteren Cake-Pop herauszog, den sie dem Hund in die Tasche hielt. »Hier, Sweety, *sweeties* für dich. Gut, dass da keine Schokolade drin ist. Das vertragen Hunde nicht. *By the way,* sind die mit Dinkelmehl gebacken?«

Kim stockte der Atem.

Auch Franzi und Marie waren ziemlich perplex und zuckten mit den Schultern.

Da kam Pablo um die Ecke und bellte Amys Tasche an. Kim beobachtete, wie die Schlappohren in der Tasche sich neugierig aufstellten und die Schnauze zum Vorschein kam.

»Oh, Sweetie, wer bist denn du?« Amy griff einen weiteren Cake-Pop und wollte ihn gerade Pablo reichen.

Kim fand ihre Fassung wieder und riss Amy den Cake-Pop aus der Hand. »Der Hund bekommt Hundekuchen, keinen sündhaft teuren Kuchen aus der *Chocolaterie*«, blaffte sie Amy an.

Einfach weg

»Krass, dass er mit Joe King auf der Schauspielschule war. Neulich hab ich mir mit David ein paar Folgen *Cops and the City* angesehen. Zu Recherchezwecken. Der ist echt ein guter Schauspieler.« Kim griff in eine Tüte und fischte eine weiße Gummimaus heraus.

»Ist David eigentlich gut in Frankreich angekommen?«, erkundigte sich Marie.

»Ja, er ist erst seit zwei Tagen weg und es kommt mir schon vor wie eine halbe Ewigkeit.« Kim seufzte und biss in die Gummimaus. »Ich kann gar nicht glauben, dass dein Vater vergessen hat, euch von dem Besuch zu erzählen.«

Marie nahm sich ebenfalls eine Gummimaus aus Kims Tüte. »Er ist anscheinend so *busy* mit dem Jubiläum, dass er es deswegen vergessen hat.«

»*Busy*. Haha. Redest du jetzt auch Amerikanisch?« Franzi streichelte Amys Hund. »Dann versteht Sweety dich wenigstens.«

»Ich hoffe, sie ist bald mal fertig. Ich wollte noch eine Honigmaske auflegen.« Marie schaute zu ihrer Badezimmertür, hinter der Amy sich gerade ein Bad einlaufen ließ.

»Ich weiß echt nicht, warum sie unbedingt bei uns schlafen soll, nur weil ihr Linas Wandanstrich nicht gefällt«, flüsterte Kim.

Die drei Mädchen lagen bereits auf ihrem Matratzenlager in Maries Zimmer. Marie hatte ihr eigenes Bad und so waren sie abends sonst immer unter sich.

»Ich mag Linas Einrichtungsstil auch nicht«, meinte Marie beschwichtigend. »Diese Batiktücher an der Wand und die Räucherstäbchen. Puh! Außerdem: Amy ist doch viel älter als Lina.«

Lina war Tessas Tochter und Maries jüngere Stiefschwester, mit der sie sich öfter stritt.

»Na und?! Sie ist auch älter als wir. Warum kann sie denn nicht im Gästezimmer wohnen?« Kim hörte, dass Amy das Wasser abgedreht hatte.

»Da schläft King. Würdest du mit deinem Vater in einem Zimmer schlafen wollen?«, fragte Marie leise.

Kim zuckte mit den Schultern. »Warum denn nicht? Wir haben neulich auch alle im Zelt geschlafen.«

»Zelten ist was anderes. Also, ich finde es ganz spannend, dass sie bei uns schläft.« Marie sah nervös auf ihre Uhr. »Apropos schlafen. Ist langsam Zeit. Bevor wir morgen zum Set fahren, müssen wir ja auch noch Finn in den Kindergarten bringen. Und wenn wir alle nacheinander ins Bad gehen, dauert das ja ewig.«

Franzi kuschelte sich in ihre leichte Sommerdecke ein. »Keine Sorge, ich bin morgens im Bad schneller als der Blitz.«

Kim atmete die laue Sommerluft ein, die durch das geöffnete Fenster hineinwehte. »Ich auch. Ich brauche nur eine Dusche wie einen Sommerregen!«, meinte Kim. »Kein Honigbad oder so.«

»Ach, Mist, ich muss für morgen auch noch meine Fingernägel lackieren.« Marie sprang wieder auf. »Wenn ich die kleine Rolle der Taschendiebin übernehmen soll, will ich gepflegt rüberkommen.«

Kim zog die Stirn in Falten. »Deine Nägel sind doch gepflegt.«
»Quatsch, am kleinen Finger blättert der Lack schon ab.« Marie klopfte gegen die Badezimmertür. »Amy, bist du bald fertig?«
»Sorry, Sweetie!«, rief Amy aus dem Bad zurück. »Ich muss noch ein Zuckerpeeling machen. Ich beeile mich aber, okay?«
Marie setzte sich auf ihre Matratze.
»Wie süß! Ein Zuckerpeeling, Sweetie«, sagte Kim und grinste. »Das passt irgendwie zu deiner Honigmaske.«
Plötzlich ging die Tür auf und Amy kam in Maries Bademantel heraus. »Du kannst doch ins Bad.«
»Und was ist mit dem Zuckerpeeling?«, wollte Kim wissen.
»Das lasse ich erst mal einwirken.«
Marie zog die Augenbrauen hoch. »In meinem Bademantel, oder was?«
»Das ist bestimmt ganz schön klebrig«, mischte Kim sich ein.
Amy nickte. »Habt ihr keine Hausfee, die die Wäsche macht?«
»Hausfee?« Franzi sah Amy verständnislos an.
»Du kannst auch Putzfrau dazu sagen«, gab die etwas pampig zurück.
Von draußen hörten sie eine Männerstimme. »Ein Jahr vor dem Abitur willst du die Schule schmeißen, weil du in Amerika groß rauskommen willst?«
Marie knipste das Licht aus und schlich zum Fenster. »Das ist die Stimme von Herrn Sternberg, unserem Nachbarn, da gab es in letzter Zeit öfter Streit.«
Auch Amy stellte sich an das geöffnete Fenster.

»Das ist jetzt nicht euer Ernst, oder? Wie neugierig seid ihr denn bitte?!« Kim schüttelte empört den Kopf.
»Für dich gibt es halt nur Zahlen, Zahlen, Zahlen. Aber Jessie und ich würden gern was bewegen.«
»Das ist sein Sohn Nico«, erklärte Marie leise.
»Mit Theaterspielen? Das ist aber sehr naiv! Dafür bekommst du von mir keinen Cent!«, brüllte Vater Sternberg, ehe man ein lautes Türenknallen hörte.
»Wow!« Amy schüttelte den Kopf. »Diese ...« Sie überlegte. »Wie heißt das noch mal auf Deutsch?«
»Spießer?«, fragte Marie.
»Ja, genau, Spießer.«
»Dein Vater hat doch auch eine Schauspielausbildung gemacht, Marie«, warf Kim ein.
»Stimmt, aber vorher hat er auch einfach so Theater gespielt.«
»Ich verstehe schon, dass Herr Sternberg gerne möchte, dass sein Sohn Abi macht«, sagte Kim. »Das kann man ihm ja nicht übel nehmen.«
»Ja, aber das ist auch nicht alles«, entgegnete Franzi.
»Als Krimiautorin brauchst du doch auch keine Ausbildung und kannst einfach so schreiben«, überlegte Marie und schaltete wieder das Licht an.
»Aber eine gute Allgemeinbildung schadet nie. Wissen ist Macht. Ohne unsere Kenntnisse hätten wir so manchen Fall nicht lösen können.« Kim nahm eine weitere weiße Maus aus der Tüte und biss hinein.
»Ach, gut, dass ihr es sagt ...« Amy griff in die Seitentasche ihrer überdimensional großen Luxusledertasche, in die Sweety

gerade hineinhüpfte. »Ich bin echt begeistert, welche Fälle ihr schon gelöst habt.« Amy zog eine pinkfarbene Mappe hervor. Dabei fiel ein Zeitungsausschnitt heraus.

Kim hob den Schnipsel auf und wollte ihn Amy zurückgeben, aber sie stockte. »Das ist ja ein Artikel über uns.«

Amy nahm das Papier zurück. »Ja, die hab ich gesammelt. Mein Vater bekommt *German newspapers* per Post und ich verfolge eure Karriere schon eine ganze Weile.« Amy klappte die Mappe auf. »Ich hab auch deine Reportagen gelesen, Kim. Darüber, wie ihr den ›Graffiti-Code‹ geknackt habt, und den Artikel über Mädchenfußball. Du schreibst gut.«

»Wow, wir sind über die Grenzen Europas hinaus bekannt«, stellte Marie fest.

Kim freute sich zwar, dass Amy ihren Schreibstil lobte, aber ihr kam es höchst seltsam vor, dass sie das alles sammelte. »Darf ich mal?«

»Klar!« Amy reichte ihr die Mappe.

Während Kim darin blätterte, wunderte sie sich immer mehr. Alles, was über die drei !!! jemals in der Zeitung gestanden hatte, war fein säuberlich ausgeschnitten, eingeklebt und mit Datum versehen.

»Darf ich fragen, warum du das gemacht hast?«, meldete Franzi sich zu Wort, die über Kims Schulter alles mit angesehen hatte.

»Ich finde es total interessant und spannend, was ihr macht.« Amy nahm Kim die Mappe wieder ab. »Ich würde euch gerne helfen. Ich glaube, mit meinem Know-how sind wir unschlagbar und können auch international agieren.« Aus einem kleinen Fach, das sich vorne in der Mappe befand, zog Amy einen kleinen Stapel Karten und verteilte an jede der Detektivinnen eine – mit der Rückseite nach oben. »Erst umdrehen, wenn ich *jetzt* sage!«, rief sie in strengem Tonfall.

Die drei !!! warfen sich fragende Blicke zu.

»Jetzt!«, sagte Amy feierlich.

Kim drehte die kleine Karte in ihren Händen um und traute ihren Augen nicht, als sie las, was darauf stand.

Die Punkte der Ausrufzeichen waren etwas erhaben und glitzerten. Schriftart und Design war genauso wie auf den echten Karten der drei !!!, nur die Hintergrundfarbe war nicht Weiß, sondern Pink.

Kim hatte es die Sprache verschlagen. Dachte diese zugereiste Barbie aus Amerika allen Ernstes, dass sie sie in ihren Detektivclub aufnahmen? Mit ihrem *Know-how international agieren?* Was war das für ein Quatsch? Oder war das nur ein schlechter Scherz?

Kim versuchte, Blickkontakt mit ihren beiden Freundinnen herzustellen, aber nur Franzi schaute sie an.

Marie hielt die Karte in der Hand und fühlte mit dem Zeigefinger über die Punkte. »Sieht schön aus«, sagte sie dann. »Fast ein bisschen wie Diamanten.«

»Ach, da bin ich aber happy, dass euch die Karte gefällt. Ich hab erst mal nur einhundert machen lassen, aber Papas Agent kann schnell Nachschub ordern, wenn wir welche brauchen.« Amy setzte sich so dicht neben Kim auf die Matratze, dass die Amys süßliches Peeling riechen konnte. Kim nahm sich eine weitere weiße Maus, biss ihr den Kopf ab und gab Amy die Karte zurück. »Sorry, Sweetie, aber in einen Detektivclub kann man sich nicht einfach so einschleichen. Dafür muss man sich qualifizieren. Wir drei sind ein eingeschworenes Team und beste Freundinnen, wir haben schon fast fünfundsiebzig Fälle zusammen gelöst. Dafür braucht man eine Begabung, den richtigen Riecher und Mut. Keine Visitenkarten, die aussehen wie die Einladungskarte zum Geburtstag von Prinzessin Kitschifee.«

Marie sah Kim tadelnd an. »Also, ich finde die Karten ganz gelungen.«

»Darum geht es Kim doch gar nicht«, mischte Franzi sich ein.

»Falls es darum geht, wie man richtig ermittelt: Ich war jahrelang als Carla Blomquist unterwegs«, meinte Amy.

»Ja, aber das war doch nur eine Rolle. In einer Fernsehserie!«, sagte Kim ein bisschen zu laut.

Pablo, der unter Maries Bett geschlafen hatte, kam hervor.

Kim seufzte. »Komm, Pablo. Wir gehen noch mal Gassi. Wir brauchen frische Luft.«

Als Kim aus der Haustür trat, war es bereits dunkel. Ihr Herz klopfte – nicht weil sie Angst im Dunkeln hatte, sondern weil sie Amy so unverschämt fand, dass sie sich total aufregte. Und Maries Reaktion auf die Karten hatte sie auch ziemlich geärgert. Sie fand den Kitsch schön?! Warum hatte Marie nicht auch sofort klipp und klar gesagt, dass sie niemals jemanden in den Club aufnehmen würden?!

»So spät noch draußen, Kim?« Maries Vater kam gerade mit Joe King die Treppen zur Villa herauf.

»Ja, Pablo wollte noch mal Gassi gehen«, log Kim, denn sie konnte den Männern ja kaum die Wahrheit sagen.

»*Thank you* übrigens *so much,* dass Amy bei euch schlafen

darf«, sagte King. »Sie ist ein bisschen isoliert in Los Angeles. Kinderstars haben es manchmal nicht leicht.«

»Kein Problem«, sagte Kim und ging dann weiter, um nicht noch länger mit den Männern über Amy sprechen zu müssen.

»Kim, kommst du dann bitte gleich zurück und sagst mir Bescheid? Ich finde es nicht so gut, wenn ihr abends noch allein unterwegs seid«, sagte Maries Vater.

»Mach ich. Ich gehe nur einmal um den Block.« Kim zog Pablo hinter sich her.

»Gut.« Helmut Grevenbroich wandte sich seinem Jugendfreund zu. »Wollen wir deine Szenen noch zusammen durchgehen?«

»Klar, Helmi, wie in den *good old times.*« King klopfte Grevenbroich auf die Schulter. Zusammen verschwanden die beiden in der Villa.

Kim versuchte, ruhiger zu atmen, während sie mit Pablo die Straße entlangging.

»Hast du einen Golden Retriever gesehen?« Die Stimme einer aufgeregten Frau riss Kim aus ihren Gedanken.

»Nein. Ist er Ihnen weggelaufen?« Kim betrachtete die Frau aufmerksam.

Sie trug eine graue Jogginghose und ihre schulterlangen braunen Haare waren zu einem Pferdeschwanz zusammengebunden. Kim schätzte sie auf Mitte vierzig.

»Ich weiß es nicht. Ich hab Biene wie jeden Abend vor dem Schlafengehen noch mal in den Garten gelassen und plötzlich war sie weg. Biene kommt immer sofort zurück, wenn ich sie rufe.«

»Komisch. Haben Sie die Polizei schon informiert?« Kim

war froh, dass Pablo ausnahmsweise mal an der Leine neben ihr stehen blieb. Neugierig schnupperte der kleine Hund an dem Hosenbein der Frau.

»Du kannst meine Biene riechen, nicht?«, sagte die Frau zu Pablo. Dann wandte sie sich wieder an Kim. »Die können doch auch nichts machen. Sie ist ja auch erst vor zehn Minuten verschwunden.«

»Ich kann Ihnen ja Bescheid sagen, wenn ich sie sehe oder etwas höre.«

»Ja, bitte mach das. Ich heiße Briel und wohne in der Schönhaarstraße 19. Das ist meine Telefonnummer.« Die Frau gab Kim eine Visitenkarte. »Biene!«, rief sie laut, während sie weiterging.

»Es wird bestimmt alles gut!«, sagte Kim laut. Dann ging sie mit schnellen Schritten zurück zur Villa.

Vier sind eine zu viel

»Und Action!«, sagte der Regisseur, der neben dem Kameramann stand und auf seinem Bildschirm verfolgte, was vor der Kamera passierte.

Kim, Franzi und Marie hatten sich mit Amy direkt hinter dem Absperrband postiert und beobachteten neugierig das Geschehen. Sweety war in Amys Tasche, die sie an ihrem Arm trug. Eines seiner Schlappohren hing über den Taschenrand.

Gedreht wurde die Jubiläumsfolge der *Vorstadtwache* auf dem Parkplatz des *Superkaufs*, des großen Supermarkts, der sich in Kims Wohnviertel befand. Die drei Detektivinnen hatten hier vor einiger Zeit einen spannenden Fall gelöst, bei dem Graffitisprayer Spinnen an die Supermarktwand gesprüht hatten und sogar eine riesige Spinne im Supermarkt aufgetaucht war. Der Parkplatz, auf dem die drei Detektivinnen damals in eine spannende Verfolgungsjagd verwickelt gewesen waren, war nun zum Teil für den Kundenverkehr gesperrt, damit die Dreharbeiten nicht gestört wurden.

Helmut Grevenbroich alias Kommissar Brockmeier befreite mit seinem jüngeren Kollegen Kommissar Ulrich gerade einen Hund aus einem parkenden Auto, als ein schwarz gekleideter Mann angelaufen kam, sich in das Auto setzte und damit losfuhr. Brockmeier lief dem Auto hinterher, gleichzeitig näherte sich ein Polizist, der dem fahrenden Auto entgegenlief und gar nicht daran dachte auszuweichen, sondern über das Auto lief.

»Das ist wie damals, als Holger über das Auto gesprungen ist. Macht der etwa auch Parkouring?« Kim hielt den Atem an.

»Der ist Stuntman, der kann so etwas«, erklärte Amy und zeigte auf ihren Vater, der im gleichen Kostüm wie der Stuntman weiter hinten stand und sich gerade in Bewegung setzte. Unbeschadet landete der Stuntman hinter dem Auto, das nun anhielt.

»Vielleicht sollte Holger auch Stuntman werden?!«, bemerkte Franzi.

Während der Stuntman aus dem Bild verschwand, kam King aus der gleichen Richtung ins Bild. King und Brockmeier näherten sich dem Auto und holten den Fahrer heraus. Brockmeier drehte sich zu dem Polizisten, der von King gespielt wurde. »Danke, Kollege. Gute Arbeit.«

»Und Cut!«, rief der Regisseur.

Kim beobachtete, wie der gerade befreite Fernsehhund Bommel nun zu seinem Tiertrainer lief, der ihn mit einem Leckerli versorgte. »Drehen die neuerdings immer in so langen Einstellungen?«

Die drei !!! waren schon öfter mal am Set gewesen und kannten sich ein bisschen mit der Arbeit des Filmteams aus.

»Ja, dann kommt mehr Bewegung in die Bilder«, erklärte Marie und begrüßte den Schauspieler, der den jungen Kollegen von Kommissar Brockmeier spielte. Während Marie mit ihm sprach, hörten Amy und Franzi zu, bis Amy Marie einfach unterbrach und weiterredete. Kim beobachtete, wie Marie Amy empört von der Seite ansah, aber das schien Amy egal zu sein. Sie merkte auch nicht, dass Sweety aus der Handtasche hüpfte und schwanzwedelnd davonlief.

Kim verdrehte die Augen, dann fiel ihr Blick auf den kleinen Fernsehhund, den Kommissar Brockmeier gerade aus dem

Auto gerettet hatte. Während der Tiertrainer sich mit dem Regieassistenten unterhielt, streichelte ein kleiner Mann mit Glatze den Hund und steckte ihm Leckerlis zu. Sweety lief geradewegs auf die beiden zu und ließ sich nun ebenfalls von dem kleinen Mann füttern. Dabei schaute sich der Mann immer wieder verstohlen um. Kim näherte sich ihm ein Stück, weil sie lesen wollte, was auf seinem bedruckten T-Shirt stand.

»Hallo, Kim, schön, dass ihr mal wieder da seid«, wurde Kim von Sandra, der Maskenbildnerin, begrüßt. »Seid ihr heute auch Statisten?«

Kim sah auf ihre Uhr. »Das war der Plan und Marie hat eine kleine Nebenrolle als Taschendiebin, aber ich fürchte, heute wird es doch nichts mehr, denn wir müssen gleich Finn vom Kindergarten abholen.«

»Ja, wir hängen leider in der Zeit, weil Herr King etwas zu spät kam. Jetlag oder so«, erklärte Sandra.

»So etwas kann sich aber auch nur ein Hollywoodstar erlauben, oder?«, fragte Kim.

»Ja, für Joe King verzichte ich ausnahmsweise mal gern auf meinen Feierabend.« Sandra grinste. »Ich sag mal dem Regieassistenten Bescheid, dass Marie heute nicht länger am Set bleiben kann. Er wird schon einen anderen Taschendieb finden.« Die Maskenbildnerin verabschiedete sich von Kim.

Kim entschied, den Mann mit der Glatze einfach anzusprechen. »Sind Sie auch Tiertrainer?«

Der Mann blickte überrascht auf. Er trug eine Brille und auf seinem T-Shirt stand: *Tierpension Hund Katze BÄR*. Comichaft war darunter ein Bär gemalt, der auf seinen Vordertatzen einen Hund und eine Katze trug.

»Hallo, mein Name ist Bär. Nein, ich schaue nur zu und helfe Herrn Specht ein bisschen.«
»Herrn Specht?« Kim hatte den Namen noch nie gehört.
»Der Tiertrainer Timo Specht. Ich bin ein Freund von ihm«, erklärte Bär freundlich. »Gehören Sie auch zum Filmteam?«
Kim schüttelte den Kopf. »Nein, aber der Vater meiner Freundin spielt den Kommissar Brockmeier.«
»Wirklich?« Bär schien Kim nicht zu glauben.
»Ja, wirklich.« Kim sah Marie auf sie zukommen. »Das ist Marie Grevenbroich, das ist Herr Bär«, stellte Kim die beiden einander vor.
Marie schüttelte Bärs Hand und wandte sich dann an Kim. »Kommst du? Wir müssen zu Finn!«
Schnell verabschiedete Kim sich von Bär und ging dann mit Marie zurück zu Franzi, die sich über das Catering hergemacht hatte. Franzi schob sich gerade ein Minicroissant in den Mund. »Wollen wir?«
»Moment, ich möchte auch etwas essen. An mich denkt wieder keiner«, beschwerte sich Kim.
»Die arme Kim verhungert gleich. Herr Brockmeier, kommen Sie schnell.« Marie lachte und musste dann gähnen.
»Die arme Marie hat sich umsonst die Fingernägel lackiert und war bis in die Puppen wach!«, konterte Kim, nahm sich ebenfalls ein Minicroissant und einen kleinen Bagel. Während sie aß, beobachtete sie, wie Bär sich mit Bommel beschäftigte.
»Ich bleib noch ein bisschen bei Dad, wenn es für euch okay ist?!« Amy hatte sich mit Sweety auf dem Arm neben die drei Freundinnen gestellt.
»Klar«, sagte Kim schnell. »Sorry übrigens, dass ich gestern

so ehrlich war, aber ich denke weiterhin, dass unser Detektivclub so bleiben soll, wie er ist.« Ohne eine Antwort abzuwarten, wandte Kim sich an Franzi und Marie. »Wollen wir jetzt den kleinen Feuerwehrmann abholen?« Dann lief sie einfach los und war erleichtert, dass Marie und Franzi ihr folgten.

Nachdem die drei Detektivinnen mit Pablo zusammen Finn aus dem Waldkindergarten abgeholt hatten, gingen sie mit den beiden noch ein bisschen spazieren.

»Guck mal, da ist ein Hund!«, rief Finn.

Franzi sah sich um. »Wo denn, Finn?«

»Da, auf dem Bild!« Finn zeigte auf das Foto eines Golden Retrievers, das an einem Baum hing.

»*Vermisst: Biene! Bitte melden Sie sich, wenn Sie Hinweise haben!*«, las Marie vor. »Und hier ist eine Telefonnummer.«

»Ach ja, ich bin gestern Abend beim Gassigehen der aufgeregten Hundehalterin begegnet. Da war der Hund gerade mal zehn Minuten weg. Sie heißt Frau Briel. Kennst du sie?«

Marie überlegte. »Ich glaube nicht.«

»Und warum hast du uns nichts gesagt?« Franzi fotografierte das Bild mit ihrem Handy.

»Stimmt. Keine Ahnung. Wahrscheinlich war ich wegen Amy so durch den Wind, dass ich es vergessen habe.« Kim wunderte sich über sich selbst, dass sie das Verschwinden des Hundes so wenig ernst genommen und ihren Freundinnen nicht davon erzählt hatte.

»Marie?«, sagte Finn mit zuckersüßer Stimme.

Marie kniete sich vor ihren kleinen Bruder. »Ja?«

»Darf ich ein Eis?«

»Darfst du, aber nur, wenn du mir ein Küsschen gibst.« Marie knuffte ihrem kleinen Bruder liebevoll in den Bauch. Verzückt beobachtete Kim, wie der kleine Junge seiner großen Schwester ein Küsschen auf die Nase hauchte. Marie gab ihm ebenfalls ein Küsschen. »Eine Kugel Schokolade mit Streuseln?«

»Nee, schwarzer Teller!«, erwiderte Finn.

»Schwarzer Teller?« Kim zog die Augenbrauen zusammen. »Was ist denn das?!«

»Na, ist doch ganz klar: Finn möchte Stracciatella!« Franzi lachte.

Finn nickte.

»Ach so! Die *Chocolaterie* hat in den Sommermonaten auch selbst gemachtes Eis«, fiel Kim wieder ein. »Da können wir doch vorbeigehen?«

»Ich gebe eine Runde Eis aus und dann gehen wir auf den Spielplatz«, schlug Marie vor.

»Au ja!« Finn klatschte in die Hände.

Am Spielplatz angekommen, leinte Kim Pablo außen am Zaun an. »Jetzt haben wir auf dem kurzen Weg schon zwölf Plakate mit Bienes Suchanzeige gesehen.«

»Guckt mal, auf dem Bild da drüben ist ein anderer Hund.« Franzi ging über die Straße zu einem Baum, an dem ebenfalls ein Vermisst-Plakat hing, und machte mit ihrem Handy ein Foto. »Da wird noch ein Hund vermisst.« Mit dem Telefon in der Hand kam sie zurück.

Kim und Marie betrachteten das Foto.

»Ein Labrador«, stellte Franzi fest. »Die armen Hunde! Was ist denn bloß mit denen passiert?«

»Wir setzen uns hier auf die Bank, Finn. Möchtest du dich neben uns setzen?« Marie nahm Finn sein Eis aus der Hand.
»Das ist aber meins!«, protestierte er.
»Ich wollte es nur halten, damit du dich hinsetzen kannst.«
»Ich will aber nicht sitzen«, jammerte Finn.
Marie gab Finn das Eis zurück, der sich damit in ein Holzspielhaus verzog.
»Ich finde, wir sollten der Sache mit den Hunden nachgehen, aber ich muss noch kurz mit euch sprechen. Mich belastet nämlich etwas.« Endlich hatte Kim die Gelegenheit, Marie und Franzi auf Amy anzusprechen.
Marie und Franzi setzten sich in den Schneidersitz auf die Bank.
»Klar!« Marie kaute auf einem Schokostück herum.
»Schieß los.« Franzi sah Kim neugierig an.
»Sag mal, gefallen dir Amys Visitenkarten wirklich, Marie?«
»Ja, ich finde sie ganz okay.« Marie lutschte an ihrem Eis, ohne Kim anzusehen.
»Das ist nicht dein Ernst?! Die sind oberkitschig. Und es ist eine absolute Frechheit, dass sie denkt, sie könnte einfach so dazugehören. Die vier Ausrufezeichen. Unfassbar!« Kim biss in ihre Eiswaffel.
»Ja, das ist übertrieben. Aber musst du sie deshalb so vor den Kopf stoßen? Das war doch gut gemeint!« Marie winkte Finn zu, der aus dem Fenster des Holzhäuschens guckte.
»Ich hab mich doch vorhin schon entschuldigt.« Kim kickte ein kleines silbernes Plättchen weg.
»Na ja, ein bisschen halbherzig.« Marie lutschte nachdenklich an ihrem Eis.

»Aber besser als gar nicht!« Franzi stand auf und hob das kleine Plättchen auf. Sie wollte es in den Mülleimer werfen, stutzte jedoch. »Das ist ja eine Hundemarke. Ist das Pablos?«
Kim blickte zum Zaun, wo Pablo ein kleines Schläfchen machte, und schüttelte den Kopf. »Er hat seine noch.« Kim tauschte aufgeregte Blicke mit Marie und Franzi. »Ich rufe mal Frau Briel an.« Sie zog ihr Handy aus der Tasche.

Franzi holte eine kleine Tasche aus ihrem Rucksack, aus der sie einen Pinsel und Grafitpulver entnahm. Vorsichtig pinselte sie die Hundemarke damit ein. »Keine brauchbaren Fingerabdrücke. Leider ist die Marke total verschmiert.«

Eine Viertelstunde später war eine aufgelöste Frau Briel auf dem Spielplatz. Sie hatte noch einen weiteren Nachbarn mitgebracht. Der Mann trug einen Anzug und lockerte gerade seine Krawatte. »Hallo. Könnt ihr uns mal die Hundemarke zeigen?«

Franzi überreichte ihm die Marke. »Sie lag hier im Sand.«

»Die ist von Flocke«, presste er bedrückt hervor.

»Das ist Herr Heimann«, erklärte Frau Briel. »Sein Hund Flocke ist ebenfalls seit gestern Abend verschwunden.«

»Ist das Plakat von Ihnen?« Franzi deutete auf das Bild des Labradors, das an der Laterne hing.

»Ja, das ist Flocke.«

»Das klingt ja nach einem neuen Fall für die vier Ausrufezeichen!« Amy war wie aus dem Nichts dazugekommen. Kim konnte nicht glauben, was Amy gerade gesagt hatte, und auch Franzi und Marie waren sprachlos.

»Vier Ausrufezeichen?« Frau Briel sah verwundert in die Runde. »Ich werde jetzt erst mal die Polizei informieren.«

Kim, die ihre Fassung wiedergefunden hatte, holte ihr Handy aus der Tasche. »Das ist die Nummer von Kommissar Peters. Mit ihm haben wir schon oft zusammengearbeitet.«
»Zusammengearbeitet?« Frau Briel tippte die Nummer in ihr Handy.
»Erzählen wir gleich«, meinte Kim.
Während Frau Briel ein Stück beiseiteging, um mit dem Kommissar zu sprechen, ließ Kim Amy, die sich zu Herrn Heimann drehte, nicht aus den Augen.
»*Well,* also, wie wäre es, wenn wir für Sie erm...«, begann sie, aber Kim unterbrach sie schnell.
»Sorry, Amy, aber das ist unsere Sache.« Sie holte eine kleine silberne Dose aus ihrer Tasche, aus der sie ein Kärtchen nahm, das sie Herrn Heimann überreichte.

»Wir drei«, dabei zeigte Kim auf Franzi, Marie und sich selbst, »sind die *drei* Ausrufezeichen. Wir sind Detektivinnen und haben bereits über siebzig Fälle erfolgreich gelöst«, fuhr Franzi fort. »Wir würden Ihnen gerne helfen, Ihre Hunde wiederzufinden.«

Frau Briel, die das Telefonat mit dem Kommissar gerade beendet hatte, hatte die letzten Sätze gehört.

»Wie toll, dass ihr Detektivinnen seid. Ich würde eure Hilfe gern in Anspruch nehmen. Und euer Kommissar ist gerade in der Parkstraße, gleich nebenan. Dort wird bei Familie Borgwardt ebenfalls ein Hund vermisst. Der Kommissar kommt jetzt hier vorbei.«

»Das gibt es doch nicht. Sind da etwa Hundeentführer am Werk?« Heimann wischte sich mit dem Handrücken über die Stirn.

»Du, Michael, hast du den kleinen Mann mit Glatze und mehreren angeleinten Hunden in letzter Zeit auch öfter hier langlaufen sehen? Vielleicht hat er etwas damit zu tun?« Frau Briel sah von Herrn Heimann zu den drei !!!.

Heimann nickte. »Stimmt, Christiane. Jetzt, wo du's sagst. Der ist mir auch schon aufgefallen.«

Kim, Franzi und Marie warfen sich aufgeregte Blicke zu. Kim freute sich: Endlich wieder ein neuer Fall für die drei !!!.

»Wann haben Sie die Hunde denn zum letzten Mal gesehen?« Amy, die jetzt Sweety aus der Tasche ließ, witterte ihre Chance. Während Sweety zu Finn rannte und ihm die angeknabberte Eiswaffel aus der Hand futterte, zog Amy ihr Handy aus der Tasche, tippte darauf herum und hielt es Frau Briel direkt vor die Nase. »Was dagegen, wenn ich Ihre Aussage aufzeichne?« Ohne eine Antwort abzuwarten, sprach sie weiter. »Erzählen Sie noch mal genau, was passiert ist.«

Finn fing an zu weinen. »Marie, der Hund hat mir meine Waffel geklaut!«

»Amy, Hunde dürfen eigentlich nicht auf den Spielplatz.

Und dein Hund hat Finns Waffel aufgegessen, findest du das okay?« Kim deutete auf Sweety und Finn.
»Oh Sweety.« Amy drückte Kim ihr Handy in die Hand und ging zu Finn. »Ich kaufe dir ein neues Eis, okay?«
»Danke, aber er hatte schon genug«, mischte Marie sich jetzt ein.
Kim schaltete Amys Handy aus und gab es ihr zurück. »Vielleicht sollte der Hund mal runter vom Spielplatz?«
»Sweety, *go in your bag!*«, sagte Amy in strengem Tonfall.
»Da sind sie ja wieder, meine drei Lieblingsdetektivinnen.« Kommissar Peters betrat den Spielplatz und beobachtete, wie Amys Hund umständlich zurück in seine Tasche sprang.
Peters zeigte auf Amys Tasche. »Was ist das?«
»Der Taschenhund von Amy King.« Kim deutete mit dem Kopf auf Amy, die Finn gerade wieder absetzte und auf den Kommissar zusteuerte.
»Ist der nicht viel zu groß für eine Tasche?«, wunderte Peters sich.
Kim nickte. »Ja, kein normaler Mensch kann verstehen, warum der Hund eine Tasche hat und nicht selber laufen kann.«
»Das sind die beiden Hundehalter: Frau Briel und Herr Heimann, das ist Kommissar Peters«, stellte Marie alle einander vor, aber Amy funkte dazwischen. »*I'm telling you:* Das ist ein ganz klarer Fall von Hundeentführung«, behauptete sie selbstbewusst. »Damit ist nicht zu spaßen!«
»Was du nicht sagst«, murmelte Kim genervt.
»Das befürchte ich auch«, bestätigte Frau Briel aufgewühlt.
Amy hielt Peters die Hand hin. »Sie kennen mich vielleicht, ich habe einige Jahre die Carla Blomquist verkörpert?«

Peters blickte Amy irritiert an. »Leider nein. So, jetzt würde ich gerne zum Punkt kommen.« Aufmerksam wandte er sich Frau Briel und Herrn Heimann zu.

Detektivtagebuch von Kim Jülich
Dienstag, 18:03 Uhr

Wow und wau, wau! Die drei !!! haben einen neuen Fall. Mit Betonung auf drei !!!. Denn wir werden den Fall wie gehabt zu dritt lösen und keinesfalls zu viert! Und wir müssen schnell handeln, denn wir wissen nicht, ob vielleicht noch andere Hunde in Gefahr sind.
Momentan wissen wir nur, dass der Golden Retriever von Frau Briel gestern Abend aus dem Garten verschwunden ist, genauso wie der Labrador von Herrn Heimann, der ebenfalls abends noch mal in dessen großen, eingezäunten Garten gelassen wurde und nicht zurückkam. Der dritte Hund ist der Schäferhund von Familie Borgwardt, die ebenfalls im Viertel in einem neu gebauten Bungalow lebt. Nils, der kleine Sohn der Familie, war mit dem Hund abends Gassi gegangen, aber er hatte sich losgerissen und war ihm davongelaufen.
Auf dem Spielplatz haben wir die Hundemarke von Heimanns Hund Flocke gefunden. Leider waren keine brauchbaren Fingerabdrücke darauf.
Als wir den Spielplatz anschließend noch mal abgesucht haben, haben wir zwar viele Dinge wie Schnuller, einen Kinderschuh und diverse liegen gelassene Schaufeln und Eimer gefunden, aber keine Hinweise auf die Hunde oder die Tat. Leider tappen wir noch total im Dunkeln und haben keinen Verdächtigen. Da Amy bei uns im Zimmer schläft und uns kaum von der Seite weicht (gerade ist sie kurz verschwunden, aber sie kann jeden Moment wieder auftauchen), haben wir uns gerade zu einem geheimen Clubtreffen morgen Vormittag verabredet. Immerhin kann sie sich nicht einfach so in unseren Dreiernachrichten-

chat einklinken, und so haben wir soeben per Handy Folgendes ausgemacht: Wir werden sie ein bisschen austricksen und behaupten, dass wir zum Set kommen, wenn wir Finn in den Kindergarten gebracht haben, um sie dort zu treffen. In Wirklichkeit werden wir uns aber zu einer Clubbesprechung treffen und beraten, wie wir vorgehen wollen. Manno, jetzt werden unsere Ermittlungen auch noch durch so eine dreiste Person erschwert. Und was auch zu kurz kam: die Freude über den neuen Fall. Weil Amy die ganze Zeit an uns klebt, kam die nicht so recht auf.
Ich glaube übrigens, dass auch Marie jetzt eingesehen hat, dass Diamanten auf Visitenkarten vollkommen überflüssig sind!

Geheimes Tagebuch von Kim Jülich
Dienstag, 18:35 Uhr

▸ Achtung! Wer heimlich in Kim Jülichs Tagebuch liest, bekommt nie wieder Kuchen, Cake-Pops oder andere Süßigkeiten, sondern wird mit Hundekuchen abgespeist. ◂
Carla Blomquist! Dass ich nicht lache! Wie kann man denn denken, dass man Detektivin sein kann, wenn man noch niemals selbst ermittelt hat, sondern nur die Rolle im Fernsehen gespielt hat?! Da haben die Drehbuchautoren die Story, Verzeihung, jetzt fange ich auch schon mit dem albernen Denglisch an, also die Drehbuchautoren haben sich die Geschichte ausgedacht und die Dialoge aufgeschrieben.
Amy hätte nicht nur den Agenten ihres Vaters, sondern auch einen Drehbuchautor mit nach Deutschland nehmen sollen, denn das, was sie gesagt hat, als Peters da war, war ziemlich daneben.
Über Peters habe ich mich auch ein bisschen geärgert, denn er hat Amy gesagt, dass sie auf uns aufpassen soll, damit wir uns nicht wieder in Gefahr begeben. Das hat sie jetzt bestimmt wörtlich genommen.

Eine Stunde später:
Während ich den letzten Satz über Peters und Amy schrieb, wurde ich von Carla Blomquist (ach nein, SORRY, Amy ☺) unterbrochen. Sie kam panisch in Maries Zimmer gerannt und hat berichtet, dass Sweety entführt wurde. Sie wollte uns in der Chocolaterie Nervennahrung holen, auch als Entschuldigung, weil sie und Sweety uns gestern den Kuchen weggefuttert haben. Als sie aus der Chocolaterie wieder rauskam, war Sweety weg. Amy war total aufgelöst, wollte sofort eine Clubbesprechung einberufen. Ich hab ihr erst mal die Nummer von Peters gegeben und sie hat Sweety als vermisst gemeldet. Gleich setzen wir uns wohl oder übel mit ihr zusammen, aber zuerst müssen wir zum Abendessen gehen. Helmut Grevenbroich hat angekündigt, dass er etwas Wichtiges zu verkünden hat und alle Familienmitglieder anwesend sein sollen. Amy hat gleich losgejammert, dass einer fehlt, und zwar Sweety. Ich finde ja auch, dass Hunde echte, vollwertige Familienmitglieder sind, aber bei ihr regt es mich leider auf.

Der letzte Fall?

Kim, Franzi, Marie und Amy setzten sich an die große Tafel zu Lina und Finn im Esszimmer der Villa Grevenbroich. Finn war gerade dabei, sich Unmengen an Ahornsirup auf seinen Pfannkuchen zu gießen.

Kim half ihm dabei, den Sirup zu verstreichen. »Lecker, gibt es die für uns auch?« Sie lächelte Tessa an, die bedauernd den Kopf schüttelte. »Helmut und Joe haben gekocht. Ich durfte nicht in die Küche.«

Wie aufs Stichwort kamen nun Helmut Grevenbroich und Joe King ins Esszimmer. Beide trugen Kochmützen und schoben einen Servierwagen vor sich her, auf dem Teller standen. Kim atmete den Geruch von gegrilltem Fisch ein.

»Papa, was ist los? Warum habt ihr gekocht und macht so eine Show daraus?« Marie steckte sich ein kleines Stück von Finns Pfannkuchen in den Mund.

Ihr Bruder protestierte. »Marie, das ist mein Pfannkuchen. Spuck den sofort wieder aus.«

Marie streichelte Finn liebevoll über den Kopf. »Das geht leider nicht, er ist schon in meinem Bauch. Aber Papa kann jetzt mal ausspucken, was er sagen will.«

»Ihr müsst raten.« Grevenbroich sah sie geheimnisvoll an.

»Darf ich euch Amys Lieblingsgericht servieren? Red Snapper an Avocadomousse«, sagte King theatralisch.

»Papa, Sweety ist verschwunden. Ich hab gar keinen Hunger!«, platzte es aus Amy heraus.

»Keine Sorge, wir sind dran«, sagte Marie leicht genervt.

»*Die drei !!!* werden deinen Hund finden, da bin ich sicher. Sie haben bis jetzt alle Fälle gelöst. Und das sind bestimmt schon tausend.« Helmut begann, die Teller zu verteilen.
»Da verwechseln Sie etwas. Sie feiern das 10-jährige Jubiläum der *Vorstadtwache*. Wir haben schon über siebzig Fälle erfolgreich gelöst«, korrigierte Kim Maries Vater.
»Stimmt, Kim, ich wollte es mit der Übertreibung auch nur verdeutlichen. Aber wo wir schon mal dabei sind: Zehn Jahre *Vorstadtwache* sind auch nicht schlecht. Langsam verspüre ich Lust, mal wieder in eine neue Rolle zu schlüpfen.«
Franzi war überrascht. »Als Fernsehkoch?«
Tessa prustete los. »Das wusste ich ja noch gar nicht.«
Grevenbroich und King hatten alle Teller verteilt.
»Kalt! Aber ratet mal, warum es kalifornische Küche gibt.« King setzte sich an den Tisch.
Die drei !!!, Tessa und Lina zuckten mit den Schultern.
Kim nahm sich eine Gabel. »Keine Ahnung«, nuschelte sie.
»Wollt ihr noch mal raten?« Grevenbroich lächelte Tessa, Marie und Lina an.
»Machen wir unseren nächsten Urlaub in Los Angeles?« Maries Augen leuchteten und auch Lina freute sich.
»Fast! Joe hat mir eine Rolle bei *Cops and the City* angeboten. Nächste Woche geht's los.«
Kim blieb der Red Snapper fast im Hals stecken. Sie schnappte nach Luft. Maries Vater – ein Hollywoodstar?
»Ich muss mal.« Finn kletterte von seinem Kinderstuhl und lief ins Bad.
»Ist das nicht ein bisschen übereilt?«, fragte Tessa kritisch.
»Wie viele Drehtage wirst du denn haben?«, wollte Marie

wissen. »Vielleicht kann ich ja mitkommen?! Ich wollte schon immer mal nach Hollywood.«

Amy strahlte. »Oh, das wäre so toll! Ich würde dir die ganze Stadt zeigen. Das wird dir gefallen!«

Kim sah Amy überrascht an, und als ihre Blicke sich trafen, setzte Amy wieder eine ernstere Miene auf. »Aber erst mal muss ich Sweety wiederfinden.«

»Ich möchte auch mit!«, rief Lina dazwischen.

»Klar, ihr kommt alle mit!«, sagte Helmut. »Die Produktionsfirma zahlt die Flüge und sucht für euch eine Unterkunft.«

»Ihr wohnt natürlich erst mal bei uns!«, meinte King.

»Aber ich muss arbeiten, Helmut«, bemerkte Tessa mit scharfem Unterton. »Deswegen sind ja auch Kim, Marie und Franzi nicht mit der Gruppe aus dem Jugendzentrum an die Nordsee gefahren, sondern passen auf Finn auf.«

»Bei der Gage muss eigentlich niemand außer mir mehr arbeiten«, entgegnete Grevenbroich. »Aber so eine gute Kamerafrau wie du sollte natürlich der Arbeitswelt erhalten bleiben. Joe hat sich schon erkundigt und Beziehungen spielen lassen. Du kannst dich einem sehr bekannten Hollywood-Produzenten vorstellen.« Er machte eine kurze Pause. Niemand sagte etwas, dann grinste er. »Stellt euch mal vor, wir zusammen unter der Sonne Kaliforniens.«

»Papa, wovon reden wir hier gerade? Willst du etwa nach Hollywood ziehen? Für immer?« Marie nahm einen großen Schluck Apfelschorle.

Grevenbroich legte sein Besteck auf den Teller und tupfte sich den Mund mit einer Serviette ab. »Ich weiß es nicht genau, Marie. Die Rolle ist auf ein Jahr angelegt.«

Marie verschluckte sich an ihrer Apfelschorle und ließ hustend das Glas auf den Tisch knallen. »Da mache ich nicht mit.« Mit rotem Kopf stand sie auf und verließ das Esszimmer durch die Tür, durch die Finn gerade zurückkam.
»Marie, warte mal!« Grevenbroich wollte aufstehen, aber Tessa hielt ihn zurück. »Erklär mir das bitte mal genauer.«
»Was meinst du? Ich habe gerade alles gesagt. Wir haben die Chance, in Hollywood ganz neu zu starten.«
»Helmut, das ist jetzt nicht dein Ernst, oder?« Tessa sah Kim und Franzi bedauernd an. »Tut mir leid, dass ihr da jetzt mit reingezogen werdet.«
»Mama, ist Marie traurig? Ich will ihr ein Küsschen geben.«
»Warte mal, Finn.« Tessa stand ebenfalls auf und verschwand hinter Finn aus dem Zimmer.
Sogar Kim war jetzt der Appetit vergangen. Sie und Franzi standen gleichzeitig auf, entschuldigten sich und folgten ihrer Freundin. Aus dem Augenwinkel konnte Kim sehen, dass Amy sich genüsslich eine Gabel Red Snapper in den Mund schob.
»Finn, ich komme nachher noch mal zu dir und sage dir Gute Nacht.« Marie versuchte, ihren kleinen Bruder anzulächeln.
»Komm, wir setzen dich jetzt in die Badewanne. Ich hab ein Knisterbad für dich.« Tessa nahm Finn auf den Arm und trug ihn mit ernster Miene an Kim und Franzi vorbei.
Die beiden betraten Maries Zimmer. Ihre Freundin lag auf dem Fußboden und starrte die Decke an.
»Das kann dein Vater doch nicht einfach so machen!« Kim schloss die Tür und legte sich neben Marie auf den Boden. »Das ist ja hart.«
»Das brauche ich jetzt. Das ist der harte Boden der Tatsachen.

Und klar, er kann. Wenn er denkt, dass es für uns alle das Beste ist, wird er es Tessa verkaufen, und dann haben Lina und ich keine Chance mehr.« Marie seufzte. »Aber ohne euch und Holger? Wie soll das denn gehen?«

»Es gibt viele günstige Flüge zwischen Amerika und Deutschland.« Amy war unbemerkt hereingekommen und kuschelte sich auf Maries Sofa. »Warum liegt ihr auf dem Boden?«

Kim musste tief ein- und ausatmen, um sich nicht schon wieder total aufzuregen.

»Wer soll denn die Flüge bezahlen?«, fragte Franzi.

»Vielleicht Helmi?«, schlug Amy vor.

Kim winkte ab. »Das geht nicht. Wir können uns dann höchstens in den Ferien sehen. Und *Die drei !!!* wären dann auch ernsthaft in Gefahr.

Amy stand auf. »Apropos, ich hab ja schon verstanden, dass ihr mich bei eurem Club nicht mitmachen lassen wollt, aber da mein Hund nun verschwunden ist, würde ich gerne trotzdem bei euren Sitzungen dabei sein.

Marie setzte sich auf. »Das entscheiden immer noch wir, wann unsere Klienten dabei sind und wann nicht.«

»Wisst ihr was?« Amy stand jetzt am geöffneten Fenster. »Ich würde mich nicht wundern, wenn dieser Nico etwas damit zu tun hätte.«

»Womit?« Kim setzte sich nun ebenfalls wieder hin und kraulte Pablo, der neben ihr saß.

»Mit den Hundeentführungen.« Amy verschränkte die Arme vor der Brust. »Er braucht doch dringend Geld.«

»Das reicht aber als Motiv nicht aus«, wandte Kim ein.

»Wir können ihn ja mal überprüfen«, schlug Marie vor.

Nicht nach Plan

»Finn war ja immer noch ganz schön durcheinander.« Franzi stellte ihr Rad vor der Villa Grevenbroich ab.

»Ja, er dachte, alle ziehen weg und ich bleibe alleine hier, da hat er sich große Sorgen gemacht«, berichtete Marie gerührt.

»Vielleicht wäre das echt eine Idee. Du könntest doch auch bei uns wohnen«, schlug Franzi vor.

»Bei uns bestimmt auch«, bestätigte Kim.

»Das ist lieb. Aber ohne Finn und meine Eltern? Das kann ich mir auch nicht so richtig vorstellen. Ich würde sogar Lina vermissen.«

»Verstehe ich. Ich hab mich auch gerade gefreut, dass die Zwillinge wieder da sind, als ich Pablo bei ihnen abgeliefert hab. Geschwister sind manchmal nervig, aber ohne sie ist es auch öde.« Kim nahm ihren Fahrradhelm ab und wuschelte sich durch die kurzen, platt gedrückten Haare.

»Das kann ich bestätigen.« Franzi half Marie, den Fahrradanhänger, in dem sie Finn in den Waldkindergarten gefahren hatte, von deren Rad abzukoppeln. »Lasst uns mal direkt zu Nico rübergehen.«

»Ja, wobei ich nicht glaube, dass er etwas mit den Hundeentführungen zu tun hat. Es gibt einfach gar keine Anhaltspunkte dafür«, stellte Marie fest.

Franzi nickte. »Aber wir sollten dem Hinweis trotzdem nachgehen.«

Zu dritt liefen sie in die nächste Auffahrt. Nico Sternberg lebte mit seinem Vater in einer modernen Villa. Rund um das

Grundstück gab es keine Zäune, nur Pflanzen und Büsche, und alles war sehr hell und offen angelegt. Marie lief zur Haustür und klingelte. Kurze Zeit später öffnete Nico die Tür. Die Sonne schien ihm ins Gesicht und er blinzelte. »Ach, hallo, Marie.« Kim fand, dass er ziemlich müde aussah, seine blonden Haare standen in alle Richtungen. »Was gibt's?«

»Hi, Nico. Das sind meine Freundinnen Kim und Franzi. Wir wollten dich mal etwas fragen.« Marie lächelte Nico unschuldig an.

»Schieß los.« Nico sah auf sein Handy. »Ich hab aber nicht so viel Zeit, ich muss gleich noch zum Zoo.«

»Zum Zoo?«, fragte Kim leicht irritiert nach.

»Ja, ich hab da einen Ferienjob. Als Eisverkäufer«, erklärte Nico.

Kim stupste Franzi an. »Oh, wie schön! Tiere und Eis! Das wäre auch was für uns, oder?«

»Keine Sorge, wir wollen dich nicht aufhalten, sondern nur wissen, ob du Biene irgendwo gesehen hat.« Marie blickte Nico direkt in die Augen. »Biene ist der Golden Retriever von Frau Briel. Wir sollten vorgestern auf sie aufpassen, und da ist sie uns ausgebüxt«, behauptete Marie zerknirscht.

Kim fand, dass ihre Freundin das sehr gut machte. Vielleicht gehörte sie doch nach Hollywood? Schnell wischte sie den Gedanken wieder beiseite.

»Biene? Komischer Name für einen Hund! Nee, ich hab sie nicht gesehen. Aber ich sag euch auf jeden Fall Bescheid, wenn mir etwas auffällt.« Nico fuhr sich durch die zerzausten Haare.

»Alles klar bei dir?«, fragte Marie nach.

»Ja, danke, mein Vater ist gerade auf Geschäftsreise und ich hatte gestern Abend lange Theaterprobe. Hab wenig geschlafen.«

»Ach, hallo, seid ihr nicht die Mädchen mit dem Mischlingshund?« Ein Mädchen kam an die Tür. Kim erkannte sie sofort an ihren schönen dicken Haaren wieder.

»Hallo! Ja, genau«, sagte Kim.

»Ich bin übrigens Jessie.« Sie trug Mülltüten an den drei !!! vorbei Richtung Mülltonnen.

»Wie läuft denn das Theaterspielen?«, erkundigte Marie sich.

»Ganz gut. Ich hab große Pläne.« Nico grinste.

»Das ist ja spannend. Welche denn?«, wollte Marie wissen, aber Nico zog nur geheimnisvoll die Schultern hoch.

»Okay, dann wollen wir dich mal nicht aufhalten. Einen schönen Nachmittag im Zoo.« Marie drehte sich zu Franzi und Kim, die sich ebenfalls von Nico verabschiedeten.

Kim ging auf Jessie zu. »Vielleicht hast du irgendetwas mitbekommen? Wir suchen den Hund von Frau Briel, einen Golden Retriever.«

»Leider nein. Das war die absolute Ausnahme neulich mit deinem Hund. Hunde und ich, wir sind eigentlich gar nicht so dicke.« Jessie lief an den drei !!! vorbei zur Haustür. »Macht es gut!«

»Ich muss in den Schatten.« Kim steuerte auf einen Tisch zu, über den ein großer weißer Schirm gespannt war. »Es ist eigentlich das perfekte Wetter fürs Waldschwimmbad.« Sie blinzelte in den blauen Himmel, nahm sich einen Bierdeckel, der auf dem Tisch lag, und versuchte, sich damit Luft zuzuwedeln. »Irgendwie stinkt es hier.« Kim kräuselte die Nase. »Bin ich etwa in …« Sie drehte ihre Sohle nach oben. »Zum Glück nicht!«

Auch Franzi und Marie sahen sich nun ihre Schuhe an.

»Mist, ich bin in Hundekacke getreten«, fluchte Marie. Sie stand auf und lief zu einem kleinen Rasenstück auf der gegenüberliegenden Straßenseite, auf dem ein Baum stand. Angeekelt versuchte sie mit einem Stock, die Sohle ihres Schuhs zu reinigen, und zog die Sandale schließlich mit spitzen Fingern aus. Sie legte den Schuh neben ihr Fahrrad und setzte sich wieder an den Tisch. »An der Pedale klebt auch was.«

Franzi überlegte. »Dann bist du schon im Villenviertel reingetreten.«

»Hundehalter haben heutzutage kein Benehmen mehr«, scherzte Franzi. »Da hatte Herr Eckhardt ja doch recht.«

»Egal. In einen Hundehaufen zu treten bringt Glück. Ich gebe eine Runde *LICK* aus, Mädels!« Kim winkte der Bedienung zu und hielt drei Finger in die Luft. Die Bedienung nickte wissend. *LICK* war die Abkürzung für *Lomo Iced Choc Kick*, bestehend aus eisgekühltem Kakao mit Vanilleeis und weißen Schokoraspeln, das absolute Lieblingsgetränk der Detektivinnen im Sommer.

»Ich glaube, Nico hat nichts mit dem Verschwinden der Hunde zu tun.« Kim zog ihr Notizbuch aus der Tasche und schlug es auf.

»Glaube ich auch. Wir haben ja außer der Tatsache, dass sein Vater ihm den Geldhahn zudrehen will, gar keine Anhaltspunkte dafür, dass er etwas mit den verschwundenen Hunden

zu tun haben könnte.« Marie nahm die *LICKs* von der Bedienung entgegen. »Das ging ja schnell.«
»Die hab ich schon gemacht, als ihr die Räder abgestellt habt.« Die Bedienung grinste. »Ihr bestellt doch sowieso immer das Gleiche.«
»Sind wir so berechenbar?«, fragte Franzi, als die Bedienung wieder weg war.
Marie seufzte. »Ich will auch weiterhin berechenbar sein und immer das Gleiche bestellen. Und hier sitzen und in unserem Hauptquartier. Und Fälle lösen!«
»Wahnsinn eigentlich, wie viele Fälle wir schon gelöst haben.« Kim erinnerte sich an ihre Anfänge, als sie die Suchanzeige aufgegeben hatte, in der sie Mitglieder für einen Detektivclub suchte. Franzi und Marie hätten unterschiedlicher nicht sein können, aber es war eine glückliche Fügung, dass sie alle zusammengefunden hatten. Sie waren immer mehr zusammengewachsen und Kim konnte sich ein Leben ohne Franzi und Marie nicht vorstellen.
Kim lächelte. »Hach ja.«
»Was ist? Hast du an David gedacht? Oder an deinen nächsten *LICK*?« Franzi kicherte.
»Ich hab an was ganz anderes gedacht. Wisst ihr noch, wie wir in Frankreich in der Sauna eingesperrt waren? Ich hatte Angst, dass wir da nie wieder rauskommen.« Kim schauderte bei dem Gedanken daran.
Franzi nickte. »Ja, oder als du und ich in dem Müllcontainer eingesperrt waren und Marie uns mithilfe einer Vogelspinne befreit hat.«
»Ja, das war echt krass. Und ich hab dadurch meine Spinnen-

phobie besiegt.« Marie zog einen großen Schluck von ihrem *LICK* durch den Strohhalm. »Ich kann nicht ohne euch sein. Ihr macht mich mutig und stark.«
»Hast du Holger schon was erzählt?«, wollte Kim wissen.
»Nein, ich weiß nicht, wie. Wir wollten doch immer zusammenbleiben. Wie soll denn das gehen, wenn uns ein ganzer Ozean trennt?« Marie seufzte. »Er hat mich gefragt, ob wir uns heute Abend treffen wollen, und ich habe abgesagt.«
»Was?« Kim konnte es nicht glauben. Sie vermisste David so sehr, dass sie viel dafür gegeben hätte, ihn heute Abend zu treffen.
»Apropos: Blake war ein bisschen sauer, weil ich unsere Verabredung einfach vergessen habe«, berichtete Franzi zerknirscht.
»Wisst ihr was? Durch Amy und die Schocknachricht von deinem Vater sind wir echt nicht so ganz auf der Höhe. Jetzt reißen wir uns mal zusammen, okay?« Kim sah ihre beiden Freundinnen aufmunternd an. Dann hielt sie ihnen ihre Hand entgegen. Franzi und Marie verstanden sofort und streckten ihre Arme aus. Sie legten die Hände übereinander und riefen leise im Chor: »Die drei !!!« »Eins!«, sagte Kim. »Zwei!«, folgte Marie und »Drei!«, rief Franzi. Dann rissen alle drei die Arme in die Höhe und riefen: »Power!!!«
Kim merkte, wie eine Energiewelle durch ihren Köper strömte. Sie waren *Die drei !!!* und niemand würde sie trennen. Weder Amy noch ein Umzug auf einen anderen Kontinent. Und sie mussten den Fall jetzt lösen.
»Lasst uns noch mal zu den Tatorten fahren«, schlug Kim vor. »Die haben wir uns noch gar nicht angesehen.«

»Du hast recht. Zu Frau Briel und Herrn Heimann«, bestätigte Franzi. »Und dann lassen wir uns eine genaue Personenbeschreibung von dem Mann geben, der Frau Briel hier in der Gegend mit Hunden an der Leine aufgefallen ist.«
»Guter Plan. Und danach fahren wir zu dem Mann, bei dem Kommissar Peters die erste Vermisstenmeldung entgegengenommen hat. Der hieß Borgwardt, richtig?« Kim notierte sich den Namen in ihr Notizbuch und klappte es zu. Während sie schnell den letzten Schluck ihres *LICKs* trank, winkte sie die Bedienung heran. »Ich möchte zahlen.« Sie kramte ihr Portemonnaie hervor. Dabei fiel ihr Blick auf ihr Handy. »Amy hat siebenmal versucht, mich anzurufen.«
»Oh, mich hat sie zehnmal angerufen. Nicht, dass was mit Papa ist oder so.« Marie tippte auf ihr Handy und sprach dann mit Amy. »Okay, wir kommen.« Sie legte auf. »Amy hat einen starken Verdacht.«
»Starken Verdacht?« Kim zog die Augenbrauen hoch.
»Hat sie so gesagt. Kommt, lasst uns zu ihr fahren. Vielleicht ist ja was dran. Zu Frau Briel und Herrn Heimann fahren wir einfach später.«
Kim zögerte. »Ich hab das Gefühl, sie will sich wichtigmachen.«
»Na ja, immerhin ist ihr geliebter Sweety auch weg«, gab Franzi zu bedenken.
Als die drei Detektivinnen kurze Zeit später mit ihren Rädern auf dem Parkplatz des Supermarktes ankamen, wo auch heute wieder gedreht wurde, lief Amy ihnen sofort entgegen. Die Mädchen schlossen ihre Räder hinter dem Cateringwagen ab, der am Rand parkte und das Team in den Drehpausen mit

Speisen und Getränken versorgte. Es war gerade Mittagspause, die Teammitglieder saßen an langen Tischen, die die Cateringfirma aufgebaut hatte, und aßen Steaks mit Pommes. Grevenbroich und King standen an dem großen Cateringwagen mit der Aufschrift *FilmSatt* und tranken Kaffee.

»Dahinten!« Amy zeigte auf Hannes Bär, der Kim gestern schon aufgefallen war. Er streichelte gerade Fernsehhund Bommel und hielt ihm ein Leckerli hin.

»Der Typ verhält sich äußerst *strange*. Der hängt die ganze Zeit an Bommel dran«, berichtete Amy. »Und als ihr gestern weg wart, hat er sich sehr lange mit Sweety beschäftigt und mich dann total ausgefragt. Wer weiß, vielleicht hat er mich verfolgt, als ich mich auf den Weg ins Villenviertel gemacht habe?!«

Franzi sah Marie nachdenklich an. »Hat Frau Briel nicht gesagt, dass der Mann, der mit einigen Hunden in eurem Wohnviertel in letzter Zeit öfter spazieren geht, eine Glatze hat und klein ist? Das würde ja zutreffen.«

»Stimmt. Auf seinem T-Shirt steht etwas von der Tierpension *Hund Katze BÄR*. Die sollten wir uns unbedingt anschauen«, schlug Kim vor.

»Ich hab eine Wasserflasche von Bär gesichert. Darauf müssten seine Fingerabdrücke sein. Ich hol sie mal.« Amy verschwand Richtung Maskenmobil.

Kim blickte ihr angestrengt hinterher.

»Fingerabdrücke schaden ja nicht«, beschwichtigte Marie.

Franzi nickte zustimmend. »Wollen wir uns aufteilen?«

»Wie wäre es, wenn Kim hierbleibt und Bär beschattet, und Marie und ich fahren hin?«, schlug Franzi vor.

»Okay, ich suche mal seine Adresse im Netz.« Kim vertiefte sich in ihr Handy.
»Top! Und ich hole uns mal ein bisschen Proviant«, schlug Marie vor.
»Ich verschwinde kurz zur Toilette.« Franzi lief Richtung Supermarkteingang.
»Ah, du willst mich mit Kuchen bestechen, damit ich freundlicher zu Amy bin?«, sagte Kim, als Marie mit drei kleinen Törtchen zurückkam.
Maries Handy klingelte. Sie drückte Kim die kleinen Pappteller in die Hand und holte ihr Handy aus der Tasche. »Unterdrückte Nummer?« Marie tippte auf das Display. »Marie Grevenbroich. … Was? Ist es sehr schlimm? Nein, ich komme lieber sofort!« Marie stopfte sich das kleine Törtchen als Ganzes in den Mund, steckte das Handy in die Tasche und suchte ihren Fahrradschlüssel.
Kim guckte sie besorgt an. »Was ist passiert?«
»Finn ist im Kindergarten hingefallen und hat eine Platzwunde an der Lippe. Ich fahre schnell hin, mein Vater kann hier ja auch nicht einfach so weg.«
»Hoffentlich ist es nicht so schlimm!« Das Mittagessen war vorbei und Kim beobachtete, wie King und Grevenbroich sich gerade mit dem Regisseur über die nächste Einstellung unterhielten.
Franzi kam dazu. »Wollen wir los?«
»Ich muss zu Finn. Er hat sich verletzt. Bis später!« Marie verschwand mit ihrem Fahrradschlüssel hinter dem Cateringfahrzeug und kam mit blassem Gesicht sofort wieder zurück. »Jemand hat unsere Vorderreifen zerstochen. Sie sind platt.«

Kim und Franzi folgten ihr ungläubig. Tatsächlich: Alle drei Vorderreifen waren platt.
»Was soll das denn?« Kims Handy klingelte. »Ben, ist es was Wichtiges? Unsere Räder sind gerade ... Was? Pablo ist weg? Ja, ich komme.« Kim war fassungslos.
»*Oh! My! God!*« Das war Amy, die sich erschrocken die Hand vor den Mund hielt. In der anderen Hand hielt sie eine Wasserflasche.
»Wir wollten uns aufteilen, aber daraus wird nichts. Ich frage Henry, ob er mich zum Kindergarten fährt und dich vorher zu Hause absetzt, okay, Kim?« Marie lief los zum Produktionsfahrer, der die drei !!! früher schon mal gefahren hatte und den Marie seit vielen Jahren kannte.
»Mist, dann muss ich hierbleiben und Bär beschatten«, stellte Franzi fest. »Und wer fährt dann zur Pension?«
»*I can do that*«, schlug Amy schnell vor.
Kim überlegte kurz. Eigentlich wollte sie nicht, dass Amy ihnen half, aber gerade gab es keine bessere Lösung. »Na gut, aber du darfst mit niemandem über unsere Ermittlungen sprechen. Und mach am besten ein paar Fotos, aber bitte unauffällig.«
Amy hielt die Wasserflasche hoch. »*Undercover! I understand!* Was machen wir mit den Fingerabdrücken?«
»Die untersuchen wir später.« Kim holte eine Plastiktüte aus ihrer Tasche und beförderte die leere Flasche hinein. Dann verstaute sie das Beweismaterial in ihrer Tasche.

Fest stecken

»Du bist schuld! Du weißt doch, dass man Pablo nicht allein im Garten lassen darf!«
»Und warum bist du dann reingegangen?«
»Du warst doch noch draußen!«
»Aber ich wollte auch rein!«
Kim hörte den lauten Streit ihrer Brüder schon, als sie aus Henrys Auto ausstieg. Ihr Wohnhaus war zwar nur einen Katzensprung vom *Superkauf* entfernt, aber jetzt zählte jede Minute, wenn sie Pablo wiederfinden wollten. Sie beugte sich hinunter zum geöffneten Autofenster. »Alles Gute für Finn. Hoffentlich ist es keine schlimme Wunde!«
»Danke. Und dir drücke ich die Daumen, dass ihr Pablo schnell findet!«, sagte Marie mit besorgtem Gesichtsausdruck. »Wenn bei Finn alles klar ist, kann ich bei der Suche helfen!«
»Danke! Und danke, Henry, fürs Mitnehmen!« Kim schlug die Autotür zu und lief in den Garten der Jülichs. »Ich denke, ihr seid Superheldendetektive. Warum steht ihr denn hier noch rum? Wir müssen doch Pablo suchen!«
Die Zwillinge sahen ihre Schwester betroffen an.
»Aber wo?«, fragte Ben, und Lukas nickte. »Er kann ja überall sein.«
»Aber rumstehen bringt auch nichts. Lukas, hast du ein Foto von Pablo auf dem Handy?«
»Klaro!«
»Dann druck mal auf Papas Computer ein paar Bilder aus.

Wir teilen uns schon mal auf, Ben. Du suchst die Gärten mit den ungeraden Hausnummern ab und ich die andere Straßenseite.
»Aye, aye, Sir!«
Lukas lief ins Haus und Ben auf die Straße. Kim hoffte, dass Pablo gleich auftauchen würde und dass sein Verschwinden absolut nichts mit der Entführung der Hunde in Maries Wohnviertel zu tun hatte. Zum Glück wohnten die beiden in unterschiedlichen Stadtteilen und Kim wusste auch, dass Pablo momentan einen großen Freiheitsdrang hatte. Beides sprach dafür, dass er einfach nur weggelaufen war.
»Pablo!«, riefen sie und Ben, als sie die Straße entlanggingen.
Ein »Wauwau!« ertönte.
Ben horchte auf. »Pablo?«
»Ach, Mist, das kam hier raus.« Kim zeigte auf ihre Tasche. »Das ist mein neuer Handyklingelton, den ich gemeinsam mit Finn ausgewählt habe.«
Da kam Lukas mit einigen Computerausdrucken angerannt. Es waren Bilder von Pablo darauf. »Wollen wir die hier überall aufhängen?«
Kim nahm einen Ausdruck. »Ja, gute Idee, aber wir müssen noch eine Telefonnummer draufschreiben. Und dass er vermisst wird.«
Kim wühlte in ihrer Tasche nach einem Stift und schrieb *Vermisst* über das Bild und darunter ihre Telefonnummer.
»Ich hab sogar an Klebeband gedacht.« Lukas klebte einen fertigen Zettel an eine Laterne.
»Wo kann er denn sein? Hat er heute schon gefressen?«, fragte Kim ihre Brüder.

»Du hast ihn ja heute Morgen gefüttert. Hat er da viel gefuttert?«, wollte Ben von Lukas wissen.
»Wieso ich? Du warst dran mit Füttern!«
»Ehe ihr euch jetzt wieder streitet«, unterbrach Kim die beiden, »wir halten fest: Niemand hat Pablo gefüttert und er wird hungrig sein.«
Ben und Lukas nickten betreten und begannen, einen weiteren Computerausdruck an der nächsten Straßenlaterne anzubringen. Kim bemerkte, dass sie sich dabei vorwurfsvolle Blicke zuwarfen. Sie war sauer auf ihre Brüder, weil sie nicht besser auf Pablo aufgepasst hatten. Allerdings musste sie sich eingestehen, dass Pablo ihr neulich auch weggelaufen war. »Lasst uns erst mal weiter alle Nachbarn abklappern«, schlug sie vor.
Als sich die drei nach einer halben Stunde im Garten der Jülichs wieder trafen, wich Kims Zuversicht, dass Pablo gleich auftauchen würde, einem komischen Gefühl. Was, wenn in der ganzen Stadt Hunde verschwanden? Hätte sie ihren Brüdern doch schon früher von den vermissten Hunden erzählen und ihnen einbläuen sollen, gerade jetzt besonders gut auf Pablo aufzupassen?
»Ich muss euch was sagen. Aber ihr müsst mir versprechen, dass ihr mit niemandem darüber redet.« Kim setzte sich auf die Gartenliege, die mitten auf dem Rasen stand. Ben und Lukas hockten sich vor ihr ins Gras und warteten gespannt ab.
»In Maries Wohnviertel sind vier Hunde verschwunden. Wir ermitteln bereits, haben aber bis jetzt nur grobe Vermutungen.«
»Meinst du, Pablo wurde entführt?«, fragte Ben aufgeregt.

»Ich hoffe es nicht, aber wir können es auch nicht ausschließen.« Kim entdeckte ihren Vater, der durch die geöffnete Terrassentür in den Garten kam. Schnell bedeutete sie ihren Brüdern, vorerst nichts zu sagen, indem sie kurz ihren Zeigefinger vor ihren Mund hielt. Lange würden sie es allein wegen der Vermisst-Bilder in der Straße nicht geheim halten können, dass Pablo verschwunden war. Aber Kim brauchte ein bisschen Zeit, um nachzudenken, und konnte einen aufgeregten Vater gerade nicht gebrauchen.

»Oh, hallo, Kim, wie schön, dass du auch mal wieder da bist. Na, wie ist dein Urlaub in der Villa Grevenbroich?« Herr Jülich setzte sich neben seine Tochter auf die Gartenliege, die quietschte.

»Ganz gut. Aber nicht wirklich entspannt. Joe und Amy King aus Amerika sind da auch gerade zu Besuch«, berichtete Kim.

»Waaaas? Joe King ist in der Villa Grevenbroich? Wieso hast du das nicht früher gesagt?«, wollte Ben wissen.

Herr Jülich sah seinen Sohn überrascht an. »Muss man den kennen?«

»Mann, Papa, der hat den Vater von Coolman in dem Superheldenfilm gespielt«, erklärte Ben aufgeregt.

»Coolman?« Herr Jülich zog die Stirn kraus. »Muss man *den* kennen?«

»Ja, und er spielt einen der Polizisten in *Cops and the City*«, erklärte Kim ihrem Vater. »Maries Vater ist mit ihm befreundet.«

»Cool!«, rief Ben.

»Wo ist denn eigentlich Pablo?« Herr Jülich suchte den Garten ab.

»Bestimmt im Keller«, sagte Kim schnell und warf ihren Brüdern verschwörerische Blicke zu. »Vielleicht war es ihm hier draußen zu warm.«

»Okay, welcher von euch Coolmen möchte einen coolen Eistee?«, fragte Herr Jülich.

»Ich!«, riefen die Zwillinge zeitgleich.

»Ich nicht, danke, Papa.«

»Du verschmähst selbst gemachten Eistee? Bist du krank, Kim?«

»Nee, alles gut, aber ich hatte gerade schon zwei *LICKs*.«

Als Herr Jülich wieder im Haus verschwunden war, wandte Kim sich an ihre Brüder. »Ihr habt einen Auftrag.«

»Oh, cool, als Superheldendetektive?« Ben hüpfte in die Höhe.

»Nein. Euer Auftrag ist es zu schweigen. Ihr erzählt niemandem, dass King in der Villa ist, und ihr erzählt Mama und Papa nicht, dass Marie, Franzi und ich einen Fall haben.«

»Okay, und was machen wir jetzt?«, wollte Lukas wissen.

»Nicht *wir*, *ich*. Wartet mal kurz.« Kim überflog jetzt die Nachricht, die sie vorhin bekommen hatte. Sie war von Marie, die schrieb, dass Finn gar nicht hingefallen war und dass auch niemand aus dem Kindergarten bei ihr angerufen hatte.

Angestrengt dachte Kim nach. Erst die zerstochenen Fahrradreifen und jetzt ein gefälschter Anruf. Wollte sie etwa jemand von den Ermittlungen abhalten? Aber wer sollte das sein?

Plötzlich war ein Bellen zu hören.

»Das war aber jetzt nicht dein Handy, oder?« Ben blickte sich im Garten um, als im selben Moment Pablo durch die Rosenhecke in den Garten gesprungen kam.

»Mensch, Pablo, musst du uns so einen Schrecken einjagen?!« Kim wuschelte dem Hund erleichtert über das Fell.

Pablo wedelte mit dem Schwanz und sprang an den Zwillingen hoch, während die beiden noch ein bisschen gespielt streng mit ihm schimpften.

»Hast du irgendwo etwas gegessen?«, wollte Lukas von seinem Hund wissen.

Pablo kläffte und leckte sich mit der Zunge über das Maul.

»Du darfst aber nichts von Fremden annehmen. Komm, ich mach dir jetzt was zu futtern.« Lukas schob Pablo Richtung Terrassentür.

Jetzt bellte es wieder, dieses Mal war es Kims Handy. Es war eine Nachricht mit Fotos, die Amy an die drei !!! gesendet hatte. Kim wischte über das Display ihres Smartphones. Es waren Bilder von Bärs Tierpension. Auf dem ersten sah sie einen großen Garten, dann ein Haus mit einem Schild, auf dem »Hund Katze BÄRs Tierpension« stand, und beim dritten Bild stockte Kim der Atem. Darauf waren einige Hunde, unter anderem ein Golden Retriever, hinter der Glasscheibe im Erdgeschoss zu sehen.

»Ist was?« Ben schaute seine Schwester mit großen Augen an.

»Nein. Warum?« Schnell tippte Kim eine Nachricht an Marie und Franzi: *Pablo wieder aufgetaucht! Sofortiges Treffen am Set und Bär verhören?*

Beide antworteten unmittelbar mit *!!!*, das hieß bei den drei !!! so viel wie »Ja!«.

»Okay, Ben, die Superheldendetektive haben noch zwei Aufgaben: Die Suchbilder von Pablo wieder abnehmen, sodass

Mama und Papa nichts mitbekommen, und auf Pablo aufpassen. Und zwar richtig. Und das meine ich ernst!«
Kims Vater kam mit einem Tablett in den Garten, das er auf den Tisch stellte.
»Ich muss los!« Kim stand auf und umarmte ihren Vater.
»Schade.«
»Ja, wir müssen Finn aus dem Kindergarten abholen«, behauptete Kim schnell. »Mach es gut, Papa. Und gib Mama einen Kuss von mir.«
Da sie beim *Superkauf* um die Ecke wohnte, war Kim schnell wieder auf dem Parkplatz. Sie war außer Puste und hätte jetzt alles für den selbst gemachten Eistee ihres Vaters gegeben. Franzi stand direkt neben Bär, streichelte Hund Bommel über das Fell und unterhielt sich mit dessen Tiertrainer Timo Specht. Kim stellte sich dazu und begrüßte die Männer. Kim und Franzi verständigten sich mit Blicken. Sie mussten handeln und Bär ansprechen. Zum Glück kam in diesem Moment auch Marie dazu. »Henry hat Finn und mich mitgenommen.«
Finn lief zu Bommel und wollte ihn streicheln. Da er aber gegen den Strich streichelte, wollte Bommel nicht so recht und wich zurück. Daraufhin kniete Bär sich zu Finn.
»Guck mal, du musst das so machen.« Bär hielt Bommel seine Hand hin. »Erst mal muss der Hund dich riechen, danach lässt er sich auch streicheln. Aber in die Richtung, in die das Fell wächst.« Bär machte es vor und Finn machte es nach. Der Junge strahlte.
»Es scheint, Sie haben ein Händchen für Tiere *und* Kinder«, stellte Marie fest. Sie hielt Bär ihre Hand hin. »Guten Tag.«

»Hallo, Marie. Ich kann immer noch nicht glauben, dass du die Tochter vom Kommissar bist.« Bär schüttelte Marie die Hand.

»Nicht nur das. Ich bin auch Detektivin.«

»Ach was, das ist ja interessant.« Bär lächelte Marie freundlich an.

»Wir«, Marie zeigte auf Kim, Franzi und sich selbst, »sind zusammen die drei !!! und ermitteln gerade in einem Fall von Hundeentführung.«

Bär sah Marie erschrocken an. »Echt?«

»Ja, in dem Villenviertel, in dem wir leben, wurden vier Hunde entführt. Mit einem von den Hunden haben sie hier gestern am Set auch gespielt.«

Bär, der die ganze Zeit noch neben Finn und Bommel gehockt hatte, stand auf.

»Wir müssen momentan jede Spur verfolgen. Sie wurden in letzter Zeit öfter dort mit Hunden an der Leine gesehen«, schaltete Kim sich ein. »Einer der Hunde, der vermisst wird, ist ein Golden Retriever. Eine verlässliche Quelle hat uns bestätigt, dass sich in Ihrer Pension ebenfalls so ein Hund befindet.«

Bär wollte gerade antworten, da klingelte sein Handy. »Entschuldigt mich bitte kurz.« Der Mann entfernte sich ein Stück und sprach so leise in sein Telefon, dass die drei !!! nichts verstehen konnten.

Marie hockte sich zu Finn, der sich noch immer mit Bommel beschäftigte. »Willst du Papa gleich mal Hallo sagen?«, fragte sie ihren kleinen Bruder. Der nickte sofort. »Aber nur mit dir!«

Marie nahm Finn auf den Arm. »Guck mal, er ist dahinten. Ich muss hier noch kurz mit dem Mann sprechen.«

»Ich will bei dir bleiben!« Finn schlang seine Ärmchen um Maries Hals.

»Ich auch bei dir, meine süße Nudel.« Marie gab ihrem Bruder ein Küsschen. »Keine Sorge, wir bleiben zusammen.«

Bär, der jetzt ziemlich hektisch wirkte, kam auf die drei Mädchen zu. »Entschuldigung, ihr drei, wir müssen zu einem anderen Zeitpunkt reden, ich muss jetzt ganz schnell los. Doch eins möchte ich euch noch sagen: Ich hab mit der Entführung nichts zu tun, falls ihr das denkt.«

»Warum wurden Sie dann im Villenviertel …?«, setzte Kim an, doch Bär ließ sie nicht zu Wort kommen.

»Ein anderes Mal können wir uns gerne unterhalten.« Der kleine Mann winkte den Mädchen zu, strich Finn über den Arm und verschwand.

Kim zog ihr Handy aus der Tasche und guckte sich noch mal das Foto von Sweety auf ihrem Handydisplay an. »Undercoververfolgungsjagd?«

»Womit?«, fragte Franzi ratlos.

»Ach ja, die zerstochenen Reifen. Können wir noch mal Henry fragen?« Kim tippte eine Nachricht an Amy. »Kommen jetzt zur Pension. Was gibt es Neues?«

Zeitgleich machten die Handys der Detektivinnen daraufhin Töne.

Kim las als Erste die Nachricht. »Von Amy. Sie will sich mit uns an der Villa treffen, wir sollen auf keinen Fall zur Pension kommen.«

»Aber warum?«, überlegte Marie.

»Ich will jetzt zu Papa!«, quäkte Finn dazwischen.
»Gleich, Finn. Guck mal, der spricht gerade mit dem Regisseur.«
Grevenbroich hatte Finn und Marie ebenfalls entdeckt und winkte ihnen fröhlich zu.
»Gibt es Neuigkeiten wegen der entführten Hunde?« Grevenbroich näherte sich den drei Mädchen.
»Ich kann dir keine Auskunft geben, Papa.« Marie sah ihren Vater ernst an. »Du beziehst uns ja auch nicht in deine Überlegungen mit ein.«
»Das ist was ganz anderes. Das hat mit meinem Beruf zu tun.« Grevenbroich kitzelte Finn am Bauch. »Na, mein kleiner Räuber.«
Kim beobachtete, dass Marie schlucken musste. »Dann ist es nicht wirklich was anderes. Aber egal, kommt, wir müssen los.« Ohne sich zu verabschieden, lief Marie mit Finn auf dem Arm zu Henry, der gerade am Catering-Stand einen Kaffee trank.
»Tschüss, Finn!« Grevenbroich winkte seinem Sohn. »Und tschüss, Marie!« Finn winkte zurück, aber Marie drehte sich nicht noch mal um.
»Könnt ihr meiner Tochter und Tessa ausrichten, dass Joe und ich heute nicht zum Abendessen kommen können? Wir haben noch ein Arbeitstreffen.«
Kim fiel auf, dass Grevenbroich ziemlich müde aussah. »Machen wir.«
Kim und Franzi verabschiedeten sich von ihm und folgten ihrer Freundin.
»Ich hab gerade Zeit. Ich fahr euch schnell zur Villa und eure

Räder auch.« Henry half den Mädchen, ihre Fahrräder in seinen Kleinbus einzuladen.

»Danke, Henry, du bist super!« Marie lächelte den Fahrer kurz an, wurde aber gleich wieder ernst.

Während der Fahrt schwiegen die Mädchen. Henry hatte extra den Kinderradiosender *Teddy-Bär* angeschaltet, wo gerade der Titelsong von Finns Lieblingsfeuerwehrhörspiel lief.

»Feuerwehrmann Frank ist auf dem Schrank«, sangen er und Finn lauthals mit.

Kim versuchte, ihre Gedanken zu ordnen. Alles war so kompliziert geworden, seit diese Hollywoodstars in der Villa lebten.

Bei der Villa angekommen, half Henry den Mädchen, die Räder wieder auszuladen.

Tessa kam ebenfalls gerade an und stellte ihr Rad ab. »Was ist denn mit euren Rädern passiert?«

»Ein blöder Streich. Jemand hat die Reifen zerstochen«, erklärte Marie und hob Finn aus dem Auto.

»Wer macht denn so was?« Tessa nahm ihn auf den Arm und drückte ihn an sich. »Na, mein kleiner Räuber.«

»Ich bin kein Räuber. Ich bin Feuerwehrmann in Hullewutt.« Finn begann wieder, das Feuerwehrlied zu singen.

»Was hältst du denn eigentlich von Papas Plänen?« Marie sah Tessa gespannt an.

Maries Stiefmutter setzte Finn ab, der sich einen Stock schnappte und damit herumfuchtelte. »Feuer!«, rief er und lief los.

»Es ist eine Chance für ihn«, sagte Tessa.

»Aua!« Finn fing an zu weinen. Er war hingefallen.

Tessa seufzte. »Wir reden später.«

»Wir sollen ausrichten, dass dein Mann und Joe heute nicht zum Abendessen kommen«, fiel Kim wieder ein.

»Dann mache ich jetzt mal Abendessen für kleine Feuerwehrmänner.« Tessa hockte sich zu Finn und nahm ihn in den Arm.

Marie stemmte die Arme in die Hüften. »Und wer macht Essen für große Detektivinnen?«

»Die müssen in den Garten kommen!«, schallte Amys Stimme aus Richtung Terrasse.

Tessa zwinkerte den Mädchen zu und lief mit Finn auf dem Arm die Treppenstufen hinauf.

Die drei !!! gingen an der Villa vorbei in den hinteren Teil des Gartens. Dort saß Amy auf einer Picknickdecke. Darauf standen vier Teller und eine Menge Leckereien.

Kim lief das Wasser im Mund zusammen.

»Guckt, was ich gerade entdeckt habe.« Amy war aufgestanden und kam mit ihrem Handy den drei !!! entgegen. Auf dem Display war ein Foto zu sehen, auf dem eindeutig Sweetys Schlappohren hinter der Fensterscheibe im Erdgeschoss von Bärs Tierpension zu sehen waren.

»Das gibt's doch nicht!«, entfuhr es Kim.

»Wo ist Sweety jetzt?«, wollte Franzi wissen.

Amy zog verwundert die Augenbrauen zusammen. »Na, bei Bär.«

»Und warum sollten wir dann hierherkommen und nicht in die Pension?« Marie zog ihre Schuhe aus und warf sie auf die Wiese. Dann setzte sie sich auf die Decke.

Amy setzte sich neben sie und hielt den drei Detektivinnen ihr

Handy hin. Darauf war ein Bild, auf dem Bär mit Sweety an der Leine spazieren ging.

»Er kam, kurz nachdem wir uns geschrieben hatten. Und da es von den anderen vermissten Hunden keine Spur gab, dachte ich, wir warten lieber erst mal ab«, erklärte Amy und klopfte auf den Platz neben sich. »Wollt ihr nicht erst mal was essen?«

»Aber ein Golden Retriever ist doch auch auf den Bildern zu sehen. Das könnte doch Biene von Frau Briel sein«, überlegte Kim.

»Wie kannst du hier so entspannt auf der Wiese sitzen und was essen, wenn dein Hund in der Gewalt eines Hundeentführers ist?«, fragte Franzi ungläubig. »Das arme Tier! Wer weiß, was dieser Bär vor-ha-ha-tschiii!«

Kim zog ein Taschentuch aus der Tasche ihres Jeansrocks und reichte es Franzi. »Wieder der Heuschnupfen?«

Franzi putzte sich die Nase. »Ja, geht wieder los. Es sind bestimmte Gräser, auf die ich allergisch bin. Heute Abend nehme ich eine Tablette.«

»Bär war echt *sweet* zu Sweety. Ich wusste auch nicht, was ich machen sollte«, versuchte Amy sich zu rechtfertigen.

»Da hat sie nicht ganz unrecht«, wiegelte Marie ab. »Was hätte sie denn machen sollen? Sie war allein da. Wer weiß, wozu der Typ fähig ist?!«

Kim hatte zwar Hunger und der Duft des frisch aufgeschnittenen Baguettes stieg verführerisch in ihre Nase, aber sie hatte das Gefühl, dass sie schnell handeln mussten und nicht essen konnten. »Warum hast du uns hierherbestellt? Wenn wir zur Pension gekommen wären, hätten wir vielleicht etwas tun können. Und woher hast du das ganze Essen?«

»Ich war nicht sicher, ob Bär mich gesehen hat, da bin ich lieber ins Taxi gesprungen«, erklärte Amy, »und bei *Feinkost Friedrich* im Holunderweg vorbeigefahren.«
»Aber gerade hast du doch noch gesagt, du hast uns zur Villa bestellt und kurz danach ist Bär erst aufgetaucht?«, hakte Franzi skeptisch nach.
Amy wurde nervös. »Ich weiß auch nicht mehr genau, wie es war. Ihr quetscht mich ja total aus und unterstellt mir, dass ich alles falsch mache.«
Kim hockte sich auf die Picknickdecke, nahm ein Stück Baguette und tunkte es in ein Glas mit Schokoladencreme. Mit vollem Mund ließ es sich besser nachdenken. »Wisst ihr«, meinte sie, nachdem sie auch den zweiten Bissen heruntergeschluckt hatte, »es gibt etwas, das überhaupt nicht zusammenpasst.«
»Was denn?« Franzi hatte sich nun auch auf die Decke gesetzt und biss in ein Baguette mit einer Scheibe Käse darauf.
»Alle drei Hunde, die hier im Viertel entführt wurden, sind Rassehunde. Ein Golden Retriever, ein Labrador und ein Schäferhund. Was will der Entführer mit einem Mischlingshund?«
»Willst du sagen, dass Sweety nicht *sweet* ist?« Amy sah Kim beleidigt an.
»Doch, klar ist er süß, aber darum geht es doch gar nicht. Mit Rassehunden lässt sich eher Geld verdienen. Mit Mischlingshunden nicht so«, bestätigte Franzi und nieste mehrmals hintereinander.
»Aber dafür braucht man die Papiere vom Hund«, überlegte Kim.

»Die kann man ja fälschen«, meinte Franzi.
»Stimmt.« Kim steckte sich ein weiteres Stück Baguette in den Mund. »Und was ich auch nicht verstehe: Wer will uns von den Ermittlungen abhalten? Hat Bär vielleicht einen Komplizen?«
Amy sah verwundert aus. »Warum denn abhalten?«
»Na, die zerstochenen Fahrradreifen und dann der Anruf aus dem Kindergarten«, erklärte Marie.
»Ach ja, wie geht es Finn denn überhaupt?«, wollte Amy nun wissen.
»Er hat sich gar nicht verletzt. Niemand hat aus dem Kindergarten angerufen.« Marie nahm sich ein kleines Schälchen. »Amy, du bist echt gemein!«
Amy erschrak. »Warum?«
»Du kannst mir doch abends keine Pannacotta anbieten. Das muss ich jetzt alles aufessen und dann platze ich.«
Amy lachte. Kim hatte das Gefühl, dass es nach Erleichterung klang.
»Lasst uns nach dem Essen unsere Reifen flicken. Wir brauchen die Räder«, schlug Franzi vor. »Ich hab Blake schon abgesagt. Er wollte uns helfen, aber das können wir ja wohl auch allein.«
»War er sauer?« Marie kratzte das kleine Gläschen mit dem süßen Dessert aus.
»Nicht wirklich. Und was ist mit Holger?«
»Ich hab ihm gesagt, dass ich einen leichten Sommerschnupfen habe. Blöde Ausrede, aber mir ist nichts Besseres eingefallen. Ich schaffe es gerade einfach nicht, ihn zu treffen.« Seufzend nahm sich Marie noch ein kleines Dessertgläschen.

Detektivtagebuch von Kim Jülich
Mittwoch, 22:35 Uhr

Der Fall ist wirklich vertrackt. Es gibt einige Ungereimtheiten und ständig werden wir daran gehindert, zu ermitteln.
Komisch, es spricht ja vieles dafür, aber ich kann mir im Leben nicht vorstellen, dass Bär der Entführer ist. Obwohl ich die Fotos von Sweety mit Bär gesehen habe.
Irgendwas passt da einfach nicht zusammen. Aber was?
Nicht, dass das unser letzter Fall wird und wir ihn noch nicht mal lösen können?! Wie deprimierend wäre das denn?
Wir hatten ja an der Wasserflasche, die Amy gesichert hat, Bärs Fingerabdrücke und haben nach dem Essen noch unsere Räder auf Fingerabdrücke untersucht, aber nichts gefunden.
Vielleicht sind wir dem Täter auf der Spur und wissen es gar nicht? Warum sonst sollte jemand unsere Fahrradreifen zerstochen haben? Doch wohl, um unsere Mobilität zu behindern! Wenn nur das passiert wäre, hätte ich an einen Streich geglaubt, aber die Sache mit dem Anruf wegen Finn, von dem im Kindergarten niemand etwas wusste, bekräftigt meine Vermutung, dass da was faul ist. Marie wurde absichtlich weggelockt und unsere Reifen wurden vorsätzlich zerstochen! Ob Pablos Verschwinden ein Zufall war? Oder wurde ich auch vom Set weggelockt?
Da Amy schon wieder den ganzen Abend an uns dranklebte, haben wir über unsere Handys verabredet, dass wir morgen allein zu Hannes Bärs Tierpension fahren. Amy wollen wir auf eine andere Fährte schicken. Sie soll zum Set fahren und dort Bär ins Visier nehmen.

Geheimes Tagebuch von Kim Jülich
Mittwoch, 23:07 Uhr

► Achtung! Wer heimlich dieses Tagebuch liest, erfährt nie wieder auch nur ein Detail über unsere Ermittlungen. Er oder sie bekommt ein Hundekostüm und muss als Stuntdog für Fernsehhund Bommel arbeiten. ◄

Ich hätte nicht gedacht, dass ich David in den Ferien so sehr vermissen würde. Auch wenn Franzi und Marie meine allerbesten Freundinnen sind und noch dazu die coolsten Mädchen, die ich kenne! Aber leider fehlt David mir sehr. Man kann so gut über ALLES mit ihm reden und er kennt sich mit so vielen Dingen aus. Wer weiß, vielleicht hätte er in Windeseile unsere Fahrradreifen geflickt (wir haben zwei Stunden gebraucht) und uns nebenbei noch über die Psyche von Hundeentführern aufgeklärt.

In letzter Zeit habe ich öfter über Davids und mein gemeinsames Schreibprojekt nachgedacht und hatte eine Idee: David und ich könnten einen Fantasy-Krimi zusammen schreiben, in dem ein Mädchen und ein Junge verdächtigt werden, ein besonderes Einhorn aus dem Wald der Feen entführt zu haben. In Wirklichkeit haben die Täter falsche Fährten gelegt. Das Verschwinden des Einhorns hat fatale Folgen, denn ohne die Kraft seines Horns können die Tiere und Pflanzen in dem Wald nicht überleben. Der Junge und das Mädchen müssen nun beweisen, dass sie es nicht waren, und das Einhorn finden. Dabei verlieben sie sich ineinander (Ähnlichkeiten mit David und mir sind reiner Zufall ☺) und zum Schluss gibt es ein Happy End.

Ich freue mich so darauf, wenn David endlich wieder da ist und ich ihm von meiner Idee erzählen kann. Das gemeinsame Schreibprojekt bringt uns bestimmt noch näher zusammen. Es ist so toll, mit David Pläne zu schmieden. Außerdem ist er wirklich lustig. Dauernd müssen wir über irgendwas lachen.

Momentan ist mir leider gar nicht zum Lachen zumute. Das liegt vor allem daran, dass unsere Ermittlungen stocken und dass wir nicht wissen, ob Marie viel-

leicht wegziehen muss. Amy geht mir ehrlich gesagt total auf die Nerven. Ständig behindert sie die Ermittlungen, will sich einmischen und mitmischen. Das nervt!
20 Minuten später:
David hat mich gerade angerufen. Es war so schön, seine Stimme zu hören! ☺
Er hat gesagt, dass er mich auch vermisst. ♥♥♥
Wie toll!!!
Ich hab ihm kurz von meiner Schreibidee erzählt und er fand sie gut! Juchu!!!
Zum Thema Amy meinte er, dass ich mich einfach nicht um sie kümmern soll. Wie soll denn das gehen? Also von einer Sache hat er mal keine Ahnung, und zwar davon, wie man mit nervigen Mädels umgeht!

Erzwungenes Geständnis

»Kim! Wo bist du? Komm jetzt!«, rief Marie laut.
Aber Kim konnte sich nicht bewegen. Schweiß tropfte von ihrer Stirn. Sie versuchte zu rufen, doch niemand hörte sie.
»Wir können nicht länger warten!« Das war Franzis alarmierte Stimme. »Er kommt.«
Kim zitterte am ganzen Körper. Sie saß in einer Hundehütte fest. Sie hatte Hannes Bär heimlich überführen wollen, aber er hatte sie reingelegt und in der Hütte eingesperrt.
»Wir können nicht mehr warten!«, rief Amy.
Kim hörte, wie ihre Freundinnen davonliefen. Jetzt war sie ganz allein und Bär ausgeliefert. Sie hörte ein lautes Knarren und … schreckte auf.
Schwer atmend saß sie auf der Matratze in Maries Zimmer. Ängstlich sah sie sich um. Durch das geöffnete Fenster fiel silbriges Licht. Ein Hund bellte. Es war Vollmond. Hatte sie deshalb so schlecht geträumt?
Marie und Franzi, die links und rechts von ihr schliefen, atmeten ganz ruhig. Kims Blick fiel auf Amys Bettenlager. Die Decke war aufgeschlagen und von Amy gab es keine Spur. Die Badezimmertür stand zwar offen, aber im Bad war es dunkel. Wo war Amy denn? Kim stupste vorsichtig Maries Arm an. Aber die murmelte nur etwas Unverständliches, drehte sich um und schlief weiter. Auch Franzi drehte sich einfach weg, als Kim sie antippte. Franzi war wahrscheinlich im Tiefschlaf, denn die Tabletten gegen die Allergie machten sie immer sehr müde.

Vorsichtig stand Kim auf und schlich zur Tür. Dabei stolperte sie über Amys Handtasche, die auf dem Boden lag. Die Tasche kippte um. Es klimperte. »Au!« Kim war auf einen spitzen Gegenstand getreten. Sie bückte sich und tastete im Dunkeln vorsichtig danach. Im schwachen Lichtschein drehte Kim den Gegenstand in ihren Händen. Er hatte die Umrisse eines Steakmessers. Kims Augen gewöhnten sich immer besser an die Dunkelheit. Auf dem Griff des Messers konnte sie den Schriftzug *FilmSatt* erkennen. Kim brauchte einen Moment, dann fiel ihr wieder ein, dass die Cateringfirma am Set der *Vorstadtwache* so hieß und dass es gestern dort Steaks zum Mittagessen gegeben hatte. Was machte das Messer in Amys Tasche? Kim erstarrte. Waren die Fahrradreifen etwa damit zerstochen worden?

Jetzt wollte Kim unbedingt ihre Freundinnen wecken, aber sie hörte Schritte, die sich von außen der Zimmertür näherten. Schnell versteckte sie das Messer unter dem Teppich und war mit einem Satz wieder auf ihrer Matratze. Sie konnte sich gerade noch hinlegen, als die Tür leise aufging und Amy hereinkam.

Angestrengt überlegte Kim, was sie nun machen sollte. Sie wollte unter keinen Umständen, dass Amy etwas merkte, und so stellte sie sich schlafend.

Kim lauschte in die Stille hinein. Amy atmete bereits gleichmäßig und ruhig. Alle außer ihr schienen zu schlafen. Kim musste gähnen und beschloss, sich am nächsten Morgen um alles Weitere zu kümmern.

Ein paar Stunden später schreckte Kim wieder aus dem Schlaf. Dieses Mal nicht wegen eines Albtraums, denn sie hatte gerade davon geträumt, wie sie mit David auf einer Wiese unter einem hohen Baum gelegen hatte. Sie hatten die Wolken beobachtet und Kim hatte in allen Wolken nur Hunde erkannt. Gerade hatte sie zu David noch gesagt: »Der sieht aus wie Sweety«, da fühlte sie etwas Feuchtes in ihrem Gesicht. Vorsichtig öffnete sie ein Auge. Es war Sweety, der ihr Gesicht ableckte.

»Ihhh, Sweety!« Kim setzte sich auf und wischte mit ihrem Schlafanzugärmel ihr Gesicht ab. »Du bist ja hier.« Erstaunt blickte sie Amy an, die Sweety über den Kopf strich.

Marie kam aus dem Bad. »Wo ist Franzi?«

»Keine Ahnung. Wie kommt denn Sweety hierher?« Kim blickte verständnislos von Marie zu Amy.

»Ich war heute Nacht bei Bär und hab ihn befreit. Ich hab es einfach nicht mehr ausgehalten«, erklärte Amy.

»Ich kann es immer noch nicht glauben. Das war eine echt gefährliche Aktion. Warum hast du uns nicht Bescheid gesagt, wir hätten dir doch geholfen!« Marie zog sich ihre Jeans an.

»Ich wollte euch nicht auch noch in Gefahr bringen«, erklärte Amy.

Kim lachte auf.

»Du hast aber damit auch unsere Ermittlungen gefährdet.« Marie band sich ihre blonden Haare zu einem lockeren Zopf. »Hat Bär oder irgendwer anderes etwas mitbekommen?«

»Ich glaube nicht.« Amy wuschelte Sweety über das Fell.

»Und wie bist du da reingekommen?« Kim konnte sich nicht vorstellen, dass Amy die Wahrheit sagte.

»Ich bin durch ein offenes Kellerfenster rein.«

Kim nahm ihr Handy und suchte die Fotos raus, die Amy ihnen geschickt hatte. Dann hielt sie das Handy hoch. »Das ist ein Bungalow. Der hat gar keinen Keller. Jedenfalls keinen mit Fenster.«

»Dann war es halt im Erdgeschoss«, gab Amy forsch zurück, ohne die beiden Detektivinnen anzusehen. Stattdessen wühlte sie hektisch in ihrer Handtasche, über die Kim nachts gestolpert war.

»Suchst du etwa das hier?« Mit einem Griff unter den Teppich holte Kim das Messer hervor.

Franzi kam herein. »Guten Morgen! Ich hab Croissants geholt. Zur Feier des Tages, weil Sweety wieder da ist. Und weil ich einen Muntermacher brau...« Franzi stutzte, als sie das Messer in Kims Hand entdeckte. »Ist was?«

»Ja, es ist was. Ich bin heute Nacht aufgewacht, als Amy angeblich gerade Sweety zurückentführt hat, und über Amys Tasche gestolpert. Dabei ist dieses Steakmesser rausgefallen. Es ist von *FilmSatt*, der Cateringfirma. Wir hatten unsere Räder doch hinter dem Cateringfahrzeug angeschlossen.« Kim sah Amy in die Augen. »Du wolltest uns daran hindern, dass wir zu Bär fahren, weil dann ans Licht gekommen wäre, dass er Sweety gar nicht entführt hat. Deshalb hast du unsere Reifen zerstochen. Sweety hast du bei Bär in die Pension gegeben, damit er weg ist. Und wir sollten denken, dass er entführt wurde, und dich in unsere Ermittlungen miteinbeziehen.«

Amy versuchte, Kims Blick standzuhalten, sagte aber nichts.

»Das glaub ich jetzt nicht!« Franzi schüttelte den Kopf. »Und dann hat sie die ganze Zeit die Ermittlungen behindert.«

Amys Augen füllten sich mit Tränen. »Ich ...«

Sie wurde von Marie unterbrochen, die Amy fassungslos anstarrte. »Und den Anruf von der Kita hast du auch gefälscht.«
Amy senkte schuldbewusst den Blick.
»Hast du etwa auch etwas mit Pablos Verschwinden zu tun gehabt?«, wollte Kim wissen.
Amy schüttelte den Kopf. »Nein, das war Zufall.«
»Und vermutlich war es auch Zufall, dass du Bär angerufen und vom Set weggelockt hast, damit wir nicht mit ihm sprechen können?«, rief Franzi wütend. »Das hätte ich dir echt nicht zugetraut.«
Kim atmete tief ein. »So, und jetzt möchte ich mal wissen, ob du mit dem Verschwinden der anderen Hunde auch irgendetwas zu tun hast!«
»Nein, habe ich nicht.« Amy kämpfte gegen die Tränen an. »Ich weiß nicht, wo die Tiere sind. *I just wanted …*«
»Du wolltest nur was? Dich wichtigmachen und dich in unseren Detektivclub einschleichen?«, unterbrach Kim sie. »Du hast unsere Ermittlungen behindert.«
»Und damit die Hunde noch mehr in Gefahr gebracht!« Franzi pfefferte die Tüte mit den Croissants auf Amys Matratze. Sie zerriss und die Croissants fielen heraus. Sweety war sofort zur Stelle und begann, an einem der Hörnchen zu knabbern.
Marie begann, Amys Klamotten in ihren Koffer zu feuern. Dann nahm sie ein Croissant und drückte es Amy in die Hand. Den Koffer stellte sie vor ihre Zimmertür. »Ich will, dass du sofort aus meinem Zimmer ausziehst.«
Gemeinsam beobachteten die drei, wie Amy mit gesenktem Kopf an ihnen vorbeiging. »Sweety, komm.«

Alles auf Anfang

»Ich brauche noch einen!« Kim stellte ihren leer getrunkenen *LICK* vor sich auf den Tisch und steckte sich ein Stück Schokoladenkuchen in den Mund.
Franzi saß ihr gegenüber und saugte mit dem Strohhalm gerade den letzten Rest ihres *LICKs* aus dem Glas.
Marie kam angefahren, stellte ihr Rad ab und setzte sich neben Kim auf das Rattansofa.
Sie lächelte die Bedienung an und hielt drei Finger in die Luft.
»Zum Glück geht Finn gerade so gern in den Kindergarten. Max und er spielen den ganzen Tag Feuerwehrmann Frank.«
Franzi sah auf ihre Armbanduhr. »Wenn wir ihn um vier wieder abholen, haben wir jetzt sieben Stunden Zeit.«
»Ich kann es immer noch nicht fassen.« Kim nahm ihren zweiten *LICK* von der Bedienung entgegen. »Danke.« Dann wandte sie sich an Marie. »Hast du Amy noch mal gesehen?«
Marie, die schon begonnen hatte, die Sahne und die Schokoraspeln ihres Getränks mit einem Löffel zu naschen, schüttelte den Kopf. »Tessa und mein Vater waren auch nicht mehr da.«
»Ich hoffe, sie ziehen in ein Hotel. Sonst müssen wir aus der Villa raus. Aber bei uns sind die Zwillinge«, überlegte Kim.
»Wir können zu uns ziehen, wobei wir da auch nicht wirklich Ruhe haben. Meine Mutter hat echt viele Events diesen Sommer.« Frau Winkler betrieb auf dem Hof der Familie ein sehr gut laufendes Eventcafé, und Franzi war manchmal froh, wenn sie dem Trubel entfliehen konnte. Franzi überlegte. »Aber

wir haben Tessa versprochen, dass wir uns um Finn kümmern, bis sie eine andere Lösung gefunden hat, das müssen wir halten.«

»Wenn Finn nicht wäre, würde ich sofort überallhin mitkommen«, seufzte Marie. »Ich würde auch in unserem Hauptquartier in der Pferdekutsche schlafen.« Franzi, Kim und Marie hatten einen alten Pferdeschuppen auf dem Grundstück der Familie Winkler zum perfekt ausgestatteten Hauptquartier umfunktioniert. Oft zogen sie sich dorthin zurück, um geheime Clubbesprechungen abzuhalten.

Franzi nahm einen großen Schluck von ihrem *LICK*. »Hat dein Vater jetzt eigentlich noch mal was zu dieser Hollywood-Sache gesagt?«

Marie schüttelte den Kopf. »Wir sollten erst mal den Fall lösen! Danach beschäftige ich mich damit, dass mein Vater mich nicht mehr in seine Entscheidungen einbezieht.«

Kim rührte unschlüssig in ihrem Getränk herum. »Okay. Wir machen einen Ermittlungsneustart. Und dazu brauchen wir was?« Kim lächelte ihre Freundinnen an. Dann hielt sie ihnen ihre Hand entgegen.

»Schon wieder?«, fragte Franzi.

»Ja, es ist doch ein neuer Fall, für den wir einen neuen Kick brauchen.« Kim zwinkerte Franzi zu.

»Okay, überzeugt.« Franzi und Marie legten ihre Hände über Kims Hand. Leise riefen sie im Chor: »Die drei !!!.« »Eins!«, sagte Kim. »Zwei!«, folgte Marie und »Drei!« rief Franzi. Dann rissen alle drei die Arme in die Höhe und riefen: »Power!!!«

Kim spürte, dass es ihr sofort besser ging. Sie würden es bestimmt schaffen, den Fall zu lösen. »Okay, zuerst entschuldigen wir uns bei Bär und finden heraus, ob er nicht doch irgendwas weiß.«

Marie nickte. »Und dann treffen wir uns mit Frau Briel und Herrn Heimann.«

»Wollen wir uns aufteilen?«, überlegte Franzi.

Kim schüttelte den Kopf. »Lasst uns zusammenbleiben.«

»Find ich auch besser.« Marie kramte ihr Portemonnaie aus der Tasche und legte der Bedienung Geld auf den Tisch.

Eine halbe Stunde später kamen die drei !!! am Tor der Filmstadt an. Marie kannte den Pförtner schon seit ihrer Kindheit, und schnell waren die drei !!! in den Außenkulissen der *Vorstadtwache*, wo heute gedreht wurde. Es handelte sich um die Außenfassade der Wache, die nur aus einer Mauer bestand, die auf der Rückseite mit Holzpfählen gestützt wurde. Bühnenbauer hatten sie detailgetreu aufgebaut.

Der Regieassistent kam auf die drei Mädchen zu. »Gut, Marie, dass du da bist. Wir würden heute vielleicht die Szene drehen, in der du die Taschendiebin spielst. Hast du die vorbereitet?«

»Ich hab leider schon wieder keine Zeit«, sagte Marie.

»Hier geht echt alles drunter und drüber, seit wir mit Superstars drehen.« Der Regieassistent seufzte.

»Tut mir echt leid.« Marie ließ die Schultern hängen.

»Vielleicht verschieben wir die Szene auch noch mal.« Eilig entfernte sich der junge Mann.

»Und wieder kommen deine Fingernägel nicht ins Rampenlicht«, witzelte Franzi.

Marie ging gar nicht darauf ein. »Schon schade, dass ich das nicht spielen kann. Vielleicht wäre die Rolle ja was für Nico?«

»Ich finde, er klang eher so, als wollte er Theater spielen oder gleich ganz groß rauskommen«, sagte Kim.
King kam auf die Mädchen zu. »Hallo, ihr drei, habt ihr Amy gesehen?«
Marie schüttelte den Kopf. »Vielleicht ist sie ja mit Sweety unterwegs.«
King war überrascht. »Ach, habt ihr ihn gefunden?«
»Das erzählt Amy dir bestimmt nachher. Wir müssen jetzt unbedingt mit jemandem reden.« Marie reckte ihren Hals in die Höhe.
»Dahinten ist er.« Kim zeigte Richtung Absperrung, hinter der Tiertrainer Timo Specht mit Bommel und Hannes Bär stand.
»Hallo, Marie!«, begrüßte Bär Marie freundlich. »Du besuchst deinen Vater aber oft. Würde ich auch machen, wenn mein Vater so ein toller Typ wäre.«
»Na ja, als Vater ist er nicht immer so ein toller Typ.« Marie stellte sich neben Bär.
Franzi streichelte Bommel über das Fell. »Und was verschlägt Sie jeden Tag ans Set?«
»Ratet mal«, mischte sich nun der Tiertrainer ein.
Kim überlegte. »Sind Sie etwa ein Fan der Serie?«
Bär wurde rot. »Ja, Herr Grevenbroich ist ein grandioser Schauspieler. Deswegen bin ich in letzter Zeit auch mal bei euch im Wohnviertel vorbeigegangen. Ich wollte so gern mal sehen, wie er privat so ist, aber ich habe ihn nie getroffen.«
Marie musste schmunzeln.
Auch Kim fand es süß, dass Grevenbroich so anhängliche Fans hatte.

»Es tut uns leid, dass wir Sie verdächtigt haben. Aber Amy hat behauptet, Sie hätten Sweety entführt, und da dachten wir …«
»… dass ich Hundeentführer bin?«, unterbrach Bär Kim. »Nein, da muss ich euch enttäuschen. Aber eure Freundin hat es ja faustdick hinter den Ohren. Als ihr mich gestern wegen der Entführungen angesprochen habt, hat sie mich telefonisch zur Pension beordert. Es klang so, als ginge es um Leben und Tod, und als ich dann da war, wollte sie ihrem Hund nur ein Stück Kuchen geben und ist danach wieder abgezischt.«
»Sie wollte nicht, dass wir ihr auf die Schliche kommen«, erklärte Franzi.
»Sie konnte aber nicht wissen, dass wir gerade miteinander gesprochen haben«, sagte Marie. »Vielleicht war es auch nur Zufall, dass sie haargenau in diesem Moment angerufen hat.«
Kim wechselte das Thema. »Haben Sie zufällig irgendwas beobachtet, als Sie bei uns im Viertel unterwegs waren?«
Bär schüttelte den Kopf. »Leider kann ich euch da gar nicht helfen.«
»Ich hätte eine Idee, wie Sie uns helfen könnten. Wollen Sie vielleicht heute einen Taschendieb spielen?«, fragte Marie.
Bärs Augen leuchteten. »Gerne!«

»Habt ihr etwa eine Spur?« Frau Briel kam zum Gartentor.
Die drei !!! lehnten ihre Räder an den Zaun.
Kim nahm ihren Helm ab. »Wir haben die ganze Zeit eine falsche Spur verfolgt. Jemand hat uns belogen und nun müssen wir noch mal von vorne anfangen.«
Frau Briel schüttelte entsetzt den Kopf. »Wer macht denn so etwas?«

»Wir würden uns gerne noch mal in ihrem Garten umsehen.« Marie hängte ihren Fahrradhelm an den Lenker.
»Ja, kommt rein.« Frau Briel trat zur Seite.
Marie inspizierte das Gartentor. »War das Tor zur Tatzeit verschlossen?«
»Leider nein. Das Tor ist nie abgeschlossen, man kann einfach rein- und rausgehen. Bis jetzt ist noch nie etwas passiert.«
»Ich werde mal sehen, ob sich am Griff Fingerabdrücke befinden.« Marie holte einen kleinen Pinsel und ein Döschen Grafitpulver aus ihrer Tasche und begann mit Kims Hilfe, den Griff damit einzupinseln. »Oh, das sieht nicht gut aus. Leider sind hier zu viele Fingerabdrücke, die sich überlagern.«
Während Marie das Döschen und den Pinsel wieder verstaute, nahm Franzi ein Taschentuch und wischte das Pulver vom Griff ab. »Ist Ihnen nicht doch irgendwas aufgefallen?«
»Haben Sie den Rasen kürzlich gemäht?« Kim suchte mit den Augen den Garten ab. Außer einigen Bäumen und Sträuchern standen noch ein paar Blumentöpfe auf der Wiese, zwischen zwei Bäumen hing eine Hängematte.
»Ja, gestern. Ich musste mich irgendwie ablenken. Wollt ihr etwas trinken?«
»Nein danke, wir haben heute noch einiges vor und dürfen keine Zeit verlieren«, erklärte Franzi. »Leider haben Sie beim Mähen vielleicht brauchbare Spuren beseitigt.«
»Das tut mir leid.« Frau Briel ließ die Schultern hängen.
»Ist Ihnen hier im Viertel schon mal jemand aufgefallen, der Hunde nicht leiden kann?« Franzi hob einen Plastikball auf.
Frau Briel nahm ihr den Ball aus der Hand. »Der ist von Biene. Nein, eigentlich ist mir niemand aufgefallen.«

In Kims Kopf ratterte es. »Aber uns!«

Franzi klatschte sich mit der flachen Hand gegen die Stirn. »Stimmt, Herr Eckhardt und der Hundehaufen!«

»Ich weiß, wo er wohnt. Wollen wir hin?« Marie sah ihre beiden Freundinnen an.

Sie nickten.

Kim setzte sich den Helm wieder auf. »Wir melden uns, wenn es Neuigkeiten gibt.«

Die drei !!! verabschiedeten sich von Frau Briel und schwangen sich auf ihre Räder. Es war ein sehr schöner Sommertag, nicht zu heiß und nicht zu kalt, und als Kim kurz in den Himmel blickte, entdeckte sie eine Wolke, die die Form eines Hundekopfes hatte. Kim wertete das als gutes Zeichen und erschrak, als Marie abrupt vor ihr abbremste. »Dahinten, das muss er sein. Er wohnt auch um die Ecke.«

Der grauhaarige Mann trug ein Netz mit Einkäufen.

Die drei !!! stiegen von ihren Rädern ab.

Marie ging auf den Mann zu. »Hallo, Herr Eckhardt.«

Er blieb überrascht stehen und kniff die Augen zusammen. »Kenne ich euch?«

»Wir haben uns neulich hier in der Nähe getroffen. Unser Hund hatte ... na ja ...« Kim überlegte, welche Worte sie wählen sollte.

»Er hat einen Hundehaufen gemacht. Auf den Fußweg«, erklärte Franzi freiheraus.

»Stimmt, da bin ich fast reingetreten.« Der Mann verzog angewidert das Gesicht.

»Mögen Sie Hunde?«, fragte Marie.

»Nicht besonders. Warum willst du das wissen?«

»Wir sind Detektivinnen und ermitteln in einem Fall von Hundeentführung. Drei Hunde sind in den letzten Tagen hier aus dem Viertel entführt worden«, erklärte Kim.

»Ach ja? Komisch, ich hab das Gefühl, es werden immer mehr.«

Wie aufs Stichwort kam in diesem Moment Pablo um die Ecke geschossen, gefolgt von Ben und Lukas.

»Pablo! Warte!«, rief Lukas.

Als die beiden Kim entdeckten, erschraken sie.

Pablo bellte und wedelte mit dem Schwanz. Er ließ sich von Franzi knuddeln.

»Was macht ihr denn hier? Warum seid ihr nicht im Waldschwimmbad oder so?«, fragte Kim vorwurfsvoll.

»Na, weil wir auf Pablo aufpassen müssen. Und der darf nicht ins Schwimmbad«, rechtfertigte sich Lukas.

»Aber er sollte auch nicht ins Villenviertel«, sagte Kim in strengem Tonfall.

»Man wird ja wohl mal einen langen Spaziergang machen dürfen«, schaltete Ben sich ein.

Kim glaubte ihren Brüdern kein Wort. Sie kannte sie einfach zu gut. Die beiden waren so neugierig, dass sie bestimmt extra mit dem Bus hergekommen waren. Und das, obwohl das Villenviertel gerade ein unsicheres Pflaster für Hunde war.

»Ihr seid aber nicht als Superheldendetektive unterwegs, oder?« Marie sah die beiden mahnend an.

»Nein, schon mal einen Superhelden mit Hundekacke am Schuh gesehen?« Ben hielt seinen Turnschuh hoch und verzog angewidert den Mund. »Ich bin reingetreten, als ich aus dem Bus gestiegen bin.«

»Also doch der Bus und kein langer Spaziergang. Jetzt hab ich dich«, triumphierte Kim, wurde dann aber ernst.

Ben verdrehte die Augen.

Franzi lachte. »Tja! Eine Detektivin als Schwester zu haben ist nicht leicht.«

»Der Bus hält vor der Villa Sternberg. Da bist du in den Hundehaufen getreten?«, hakte Marie nach.

Kim horchte auf. »Du bist dort neulich auch in einen Hundehaufen getreten. Komisch, oder?«

Jetzt schaltete sich Herr Eckhardt wieder ein. »Mir ist auch aufgefallen, dass vor der Villa Sternberg seit ein paar Tagen der gesamte Gehweg verschmutzt ist.«

Die drei !!! tauschten Blicke aus. War vielleicht doch etwas dran an Amys Behauptung, dass Nico mit der Entführung zu tun haben könnte?

»Danke, Herr Eckhardt, Sie haben uns sehr geholfen.« Marie reichte ihm die Hand. »Wir müssen weiter.«

»Und ihr steigt jetzt schön brav wieder in den Bus ein«, ermahnte Kim ihre beiden Brüder, als sich alle von Herrn Eckhardt verabschiedet hatten.

»Och nö! Bei uns ist es so langweilig. Ich will unbedingt mal Joe King sehen«, jammerte Ben.

»Und ich möchte so gerne mal wieder Superheldendetektiv sein«, bettelte Lukas.

»Das geht jetzt beides nicht, Jungs«, sagte Franzi streng.

Marie sah auf ihre Uhr. »Der Bus kommt gleich.«

»Den nehmt ihr!«, befahl Kim.

Kehrtwende

»Hoffentlich bilden die beiden sich jetzt nichts ein.« Kim winkte Ben und Lukas zu, die im Bus saßen, der gerade abfuhr. »Nicht dass sie denken, dass wir den Fall ohne die Superheldendetektive nie gelöst hätten.«

»Hätten wir aber, keine Sorge.« Franzi lächelte.

»Vielleicht hat Nico die Hunde entführt und lässt sie nachts kurz raus?«, überlegte Marie.

»Kann sein. Als ich letzte Nacht wach war, habe ich auch Hundegebell gehört und mich gewundert, warum mitten in der Nacht jemand mit seinem Hund Gassi geht.« Kim lehnte ihr Rad in der Nähe der Villa Sternberg an einen Zaun.

»Vielleicht um nicht gesehen zu werden.« Franzi stellte ihr Rad in der Einfahrt ab, in der ein roter Kleinwagen parkte.

»Am besten, wir schließen die Räder nicht ab, falls wir hier schnell wegmüssen«, meinte Kim.

»Räder werden hier ja nicht so geklaut, eher Hunde. Ich rufe Holger an.« Marie stellte ihr Fahrrad neben Franzis.

Während Marie Holger am Telefon darum bat, Finn heute aus dem Kindergarten abzuholen, schauten Kim und Franzi sich um. Es gab tatsächlich diverse Hundehaufen auf dem Gehweg.

»Sternbergs haben keinen Hund, oder?«, fragte Franzi.

Marie schüttelte den Kopf und steckte ihr Handy weg. »Holger holt Finn ab und ich hab ihm sicherheitshalber gesagt, dass wir bei Familie Sternberg sind. Natürlich ohne zu erwähnen, dass wir hier nach entführten Hunden suchen.«

»Sehr clever.« Kim schaute durch die halb geöffneten Lamellen einer Jalousie in die Küche. »Da stehen Pizzakartons rum.«
»Dann ist Herr Sternberg bestimmt immer noch auf Geschäftsreise.« Marie war bereits an der Haustür angekommen und drückte auf den Klingelknopf.
Die drei !!! warteten, aber es öffnete niemand.
»Was ist eigentlich mit Frau Sternberg?« Franzi hielt ihr Ohr an die Haustür. »Da! Da ist ein Bellen zu hören!«
»Sternbergs sind getrennt und Nico wollte lieber bei seinem Vater bleiben. Keine Ahnung warum, er ist ja nie da«, flüsterte Marie aufgeregt und drückte ein weiteres Mal auf die Klingel, aber wieder tat sich nichts.
»Vielleicht genau deshalb, weil er nie da ist«, überlegte Franzi. »Wollen wir rein?«
»Hast du dein Dietrichset dabei?« Normalerweise war Kim strikt dagegen, etwas Unerlaubtes zu tun, aber in diesem Fall war es einfach wichtig. Wenn sich ihr Verdacht bestätigen würde und die entführten Hunde sich im Hause Sternberg aufhielten, mussten sie die Tiere so schnell wie möglich befreien.
»Ja, ich hab heute Morgen mein kleines Detektivnotfallset eingepackt.« Marie war die Spezialistin im Knacken von Schlössern. Schnell zog sie ein Etui hervor, in dem sie diverse Schlüssel aufbewahrte. In Windeseile hatte sie den richtigen herausgefischt und öffnete die Tür.
Kim war beeindruckt. »Wow, du kannst sogar das Schloss einer Villa knacken.«
Auf leisen Sohlen betraten die drei Mädchen das Haus. Es roch muffig, Kim war versucht, sofort ein Fenster zu öffnen.

»Ich war früher mal hier, da war es irgendwie aufgeräumter.« Marie deutete auf Klamotten, die im Flur auf dem Boden lagen.

»Komisch, warum haben die keine Hausfee?«, spottete Kim.

»Habt ihr das gehört?« Franzi hielt den Finger vor ihren Mund. Alle drei lauschten.

»Ein Bellen! Das kommt aus dem Keller«, stellte Marie fest.

»Lasst uns nachschauen.« Franzi war schon bei der Treppe angelangt, aber Kim zögerte. »Das ist mir ehrlich gesagt zu unheimlich.«

»Wir müssen doch die Hunde befreien.« Franzi war schon auf der Treppe und Marie folgte ihr.

Kim überlegte. Sie sah sich um. Durch die halb geschlossenen Jalousien konnte man das schöne Sommerwetter nur erahnen. Kim fand es gruselig. Allein wollte sie nicht hier oben bleiben, also ging sie hinter ihren Freundinnen die Treppe hinunter.

»Wo ist denn der Lichtschalter?« Franzi tastete die Wand ab. »Ach, ich hab ihn gefunden.«

Im schwachen Schein der Lampe war ein Flur zu sehen, von dem drei Türen abgingen. Im ersten Raum stand eine Waschmaschine, aber es war nichts Auffälliges zu sehen.

»Hier!«, hörte Kim Franzi rufen, die mit Marie schon an der zweiten Tür angekommen war. Kim folgte den beiden.

Franzi kniete sich auf den Boden und strich mit der Hand über eine Decke. »Voller Hundehaare.«

Kim hockte sich daneben und berührte die Decke ebenfalls. »Die ist noch warm.«

KLACK! Die drei Detektivinnen drehten sich um: Die Tür war zugefallen.

Marie, die noch neben der Tür stand, versuchte die Türklinke herunterzudrücken. »Da hält jemand von außen dagegen«, flüsterte sie erschrocken.
Die drei !!! hörten, wie ein Schlüssel im Schloss herumgedreht wurde.
Dann war es plötzlich dunkel. »Ist der Lichtschalter etwa außen?« Kim spürte, wie Panik in ihr aufstieg.
»Kann sein«, flüsterte Franzi, die sofort die Taschenlampenfunktion ihres Handys anschaltete.
Kim suchte ihr Smartphone und drückte darauf. »Ich hab es geahnt, kein Empfang.«
Auch Franzi und Marie sahen auf ihre Handys und schüttelten dann beide den Kopf. Die drei Detektivinnen sahen sich aufgeregt um. Der Raum hatte oben an der Wand nur ein winziges Fenster. Es standen ein paar alte Möbel und Kisten herum und in der Ecke entdeckte Kim zwei Futternäpfe. »Also eins ist jetzt ziemlich klar: Nico hat die Hunde entführt und hier gefangen gehalten.«
Vor dem Kellerraum waren Schritte zu hören und das Geräusch von Pfoten, die über Steinboden liefen.
»Mist, die hauen ab.« Franzi klopfte mit beiden Fäusten von innen an die Tür. »Hey, aufmachen! Sofort!«
Die Schritte entfernten sich.
Während Marie das Etui mit dem Dietrichset öffnete, versuchte Kim ruhig zu atmen. Hoffentlich würde ihre Platzangst nicht wieder so schlimm werden. Von früheren Ermittlungen wusste sie, dass sie sich konzentrieren und am besten an etwas Schönes denken musste, damit die Panik nicht überhandnahm. Kim dachte an David, wie er ihr beim Kickern einmal

beinahe den Ball an den Kopf geschossen hatte, und musste schmunzeln.

»Mist!«, fluchte Marie und zog einen Dietrich aus dem Schlüsselloch. »Sie haben den Schlüssel von außen stecken gelassen.«

Schlagartig wurde Kim wieder unruhig. Sie fröstelte. »Wer weiß, wie lange wir hier jetzt im Dunkeln festsitzen.«

Franzi legte die Hundedecke um ihre Schultern. »Marie hat Holger doch gesagt, wo wir sind.«

»Ja, aber er ist jetzt erst mal mit Finn beschäftigt. Bis er merkt, dass wir verschollen sind, bin ich ein Wrack.« Kim fing an zu zittern.

»Leider sind die Hunde dann bestimmt auch weg.« Franzi ließ sich auf den Boden sinken. Kim kauerte sich neben sie und tupfte sich mit dem Ärmel die Stirn ab. »Ich friere und schwitze. Komisch, was der Körper so mit einem macht, wenn man Angst hat.«

»Immerhin haben wir Wasser.« Marie holte eine Flasche aus ihrer Tasche und reichte sie Kim, die einen Schluck daraus nahm und sie an Franzi weiterreichte.

»Ich hab auch noch was.« Franzi nahm einen Schluck und gab die Flasche Marie zurück. Dann zog sie eine kleine Tüte Gummibärchen aus der Tasche ihrer Shorts. Sie teilte den Inhalt durch drei.

Kim nahm zwei Gummibärchen in den Mund und lutschte darauf herum. »Wir können doch hier jetzt nicht einfach so sitzen und abwarten.« Nervös nahm Kim die Decke von ihren Schultern und stand wieder auf. Sie ging zur Tür und erschrak, als sich der Schlüssel im Schlüsselloch herumdrehte.

Franzi leuchtete zur Tür, die nun aufging.
Kims Herz raste.
Es war Amy, die hereinkam und, bevor sie die Tür leise hinter sich schloss, den Schlüssel von außen abzog.
Kim wusste nicht, ob sie sich freuen oder ärgern sollte. Freuen darüber, dass sie nun nicht mehr eingesperrt waren, und ärgern, weil Amy ihnen anscheinend schon wieder gefolgt war.
»Gut, dass du da bist!« Marie fiel Amy dankbar um den Hals.
»Wie bist du denn hier reingekommen?« Franzi klang erleichtert.
Amy legte den Zeigefinger auf den Mund. »Pst. Sie sind noch hier.«
»Sie?«, fragte Kim überrascht.
»Nico und seine Freundin. Ich hab noch mal nachgedacht, und da ich keine anderen Anhaltspunkte hatte, hab ich mich vor dem Grundstück auf die Lauer gelegt. Die vielen Hundehaufen kamen auch mir komisch vor. Als ihr dann ankamt, hab ich mich versteckt«, berichtete Amy aufgeregt. »Es war mir unangenehm, vor euch zuzugeben, dass ich auch ermittle.«
»Willst du uns jetzt Konkurrenz machen, oder was? *Das eine Komma* wäre doch ein super Name für deinen Detektivclub.« Kim grinste schief.
»Ich wollte euch einfach nur helfen, Kim. Ich weiß ja jetzt, dass ich mich am Anfang etwas zu sehr aufgedrängt hab, das wollte ich wiedergutmachen.«
Kim wurde lauter. »Indem du allein ermittelst und dich und unsere Ermittlungen in Gefahr bringst?«
»Jetzt entspann dich mal, Kim«, zischte Amy.
»Könnt ihr bitte leise sein?«, fauchte Marie.

Kim und Amy verstummten.
»Wir sind in einem dunklen Kellerraum und haben den Fall noch nicht gelöst.« Franzi lauschte an der Tür.
»Ich schlage vor, wir teilen uns auf«, flüsterte Amy. »Marie und ich gehen hinten die kleine Kellertreppe hoch, die in den Garten führt, informieren euren Kommissar Peters und halten sie auf, wenn sie flüchten wollen. Und Kim und Franzi, ihr geht die andere Kellertreppe wieder hoch. Was meint ihr?«
»Du willst sie einkesseln? Keine schlechte Idee«, fand Franzi. Kim merkte, dass ihre Freundinnen Amy gar nicht mehr so kritisch gegenüberstanden. Sie zögerte.
Marie legte ihren Arm um Kims Schultern. »Los, Kim, gib dir einen Ruck. Ich glaube nicht, dass sie noch wirklich dazugehören möchte. Sie will uns einfach nur helfen«, flüsterte Marie.
»Na gut.« Kim öffnete die Kellertür einen Spaltbreit. Der Flur war dunkel, aber auf der Kellertreppe war ein Lichtschein zu sehen. Vermutlich war die Tür, die vom Erdgeschoss zur Kellertreppe führte, nur angelehnt.
»Bis gleich«, flüsterte Kim Marie und Amy hinterher, die sich im Schein von Maries Handytaschenlampe durch den Flur Richtung Kellerausgang schlichen.
»Passt auf euch auf«, kam von Amy zurück.
Kim ging dicht hinter Franzi den Flur Richtung Treppe entlang. Leise schlichen sie Stufe für Stufe hinauf.
»Wollen wir die Hunde nicht lieber zurückbringen? Marie und ihre Freundinnen wissen doch jetzt, dass sie hier waren.« Kim erkannte Nicos Stimme.
»Und was willst du den Leuten sagen? Dass wir mal mit ihren

Hunden spielen wollten?« Das war die Stimme von Nicos Freundin Jessie. »Mann, wenn du nach Hollywood willst, musst du auch mal mutig sein. Du kannst bis in alle Ewigkeit Eis im Zoo verkaufen, bis du genug Geld für ein Flugticket hast. Die Hundebesitzer haben außerdem genug Geld, die können sich einfach einen neuen Hund kaufen.«

»Ja, aber die haben doch eine Beziehung zu den Hunden und vermissen sie. Und eine Weltreise muss man sich vielleicht auch erst mal erarbeiten.« Nicos Stimme klang nervös.

»Wenn du warten willst, mach es halt. Ich bringe die Hunde mit meinem Auto jetzt zu Phillip. Der hat sich schon um die Papiere gekümmert.«

Kim und Franzi sahen sich alarmiert an. Von der vorletzten Treppenstufe konnten sie durch den Türspalt beobachten, wie Jessie die Hunde anleinte. Nico stand unschlüssig daneben.

Kim und Franzi verständigten sich mit Blicken. Gefolgt von Franzi marschierte Kim daraufhin mutig die letzte Stufe hinauf durch die Tür.

Nico war fassungslos. »Wie seid ihr da rausgekommen?«

»Ihr solltet mal lieber überlegen, wie *ihr* da jetzt wieder rauskommt«, entgegnete Franzi.

»Wir haben alles gehört. Und Kommissar Peters ist auch schon auf dem Weg hierher«, ergänzte Kim.

»Mist!« Jessie schnappte sich die Hunde, riss die Tür auf und lief zu ihrem Auto.

Ohne zu zögern, folgte Nico ihr. Kim und Franzi liefen ebenfalls zur Tür und beobachteten, wie Jessie in Windeseile die Hunde in den Kofferraum ihres Autos setzte. Amy und Marie,

die sich in der Auffahrt versteckt hatten, sprangen auf und liefen zu Jessie.
»Komm, gib auf, das ist doch Quatsch«, sagte Marie mit ruhiger Stimme.
Aber Jessie schüttelte den Kopf und stieg in ihr Auto.
»Stopp!«, rief Amy ihr zu.
Jessie stockte und betrachtete Amy genauer.
»Wahrscheinlich hat sie dich erkannt«, flüsterte Marie.
»Wenn du Schauspielerin werden willst, kannst du das auch, ohne kriminell zu sein!« Amy sah Jessie durchdringend an.
»Was weißt du schon, wie schwer es ist, wenn einen die Schauspielschulen ablehnen!«, sagte Jessie. Sie startete den Motor. »Du hast die Rolle der *Carla Blomquist* doch auch nur bekommen, weil dein Vater Joe King heißt.«
Amy stellte sich direkt vor die Kühlerhaube des Wagens. »Kann sein, aber ich musste mich trotzdem jeden Tag am Set beweisen. Und es ist nicht leicht, wenn man immer funktionieren muss.«
»Geh zur Seite!«, rief Jessie. »Ich hab keine Zeit, mit einer verwöhnten Barbie zu reden.«
Amy überlegte kurz, blieb aber stehen. »Das ist doch Blödsinn. Du hast Zeit. Sei froh darüber.«
»Geh jetzt zur Seite!« Jessie drückte genervt auf die Hupe.
Aber Amy dachte nicht daran, wegzugehen. »Ich hatte für meine Freunde keine Zeit mehr. Die wollten dann nichts mehr mit mir zu tun haben.«
Jessie horchte auf. »Und warum? Willst du mir jetzt sagen, dass ich nicht Schauspielerin werden soll?«
»Doch, der Job ist toll. Aber nicht um jeden Preis. Wenn man

berühmt ist, wollen die meisten Leute nur mit einem befreundet sein, weil sie sich davon irgendwelche Vorteile erhoffen. Ich weiß schon gar nicht mehr, wie man normal mit Leuten umgeht. Deshalb hab ich aufgehört mit der Schauspielerei.«
Amy sah von Jessie zu Kim, der Amy jetzt richtig leidtat.
Jessie kurbelte das Fenster herunter. »Ich zieh das jetzt durch. Geh da weg!«, rief sie Amy zu.
»Komm, Amy!«, sagte Kim. Sie stand ganz in der Nähe und wollte Amy am Ärmel wegziehen. Marie und Franzi standen neben ihr.
»Los, Amy, lass sie fahren!«, sagte Marie.
Aber Amy blieb einfach stehen.
Wo blieb denn nur Kommissar Peters? Kim sah suchend zur Einfahrt.
»Sie fährt ganz bestimmt nicht los, wenn eure Freundin da noch steht«, flüsterte Nico den Detektivinnen von der Seite zu.
Kim war sich nicht sicher, ob sie ihm das glauben konnte. Sie wollte nicht, dass Amy irgendetwas passierte. War sie Amy gegenüber vielleicht zu schroff gewesen? »Amy, du musst uns nichts beweisen.«
Amy sah Kim mit Tränen in den Augen an.

Fall und Knoten gelöst

Kim schaute Amy ernst an. »Ehrlich, das ist jetzt echt nicht nötig.«

Amy machte einen Schritt zur Seite.

Die drei !!! atmeten erleichtert auf. Marie nahm Amy in den Arm.

»Nico, steig ein!«, rief Jessie ihrem Freund durch das Autofenster zu.

Aber Nico rührte sich nicht.

»Okay, dann halt nicht!« Jessie legte den Gang ein und fuhr langsam an.

»Mist! Jetzt entkommt sie uns!« Marie lief zu ihrem Fahrrad. »Wir müssen hinterher!«

»Vorsicht, Marie!«, rief Kim, denn im selben Moment bog ein Auto in die Auffahrt ein.

Marie sprang zur Seite und Jessie musste gleich wieder bremsen, denn Kommissar Peters versperrte ihr mit seinem Streifenwagen den Weg. Er und sein Kollege stiegen aus dem Auto. Jessie ließ ihre Stirn auf das Lenkrad sinken und schaltete den Motor aus.

Mit einem Satz war Franzi beim Kofferraum des Wagens und öffnete ihn. Sie ließ die Hunde aus dem Auto, während Kim Peters auf den neuesten Stand brachte.

Nico war zu ihnen gekommen und begrüßte den Kommissar höflich. »Ich gestehe alles«, sagte er. »Das war keine gute Idee.« Traurig sah er zu Jessie hinüber, die seinen Blick nicht erwiderte.

»Gut gemacht, ihr drei!«, lobte Peters die Detektivinnen.
»Ihr vier!«, korrigierte Kim und lächelte Amy an.
»Wie? Doch vier !!!!?«, fragte Peters verwirrt.
»Keine Sorge, Sie werden es auch weiterhin mit den *drei !!!* zu tun haben«, erklärte Amy und zwinkerte Kim zu.
»Würden Sie bitte aus dem Auto aussteigen?«, forderte der Kommissar Nicos Freundin auf.
Widerwillig tat Jessie, was er sagte.
»Ich nehme Sie und Ihren Freund mit auf die Wache. Bitte steigen Sie in meinen Wagen ein.«
Nico folgte Peters' Anweisungen sofort und auch Jessie ging schließlich zu Peters' Wagen. »Sie können den drei Hundehaltern gern ausrichten, dass sie in Zukunft besser auf ihre Hunde aufpassen sollten.«
»Wie meinen Sie das?«, hakte Peters nach.
»Die Tiere sind alle einfach so mit mir mitgekommen. Ich hab ihnen ein Würstchen gegeben und schwupps, gingen sie bei Fuß.«
»Ach, dann hattest du wirklich ein Würstchen in deiner Tasche, als unser Hund Pablo zu dir gelaufen kam?«, fragte Kim.
Jessie nickte und setzte sich in den Streifenwagen. »Der Golden Retriever hat irgendwas an der Pfote. Der muss zum Arzt«, rief Jessie noch, ehe sie die Autotür schloss.
Peters überlegte kurz und wandte sich an Amy. »Drei Hundehalter? Was ist denn eigentlich mit deinem Hund?«
»Der war nur weggelaufen und saß gestern Abend wieder vor der Tür. War wahrscheinlich der Stress. Oder der Jetlag«, behauptete Amy schnell. »Tut mir leid, dass ich Ihnen noch nicht Bescheid gesagt habe.«

Kim war beeindruckt, wie Amy das, ohne mit der Wimper zu zucken, behaupten konnte.
»Sollen wir mal die Hundehalter informieren?«, schlug Marie vor.
»Au ja, die werden sich riesig freuen!« Kim drehte sich zu den drei Hunden. »Bald geht's nach Hause, ihr Sweeties.«
Amy lächelte. »Dann bis später, Sweeties!« Sie wandte sich zum Gehen, aber Kim hielt sie auf. »Bleib doch hier, du hast die Hunde ja auch mit befreit.«
Amy strahlte. »Okay!«
»Ist es überhaupt in Ordnung, wenn wir die Hundehalter jetzt anrufen?«, fragte Franzi Peters, der sich die Nummern der Hundemarken notierte, während sein Kollege jedes Tier noch mal fotografierte.
»Ja, aber sie sollten noch von einem Tierarzt untersucht werden«, antwortete der Kommissar.
»Ich kann meinen Vater anrufen.« Franzis Vater war Tierarzt und hatte den drei Detektivinnen schon öfter mit Rat und Tat zur Seite gestanden, wenn es um Fälle ging, in die Tiere verwickelt waren.
»Gute Idee! Wie fast immer, wenn die drei !!! sich etwas überlegen.« Kommissar Peters lächelte.
Franzi und Kim zogen zeitgleich ihre Handys aus den Taschen. Während Franzi ihren Vater anrief, übermittelte Kim Frau Briel die freudige Nachricht.
»Mein Vater kommt.« Franzi steckte ihr Handy wieder in die Tasche.
Kim tat das Gleiche. »Und Frau Briel auch. Sie sagt noch Herrn Heimann und Familie Borgwardt Bescheid.«

»Sehr gut.« Peters ging zum Auto, drehte sich aber noch mal um. »Eins muss ich euch aber sagen: Ihr hättet mich informieren müssen, ehe ihr ins Haus gegangen seid. Ihr wusstet doch gar nicht, was euch dort erwartet.« Peters sah die Mädchen streng an.

»Wir mussten schnell handeln und hatten zu jeder Zeit alles im Griff«, behauptete Marie und zwinkerte Amy dankbar zu.

»Gut, mein Kollege wartet mit euch noch so lange, bis die Hunde wieder bei ihren rechtmäßigen Besitzern sind.« Peters verabschiedete sich von den Detektivinnen per Handschlag. »Beim nächsten Mal möchte ich trotzdem früher hinzugezogen werden.«

Die drei !!! nickten freundlich. Als Peters sich wegdrehte, um noch etwas mit seinem Kollegen zu besprechen, tauschten sie heimliche Blicke, denn eins war klar, die drei !!! würden immer wieder genauso handeln.

Peters gab Amy die Hand. »Wie ich höre, hast du tatsächlich ein bisschen auf die drei aufgepasst. Vielleicht kannst du ja doch mit einsteigen? *Die vier !!!!* klingt doch auch ganz gut.«

»Nein danke, ich reise bald zurück nach Kalifornien. Und ich finde, die drei !!! sind super so, wie sie sind.«

Die drei !!! sahen sich an. Kurz überlegte Kim, ob es okay war, Amy einfach so davonkommen zu lassen, denn sie hatte die Ermittlungen der drei !!! ja tatsächlich gestört und fälschlicherweise behauptet, dass auch ihr Hund entführt worden sei. Dazu kam noch, dass sie unschuldige Menschen beschuldigt hatte. Aber Kim freute sich, dass Amy endlich kapiert hatte, dass sie nicht in den Club aufgenommen werden konnte. Und sie fand Amy auch gar nicht mehr so doof. Also entschied sie sich, Amys falsches Spiel nicht aufzudecken. Sie würde ohnehin in ein paar Tagen im Flieger nach Hollywood sitzen. Der Gedanke an Hollywood bereitete Kim sofort wieder Kopfzerbrechen. Was, wenn Marie dort hinziehen würde? Der Fall war zumindest zeitweise eine gute Ablenkung gewesen, aber jetzt kamen die Sorgen zurück. Kim sah zu Marie, die nachdenklich ein Flugzeug anstarrte, das gerade über sie hinwegflog.

Peters stieg zu Nico und Jessie in den Wagen und fuhr aus der Auffahrt, durch die Frau Briel gerade angelaufen kam.

»Biene! Da bist du ja.«

Der Hund kläffte und sprang glücklich an seinem Frauchen hoch.

»Wie habt ihr das denn gemacht? Ich bin euch so dankbar.«

»Wir freuen uns auch sehr, dass die Hunde wieder da sind. Hallo, Papa!« Franzi umarmte Herrn Winkler, der auch gerade ankam. »Das ist mein Vater. Er ist Tierarzt.«

»Hallo!«, grüßte er in die Runde.

»Oh, ist was mit Biene?«, fragte Frau Briel besorgt.

»Jessie, die die Hunde entführt hat, meinte, es wäre etwas mit Bienes Pfote«, erklärte Franzi Frau Briel und ihrem Vater.

Herr Winkler setzte sich auf den Boden zu dem Hund und hob vorsichtig dessen Vorderpfoten an. »Hier ist ein kleiner Stachel in der Pfote, den kann ich leicht entfernen. Ansonsten macht Ihr Hund einen guten Eindruck auf mich. Können Sie heute am späten Nachmittag in meine Praxis kommen?«

Frau Briel nickte dankbar.

Nun kamen auch Herr Heimann und Frau Borgwardt an und ließen sich von ihren Hunden stürmisch begrüßen.

Während Herr Winkler die anderen beiden Hunde kurz untersuchte, sah Amy die Detektivinnen verschmitzt an. »Seht ihr, ich hatte mit Nico doch den richtigen Riecher.«

»Vielleicht bist du ja so etwas wie ein Naturtalent, oder du hast eben doch aus deiner Carla-Blomquist-Rolle gelernt«, sagte Marie augenzwinkernd, woraufhin Kim mit den Augen rollte.

»War nur ein Scherz, Sweetie.« Amy lächelte Kim an. »Es war tatsächlich reiner Zufall, dass ich ihn verdächtigt habe, das hatte nichts mit cleverem Detektivinnenspürsinn zu tun.«

Kim atmete erleichtert auf.

Franzi und Marie grinsten, aber dann verdüsterte sich Maries Miene. »Jetzt gilt es, den nächsten Fall zu lösen, Mädels.«

Kim ahnte, was Marie meinte. »Den Fall Hollywood?«

Marie nickte nachdenklich. »Eine Chance wäre es. Vielleicht könnte ich da auf eine Schauspielschule gehen?«

»Das kannst du ja wohl auch in Deutschland«, meinte Kim.

»Ja, aber es wäre doch bestimmt spannend, mal eine Zeit lang in Los Angeles zu leben«, überlegte Marie.

»Warum denn das? Findest du es hier langweilig?«, wollte Kim wissen.

»Das Land der unbegrenzten Möglichkeiten, Palmen, Sonne, Meer …«, schwärmte Franzi und erntete einen entsetzten Blick von Kim.

»Wenn das Vögelchen fliegen möchte, muss man es ziehen lassen«, sagte Franzi und seufzte.

»Ach Quatsch! Ich kann unmöglich ohne euch und Holger dahin!« Marie legte ihre Arme um ihre beiden Freundinnen. »Wer trinkt denn dann *LICK* mit mir?«

»Apropos Holger, müssen wir ihn nicht mal langsam ablösen?«, fragte Franzi. »Er ist doch bestimmt schon längst mit Finn in der Villa.«

»Stimmt. Ich würde auch gern nach Hause. Und Holger sehen. Ich muss unbedingt mit ihm reden und ihm von Papas Plänen erzählen«, sagte Marie zerknirscht.

Kim ging zu den Rädern. »Ist das Tessas Rad dahinten?«

»Das hab ich mir nur schnell ausgeliehen«, erklärte Amy.

Nachdem die vier Mädchen sich von den glücklichen Hundehaltern, Herrn Winkler, dem Polizisten und den Hunden verabschiedet hatten, radelten sie zurück zur Villa. Während der Fahrt schwiegen sie.

Kim hing ihren Gedanken nach. Sie vermisste David in diesem Moment sehr, denn obwohl sie den Fall gelöst hatten und sie auch mit Amy ihren Frieden gemacht hatte, war Kim traurig. Was, wenn das ihr letzter Fall gewesen war?

Als die Mädchen bei der Villa ankamen, hörten sie Holger, der laut »Feuer! Feuer!« rief. Erschrocken blickten die Mädchen sich an, sprangen von den Rädern und rannten über den Kiesweg um die Villa herum.

Das Bild, das sich ihnen dort bot, war allerdings nicht besorgniserregend, sondern wirklich süß: Finn trug seinen Feuerwehrhelm, hatte eine große Wasserspritze in der Hand und lief damit aufgeregt durch den Garten. Holger hatte mit Kreide Flammen auf die Steinplatten der Terrasse gemalt. Finn spritzte mit der Wasserspritze auf den Beton und die Kreideflammen verschwammen.

»Sauber, Feuerwehrmann Finn!« Holger hielt Finn seine Hand hin, der fröhlich einschlug.

»Noch mehr Feuer!«, rief Finn und rannte wieder auf die Wiese.

»Danke, dass du ihn abgeholt hast.« Marie gab Holger einen Kuss.

»Geht's dir besser?« Holger strich ihr eine Haarsträhne aus dem Gesicht.

»Was? Ach so, du meinst den Sommerschnupfen. Ja, der ist weg.« Marie nahm ihren kleinen Bruder auf den Arm. »Na, mein kleiner Feuerwehrmann!« Sie nahm ihm den Helm ab, unter dem Finn schwitzte, aber er protestierte lautstark.

»Das ist mein Schutzhelm. Den brauche ich für das Feuerwehrtraining.«

Marie setzte Finn wieder ab und gab ihm den Helm zurück.

»Okay, aber gleich macht ihr mal eine Pause und trinkt was.«

»Okay!« Finn setzte den Helm wieder auf und flitzte los.

Dieses Mal hatte Holger Flammen auf einen Baumstamm gemalt. Wieder rief er laut »Feuer!« und Finn raste los und spritzte mit der Wasserspritze.

»Ich hol uns auch mal was zum Löschen.« Marie machte sich auf den Weg ins Haus.

»Danke. Ich hab echt Durst.« Kim setzte sich auf die Wiese und ließ sich vorsichtig nach hinten fallen.

Sie blinzelte und entdeckte wieder ein Flugzeug am Himmel. Komisch, immer wenn man häufig an etwas Bestimmtes dachte, schien es einem plötzlich überall zu begegnen.

Marie kam mit einem Tablett mit Gläsern und einer Flasche Holunderlimonade zurück in den Garten. Sie stellte es vor Kim ab und alle setzten sich zusammen ins Gras.

Finn legte sich neben Kim und blickte ebenfalls in den Himmel. »Guck mal, da, ein Flugzeug. Fliegen wir damit nach Wullehutt?«

Kim musste lachen. »Du meinst Hollywood, oder?«

Finn nickte.

»Fliegt ihr etwa wirklich nach Hollywood?« Holger nahm Maries Hand. »Finn hat vorhin schon so etwas erzählt.«

»Na ja.« Marie war so überrumpelt, dass sie ihre Hand wieder wegzog. »Mein Vater überlegt, bei *Cops and the City* eine Rolle anzunehmen, und will uns alle mitnehmen.« Sie setzte sich neben Holger.

Er legte den Arm um sie. »Seit wann weißt du das schon?«

»Ein paar Tage. Ich wusste nicht, wie …« Maries Augen füllten sich mit Tränen.

»Mensch, Marie, warum sagst du denn nichts? Ich hab mich die ganze Zeit gewundert, warum du dich nicht meldest.« Holger umarmte Marie. Sie weinte jetzt richtig.

Auch Kim merkte, dass ihre Augen feucht wurden. Franzi drückte ihre Hand. Sogar Amy wirkte betroffen.

Nach einer Weile hatte Finn seine Limonade ausgetrunken. »Gibt es in Wulliwutt auch Feuerwehrautos?«

»Klar, die gibt es überall.« Kim steckte ein Kloß im Hals. Gerührt beobachtete sie, wie Marie und Holger sich aneinanderschmiegten. Marie hatte sich zum Glück schon wieder etwas beruhigt.

Detektivtagebuch von Kim Jülich
Donnerstag, 21:15 Uhr

Die gemopsten Möpse (na ja, eigentlich der Golden Retriever, der Labrador und der Schäferhund) sind wieder zu Hause. Ich bin so froh, dass wir den Fall gelöst haben, nachdem wir zuerst komplett im Dunkeln getappt sind und dann auch noch auf falschen Spuren unterwegs waren. Wir haben Bär zu Unrecht verdächtigt, aber Amy hatte es ja auch so eingefädelt. Und es gab natürlich Hinweise, die gegen ihn sprachen, wie zum Beispiel die Tatsache, dass er in letzter Zeit häufiger mit den Hunden aus der Pension hier im Viertel spazieren gegangen ist und dabei von Frau Briel und Herrn Heimann beobachtet wurde. Und sein seltsames Verhalten am Set. Aber wer konnte denn auch ahnen, dass er ein so treuer Fan von Helmut Grevenbroich ist? ☺

Eigentlich war es ja nicht nur ein Fall, der gelöst werden musste, sondern zwei Fälle in einem: die entführten Hunde und Amy, deren falsches Spiel aufgedeckt werden musste.

Amy kam mir ja schon die ganze Zeit so komisch vor, aber dass sie die Entführung von Sweety vortäuschen würde, um uns zu zeigen, wie toll sie ermitteln kann, und dann unschuldige Menschen als mögliche Entführer beschuldigen würde, hätte ich ihr nicht zugetraut. Erst als sie sich immer weiter verstrickt hat (ihr Plan ist nämlich null aufgegangen, wobei sie auch gar keinen richtigen Plan hatte) und ich das Messer vom Cateringservice in ihrer Tasche gefunden habe, war mir ziemlich klar, dass sie uns anlügt. Ich kann immer noch nicht glauben, dass sie Sweety in Bärs Tierpension gebracht hat, wo er sicher aufgehoben war, und dann auch noch behauptet hat, Bär hätte etwas mit Sweetys Entführung zu tun. Komisch war ja auch die Tatsache, dass die entführten Hunde alle reinrassig waren; laut meiner Internetrecherche kann man auf dem Schwarzmarkt ein paar hundert Euro für Rassehunde bekommen. Sweety ist ein Mischling, für den man gar nichts bekommen würde.

Kommissar Peters hat sich übrigens gemeldet und uns erzählt, dass Nico und Jessie sich von dem Verkauf der Hunde tatsächlich das Flugticket finanzieren wollten. Aber sie sind wohl ziemlich blauäugig gewesen, denn weit wären sie mit dem Geld ja nicht gekommen ... Angeblich war das Ganze Jessies Idee und Nico war nur Mitläufer. Laut Peters wirkt sich das aber nicht strafmildernd für ihn aus, denn: Er hat ja trotzdem mitgemacht. Peters meinte, sie müssten ziemlich sicher eine Geldstrafe zahlen. Oje, das wird Nicos Vater sicherlich nicht übernehmen. Ich schätze, Nico muss noch viel Eis im Zoo verkaufen ... Peters ist es dank Jessies Aussage auch gelungen, den Mann zu finden, der die Papiere der Hunde gefälscht hatte.
Es war gut, dass wir neulich Pablo dabeihatten. Da hat es wirklich mal Glück gebracht, dass jemand fast in seinen Hundehaufen getreten ist. Wenn wir Herrn Eckhardt dadurch nicht kennengelernt hätten und wenn ihm nicht aufgefallen wäre, dass sich vor dem Grundstück der Sternbergs die Hundehaufen häuften (oh, welch schönes Wortspiel), wären wir vielleicht auch nicht noch mal zu Nico gegangen. Für uns war er nach der ersten Befragung unschuldig. Komisch, sonst irren wir uns nicht so leicht. Aber ich führe das auf unsere Unkonzentriertheit wegen der Hollywoodpläne von Maries Vater zurück.

Geheimes Tagebuch von Kim Jülich

Donnerstag, 22:50 Uhr

▸ Ladies and Gentlemen and all Sweeties in the world, dieses Tagebuch ist TOP-SECRET! Wer trotzdem darin liest, muss die nächsten Tage mit Finns Feuerwehrhelm auf dem Kopf herumlaufen und alle fünf Minuten laut singen: »Feuerwehrmann Frank ist auf dem Schrank!« Außerdem darf er oder sie die Hundehaufen, die sich hier im Viertel gehäuft haben, beseitigen (die Tütchen liegen schon bereit) ... ◂

Ich bin so froh, dass wir den Fall gelöst haben. Am meisten freue ich mich, dass die Herrchen und Hunde wieder vereint sind und den Hunden nichts passiert ist! Bis auf den Splitter, den Frau Briels Hund Biene in der Pfote hatte. Den hat Franzis Vater aber mittlerweile entfernt.

Außerdem bin ich froh, dass ich Amy nicht mehr so doof finde, das war nämlich auch echt anstrengend. Meine beste Freundin ist sie aber immer noch nicht geworden, ich aber auch nicht ihre. Dass sie uns aus dem stickigen Keller befreit hat und sich dann auch noch – ohne lange zu überlegen – vor Jessies Auto gestellt hat, rechne ich ihr hoch an. Das war mutig und uneigennützig, sie wollte einfach nur helfen.

Auch ihr offenes Geständnis, dass sie keine Freunde hat, hat mich beeindruckt. Irgendwie war mir das gar nicht bewusst, wie schwer es sein muss, wenn man berühmt ist. Ich bin so froh, dass wir alle nicht berühmt sind (bis auf die paar Zeitungsartikel, die ab und zu über uns erscheinen, wenn wir einen Fall gelöst haben).

Na ja, ich kann jetzt jedenfalls besser verstehen, warum Amy so gerne dazugehören wollte, nämlich auch, um endlich Freundinnen zu finden. Ich glaube, sie ist nun auf einem guten Weg, denn sie und Marie verstehen sich auf jeden Fall ziemlich gut.

Amy hat uns noch mal versichert, dass sie nicht in unseren Club aufgenommen werden will. Aber wie soll das auch gehen? Sie fliegt ja mit ihrem Vater in einer Woche schon zurück nach Amerika. Oh Manno, ich darf gar nicht daran denken. Was, wenn Marie mitfliegt und mit Amy in Hollywood einen neuen Detektivclub aufmacht?!

Das gilt es jetzt mit aller Kraft zu verhindern. Ich habe vorhin lange mit David gechattet. Hach, das war schön! Meine Sehnsucht nach ihm wird immer schlimmer. Er riecht so gut. Besser als Sonnencreme, Cake-Pops und LICK zusammen ... Aber das ist jetzt eigentlich unwichtig und ich verdränge es, so gut ich kann!

Marie und Franzi schlafen übrigens schon. Marie fühlte sich nicht gut und Franzi ist auch schnell eingeschlafen. Amy ist heute Nacht mal in Linas Zimmer gezogen, denn Lina schläft bei ihrer Freundin.

Ich gehe jetzt auch ins Bett.

Gute Nacht!!!

Noch ein Fall

»Ingwer, Erdbeeren, Schokoküsse.« Kim hielt einen Einkaufszettel in der Hand. »Brauchst du sonst noch irgendwas?«
Marie schüttelte den Kopf. Sie wirkte blass, hatte noch immer ihren rosa karierten Schlafanzug an und war ungeschminkt. Aufgestanden war sie bis jetzt auch nur, um auf die Toilette zu gehen.
»Hast du Halsschmerzen oder so?« Kim machte sich Sorgen um ihre Freundin, so kannte sie Marie überhaupt nicht.
Marie sagte nichts, sondern schüttelte nur den Kopf.
Franzi kam ins Zimmer. »So, Feuerwehrmann Finn-Frank ist jetzt auf dem Kitaschrank. Es war gar kein Problem, ihn alleine hinzubringen, wir haben den ganzen Weg gesungen.«
»Danke, das ist lieb.« Marie versuchte zu lächeln.
»Aber trotzdem gut, dass morgen Wochenende ist. Dann können wir endlich mal ins Waldschwimmbad gehen. Vielleicht fällt uns da was ein, wie wir deinen Vater umstimmen können. Der bekannte Ortswechsel«, schlug Kim vor. »Tessa und er haben frei, oder?«
»Keine Ahnung. Ich hab meinen Vater seit der Verkündung, dass er mit uns nach Hollywood ziehen will, kaum gesehen.«
»Ich verstehe das nicht. Ihr seid doch sonst so eng miteinander und er bezieht dich in seine Entscheidungen mit ein.« Kim setzte sich neben Marie, die sich die Decke bis zum Kinn zog.
»Es ist nicht kalt, Marie. Komm, hier rumliegen und an die Decke starren bringt auch nichts.« Franzi zupfte an Maries

Decke, aber sie hielt sie fest. Franzi zog kräftiger und plötzlich machte es RATSCH, und der Bezug der Bettdecke war zerrissen. »Oh nein, entschuldige.«

»Ach, das macht nichts«, sagte Marie teilnahmslos.

»Oh, macht ihr eine Kissenschlacht?« Amy war dazugekommen.

»Nein, aber vielleicht sollten wir in eine andere Schlacht ziehen«, überlegte Kim und beobachtete Marie, die ihren Bettbezug nun ganz auseinanderriss. »Ich hab's!« Kim stand auf und verschwand im Badezimmer.

Mit einem Lippenstift kam sie zurück.

»Was willst du denn damit machen? Der ist ganz neu.«

Kim sah sich die goldene Kappe genauer an. »*Red Hollywood* heißt der! Na, das passt ja!«

»Das soll eine Farbe sein?«, fragte Franzi und grinste.

»Zeig mal her!« Amy hielt Kim die Hand hin. »Kann ich mal testen?«

Kim schüttelte den Kopf. »Den benutzen wir jetzt für etwas ganz anderes.« Schnurstracks steuerte sie auf den zerrissenen Bettbezug zu. Dann legte sie den Stofffetzen auf den Boden und schrieb mit dem Lippenstift darauf: *Hollywood – nein danke!*

Die anderen drei staunten.

Franzi musste kichern. »Super, Kim, wir organisieren eine Demo!« Franzi nahm den beschriebenen Stoff, knotete die Enden am Geländer von Maries französischem Balkonfenstergitter fest und ließ den Stoff aus dem Fenster gleiten.

»Ihr seid echt cool!« Amy setzte sich zu Marie aufs Bett. »Ist doch eine tolle Idee von deinen Freundinnen, oder?!«

Marie wiegte den Kopf hin und her. »Ich weiß nicht, ob das was bringt. Helmut kann ein ganz schöner Sturkopf sein.«

»Du aber auch!« Kim zog sich ihre Sandalen an und schnappte sich den Einkaufszettel. »Ich gehe jetzt zum *Superkauf.*«

»Und ich gehe in den Baumarkt und hole Pappen und Farbe.« Franzi nahm sich ihre Tasche und folgte Kim zur Tür.

Marie ließ sich auf ihr Kissen fallen. »Gegen euch bin ich machtlos.«

»Genau. Und dein Vater auch!«, sagte Kim und verließ mit Franzi das Zimmer.

Als Kim und Franzi sich zwei Stunden später in der Villa wieder trafen, saß Amy mit Sweety in der Küche.

»Marie schläft«, verkündete sie den beiden.

»Der Gedanke, hier wegziehen zu müssen, macht sie echt fertig.« Kim packte ihre Einkäufe in den Kühlschrank.

Franzi legte mehrere große Pappen auf den Boden und holte zwei kleine Farbeimer und einige Pinsel aus ihrer Tasche. »Stimmt, sie hat kein Fieber, keine Schmerzen und liegt trotzdem den ganzen Tag im Bett.«

»Hallo, was macht ihr denn hier?« Tessa kam, gefolgt von Finn, in die Küche. »Habt ihr das Laken ans Fenster gehängt?«

»Ja, wir organisieren jetzt eine Demo gegen den Umzug«, erklärte Franzi.

»Ich will auch bei Domino mitmachen!«, rief Finn.

Tessa räumte den Einkauf in den Kühlschrank. »Oh, ihr wart auch schon einkaufen?«

Kim nickte. »Wir machen eine Demo, Finn. Da protestiert man gegen etwas.«

»Ob man das mit drei Jahren versteht?« Franzi öffnete den Farbeimer.
»Man kann mit drei Jahren auf jeden Fall schon sehr gut demonstrieren.« Tessa lächelte. »Kim, Marie, tut mir doch bitte den Gefallen und malt die Plakate im Garten, ja?« Tessa verstaute eine große Packung Schokoküsse im Kühlschrank. »Wenn Marie krank ist, braucht sie immer Schokoküsse«, erklärte Tessa. »Geht's ihr etwas besser?«
Kim schüttelte den Kopf. Sie half Franzi, die Pappen und die Farbeimer hinauszutragen. Finn folgte den Mädchen.
»Hallo, ihr drei! Wie geht's Marie?« Holger lief auf dem Kiesweg, der am Haus entlangführte, in den Garten.
»Nicht so toll«, berichtete Franzi geknickt.
»Wir tostieren jetzt«, berichtete Finn Holger.
»Was macht ihr?« Holger hockte sich neben Maries kleinen Bruder.
»Tostieren. Gegen den Umzug. Aber ich will trotzdem mit dem Flugzeug fliegen.« Finn stemmte seine Ärmchen in die Hüften.
»Feuerwehrmann Finn, aufgepasst. Abflug!« Holger nahm Finn hoch und ließ ihn auf seinen Händen wie ein Flugzeug durch den Garten düsen.
Finn gluckste vor Freude.
»Wir organisieren eine Demo gegen den Umzug, damit Maries Vater merkt, dass er das nicht einfach so machen kann.« Kim deutete auf das Laken, das oben an Maries französischem Balkon baumelte.
Holger setzte Finn wieder ab und guckte an der Hauswand hoch. »Super Idee. Ich bin dabei.«

»Ich auch!« Lina kam mit einem Rucksack in den Garten.
»Hi, wie war es bei deiner Freundin?«, fragte Amy.
»Ganz gut. Sie will unbedingt ein Autogramm von dir.« Lina nahm sich einen Pinsel und schrieb auf eine Pappe: *Wir bleiben hier!*
Auch Holger legte nun los, genau wie Amy, Kim und Franzi. Kim beobachtete, wie Finn sich auch an einer Pappe zu schaffen machte. »Finn, können wir ein paar Stöcke aus deinem Stöckelager haben?«
»Ja!« Finn lief los, den Weg um die Villa entlang zum Eingang, wo er seine gesammelten Stöcke immer in einen alten Blumentopf stecken musste, ehe er die Villa betrat.
Franzi und Amy halfen ihm, einige große Stöcke aus seinem Stöckelager in den Garten zu tragen. Dann begannen sie, mit Klebeband aus den bemalten Pappen und den Stöcken Plakate zu basteln.
»Eine Pappe ist noch übrig.« Franzi hielt das Pappstück hoch. »Wer will noch mal?«
»Ich!« Tessa kam in den Garten und nahm die Pappe.
»Perfekt!« Kim freute sich, dass Tessa auch mitmachte. Bis jetzt hatte sie nicht eindeutig gesagt, was sie über die Pläne ihres Mannes dachte, aber Kim rechnete der Aktion gute Chancen aus, wenn sie sich auch an der Demo beteiligte. »Ich sehe mal nach Marie!«
»Ich war gerade bei ihr, sie schläft immer noch!« Tessa ging zu Lina und gab ihr einen Kuss. Dann schnappte sie sich die Pappe und begann zu schreiben.
Als sie fertig war, klebten Franzi und Amy die Pappe an einen Stock.

»Jetzt kann er kommen!«, rief Kim.
»Wer?« Das war Blake, der mit seinem Rollstuhl gerade in den Garten kam. Freudig begrüßte Franzi ihren Freund und drückte ihm eins der Schilder in die Hand. »Marie muss bleiben!«, stand darauf.
»Was heißt das?« Blake sah verwundert in die Runde.
»Maries Vater überlegt, mit der ganzen Familie nach Amerika zu ziehen«, erklärte Franzi.
»Was? Das geht aber nicht!« Blake schwenkte das Plakat und begann sofort mit einem Sprechgesang. »Marie gehört zu uns! Das weiß doch Hinz und Kunz!«
»Nicht schlecht«, meinte Franzi. »Aber ich wäre für: Marie bleibt da, das ist doch klar!«
Sweety bellte. Franzi wuschelte ihm über das Fell.
»Eher: Wir bleiben da, das ist doch klar!«, mischte sich Lina ein.
Kim hörte, wie ein Auto in die Auffahrt bog.
»Was ist mit Marie?« Holger sah zu Maries Fenster hinauf.
»Die soll sich ausruhen. Wir machen das hier schon.« Kim nahm ihr Plakat und stellte sich vor die anderen. Dann hielt sie sich ihren Zeigefinger vor den Mund und sah in die Runde. Maries Vater sollte überrascht werden. Das hatte bestimmt eine größere Wirkung, hoffte Kim.
»Hallo, Papa! Wir torpedieren!«, rief Finn, noch ehe Helmut Grevenbroich im Garten war.
»Hallo, Finn! Was machst du?« Grevenbroich stockte, als er die Gruppe im Garten stehen sah. »Was macht ihr alle hier?«
Wie auf Kommando fingen nun Kim, Franzi, Amy, Lina, Holger, Blake und Tessa mit ihrem Sprechgesang an: »WIR

BLEIBEN DA, DAS IST DOCH KLAR!« Dabei schwenkten sie ihre selbst gemachten Transparente.
Grevenbroich war perplex. Mit offenem Mund starrte er die kleine Demonstrantengruppe an.
»Was ist denn hier los?« King war ebenfalls in den Garten gekommen. Er trug wie Grevenbroich eine große Einkaufstasche, aus der mehrere Packungen mit Schokoküssen herausragten.
Die Gartendemonstranten riefen weiter und hielten ihre Plakate in die Luft.
Grevenbroich ging zu Finn. »Hast du das selbst gemalt?«
Finn nickte stolz.
»Ist das ein durchgestrichenes Flugzeug?«
Finn nickte wieder, dieses Mal wirkte er traurig.
»Heißt das, dass du nicht nach Hollywood fliegen willst?« Grevenbroich sah seinen kleinen Sohn aufmerksam an.
»Ich will fliegen, aber nicht nach Wullehutt. Dann wird Marie nicht gesund. Ich will nur so fliegen.«
Grevenbroich war gerührt. Er strich Finn über den Kopf. »Und was habt ihr so aufgeschrieben?«
»Ohne das dritte Ausrufezeichen sind wir nichts!«, las Grevenbroich von Franzis Plakat vor.
»Meine Freundin darf nicht gehen«, stand auf Kims Transparent.
Kims Blick ging zu Maries Fenster hoch. Marie war aufgewacht, blickte nach unten und lächelte Kim dankbar an.
»Und du, Lina? Ist das die Villa?«, fragte Grevenbroich.
»Ja, ich möchte hier wohnen bleiben. Hier sind doch unsere Freunde«, erklärte Lina.

»Unsere Kinder fühlen sich so wohl hier. Und ich habe gerade erst meinen neuen Job angefangen, Helmut. Wir freuen uns ja mit dir, dass du so eine tolle Chance hast, aber du kannst uns nicht einfach hier rausreißen. Marie, Lina und Finn haben so tolle Freunde. Guck dir das doch mal an.«

Grevenbroich schaute wieder auf die Plakate. »Wir sind ein Team und Entscheidungen fällen wir gemeinsam!«, las Helmut von Tessas Plakat vor.

»Ich denke, da kommst du nicht raus, Helmi.« King legte seinen Arm um Amy. »Hollywood ist toll, aber Marie gehört hierher!«, las King den Satz vor, den Amy auf ihr Plakat geschrieben hatte.

»Wow, ihr seid die besten Freunde, die man sich wünschen kann!« Marie kam in den Garten.

Sie sah nicht mehr ganz so blass aus wie am Morgen und hatte dezent Wimperntusche aufgetragen. Holger lief zu ihr und nahm sie in den Arm. Kurz blieb sie in Holgers Armen stehen, dann löste sie sich. »Papa, wir müssen reden.«

»Das sehe ich genauso, mein Schatz. Es tut mir sehr leid, dass ich dich und euch alle in den letzten Tagen so im Ungewissen gelassen habe. Das kommt nicht wieder vor. Aber ich brauchte auch ein bisschen Zeit, um alles zu überdenken. Ich hab nämlich eine Entscheidung getroffen.« Grevenbroich blickte seiner Tochter ernst in die Augen.

Alle verstummten. Kim hielt den Atem an.

»Wir fliegen in einer Woche nach Hollywood«, verkündete Grevenbroich, ohne mit der Wimper zu zucken.

Kim war fassungslos. Sie beobachtete, wie Marie enttäuscht zusammensackte.

»Was? Aber Papa, ich …«
Sofort startete Kim einen neuen Sprechgesang. »Marie bleibt hier! Marie bleibt hier!«
Die Freunde fielen mit ein.
»Stopp!«, rief Grevenbroich. »Jetzt lasst mich doch erst mal ausreden. Wir fliegen alle nach Hollywood. Franzi und Kim kommen mit. Und dann gucken wir mal, ob es uns gefällt. Und wenn nicht, fliegen wir einfach wieder zusammen zurück. Wir machen dort erst mal einfach nur Urlaub und ich schnuppere in die Rolle bei *Cops and the City* hinein. Joe lässt mir das alles offen.«
Marie lief aufgeregt auf Kim und Franzi zu.
Kim konnte es kaum glauben, aber dann nickte sie aufgeregt.
»Bist du auch dabei?«, wollte Marie von Franzi wissen.
»Ja, ja, ja!«, rief Franzi laut.
Marie umarmte ihre beiden Freundinnen und rannte dann zu ihrem Vater. »Danke, Papa!« Sie fiel ihm um den Hals.
»Ab nächster Woche ist hier Sommerdrehpause, dann können wir los. Vorausgesetzt, eure Eltern erlauben das, Kim und Franzi.«
»Hoffentlich!«, meinte Kim, und Franzi nickte. »Ja, das wäre wirklich super.«
»Ich rede mit ihnen. Das kriegen wir hin.« Grevenbroich lächelte die Mädchen zuversichtlich an.
»Mit seinem Sturkopf bekommt mein Vater das hin«, sagte Marie und grinste.
Grevenbroich drehte sich zu Holger und Blake. »Seid ihr auch einverstanden?«
Beide Jungen nickten.

»Aber Surfer sind für dich tabu, Franzi!« Blake lachte. »Und noch was: Beim nächsten Mal würde ich dir gerne helfen, deine Reifen zu flicken. Ich bin immer für dich da, okay?«
Franzi schluckte und gab ihm einen Kuss. »Das ist süß! Entschuldige, dass ich mich in den letzten Tagen nicht öfter gemeldet habe.«
»Ich dachte, ihr hättet einen neuen Fall.« Blake wuschelte Franzi über die roten Haare.
»Hatten wir auch. Ist aber gelöst«, erklärte Marie.
»Ihr seid ja Superdetektivinnen«, stellte Blake anerkennend fest.
»Darf ich Sofie mitnehmen?«, wollte Lina wissen.
»Wenn Marie jemanden mitnehmen kann, kannst du auch deine Freundin mitnehmen«, bestätigte Grevenbroich.
»Klar, ihr wohnt natürlich bei uns. Wir haben genug Platz«, mischte King sich ein.
»Oh, toll! Dann kann ich euch alles zeigen«, freute Amy sich.
Sweety bellte aufgeregt und sprang in Amys Luxuslederhandtasche.
»Sweety, wir fliegen erst nächste Woche«, erklärte Amy dem Hund, der daraufhin wieder aus der Tasche heraushopste.
»Mir geht's zwar besser, aber ich brauche jetzt Schokoküsse!«, stellte Marie fest.
Kim fand, dass Marie nun wieder richtig fit aussah. »Hab ich mitgebracht! Und Tessa auch.«
Grevenbroich holte eine Packung Schokoküsse aus seiner Einkaufstasche. »Ich natürlich auch.«
»Ihr seid die Besten!«, rief Marie glücklich.
»Ich will aber Pfannkuchen«, protestierte Finn.

»Nicht schon wieder, Finn«, antwortete Tessa.

»Wie wäre es mit Pancakes mit Ahornsirup? Wir müssen uns doch schon mal an das Essen in Amerika gewöhnen?« Kim zwinkerte Tessa zu.

»Na gut! Wer hilft mir?«

»Ich! Ich muss doch schon mal üben«, meinte Grevenbroich und gab seiner Frau einen Kuss.

Amy beobachtete die beiden. »*Sweet*, oder?!«, flüsterte sie Kim zu. Die nickte erleichtert.

Kim und Franzi halfen Grevenbroich und King dabei, die Einkäufe ins Haus zu tragen, aber der Kühlschrank war bereits mit Kims und Tessas Einkäufen voll.

»Wir können ja ein Picknick im Garten machen«, schlug Helmut Grevenbroich vor.

Eine halbe Stunde später saßen alle zusammen auf mehreren Picknickdecken. »Sweety, heute gibt es keinen Kuchen«, rief Amy ihrem Hund zu. »Wir sind hier Gäste, dann müssen wir uns auch so benehmen.«

»Ach, schade«, sagte Kim bedauernd. »Ich war vorhin in der *Chocolaterie* und habe für Sweety Cake-Pops mitgebracht.« Kim zog eine kleine Papiertüte hervor. »Mit Dinkelmehl.« Sie zwinkerte Amy zu und hielt Sweety den Cake-Pop hin.

»*Thank you!*«, hauchte Amy und Kim sah, dass sie eine Träne im Auge hatte.

»Zucker ist aber nicht gut für Hunde«, sagte Franzi.

»Aber Zucker ist gut für Feuerwehrmänner«, erklärte Finn und setzte sich neben Sweety und Kim. In der einen Hand hielt er einen Schokokuss, mit der anderen holte er einen Cake-Pop aus der Tüte.

Marie, die gelöst zwischen Holger und ihrem Vater saß, hob ihr Glas in die Höhe. »Auf die besten Freundinnen der Welt!«

Alle taten es ihr nach und stießen miteinander an.

Kim beobachtete, wie Marie und Holger sich verliebt in die Augen blickten und dann küssten.

»Und auf den besten, tollsten und liebsten Freund der Welt«, flüsterte Marie in Holgers Ohr.

»*Romantic,* oder?«, seufzte Amy.

Kim lächelte Amy an. »Ich vermisse meinen Freund David ganz schön. Er ist mit seiner Mutter in Frankreich und kommt erst in eineinhalb Wochen zurück.«

»Dann siehst du ihn erst, wenn du wieder aus Amerika zurückkommst?« Amy sah Kim mitfühlend an.

»Ja, leider.«

»Ich denke mir ein tolles Programm für euch aus. Du wirst sehen, die Zeit vergeht wie im Flug.« Amy strich Kim über den Arm.

Kim hielt Amys Hand kurz fest. »Danke! Apropos Flug. Den muss ich auch erst mal überstehen. Ich hab nämlich ein bisschen Flugangst.«

Kim beobachtete, wie Holger Finn wieder auf den Händen durch den Garten fliegen ließ. Er und Blake hatten die Plakate in die Beete gesteckt. Kleine und große Kugeln, die in den Beeten standen und die sich tagsüber mit Sonnenlicht aufgeladen hatten, begannen nun zu leuchten. Kim entschied sich, nicht länger den Sehnsuchtsgedanken nachzuhängen, denn so einen lauen Sommerabend musste man einfach genießen. Sie setzte sich neben ihre beiden Freundinnen.

»Puh, alles ist gut ausgegangen«, stellte Franzi erleichtert fest. »Den Hunden geht's gut, Marie ist auch nicht mehr hundeelend zumute und wir fliegen zusammen nach Amerika.«

»Und Amy und Kim haben sich endlich eingekriegt«, freute Marie sich.

»Ich hab noch was für dich, Marie.« Kim griff in ihre Hosentasche und beförderte einen glitzernden Lippenstift hervor.

Marie nahm ihn entgegen. »*Home Sweet Home*«, las sie. »Die perfekte Farbe.« Gekonnt drehte sie das Innere des Lippenstiftes nach oben und setzte ihn an der Oberlippe an. Als sie ihre Lippen nachgezogen hatte, leuchteten sie in einem warmen Rotton. Ohne zu zögern, ging sie zu Holger und drückte ihm ihren Mund auf die Wange.

»Willst du mich markieren?«, fragte er und lachte.

»Nein, du bist das Zuhause, auf das sich Marie freut, wenn wir unterwegs sind«, erklärte Kim.

»Hoffentlich ist es in Hollywood nur mitteltoll. Nicht, dass Marie dann doch dableiben will«, flüsterte Kim Franzi zu.

»Lass uns abwarten. Ich hab ein gutes Gefühl.« Franzi drückte Kims Hand und sie drückte zurück.

Turbulenzen

»Vor einer Woche hätte ich mir im Traum nicht vorstellen können, dass wir heute alle zusammen nach Los Angeles fliegen.« Kim nahm ihr Handy in die Hand und schoss ein Foto von Franzi, Marie und sich und dem Gepäckwagen, auf dem bereits Kims Koffer stand.

Marie wuchtete ihren Koffer darauf. »Mann, ist der schwer.«

»Zu viele Schuhe?«, mutmaßte Franzi.

Kim kicherte und schrieb David eine Nachricht. *Liebe Grüße von uns dreien. Ich vermisse dich sehr!* Dann verschickte sie den Text mit dem Foto.

»Kommt, wir müssen zum Check-in.« Tessa kam mit einem Gepäckwagen vorbei, auf dem zwei Koffer lagen. Obendrauf saß Finn und grinste. Lina und ihre Freundin Sofie schoben ebenfalls einen Gepäckwagen vor sich her.

Tessa drehte sich zum Eingangsbereich um. »Wo bleibt denn Helmut? Bekommt er etwa keinen Parkplatz?«

»Ich finde es übrigens ganz toll, dass eure Eltern euch die Reise einfach so erlaubt haben.« Marie band ihre blonden Haare mit einem Zopfgummi zusammen.

»Und meine Eltern fanden es wahnsinnig großzügig, dass dein Vater die Flugtickets bezahlt hat.« Franzi stellte ihren Koffer auf Maries Koffer auf den Gepäckwagen.

»Ich glaube, die Produktionsfirma von *Cops and the City* hat auch einen Teil bezahlt.« Marie winkte ihrem Vater mit ihrem Reisepass in der Hand zu. »Da ist er ja!«

»Brauchen wir gleich unseren Reisepass?« Kim wühlte in ihrer Tasche herum und fand eine Kekspackung, die Ben und Lukas ihr zum Abschied überreicht hatten. Sie merkte, dass sie offen war, und nahm sich einen Keks heraus. Er war gar nicht mehr knackig, sondern eher weich. Kim musste lachen, das war typisch für ihre Brüder. Sie wühlte weiter, aber sie konnte den Reisepass nicht finden. Langsam wurde sie nervös und leerte ihre Tasche auf dem Boden aus. Heraus fielen ihre Kopfhörer und das aufblasbare Nackenkissen, das ihr Vater ihr für den Flug mitgegeben hatte, aber der Reisepass war nicht dabei. Kim drehte das Innere der Tasche nach außen.

»Mist, ich hab meinen Pass vergessen! Was mache ich denn jetzt?« Panisch sah Kim ihre beiden Freundinnen an.

»Du hast was?« Helmut Grevenbroich zog sein Handy aus der Tasche. »Wo liegt denn der Pass? Vielleicht kann Henry ihn bringen.«

»Aber der hat doch Urlaub. Seine letzte Amtshandlung vor zwei Tagen war, Joe und Amy zum Flughafen zu bringen«, wandte Marie aufgeregt ein.

Kim erinnerte sich an den Traum, den sie vor über einer Woche geträumt hatte. Da saß sie in der Hundehütte fest und Franzi und Marie waren ohne sie weggerannt. Sie merkte, dass sie hektische Flecken im Gesicht bekam. Unter keinen Umständen wollte sie alleine ohne ihre Freundinnen hierbleiben.

»Kim?« Plötzlich wurde sie von einer sehr vertrauten Stimme aus ihren Gedanken gerissen und drehte sich um.

»David, was machst du denn hier? Bist du nicht in Frankreich?«

»Nein, ich hab einen wichtigen Auftrag.« Er zog etwas hinter seinem Rücken hervor.

»Mein Reisepass!«, rief Kim erleichtert und fiel ihrem Freund um den Hals.

Es war so schön, ihn endlich wieder leibhaftig zu sehen und zu spüren. Am liebsten hätte sie ewig so mit ihm dagestanden.

»Wir mussten früher zurückkommen, weil meine Mutter einen sehr guten Job als Fotografin bei einem Werbeshooting angeboten bekommen hat. Ich dachte, du bist noch zu Hause, ich wollte dich überraschen. Aber stattdessen hab ich bei euch im Flur deinen Reisepass gefunden. Da bin ich sofort hergekommen.« David drückte Kim ganz fest an sich.

Kim löste sich aus der Umarmung. »Ich habe dir doch gerade eine Nachricht geschickt, dass wir gleich losfliegen.«

»Echt?« David wühlte in der Jackentasche nach seinem Handy. »Oh nein, mein Handy ist weg.«

Franzi lächelte. »Wie süß, ihr passt echt gut zusammen!«

»David?« Das war wieder eine Stimme, die Kim sehr gut kannte. Sie drehte sich um, da kam ihr Vater mit Ben und Lukas auf sie zu. »Du hast dein Handy bei uns liegen lassen.«

Kim staunte, als auch noch ihre Mutter durch die automatische Tür in die Abfertigungshalle kam.

Kims Vater gab David sein Handy. »Dann kann ich meine große Tochter auch noch mal umarmen.« Herr Jülich nahm Kim in den Arm.

»Ich muss sie auch noch mal drücken.« Kims Mutter schob sich dazwischen.

»Darf ich auch noch mal?« David stand daneben und wechselte sehnsüchtige Blicke mit Kim.

»Mama, lässt du mich los?«, flehte Kim ihre Mutter an. »Ich komme doch in zwei Wochen schon wieder.«

»Ja, ja, und es ist ja auch gut für dein Englisch, aber du wirst uns trotzdem fehlen.« Kims Mutter war Rektorin an einer Grundschule und sehr darauf bedacht, dass Kim auch bei allem, was sie machte, etwas lernte.
Kim regte das normalerweise auf, aber da David sie nun wieder ganz fest drückte, war es ihr ausnahmsweise mal egal.
»Ihr müsst euch jetzt leider trennen. Es ist Zeit für den Check-in.« Marie begann, die Gegenstände aus Kims Tasche, die noch immer auf dem Boden lagen, aufzusammeln.
Kim war ganz schwindelig. Am liebsten hätte sie David gar nicht mehr losgelassen, aber das ging ja nicht.
»In zwei Wochen sehen wir uns wieder«, flüsterte er ihr ins Ohr. Das schaffen wir auch noch.« Dann drückte er ihr eine kleine Holzfigur in die Hand. Es war ein Marienkäfer. »Der passt auf dich auf, bis wir uns wiedersehen.«
»Ist der süß!« Kim hielt den kleinen Käfer fest in ihren Händen. »Danke, dass du noch mal hergekommen bist. Und dass du mir den Pass gebracht hast.« Sie gab David einen Kuss und löste sich dann von ihm.
»Kim, kommst du?« Marie und Franzi waren schon losgegangen, und auch Tessa und Helmut waren bereits weg.
»Bis bald!«, rief Kim ihrer Familie zu, dann lief sie los.
Als sie sich noch mal umdrehte, standen alle da und winkten. Kim zerriss es fast das Herz. Sie ließ den Marienkäfer in ihre Hosentasche gleiten, wischte sich mit dem Ärmel eine Träne unter dem Auge weg und marschierte zum Check-in.

»Möchtest du am Fenster sitzen?« Franzi verstaute gerade ihren Rucksack im Gepäckfach über den Sitzen.

Marie winkte Finn zu, der mit Tessa und Helmut weiter vorn saß. Lina und Sofie saßen ebenfalls bei Maries Eltern.
Kim überlegte kurz. »Lieber am Gang. Da ist der Weg zum Notausstieg nicht so weit.«
»Aber wenn du am Fenster sitzt und das Meer unter dir glitzern siehst, musst du nicht so viel nachdenken und kannst dich entspannen«, meinte Marie.
»Leider entspannt es mich gar nicht, wenn ich 10.000 Meter unter mir irgendetwas glitzern sehe.« Kim ließ Franzi und Marie in die Sitzreihe hineinrücken. Dann setzte sie sich neben Marie, die in der Mitte saß, und zog ihren Gurt fest. »Ein bisschen mulmig ist mir schon.«
Marie legte ihre Hand auf Kims Arm. »Fliegen ist weniger gefährlich als Autofahren.«
Die Stewardess begann nun mit der Sicherheitseinweisung und Kim lauschte aufmerksam. Als das Flugzeug gestartet und auf der Flughöhe angekommen war, konnte Kim sich entspannen. Sie sah ihrem Aufenthalt in Los Angeles mit großer Begeisterung entgegen und freute sich sogar darauf, Amy und Sweety wiederzusehen, obwohl Amy auch erst vor zwei Tagen abgereist war.
Die drei !!! waren bester Stimmung und malten sich aus, wie sie bald unter Palmen durch Hollywood flanieren würden.
Kim hatte außerdem einen Krimi dabei, den sie unbedingt lesen wollte. »Die Zeit vergeht wie im Flug«, freute sie sich, nachdem sie die ersten Kapitel gelesen hatte. »Ich muss mal zur Toilette.« Sie steckte ihr Buch in die Tasche des Vordersitzes, schnallte sich ab und lief los. Die Toilette war winzig. Kim versuchte trotz ihrer Platzangst ruhig zu bleiben.

»Bitte kehren Sie zurück zu Ihrem Sitzplatz und schließen Sie Ihre Sicherheitsgurte«, tönte eine Stimme aus dem Lautsprecher, als Kim sich gerade die Hände wusch. Bald würden sie landen.

Plötzlich gab es einen heftigen Ruck und das Flugzeug schien nach unten zu sacken. Kim öffnete, so schnell sie konnte, die Toilettentür. Es ruckelte wieder und Kim stieß mit der Schulter gegen den Türrahmen. Sie sah, dass sich zwei der Stewardessen gerade auf ihre Sitze vor dem Cockpit setzten und anschnallten.

»Geh bitte zu deinem Platz«, sagte die eine zu Kim.

Kim lief durch den Gang und versuchte, sich an den Lehnen festzuhalten.

»Das sieht nicht gut aus«, hörte sie die Stewardess noch sagen, dann wackelte es wieder.

Kim verlor den Halt und rutschte zur Seite, direkt auf den Schoß einer Frau.

»Oh! Entschuldigung!« Sie rappelte sich wieder auf. »Hab ich Ihnen wehgetan?«

Die Frau schüttelte den Kopf und Kim fiel auf, dass sie ganz schön blass war.

»Bitte setzen Sie sich hin!«, rief eine der Stewardessen Kim zu.

Sie hatte mittlerweile ihre Sitzreihe erreicht. Schnell ließ sie sich auf ihren Platz fallen und versuchte, sich anzuschnallen. Das Flugzeug wackelte und Kims Hände zitterten.

»Ich helfe dir.« Marie beugte sich zu Kim herüber und schloss den Gurt. »Das sind bestimmt nur ganz normale Turbulenzen«, versuchte Marie Kim zu beruhigen.

»Ja, das ist normal«, sagte Franzi, aber Kim hörte, dass ihre Stimme leicht hysterisch klang.

»Die Stewardessen haben darüber geredet, dass es nicht gut aussieht.«

Kim schloss die Augen und sah David, ihre Eltern und Brüder vor sich, die ihr vor ein paar Stunden noch zugewinkt hatten. Sie holte den kleinen Holzkäfer aus ihrer Hosentasche und hielt ihn ganz fest. Wie schön ihr Leben bis jetzt gewesen war: Sie hatte den tollsten Freund überhaupt und mit den besten Freundinnen der Welt die spannendsten Fälle gelöst. Kim nahm Maries Hand und drückte sie. Dann blickte sie zum Fenster und sah, dass Marie und Franzi sich ebenfalls an den Händen hielten. Im selben Moment gab es einen Ruck und das Flugzeug sackte ab …

DIESES BUCH GEHÖRT:

Die drei !!!

Die drei !!!

Tatort Hollywood

Teil 2: Gefahr im Paradies

Ann-Katrin Heger

KOSMOS

Umschlagillustration von Ina Biber, Gilching
Umschlaggestaltung von Friedhelm Steinen-Broo, eSTUDIO CALAMAR

MIX
Papier aus verantwortungsvollen Quellen
FSC® C014138
www.fsc.org

Gedruckt auf chlorfrei gebleichtem Papier

ISBN 978-3-440-17268-1
Redaktion: Lea Hille
Produktion: Lena Geiger
Druck und Bindung: Finidr, s.r.o., Český Těšín
Printed in the Czech Republic / Imprimé en République tchèque

Die drei !!!

Gefahr im Paradies

Panik über den Wolken

»Ahhhhh!«, riefen Kim, Franzi und Marie gleichzeitig.
Das Flugzeug ruckelte und sackte in die Tiefe. Franzi griff mit der linken Hand nach dem Glas Limo auf dem Aufklapptischchen vor ihr, um zu verhindern, dass ihre neue Jeans nass und klebrig wurde. In ihre rechte Hand hatten sich Maries lange, rot lackierte, Fingernägel gekrallt.
Franzi sah zu Kim. Ihre Freundin hatte den Blick starr geradeaus gerichtet und murmelte irgendetwas vor sich hin, das Franzi nicht verstehen konnte. Sie war kreidebleich.
In diesem Augenblick geriet das Flugzeug erneut in ein Luftloch und Franzis Magen machte einen Purzelbaum.
»Mir ist schrecklich übel«, sagte Marie. »Zum Glück haben wir noch nichts gegessen.«
»Ich schon«, gab Kim unglücklich zu. »Wenn ich aufgeregt bin, muss ich einfach Gummibärchen in mich hineinstopfen.« Ruckartig drehte sie den Kopf zu Marie und Franzi. In ihren Augen standen Tränen. »Wenn ich schon sterben muss, dann bin ich froh, euch an meiner Seite zu haben. Aber eigentlich wollte ich noch ein paar Fälle mit euch lösen. Und David küssen und …«
Marie presste die Lippen aufeinander und sah Kim erschrocken an.
»Okay, die Turbulenzen sind heftig. Aber deswegen werden wir doch nicht gleich abstürzen«, sagte Franzi mit ruhiger Stimme. Innerlich war sie jedoch alles andere als ruhig. Sie dachte fieberhaft darüber nach, wie sie ihren Freundinnen die

Angst nehmen konnte. Zumindest ein kleines bisschen. Plötzlich hatte sie Blake vor Augen – Blake und seinen unerschütterlichen Optimismus. Was hätte er in dieser Situation gemacht? Oder gesagt? Franzi löste ihre Hand aus Maries Klammergriff und strich ihr über den Arm. Dann beugte sie sich vor und lächelte Kim an. »Du hast recht!«

»Womit?«, japste Kim. »Dass unser letztes Flugstündchen geschlagen hat?«

»Nein, natürlich nicht. Ich bin mir sicher, dass wir hier heil herauskommen. Alle um uns herum wirken doch ganz entspannt«, versicherte Franzi. »Es ist gut, dass wir diese schwierige Situation zusammen durchstehen. So wie immer.«

Kim nickte.

Franzi schielte zu Marie, die nicht mehr ganz so angespannt wirkte wie vorher.

»Und ist euch was aufgefallen?«, fuhr Franzi mit fröhlichem Tonfall fort. »Das letzte Luftloch ist ganz schön lange her. Ich glaube, das Wetter hat sich beruhigt.«

BING! In diesem Augenblick erlosch die Leuchte über ihnen und signalisierte, dass die Passagiere die Gurte wieder lösen durften.

»Wie?«, fragte Kim verwundert. »Was ist denn jetzt los?«

»Ich würde sagen, die Gefahr ist vorbei«, meinte Franzi.

Eine Flugbegleiterin stand neben den drei !!! und hielt ihnen ein Tablett mit zwei Kannen und einer Schale Schokoriegeln hin. »Wir konnten die Gewitterfront umfliegen«, erklärte sie freundlich. »Die Turbulenzen sind ausgestanden. Darf ich euch etwas anbieten? Tee oder vielleicht etwas Süßes?«

»Aber ... aber ...«, stotterte Kim verwirrt. »Ich verstehe das nicht. Sie haben doch vorhin zu Ihrer Kollegin gesagt, es sähe gar nicht gut aus.«

Die Flugbegleiterin stutzte kurz, dann lächelte sie. »Meinst du, als ich neben meiner Kollegin auf den Jumpseats Platz nehmen musste?«

Kim nickte. »Ich dachte, Sie beide sprechen über den Flug.«

»Ach du liebe Güte. Das war wohl ein Missverständnis«, sagte die Flugbegleiterin und begann zu kichern. »Du hast nur einen kleinen Teil des Gesprächs gehört. Ich habe über mein Salatbeet gesprochen. Überall Schnecken. Da ist nichts mehr zu machen. Die haben alles kahl und löchrig gefressen. Tut mir leid, dass du deswegen Angst bekommen hast. Hier an Bord war zu jeder Zeit alles unter Kontrolle.«

Franzi sah Kim an, dass ihr die Sache wirklich peinlich war.

»Sie müssen sich nicht entschuldigen.« Kim hüstelte verlegen. »Schließlich habe *ich* voreilige Schlüsse gezogen, obwohl ich nicht alle Fakten kannte. Das passiert mir sonst nicht.«

Die Flugbegleiterin hielt Kim noch einmal die Süßigkeiten hin. »Vielleicht doch ein bisschen Nervennahrung?«

Kim griff in die Schüssel mit den Schokoriegeln und nahm die letzten drei heraus. »Eine kleine Stärkung kann ich nach diesem Schreck wirklich gut gebrauchen.«

»Jetzt mach dir mal keine Vorwürfe. Das ist doch nicht schlimm«, sagte Franzi. »Wir hatten schließlich alle Angst!«

»Aber mit mir ist sie durchgegangen und ich habe alle detektivischen Grundsätze über Bord geworfen.« Kim biss unglücklich von ihrem Schokoriegel ab.

»Ich sehe schon die Schlagzeile deines nächsten Artikels vor mir: *Wie ich in einem Flugzeug all mein Detektivwissen über*

Bord warf oder so …« Marie lachte. Sie klopfte Kim auf den Oberschenkel. »Jetzt hör auf, so ein Gesicht zu machen, und sei nicht so streng mit dir. Wir sind Detektivinnen und keine Maschinen. Wir machen Fehler und unsere Gefühle kommen uns ab und zu in die Quere. Alles andere wäre doch komisch!«

»Hast ja recht«, knurrte Kim und steckte sich den Rest des Schokoriegels in den Mund. »Ischt mir eben unangenehm, dasch ich nicht nur mir solche Angscht gemacht habe, schondern euch auch.«

»Alles okay«, sagte Franzi. »Wir haben es überlebt. Nur gut, dass Finn deine Panikattacke nicht mitbekommen hat …«

»Was hab ich nicht mitbekommen?« Finns Kopf tauchte neben Kim auf und er sah sie mit großen Augen an. »Spielt ihr wieder Detektiv? Darf ich mitmachen?«

Kim lächelte und zog Finn zu sich auf den Schoß. »Hier an Bord sind wir nicht im Einsatz. Über den Wolken gibt es nämlich keine Räuber«, sagte sie. Sie pikste ihn vorsichtig in die Seite und Finn quietschte hocherfreut auf. »Außer dir!«

»Ich bin doch kein Räuber!«, protestierte Finn und kletterte weiter zu seiner Schwester. Dann breitete er die Arme aus und bog den Oberkörper mal auf die rechte und dann auf die linke Seite. Dabei prustete er mit den Lippen, was ein propellerähnliches Geräusch machte. Und viele Spucketropfen mit sich brachte, die überall landeten – auch auf Maries Gesicht.

»Aufhören«, bat Marie und wischte sich über die Wange. »Sonst löst sich meine Schminke auf und ich komme als Zombie in Hollywood an. Das will ich auf keinen Fall riskieren.«

»Zombie?«, fragte Finn. »Solche Leute kenn ich … Das bist

du gar nicht, ganz echt. Die haben zerrissene Kleidung an und sind ganz furchtbar hässlich. Du bist schön. Und du riechst gut.« Finn vergrub sein Gesicht in Maries Armbeuge.
Marie strich ihrem kleinen Bruder über die Haare. »Und du bist süß, Finn. Was hältst du davon, wenn wir noch etwas spielen, bevor wir landen? Kennst du: *Alle Vögel fliegen hoch*?«
»Klar!«, rief Finn und streckte seine Arme in die Luft. »Alle Zombies fliegen hoch!«
Instinktiv warf Franzi ihre Arme auch nach oben.
»Falsch!« Finn kicherte. »Die können nicht hochfliegen. Die fliegen nur auseinander.«

Kim seufzte erleichtert. Sie waren sicher gelandet und liefen durch das Flughafengebäude. »Ich bin froh, wieder festen Boden unter den Füßen zu haben«, sagte sie. »Zum Glück hat Finn uns den Rest des Fluges schön abgelenkt.«
Franzi nickte. Ihr hatten die zwölf Stunden in der Luft auch gereicht. Obwohl der Flug nach den Turbulenzen sehr ruhig verlaufen war, konnte sie Kim gut verstehen. Sie litt selbst an akutem Bewegungsmangel. Wenn sie nicht so müde gewesen wäre, hätte sie jetzt am liebsten einen Dauerlauf gemacht. Aber zunächst mussten sie bei der Passkontrolle anstehen und Helmut Grevenbroich wurde lang und breit befragt, zu welchem Zweck er mit so vielen Kindern, die teilweise nicht seine eigenen waren, nach Amerika einreisen wollte.
Amy hatte ihnen eine SMS geschrieben, dass sie sie vom Flughafen abholen würde. Und dass sie sich freute, die berühmten drei !!! nun bei sich zu Besuch zu haben. Franzi freute sich auch. Amy war ihr in den letzten Wochen ans Herz gewach-

sen. Und sogar Kim hatte zum Schluss immer wieder beteuert, dass sie Amy richtig gernhatte.

Als sie alle Koffer vom Rollband auf die Gepäckwagen gewuchtet hatten, kletterte Finn auf den am höchsten beladenen, nahm seinen Schmusehund in den Arm und schlief sofort ein.

Franzi schob den Wagen mit Maries kleinem Bruder vorsichtig Richtung Ausgang und Marie legte die Hand auf Finns Rücken, damit er nicht herunterplumpste.

Hinter der Wand aus Milchglas waren Rufe zu hören. Außerdem hielt jemand bunte Plakate in die Höhe.

Franzi konnte allerdings nicht verstehen, was die Menge rief, und sie konnte auch nicht lesen, was auf den Plakaten stand. Sie blickte sich um. Warteten die Leute da draußen etwa auf einen Star?

»Sag mal, weißt du, ob irgendeine Berühmtheit mit uns zusammen gelandet ist?«, fragte sie Marie.

Marie zuckte mit den Schultern. »Ich habe niemanden gesehen. Aber das heißt ja nichts. Wir werden uns wohl an den Rummel gewöhnen müssen. Schließlich sind wir in der Stadt mit der höchsten Star-Dichte der Welt.«

Sie schoben ihre Gepäckwagen durch den Zollbereich und die Schiebetüren öffneten sich. Das Erste, was Franzi sah, waren Amy und Joe, die jeder ein großes Plakat hochhielten und jubelten. Auf Amys stand »*Welcome to Hollywood, Sweeties!*« und darunter hatte sie drei Ausrufezeichen gemalt. Die Punkte der Ausrufezeichen waren allerdings gar keine Punkte, sondern glitzernde Herzen. Joe hatte auf sein Plakat einen Polizeiwagen mit Blaulicht gemalt. Und darüber stand: »*Helmut is our new cop in the city.*«

»*Welcome!* Schön, dass ihr da seid!«, rief Amy und grinste bis über beide Ohren.

Hinter den beiden standen eine Frau, die bestimmt Amys Mutter Liz war, und eine sehr elegante ältere Dame – offensichtlich Amys Oma Ava, von der Amy schon viel erzählt hatte.

Auf jeden Fall klatschten die beiden ebenfalls und riefen laut: »Bravo!«

»Von wegen Star! Die jubeln nur für uns!« Maries Müdigkeit war mit einem Mal verschwunden. Mit klackernden Absätzen lief sie auf Amy zu und umarmte sie.

Eigentlich passte Marie ziemlich gut hierher, schoss es Franzi durch den Kopf. Was, wenn Marie von Hollywood so begeistert wäre, dass sie bleiben wollte? Was, wenn dies die letzten zwei Wochen wären, die sie als Detektivteam zusammen verbringen würden? Franzi warf einen Blick zu Kim, die wohl gerade etwas Ähnliches dachte.

In diesem Augenblick befreite sich Sweety aus der Reisetasche, die neben Amy stand, und lief schwanzwedelnd auf Franzi und Kim zu.

Franzi beugte sich zu dem braunen Mischling herunter und verwuschelte ihm das sowieso schon ziemlich strubbelige Fell noch ein bisschen mehr. »Ich freu mich auch, *dich* zu sehen. Ehrlich!«

Eine Poolparty und viele Pfoten

»Da passen wir ja alle rein!« Franzi stand vor der blütenweißen Stretchlimousine, die vor den Schiebeglastüren des Flughafens auf sie wartete. »Das ist wie im Film.«

»Was denkst du denn?« Amy kicherte. »Wir sind hier in Hollywood und du bist mit Joe King unterwegs. *Natürlich* ist es ein bisschen wie im Film.«

Der Fahrer der Limousine verstaute das Gepäck und alle stiegen in den Wagen, der so geräumig wie ein Wohnzimmer war. Und auch so gemütlich. Es gab sogar eine Bar, aus der man sich kühle Getränke oder einen kleinen Snack herausnehmen konnte. Die Sitze waren nicht hintereinander angeordnet, sondern gegenüber. Merkwürdig, dachte Franzi, ein bisschen wie in einer U-Bahn.

Helmut und Joe verloren keine Zeit und besprachen sofort den Dreh, der schon am nächsten Tag in den Film-Studios stattfinden sollte. Lina und Sofie teilten sich Kopfhörer und hörten gemeinsam Musik.

Tessa, auf deren Schoß Finn wie ein kleiner Engel schlief, unterhielt sich mit Amys Mutter. Franzi verstand nicht alles, denn Tessa und Liz sprachen in einer Mischung aus Englisch und Deutsch miteinander. Aber sie hörte, dass Liz auch beim Film arbeitete. Als *author*. Das hieß wohl, dass sie sich die Geschichten ausdachte und die Drehbücher schrieb. Ob Kim das mitbekommen hatte? Das interessierte sie bestimmt. Kim hatte die Augen geschlossen und den Kopf an Maries Schulter gelehnt. Kein Wunder. Der Flug war lang und ganz schön aufregend gewesen. In Amerika war es zwar erst früher Nachmittag, doch sie waren nun seit über zwanzig Stunden auf den Beinen.

Amy war bestens gelaunt und erzählte Oma Ava gerade, wie genial und wunderbar altmodisch die Villa der Grevenbroichs war. Und dass sie sich prima als Kulisse für einen Film eignen würde. Oma Ava hörte interessiert zu, stellte den drei !!! aber keine Fragen, weil sie sehen konnte, wie erledigt sie von der Reise waren.

Sie fuhren bereits eine gute halbe Stunde, als Franzi merkte, wie auch ihr immer wieder die Augen zufielen. Dann bogen sie in eine unbefestigte Straße ein und die Limousine schaukelte unsanft hin und her. Waren sie etwa da?

»Endstation. Santa Monica. Hier wohnen wir«, erklärte Amy in diesem Augenblick und bestätigte Franzis Hoffnung. Sie zeigte auf das schmiedeeiserne Tor vor ihnen, auf dem eine Krone prangte. »Hier müssen wir durch. Die Krone haben wir wegen unseres Nachnamens: König. Oder hier in Amerika *King*. Papa findet das lustig. Ich, ehrlich gesagt, eher so na ja …«

Franzi sah aus dem Fenster und gähnte. Kein Haus weit und breit. Nur das Tor und dahinter eine lange Auffahrt.

»Genau so habe ich mir das vorgestellt«, juchzte Marie in diesem Augenblick begeistert. »So wohnt ein echter Star in Hollywood! Diese lange Auffahrt. Dieses Tor … ach, wie schön!«

»Stimmt schon«, pflichtete Amy Marie bei. »Hier in Santa Monica wohnen viele berühmte Leute. Aber es kann auch ein wenig einsam werden. Alle wollen ihre Villen gut verstecken und die Grundstücke sind riesig. Auf unserem kann man sich richtig verlaufen.«

Franzi legte den Kopf schief. So hatte sich Marie also das Anwesen von King vorgestellt? Dann waren diese Auffahrt und das Tor also ganz normal. Zumindest für Hollywoodstars.

Das Tor bestand aus zwei Türen, die sich auf Knopfdruck langsam nach innen öffneten. Die Limousine fuhr den schmalen geteerten Weg entlang, der bergauf führte. Rechts und links standen Palmen, die allerdings das einzige Grün waren, das Franzi sehen konnte. Neben der kleinen Straße war das Gelände trocken und staubig wie in einer Wüste.

Franzi dachte an ihren kleinen gemütlichen Bauernhof zu Hause. Mit den vielen Bäumen und Blumen. Und mit ihren Tieren. Und sie war sich ganz sicher, dass sie ihr kleines Landparadies niemals gegen eine luxuriöse Villa eintauschen würde.

Schließlich lag das Haus der Kings vor ihnen. Als *Haus* konnte man das Gebäude aber eigentlich nicht bezeichnen. Das wäre schamlos untertrieben.

Franzi rieb sich die Augen und starrte mit offenem Mund auf das schlossähnliche Gebäude. An den Seiten ragten Erker empor und das ganze Haus war in Cremeweiß gestrichen. Das Dach glänzte golden und zur Eingangsflügeltür, die ebenfalls in Goldtönen bemalt war, führte eine breite Treppe hinauf.

»Das ist euer Haus?«, fragte Franzi. »Das ist schon wieder wie in einem Film! Nur dass wir diesmal in einen Prinzessinnen-Film von Disney geraten sind. *Cinderella* oder so.«

Amy nickte. »So süß und schnuckelig wie Maries Villa in *good old Germany* ist es zwar nicht, aber dafür haben wir viel Platz und einen großen Pool.«

»Einen Pool? Genial! Zum Glück habe ich einige Bikinis dabei.« Maries Augen strahlten.

»In einem Punkt muss ich dir allerdings widersprechen. Das Haus ist ein richtiges Märchenschloss. Es ist nicht nur süß, es ist zuckersüß!«, sagte Kim.

»Okay, gewonnen.« Amy zwinkerte Kim zu. »Mein Vater hat sich bei der Planung des Hauses richtig ausgetobt. Zum Glück auch beim Pool. Der ist gigantisch. Mit richtigem Wasserfall und Strömungskanal. Wenn die Temperaturen so unerträglich sind wie im Moment, schwimme ich jeden Tag. Und der August hier ist ziemlich heiß. Zu heiß.«

»Habe ich gemerkt«, sagte Kim. »Die zwei Meter vom Flughafen bis in die Limousine haben mir mehrere Schweißperlen auf die Stirn getrieben.«

Die Limousine stoppte und der Fahrer hielt ihnen die Türe auf.

Draußen breitete Amy die Arme aus und drehte sich einmal um sich selbst. »Es ist so schön, dass ihr hier seid. Und jetzt zeige ich euch eure Zimmer.«

Joe und Helmut brachten die Koffer ins Haus und Amy ging mit Kim, Marie und Franzi die breite Marmortreppe hinauf in den ersten Stock. Die Zimmer boten alle drei eine herrliche Aussicht über eine etwas verwilderte Landschaft. Mit vielen Brombeersträuchern und dichten Büschen.

Franzi bekam sofort Lust, dort bald spazieren zu gehen. Diese Wildnis war definitiv mehr nach ihrem Geschmack als der gepflegte vordere Teil des Gartens.

Amy zeigte auf das angrenzende Grundstück, auf dem ebenfalls eine stattliche Villa stand. Allerdings war sie viel moderner gehalten als das Schlösschen der Kings. »Da drüben wohnt Kil Phollins«, erklärte sie.

»Kil Phollins?«, fragte Kim erstaunt. »Der berühmte Sänger und Schlagzeuger?«

Amy nickte. »Man hört ihn sogar manchmal Klavier spielen. Der Wind trägt die Musik herüber. Aber Kil Phollins ist eher scheu. Ich habe ihn selbst erst ein paar Mal zufällig getroffen.«

»Schade«, meinte Marie. »Den hätte ich schon gerne mal kennengelernt.«

»Warte mal ab, was der Tag noch so bringt«, sagte Amy geheimnisvoll. »Jetzt bezieht erst einmal eure Zimmer. Sie liegen nebeneinander und jede von euch hat ihr eigenes Badezimmer.«

»Das mit den eigenen Zimmern brauchen wir gar nicht«, meinte Marie und sah Kim und Franzi an. »Wir suchen uns einfach das größte aus und legen drei Matratzen nebeneinander.«

Kim und Franzi nickten zustimmend.

»Aber ein eigenes Bad? Das würde ich nehmen«, sagte Marie. »Dann habe ich wenigstens Platz für meine Schminksachen und meine neuen Körperpuder-Probepackungen.«

Franzi verdrehte die Augen. »Und für die brauchst du ein eigenes Bad? Wie viele sind das denn?«

Marie überlegte: »Ich habe das ganze Sortiment. Ich würde mal schätzen, so zwanzig?«

Kim stöhnte. »Typisch. Wir sind nicht mal zwanzig Tage hier. Willst du dich dreiteilen? Gesicht und Hals riecht nach

Erdbeere, der Bauch nach Melone und die Beine nach Vanille?«
Marie warf Kim einen bösen Blick zu. »Ich wähle je nach Stimmung.«
Franzi kicherte. Die Einzel-Badezimmer waren eigentlich keine schlechte Idee. Die sollten sie nutzen. Marie brauchte morgens eine Ewigkeit im Bad. Und mittags. Und abends auch. Eigentlich immer. Sie sah zu Amy, die traurig auf den Boden starrte.
»Amy, haben wir irgendetwas Falsches gesagt?«, fragte Franzi erschrocken.
»Nein.« Amy wischte sich kurz über die Augen. »Es tut mir leid wegen der drei Zimmer. Ihr seid allerbeste Freundinnen. Ihr wollt zusammen schlafen, das hätte ich mir denken können.«
Franzi hatte sofort einen dicken Kloß im Hals. Sie schuckte. Arme Amy. Bestimmt wünschte sie sich nichts sehnlicher als eine Freundin, auf die sie sich verlassen konnte. So wie sie, Franzi, sich auf Kim und Marie verlassen konnte. Ob es nun um die Detektivarbeit, um einen Quassel-Quatsch-Nachmittag oder um Liebeskummer ging. Sie konnte sich ihr Leben ohne ihre beiden besten Freundinnen überhaupt nicht mehr vorstellen.
Franzi legte Amy die Hand auf die Schulter. »Du hast Freundinnen«, sagte sie. »Drei Stück. Und die besuchen dich gerade.«
Amy blickte auf und schniefte. »Nett, dass du das sagst, nach alldem, was ich angestellt habe. Danke.« Sie zog ein Taschentuch aus der Hosentasche und schnäuzte sich kräftig hinein.

»Zumindest weiß ich jetzt, dass es keine gute Taktik ist, zukünftige Freundinnen zu beschummeln.«

»Schwamm drüber«, sagte Kim. »Diese olle Hundekamelle vergessen wir am besten für immer und ewig.«

»Du bist nett, klug und detektivisch begabt«, meinte Franzi. »Bestimmt findest du hier in Amerika bald eine Freundin, mit der du dich verstehst.«

»Oder einen Freund …?« Marie grinste.

Amy winkte ab, lächelte aber. »Wie auch immer. Wir sehen uns in einer Stunde. Zieht euch was Schönes an. Wir treffen uns unten am Pool!«

Franzi breitete die Arme aus und ließ sich auf das Bett fallen. Der Bettbezug roch nicht wie zu Hause, aber trotzdem gut. Nach Sonne und Waschmittel und dem süßlichen Geruch, der überall im Haus zu finden war. Eine Mischung aus Popcorn, Ahornsirup und Vanille. Ein echter Hollywood-Geruch. Franzi hörte ein leises Klimpern, das zum Fenster hereinwehte. Eine Melodie konnte sie jedoch nicht ausmachen. Wahrscheinlich machte Kil Phollins gerade ein paar Fingerübungen auf dem Klavier.

Marie pikste sie in die Seite. »He, nicht einschlafen. Du musst durchhalten. Sonst stellt sich dein Schlaf-Rhythmus nicht um. Die Zeitverschiebung, du weißt schon!«

Franzi krümmte sich unter der Kitzelattacke und streckte Marie die Zunge heraus. »Wie könnte ich das vergessen. Zu Hause ist es schon tief in der Nacht. Jede Zelle in meinem Körper schreit nach Schlaf. Aber keine Panik, ich raff mich gleich auf.« Sie griff nach ihrem Handy, um Blake eine Nachricht zu schreiben. Doch dann ließ sie es gleich wieder sinken. Blake durfte jetzt in Ruhe schlafen. Im Gegensatz zu ihr.

Eine Stunde später waren die drei !!! bereit für die Überraschung am Pool. Franzi sah an sich herunter. Das Tank-Top und die abgeschnittene Jeans waren zwar nicht elegant, unterstrichen aber ihre sportliche Figur. Marie hatte einen pinkfarbenen Monokini und darüber einen Seidenkimono im angesagten Flamingo-Print angezogen. Ihre Flip-Flops waren am Zehensteg mit ebenfalls pinkfarbenen Flauschebällen verziert. Kim, die einen längs gestreiften Badeanzug und einen breitkrempigen Sonnenhut trug, guckte verwundert auf die Puschel an Maries Schuhen. »Du weißt aber schon ... wenn die Dinger nass werden, sehen sie aus wie gebadete Hunde!«
»Ich gehe doch nicht ins Wasser«, antwortete Marie entsetzt. Als sie die fragenden Blicke ihrer Freundinnen bemerkte, ergänzte sie: »Zumindest erst mal nicht. Ich will doch alle Stars von *Cops and the City* kennenlernen.«
»Hä? Und wo?« Franzi sah Marie verständnislos an.
»Ich habe kombiniert: Die Überraschung kann nur eine Poolparty mit prominenten Gästen sein«, erklärte Marie. »Wir sollen uns schön, aber sommerlich anziehen. Und als ich vorhin sagte, dass ich es schade finde, wenn wir Kil Phollins nicht kennenlernen, meinte Amy, ich solle abwarten, was der Tag noch so bringt. Meine Schlussfolgerung war: Die Überraschung ist eine Poolparty, zu der die Kings alle möglichen berühmten Leute eingeladen haben.«
»Klingt logisch. Ich bin gespannt, ob du recht behältst«, sagte Franzi und lachte. »Aber da du eine super Detektivin bist und

einen ganz besonderen Riecher für Glamour hast, wird es wohl stimmen.«

Als die drei !!! mit Badehandtüchern bepackt aus der klimatisierten Villa nach draußen kamen, schlug ihnen die Nachmittagshitze entgegen. So, als würde man innerhalb einer Sekunde von einem Kühlschrank in einen vorgeheizten Backofen springen, dachte Franzi.

Sie folgten den fröhlichen Stimmen und dem Gläserklirren, und als sie um die Hausecke bogen, sahen sie sofort, dass Marie mit ihrer Vermutung völlig richtiggelegen hatte: Hier stieg eine Poolparty unter Palmen. Und natürlich mit ganz besonderen Gästen.

»Puh!« Kim schüttelte sich. »Also *ich* werde sofort in den Pool springen, nachdem ich jedem die Hand geschüttelt habe. Ich schwitze jetzt schon.«

Franzi kicherte, während Marie zielstrebig auf die sommerlich gekleideten Menschen zuging, die sich um den glitzernden Pool der Kings versammelt hatten. Einige saßen in Lounge-Chairs, andere hatten es sich auf Liegen bequem gemacht. Alle hatten irgendeinen bunt und edel aussehenden Cocktail in der Hand, lachten und unterhielten sich.

Amy, die die drei !!! bemerkt hatte, kam freudestrahlend auf sie zu. Sweety, der heute offensichtlich nicht in der Reisetasche herumgetragen wurde, wich ihr dabei nicht von der Seite.

»Ihr seht toll aus!«, rief Amy und grinste breit. »Kommt, ich stelle euch Vadie Lunch, den Regisseur von *Cops and the City,* vor.« Sie hakte Marie unter und zog sie zu einem der kleinen Bistrotische, an dem ein Mann mit grauem Vollbart und Nickelbrille stand.

Franzi und Kim sahen einander an.
»Dann gehen wir mal mit, oder?«, fragte Franzi.
Kim nickte. »Auf ins Getümmel.«

Franzi war erleichtert. Sie hatte sich die Vorstellungsrunde viel schlimmer vorgestellt. Mehr Small Talk und weniger nette Menschen. In Wirklichkeit war es genau umgekehrt: Viele nette Menschen und eigentlich gar kein Small Talk. Amy hatte sie zuerst Vadie Lunch und ein paar anderen Leuten vorgestellt. Alle waren interessiert gewesen und hatten viele Fragen über Deutschland gestellt. Marie hatte sich sogar blendend mit Violett Johannsen, die die weibliche Hauptrolle in *Cops and the City* spielte, unterhalten und ein paar ultimative Schauspiel-Tipps bekommen.
Lina und ihre Freundin Sofie hatten die Plauderrunde lieber übersprungen und plantschten vergnügt im Pool, in dem eine Aufblaspalme, eine Schwimmbanane und ein großes Gummi-Seepferdchen schwammen. Immer wieder tauchten sie durch den Wasserfall und ließen sich anschließend das herunterpladdernde Wasser auf den Rücken trommeln.
Liz und Oma Ava sahen den beiden Wasserratten lachend zu. Die drei !!! gingen zu den beiden Frauen am Beckenrand.
»Danke, dass wir hier sein dürfen«, sagte Marie höflich. »Das ist wirklich etwas ganz Besonderes für uns.«
»Es ist *great*, dass ihr da seid, *girls*«, meinte Liz. »Ich freue mich so für Amy. Sie ist ein Einzelkind und lebt hier sehr beschützt. Je mehr Leben in der Bude ist, desto besser.«
»Das finde ich auch«, pflichtete Oma Ava ihr bei.
»Dieser ganze Glamour hier ist so toll. Ganz anders als in

Deutschland«, schwärmte Marie. »Haben Sie die tolle Diamant-Kette von Violett Johannsen gesehen? So eine würde ich auch gerne tragen.«

»Dieser übertriebene Klunker?«, sagte Ava ein wenig spitz. »Pah! Weißt du, Kind, es ist nicht alles Diamant, was funkelt. Das kannst du mir glauben. Halt dich lieber von dem ganzen Schein fern.«

»Was meinen Sie damit?«, fragte Marie.

Ava winkte ab. »Ach, nichts, nichts«, beschwichtigte sie.

Um das darauf folgende peinliche Schweigen zu unterbrechen, wandte Kim sich an Liz: »Darf ich Sie etwas fragen?«

»Natürlich. Aber bitte sag *du* und *Liz* zu mir.«

»Gerne.« Kim strahlte Liz an. »Würden Sie mir ... äh, würdest du mir erzählen, wie es ist, als Autorin beim Film zu arbeiten? Ich schreibe nämlich auch.«

»Wirklich?«, fragte Liz. »Davon hat Amy mir gar nichts erzählt. Was schreibst du denn?«

»Eigentlich schreibe ich Krimis. Aber gerade bin ich mitten ich einem Experiment mit einem, äh, meinem Freund. Wir überlegen uns gerade die Handlung für einen Fantasy-Krimi. Wir sind aber noch bei der Stoffsammlung.«

»Ein Fantasy-Krimi. Klingt spannend und zukunftsweisend.« Liz stellte ihr Glas auf einen kleinen Tisch neben sich. »Ich weiß nicht, ob dir das für euren Roman hilft, aber beim Film ist es so: Wir überlegen uns zusammen gute und originelle Geschichten. Und dann teilen wir die Story auf und schreiben die Drehbücher. Gerade habe ich meine eigene Liebesgeschichte mit Joe für das Drehbuch einer Serie verwendet.«

Nun war Maries Interesse geweckt. Liebesgeschichten waren

genau ihr Ding. »Oh, die Geschichte ist bestimmt romantisch. Erzählst du sie uns?«
Liz lachte. »Ja, ich finde sie sogar sehr romantisch – und ungewöhnlich. Ich habe nämlich schon mit Joe zusammengewohnt, bevor wir uns verliebt haben.«
»Wie kam denn das?«, fragte Marie.
»Ich habe hier in diesem Haus als Haushälterin gearbeitet«, erklärte Oma Ava. »Bei einem alten Ehepaar. Mary und George. Ich konnte hier mit Liz wohnen und Mary und George haben sich sehr gefreut, ein Kind im Haus zu haben. Sie konnten selbst keine bekommen. Und ich war alleinerziehend. Da war es ein Segen, quasi eine Oma und einen Opa im Haus zu haben. Und gleichzeitig arbeiten zu können. Als Liz sechzehn war, sind die beiden allerdings leider bei einem Segelunfall ums Leben gekommen …«
»… und das Haus und das Grundstück wurden verkauft«, fuhr Liz fort. »An den neuen Star von Hollywood: Joe King. Zum Glück durfte Ava auch für ihn arbeiten und wir konnten hier wohnen bleiben. Joe war allerdings nicht nur sehr nett, er sah auch noch umwerfend aus. Und sein süßer deutscher Akzent … Es war beinahe sofort um mich geschehen und ich habe überall nur noch rosarote Rosen gesehen. Und ihm ging es offensichtlich genauso. Drei Jahre später haben wir geheiratet.«
Marie schlug entzückt die Hände vor den Mund. »Das ist nicht nur romantisch, das ist hollywoodreif. Kein Wunder, dass du die Geschichte verwendet hast.«
Liz' Augen glänzten. »Und wisst ihr was? Ich bin immer noch verliebt in Joe! Auch wenn die Sache nun schon so lange her ist.«

Joe King war unbemerkt näher gekommen und umarmte seine Frau von hinten. »Und ich liebe dich. Von der ersten Sekunde an.« Er küsste sie zart auf die Wange.
Franzi seufzte. Normalerweise war sie ja nicht für jeden Liebeskitsch zu haben, aber diese süße Geschichte ging ihr richtig nahe – die beiden waren ein echtes Traumpaar.
Plötzlich gab es einen Riesenkrach. Lina und Sofie quiekten laut auf und versuchten, auf der Schwimmbanane in die Mitte des Beckens zu rudern. Eine Bande von Waschbären fegte um den Pool herum. Sie griffen sich an Essbarem, was in Reichweite war, und tauchten es in aller Ruhe in den Pool oder unter die Gischt des Wasserfalls, um die Beute zu waschen. Doch damit nicht genug. Sweety jagte ihnen hinterher und machte die Angelegenheit dadurch nicht gerade einfacher.
»Oh nein!«, riefen Amy und ihr Vater gleichzeitig.
Während Joe King versuchte, die Waschbären vom Pool zu vertreiben, fiel Franzi auf, dass eines der Tiere ein wenig hinkte und den anderen kaum hinterherkam.
»Die Bande hat wohl mitbekommen, dass es hier was zu holen gibt«, meinte Vadie Lunch und grinste.
»Tja, sind eben kluge Tiere. Besonders unser Sam.« Joe King lächelte gequält und entschuldigte sich wortreich bei den Gästen, die bei diesem Zwischenfall vor Schreck fast aus ihren Flip-Flops oder High Heels gekippt waren und nun die Füße hochhielten und quietschten.
Anders als die Umstehenden fand Franzi die Szene ganz entzückend. Sie wusste zwar, dass Waschbären sich immer häufiger in der Nähe von Menschen aufhielten und teilweise in den Städten zu einer richtigen Plage werden konnten, aber sie

mochte die niedlichen Tiere. Hier am Pool hatten sie allerdings wirklich nichts verloren. Vielleicht konnte sie Amy und Joe helfen, die Tiere woanders hinzulotsen?
Sie nahm sich ein Stück Karotte, kniete sich hin und versuchte, einen kräftigen Waschbären vom Rand des Pools wegzulocken. Doch der würdigte sie keines Blickes. Er fuhr unbeirrt fort, ein Stück Baguette ins Wasser zu tauchen. Franzi blickte enttäuscht auf. Dabei bemerkte sie, dass der kleine hinkende Waschbär sie interessiert beobachtete. Franzi zeigte ihm die Karotte, und er kam, anders als der dicke Waschbär, langsam näher.
Als er sich so weit herangepirscht hatte, dass er sich die Karotte leicht aus Franzis Hand hätte nehmen können, geschah etwas Merkwürdiges. Der Waschbär patschte seine Pfote auf Franzis Knie und legte den Kopf schief. Dann schnupperte er.
»Du bist aber zutraulich«, meinte Franzi erstaunt. »Magst du denn gar nichts fressen?«
Amy, Finn und Marie kamen dazu.
»Das ist Sam Hinkebein«, erklärte Amy. »Der ist zwar genauso verfressen wie alle anderen auch, aber im Gegensatz zu ihnen ist er verschmust.«
Als hätte der kleine Waschbär Amys Worte verstanden, kletterte er an Franzi hoch und rieb seine Wange an ihrer Wange. Franzi setzte sich auf den Boden und Sam machte es sich auf ihrem Schoß bequem.
»Dass er allerdings jemanden so schnell in sein Herz schließt, hab ich auch noch nicht erlebt«, fügte Amy hinzu und lachte. »*Awesome!*«
»Niedlich«, quiekte Finn. »Darf ich den auch mal strei-

cheln?« Er streckte seine Hand aus und wuschelte dem Waschbären über das Bauchfell.

»Der kleine Sam ist aber wirklich sehr zahm«, wunderte sich Marie. »Ich weiß zwar, dass Franzi alle Tiere mag und umgekehrt, aber dass sie wilde Tiere innerhalb von Sekunden zu zahmen Schoßhündchen macht, ist selbst mir neu.«

»Sam ist kein wilder Waschbär. Zumindest nicht mehr. Vadie Lunch hat ihn verletzt gefunden und wieder gesund gepflegt. Das Hinkebein ist ihm allerdings geblieben. Doch der kleine Waschbär ist sehr intelligent und hat schnell ein paar Kunststücke gelernt. Er hat sogar mal in einem von Vadies Filmen mitgespielt.«

»Ich glaube, den kenn ich«, warf Marie dazwischen. »*Das Glück kommt auf vier Pfoten* heißt der, oder?«

»*You're right.*« Amy sah Marie erstaunt an. »Du kennst dich aber wirklich gut aus. Mein Vater hatte in dem Film auch eine Rolle und Sam und er haben sich so aneinander gewöhnt, dass er seitdem hier auf dem Gelände wohnt.«

»Sind die anderen Waschbären seine Familie?«, fragte Finn.

Amy schüttelte den Kopf. »Nein, die anderen sind einfach eine Waschbärenbande, wie sie hier oft ihr Unwesen treibt. Sam kommt mit ihnen aus, aber so richtige *best buddies* sind sie nicht.«

Finn strich dem Waschbären, der immer noch auf Franzis Schoß lag, über den Kopf. »Du bist toll«, flüsterte er dem Waschbären ins Ohr. »Und mein Bästbaddi.«

Lina und Sofie waren mittlerweile auf der Schwimmbanane näher herangepaddelt und betrachteten Finn, Franzi, Amy und Sam.

»So ein Haustier hätte ich auch gerne«, meinte Sofie. »Aber das würden mir meine Eltern nie erlauben.«

»Sam ist zwar lieb, aber er ist ein Waschbär. Er macht auch ganz schön viel Mist. Schmeißt Sachen runter und klaut Essen.« Amy tätschelte Sweety. »Ein Hund ist definitiv pflegeleichter. Überleg es dir lieber noch mal.«

»Ich überlege doch schon die ganze Zeit, liebe Amy!« Vadie Lunch hatte einen Teil des Gesprächs aufgeschnappt, kam auf den kuschelnden Haufen aus Franzi, Sam und Finn zu und strahlte. »Aber etwas ganz anderes. Und zwar, ob hier nicht ein kleiner Hollywood-Star sitzt.« Er deutete auf Finn.

Der streckte ihm seine Hand entgegen, an der Waschbärenhaare klebten, und legte neugierig den Kopf schief.

»Dieser kleine *guy* hier wäre perfekt für *Cops and the City*!« Vadie Lunch schüttelte Finn die Hand und lächelte.

»Das ist Finn, mein Bruder!«, sagte Marie stolz.

»Finn?«, fragte Vadie. »Hast du Lust, mal in einem echten Polizeiauto mitzufahren? Und in einem richtigen Film mitzuspielen?«

Finns Augen begannen zu leuchten. »Klar! Gibt es da auch Feuerwehrautos? Ich bin nämlich Feuerwehrmann Frank. Aber Polizeiautos mag ich eigentlich auch. Der beste Freund von Frank ist Polizist. Der heißt Pelle und …«

»Schon gut«, unterbrach Vadie Finns Redeschwall und rief: »Joe, komm doch mal rüber!«

Joe blickte auf. »Was gibt es, Vadie?«, fragte er.

Vadie zeigte auf Finn. »Dieser Kleine hier wäre doch perfekt.«

»Du meinst, als Ersatz für den Jungen, der krank geworden

ist?« Joe kratzte sich am Kinn. »Du hast recht. Das ist clever. Und noch cleverer ist, dass er der Sohn von Helmut ist. Der ist doch sowieso am Set. Komm, wir fragen ihn.«

Die beiden klatschten sich ab und gingen zu Helmut Grevenbroich, um ihm von ihrer Idee zu erzählen.

»Huch, so schnell wird man hier also für einen Film entdeckt«, meinte Kim.

Marie sah sie ein wenig genervt an. »Nicht alle. Nur die süßen Kleinen.«

»Werde ich jetzt ein genauso berühmter Polizist wie Papa? Und bleiben wir dann alle in Wulliwutt?«, fragte Finn.

Marie nahm ihn auf den Arm und sagte leise: »Wir werden sehen, Finniboy. Wir werden sehen …«

Hollywood für Anfänger

»Sag mal, hast du die ganze Nacht kein Auge zugemacht?«, fragte Franzi Marie am nächsten Morgen, als sie ihr zerknittertes Gesicht sah.
Kim wälzte sich auf der Matratze näher an Franzi heran und knurrte: »Es ist zu früh. Für ALLES. Und besonders für Optikfragen.« Dann drehte sie sich wieder um und zog sich das Bettlaken, das ihr als Decke diente, über den Kopf.
»Natürlich habe ich geschlafen. Aber nicht viel und nicht sehr gut.« Marie klopfte sich sanft mit den Handflächen auf die Wangen.
»Und dann haust du dich auch noch?«
»Ich haue nicht – ich klopfe. Das macht wach. Ich musste die ganze Nacht über eine Sache grübeln: Warum will *mich* keiner entdecken?« Marie knüllte ihr Kopfkissen zu einem unförmigen Klumpen zusammen und boxte nun überhaupt nicht mehr sanft, sondern eher wütend hinein. »Nur weil Finn klein und süß ist.«
»Bist du etwa eifersüchtig?«, fragte Kim. »Also ich finde es gut, dass Vadie Lunch Finn wollte und nicht dich. Weil du sonst überhaupt keine Zeit hättest, mit uns zusammen Los Angeles unsicher zu machen, sondern am Set auf eine Miniszene warten müsstest, die am Ende dann sowieso wieder rausgeschnitten wird!«
Marie runzelte die Stirn.
»Na, ist doch so. Hört man immer wieder«, meinte Kim.
»Und wenn es eine größere Rolle wäre, dann würdet ihr wirk-

lich hier in Hollywood bleiben«, sagte Franzi. »Das willst du doch nicht. Und Kim und ich wollen das erst recht nicht. Denn dann gibt es ganz sicher kein Detektivteam mehr. Wir müssen also alle darauf hoffen, dass kein Regisseur dein Schauspieltalent erkennt.«

Marie stützte sich im Bett auf und überlegte eine Weile. »So habe ich die Sache noch gar nicht gesehen«, sagte sie schließlich. »Ihr habt recht. Und ich freu mich auch schon! Oma Ava möchte uns heute ein bisschen die Gegend zeigen. Ich will unbedingt zu den großen Hollywood-Buchstaben und ich will am Rodeo Drive shoppen gehen und ...«

»Kim und ich sind nicht so scharf auf Shoppen. Du bist nämlich die Einzige, die sich da etwas leisten kann.« Franzi lachte. »Der Rodeo Drive ist doch diese berühmte Straße in Beverly Hills mit den edlen Klamottenläden und den sündhaft teuren Shops, oder?«

Maries Augen glänzten. »Genau. Und in der Gegend wohnen auch viele Stars in ihren großen Villen. Ist bestimmt traumhaft schön.«

»Ich will lieber in die Straße mit den Sternen. Und dahin, wo die Fußabdrücke und die Handabdrücke im Boden sind.« Kim holte eine Mappe aus dem Koffer und breitete einen Stadtplan von Los Angeles auf dem Bett aus.

»Da bin ich natürlich auch dabei«, meinte Marie.

Franzi setzte sich neben Kim und die Karte und brauchte erst einmal einen Moment, um sich zu orientieren.

»Da sind wir«, sagt Kim und deutete auf Santa Monica. »Ich würde am liebsten alles sehen. Keine Ahnung, wo wir am besten anfangen sollen.«

»Hier natürlich«, sagte Franzi und tippte auf den Park oberhalb der Hollywood Hills. »Griffith Park. Sieht grün aus und schattig.«

Kim nickte zustimmend. »Klingt gut!«

Nur Marie kniff die Augen zusammen. »Hm. Aber dann müsst ihr mir versprechen, dass wir morgen etwas machen, wo ich die hier tragen kann!« Sie holte einen Schuhkarton aus ihrer Reisetasche und zeigte die zierlichen Sandalen mit den blau schimmernden Strasssteinen auf der Schließe und dem Riemchen, das um das Fußgelenk geschlungen wurde.

»Versprochen«, sagte Kim. »Morgen geben wir dem Tag mehr Glamour.«

Detektivtagebuch von Kim Jülich
Montag, 7:50 Uhr

Es ist noch ziemlich früh, aber wir sind alle schon wach. Sogar freiwillig. Zu Hause ist es nämlich schon Nachmittag. Wir sind seit gestern in der Traumvilla von Joe King in Hollywood. Aus rein detektivischer Sicht gibt es nichts zu berichten. Wir sind hier im Urlaub und eigentlich wünsche ich mir gar keinen Fall. Ich möchte mir nämlich gerne mit meinen besten Freundinnen Los Angeles ansehen.

Geheimes Tagebuch von Kim Jülich
Montag, 7:55 Uhr (meine Zeit), 16:55 Uhr (Davids Zeit)

► Warnung! Für Fremdleser gibt es hier in Hollywood massenhaft Strafen. Wer einen Satz liest, muss Sweety einen Tag durch die Gegend schleppen. Wer einen Abschnitt liest, muss mit Marie den Nachmittag auf diesem Rodeo Drive shoppen gehen. Und wer ALLES liest, den stecke ich in ein Flugzeug mit DAUER-TURBULENZEN! ◄

Ich bin Vergangenheit. Und zwar genau neun Stunden. Zumindest aus der Perspektive von David. Er hat diese neun Stunden schon erlebt und ich habe sie noch vor mir. Wir sind also getrennt in Zeit und Raum, SCHLUCHZ!

Immer wieder muss ich mir den niedlichen Marienkäfer ansehen, den er mir geschenkt hat. David ist wirklich ein Schatz. Normalerweise hätten wir uns ewig nicht gesehen. Erst war er im Urlaub und nun bin ich hier mit Marie und Franzi in Hollywood. Aber er war so lieb, mir meinen Reisepass an den Flughafen zu bringen, und ich konnte ihn noch einmal in den Arm nehmen und noch einmal küssen, sein Lächeln sehen, in seine Goldene-Punkte-Augen blicken und, und, und … Leider viel zu kurz. Dann musste ich nämlich in diesen Horrorflieger steigen. Ohne Marie und Franzi hätte ich das gar nicht überlebt. So rein nervlich. Dieses Auf und Ab ohne Boden unter mir ist einfach nichts für mich.

Und als wir ins erste Luftloch gesackt sind und ich wieder auf meinen Platz will, höre ich, wie die eine Flugbegleiterin zu der anderen sagt, dass es schlecht aussehe und dass nichts mehr zu machen sei. Ist doch klar, dass ich ab diesem Zeitpunkt Todesangst hatte, oder?

Na ja, das Ganze war dann nur ein blödes Missverständnis und der restliche Flug war zumindest ruhig.

Hier auf dem Anwesen der Kings ist es schön. (Ich fühle mich wie in einem Disney-Film!) Marie und Franzi genießen alles in vollen Zügen. Sie scheinen Holger und Blake gar nicht so zu vermissen. Zumindest haben sie nichts gesagt.

Mir geht es da anders. Ich muss immer an David denken. Zum ersten Mal habe ich das Gefühl, jemand versteht, was es bedeutet, einen Roman schreiben zu wollen. Jemand, der nicht gleich genervt ist, wenn ich mit einer neuen Idee für eine Geschichte um die Ecke komme. Wir schwimmen eben auf einer Wellenlänge. In einem See aus Buchstabensuppe. ☺☺☺ Und unser Fantasy-Krimi-Projekt nimmt auch schon Formen an. Vorhin hat David mir seine neue Idee geschickt. Denn er findet, in der Einhorngeschichte ist jetzt schon ziemlich viel Krimi drin (das Einhorn wird entführt, der Junge und das Mädchen werden verdächtigt), aber nun schlägt er vor, dass das Einhorn von einem Raumschiff entführt wird und zurück zu seinem Heimatplaneten Unicornos gebracht werden soll. Hm. Ich bin mir da nicht so sicher. Ein außerirdisches Einhorn? Ich muss mir die Sache noch einmal durch den Kopf gehen lassen. Und die Liebesgeschichte zwischen dem Jungen und dem Mädchen weiterdenken. (Ich finde, sie sollten Junos und Laurina heißen – das klingt so geheimnisvoll.) Ob ich Marie frage? Die liebt Liebesgeschichten. Denn wenn ich ehrlich bin: Außer ein paar Haiku-Gedichten hab ich da auch keine Erfahrung. Schließlich wird in Krimis eher gestorben als geheiratet. Aber vielleicht könnte Junos vor einem Blaubeerbusch auf die Knie gehen und sagen:

Guck! Beeren am Strauch –
Lilafarbene Liebe –
Du und mein dein Herz

Also, ich würde da an Stelle dieser Laurina dahinschmelzen.

Franzi warf einen Blick auf ihr Telefon. Noch keine Nachricht von Blake. Dann würde sie eben die erste Nachricht schreiben. Kein Problem. Eigentlich war sie ganz froh darüber, dass Blake in letzter Zeit etwas zurückhaltender war. Trotzdem war sich Franzi sicher, dass ihm der ganze Hollywood-Trubel bestimmt sehr gefallen würde. Sie nahm sich vor, ihm von all ihren aufregenden Erlebnissen haarklein zu berichten. Während sie schrieb, schielte sie immer wieder zu Kim hinüber. Sie war ganz vertieft und ihre Backen leuchteten tiefrot. Franzi grinste. Bestimmt chattete Kim mit David. Er erzählte ihr die neuesten Ideen für einen Fantasy-Krimi und sie steuerte ein paar Mordmotive bei – oder irgendetwas in dieser Art. Die beiden waren echt ein süßes Paar. Und ein bisschen schusselig. Aber das machte die Sache umso schöner.

Es klopfte und Amy kam herein. »Bereit für Pancakes mit Ahornsirup?«, fragte sie. »Allerdings müsst ihr euch beeilen. Oma Ava kann nämlich nicht so schnell backen, wie Finn isst. Unglaublich, der Kleine. Und Lampenfieber kennt er auch nicht.«

»Dann haben mein Vater und Tessa ihm erlaubt, beim Dreh mitzumachen?«, fragte Marie mit gepresster Stimme.

»Tessa war erst nicht so begeistert«, erzählte Amy. »Als sie dann aber gehört hat, dass meine Mutter das Drehbuch für diese Folge geschrieben hat, hat sie sich umstimmen lassen. Und Lina und Sofie sind auch mit dabei – als Finn-Fans. Wir haben Oma Ava und die Villa also ganz für uns – herrlich!«

»Das ist soooo lecker! Ich muss zugeben, diese wunderbaren Pancakes kommen an die Backkünste meiner Mutter ran. Und das will echt was heißen!« Franzi kaute mit vollen Backen. Sie hatte bereits vergessen, wie viele der mit Ahornsirup bestrichenen Köstlichkeiten sie mittlerweile im Bauch hatte.

Kim und Marie nickten, konnten aber nichts sagen. Ihre mit

Pancakes gefüllten Münder verhinderten jegliche andere Art der Kommunikation.

»*Great*, dass euch die amerikanische Küche schmeckt«, sagte Ava. »Soll ich noch einmal neuen Teig machen?«

Franzi winkte ab. »Ich kann nicht mehr. Noch einer und ich platze.«

Kim und Marie pflichteten Franzi kauend bei.

»Unglaublich, wie gut Sie Deutsch sprechen«, sagte Franzi und sah die elegante ältere Dame bewundernd an. Oma Ava trug heute ein taubenblaues Kleid, das ihre zierliche Figur gut zur Geltung brachte. Ihre grauen Haare waren zu einem Pagenkopf geschnitten, der ihr Gesicht umrahmte. Außerdem hatte sie sich eine weiße Küchenschürze umgebunden, um ihr blaues Kleid vor eventuellen Pfannkuchenteig-Flecken zu bewahren. »Das wollte ich Ihnen schon die ganze Zeit sagen.«

»Ach, das ist lieb von dir, aber ich habe doch einen ganz schön schlimmen Akzent. Joe hat immer deutsch mit Liz und Amy gesprochen. Deswegen habe ich es im Laufe der Jahre gelernt.«

»Stimmt es, dass Sie früher einmal Schauspielerin waren?«, fragte Marie. »Das hat Amy uns erzählt.«

Oma Ava hüstelte verlegen und nickte. »Das war aber nur ganz kurz. Dieser ganze Filmrummel hat mir überhaupt nicht gefallen, und als ich dann Liz bekommen habe, hab ich der Filmindustrie den Rücken gekehrt.«

»So ganz hat das aber nicht geklappt.« Marie lachte. »Sie wohnen doch schließlich mit einem berühmten Schauspieler und einer erfolgreichen Drehbuchautorin zusammen.«

Oma Ava strich Amy über den Kopf. »Stimmt. Und ein Ex-Kinderstar sitzt auch noch mit am Tisch.«

»Ich habe nie so richtig verstanden, warum du mit der Schauspielerei nicht weitergemacht hast«, sagte Amy.
Oma Ava zog ihren Mund zu einem schmalen Strich. »Amy, ich will das nicht immer und immer wieder diskutieren. Ich habe mich damals so entschieden und das muss dir genügen.«
»Ist ja gut.« Amy hob beschwichtigend die Hände. »Das war schon immer ein Reizthema.«
»Tut mir leid, dass ich es angesprochen habe«, sagte Marie.
»Das konntest du ja nicht wissen, Kind.« Oma Ava stellte die benutzten Teller zusammen und trug sie zur Spüle. »Was wollt ihr denn heute machen?«
Franzi war erleichtert, dass Oma Ava das Thema gewechselt hatte. »Ich würde mir wahnsinnig gern den Griffith Park ansehen«, sagte sie.
Amy juchzte. »Gute Idee! Da war ich schon ewig nicht mehr.« Sie wandte sich ihrer Oma zu: »Dann machen wir ein Picknick im verlassenen Zoo, oder?«
»Verlassener Zoo?«, fragte Franzi. »Davon habe ich noch nichts gehört.«
»Ist jetzt auch nicht der erste Ort, zu dem Touristen gehen. Ist nämlich ein bisschen *spooky* und eigenwillig dort. Vor über fünfzig Jahren wurde ein neuer Zoo gebaut und alle Tiere mussten umziehen. Den alten Zoo hat man aber so stehen lassen und nun modert er seit Jahrzehnten vor sich hin. Das ist teilweise ganz schön gruselig. Da gibt es verlassene Gehege mit verrosteten Gitterstäben, dunkle Ecken und alles Mögliche. Ich finde es aber richtig toll dort.«
»Amy, ich weiß nicht.« Oma Ava schüttelte den Kopf. »Wollt ihr euch nicht lieber etwas Spaßigeres ansehen?«

Franzi sah zu Marie und Kim hinüber, die Amy fasziniert zugehört hatten.
»Das klingt ziemlich spannend und aufregend«, sagte Franzi zufrieden. »Einfach perfekt für die drei !!!.«
Oma Ava antwortete nicht. Wie gebannt blickte sie auf die Tageszeitung, die Amy gerade auf den Frühstückstisch gelegt hatte.
»Oma? Was ist los?«, fragte Amy. »Wir helfen dir auch bei den Vorbereitungen. Versprochen!«
Ava räusperte sich nervös. »Ja, Mädchen, das wäre sehr nett. Ich hole mal eben eine Flasche Apfelsaft aus dem Keller.«
Franzi bemerkte, dass sie die Zeitung zusammenklappte und sie in ihre Handtasche steckte. Merkwürdig. Doch Amy schien es nicht zu wundern, dass ihr die Zeitung unter der Nase weggeschnappt worden war, sondern sie begann, den Kühlschrank nach Wurst, Käse und anderen Leckereien zu durchforsten. Sie legte alles auf den Küchentisch und steckte Käsewürfel und Weintrauben auf Holzspieße.
»Ich bin froh, dass ihr drei hier seid!«, sagte sie. »So ein Freundinnen-Picknick habe ich mir schon immer gewünscht.«
Obwohl Franzi von den vielen Pancakes fast platzte, schnitt sie ein Stück Baguette auf und bestrich es mit Butter. Ah! Was war das? An ihrem großen Zeh kitzelte etwas Nasses, Schlabbriges. Sie zog den Fuß an und guckte nach unten. Sweety leckte gerade die letzten Brotkrümel vom Boden auf.
Franzi kicherte. »He, du Frechdachs!«, sagte sie und strich über Sweetys struppiges Fell.
»Für dich nehmen wir natürlich auch etwas mit!«

Hinter Gittern

Der Griffith Park war genau das, was Franzi brauchte: ein bisschen Grün mit ein paar schattigen Plätzchen. Die Sonne brannte, und obwohl Franzi nur ein Tanktop und eine fransig abgeschnittene Jeans trug, schwitzte sie, seit sie das Haus verlassen hatten. Amy hatte ihnen Basecaps geliehen. So war es wenigstens theoretisch möglich, einen klaren Gedanken zu fassen.

Ava hatte den Fahrer der Kings gebeten, sie beim Planetarium am Eingang des Parks abzusetzen. Das weiße Gebäude mit den drei braunen Kuppeln sah wirklich beeindruckend aus.

»Von hier aus kann man die Hollywood-Buchstaben sehen!«, rief Amy und lief auf eines der Fernrohre zu. Sie warf eine Münze ein. »Guckt mal!«

Nacheinander betrachteten sie die großen weißen Buchstaben, die auf Stelzen in der Erde verankert waren. Franzis Bauch kribbelte vor Aufregung. Sie hatte das Hollywood-Zeichen so oft auf Fotos oder in Filmen gesehen, dass es ihr beinahe unwirklich vorkam, es nun wahrhaftig vor sich zu haben. So, als gehörte dieser Anblick allein in actionreiche oder romantische Filme und hätte in der Realität keinen Platz.

Amy lachte, als sie Franzis Gesichtsausdruck sah. »Was hast du denn gesehen?«, fragte sie. »Etwa den Geist von Dona Petronilla?«

»Ich hab mich nur in ein paar meiner Gedanken verirrt«, beteuerte Franzi. »Bin schon wieder bei euch.«

»Wer ist denn Dona Petronilla?«, fragte Marie interessiert.

Amy winkte ab. »Ach, das ist nur so eine alte Legende. Dona Petronilla sollte den Park erben, aber ihr Onkel verkaufte das Land. Darüber war sie so wütend, dass sie einen fürchterlichen Fluch ausstieß. Und seitdem gibt es hier wirklich oft Waldbrände. Und den nachfolgenden Besitzern des Parks sind schreckliche Dinge zugestoßen. Einige Leute behaupten, hier würde immer noch der Geist von Petronilla herumspuken. Aber natürlich ist das Quatsch.«

»Amy, das ist kein Quatsch«, wandte Oma Ava ein. »Es sind seitdem viele unerklärliche und fürchterliche Dinge hier passiert. Das ist eine Tatsache. Und Dona Petronilla in ihrem leuchtend gelben Kleid wurde öfter gesehen.«

»Außerdem gibt es mehr auf der Welt als das, was unsere Augen sehen können«, kam Marie Ava zu Hilfe.

Kim hakte sich bei Franzi unter. »Vielleicht sollten wir jetzt einfach mal loslaufen. Heute ist so ein schöner Tag. Falls uns der Geist dieser Dona Petronilla begegnet, laden wir sie einfach zum Picknick ein.«

Marie stöhnte. »Kim, also echt. Du hast Vorstellungen! Geisterwesen können nichts essen. Das sollte selbst dir klar sein.«

Sie schlugen den Waldweg nach Norden ein. Amy plapperte und plapperte. Von Zeit zu Zeit hängte sie die Tasche mit Sweety vom rechten auf den linken Arm.

Kein Wunder, dachte Franzi, die die Sache amüsiert beobachtete. Sweety wog bestimmt an die zehn Kilo. Er war einfach der ungeeignetste Handtaschenhund, den man sich vorstellen konnte. Was man allein daran sah, dass der Mischling eben nicht in einer Handtasche, sondern in einer mittelgroßen Reisetasche transportiert wurde. Außerdem schien Sweety der Überzeugung zu sein, dass er durchaus mit ihnen Schritt halten konnte. Er bellte und drehte sich in der Tasche wie ein Kreisel. Dann streckte er den Kopf durch die Öffnung und sah Amy flehend an.

Schließlich gab Amy nach und ließ Sweety heraus. Daraufhin rannte er vor und zurück und wedelte mit dem Schwanz.

»Also vornehm ist irgendwie anders.« Amy runzelte die Stirn. »Aber er ist trotzdem der beste Hund der Welt, stimmt's, Oma?« Amy schmiegte sich kurz an ihre Oma.

»Was? Ja, ja, mein Kind«, sagte Ava geistesabwesend. Dann richtete sie ihren Blick erneut starr geradeaus und verstummte.

»Oma, ist alles in Ordnung?« Amy sah besorgt aus.

Ava rang sich ein Lächeln ab. »Selbstverständlich. Alles bestens. Was sollte auch sein?«

»Keine Ahnung.« Amy war noch immer nicht beruhigt. »Du wirkst heute irgendwie traurig.«

Ava strich Amy über die Wange. »Ich bin nur ein wenig müde. Ich bin es einfach nicht mehr gewohnt, so viele Pancakes zu backen.« Sie zwinkerte ihrer Enkelin zu.

Franzi deutete auf ein Schild, auf dem *L.A. OLD ZOO 500 m* stand. »Wir sind bald da!«, rief sie. »Auf in die Ruinen.«

So unheimlich hatte Franzi es sich gar nicht vorgestellt: Rechts und links von den Wegen, die durch den alten Zoo führten, rotteten die verlassenen Käfige der Tiere vor sich hin. Die Gitterstäbe waren rostig und teilweise verbogen oder ausgerissen. Alles sah trostlos und verlassen aus.

»Ich glaube nicht, dass es den Tieren hier gut ging«, meinte Kim. »Also wenn ich da an unseren Zoo zu Hause denke ... dort ist alles schön. Die Gehege sind groß und dem natürlichen Lebensraum der Tiere nachempfunden. Aber das ...?«

»Wie kleine Gefängnisse«, sagte Franzi. »Kein Wunder, dass ein neuer Zoo gebaut wurde. Das hier geht gar nicht!«

Amy schlüpfte in einen besonders winzigen Käfig. Sie winkte die drei !!! zu sich. »Das müsst ihr euch ansehen.«

Im hinteren Teil des Käfigs führte eine enge steinerne Treppe in eine kleine Höhle. Die Wände waren mit Graffitis beschmiert, es roch muffig und jemand hatte die Verpackung seines Hamburgers einfach liegen lassen.

»Wenn hier nicht Dona Petronilla selbst herumspukt, dann die Geister aller Tiere, die hier gefangen gehalten wurden.« Marie und schüttelte sich. »Der alte Zoo ist wirklich ganz schön heftig.«

»Deswegen wird er auch oft als Drehort für Filme benutzt«, erklärte Amy. »Und trotzdem: Ich finde es megacool hier. Einfach richtig *thrilling.*«

»Vielleicht könnte das Einhorn an so einem Ort entführt werden?«, überlegte Kim. »Ich muss unbedingt ein paar Fotos für David machen.« Sie holte ihr Smartphone aus dem Matchbeutel und knipste los.

Franzi fragte lieber nicht weiter nach, was Kim genau mit der Einhorn-Entführung meinte.

»Wo ist Ava denn eigentlich?«, fragte Franzi. Sie sah sich um. Amys Oma war nirgends zu sehen.

Amy kletterte aus dem Käfig und blickte sich ebenfalls suchend um. »Normalerweise würde ich mir keine Sorgen machen, aber ich finde, Oma ist heute so *strange*. Wie ferngesteuert. Wir sollten sie suchen gehen!«

»Ich hab noch eine bessere Idee«, sagte Franzi. »Sweety soll sie suchen!« Sie nahm das roséfarbene Seidentuch, das Ava an Sweetys Tasche gebunden hatte, und hielt es Sweety unter die Nase. »Das hier riecht doch nach ihr!«

Sweety machte Sitz und hob die Pfote. Offensichtlich wusste er nicht, was von ihm verlangt wurde. Franzi kicherte: »Du bist doch ein schlauer Hund. Riech an dem Tuch und dann finde Oma Ava!«

Sweety bellte und trabte los. Franzi joggte schnell und mühelos hinterher, gefolgt von Amy und von Marie, die in ihren Flip-Flops keinen so guten Halt hatte, und als Letzte keuchte Kim hinterher. »He, könnt ihr mal Rücksicht nehmen auf eure arme, hitzegeplagte Freundin?«

Franzi warf einen Blick zurück und dann wieder einen nach vorne, um Sweety nicht aus den Augen zu verlieren. Der war mittlerweile stehen geblieben und bellte. Offensichtlich hatte er Oma Ava gefunden! Franzi sprintete los und war kurze Zeit später bei Sweety – und bei Ava.

Und es gab überhaupt keinen Grund, sich Sorgen zu machen. Ava saß seelenruhig auf einer Holzbank und hatte bereits das Picknick aus ihrer großen roten Handtasche ausgepackt. Neben ihr standen weitere Holztische und Bänke, an denen es sich Leute bequem gemacht hatten, aßen und tranken.

»Hier gefällt es mir besser«, erklärte Ava. »Weil es lebendiger ist. Die alten Käfige sind so beklemmend.«

Mittlerweile waren auch Amy, Kim und Marie bei der Picknickstelle angekommen.

»Sag doch was, wenn du woanders hingehst. Plötzlich warst du verschwunden. Und das hier in diesen Ruinen. Ich hab mir schon Sorgen gemacht.« Amy ging zu ihrer Oma und nahm sie in den Arm. »Ist alles okay?«

Ava nickte. »*Yes, darling. Certainly.* Mir geht es gut. Tut mir leid, ich dachte, ich hätte dir gesagt, dass ich schon mal vorgehe.« Sie fasste sich in die Haare und richtete nervös ihre Ponyfransen. »Setzt euch doch. Nach dem langen Marsch können wir eine Stärkung gebrauchen.«

Franzi griff nach einer Flasche Zitronenlimo und trank sie in einem Zug leer. Sie hatte gar nicht gemerkt, wie durstig sie gewesen war.

Auch Kim, Marie und Amy langten kräftig zu. Bald war beinahe das ganze belegte Baguette aufgefuttert. Sogar Sweety schlabberte eine ganze Schüssel Wasser und ließ sich mit den selbstgebackenen Hundekuchen verwöhnen, die Amy in der Reisetasche versteckt hatte.

Auf der Bank neben ihnen saß ein Pärchen, das sich verliebt in die Augen sah.

Franzi fiel ihre ungewöhnliche Kleidung auf. Die Frau trug ein gelbes Samtkleid und der Mann einen Frack. Nicht gerade besonders luftig bei diesen Temperaturen, aber na ja. Vielleicht waren sie von einer Hochzeitsfeier geflüchtet oder so etwas.

Sweety schnüffelte die ganze Zeit aufgeregt um die beiden herum und winselte.

»Benimm dich«, sagte Amy ärgerlich und zog Sweety am Halsband zu sich.

Marie holte den Lageplan des Griffith Parks hervor und legte ihn in die Mitte des Tischs. »Wollen wir uns das alte Karussell ansehen? Guckt mal, sind die Pferde nicht wunderschön? Und es ist gar nicht weit von hier.«

Franzi betrachtete das Bild genauer. Das Karussell sah wirklich toll aus. Wie eine Mischung aus Zirkus und Spielzeugmuseum. Die Karussell-Pferde waren aus Holz und bunt bemalt. Darüber spannte sich eine rot-weiß gestreifte Kuppel mit großen Gemälden und Spiegeln. Ein richtiges Märchen-Karussell. Einen kurzen Moment überlegte Franzi, ob sie nicht schon zu alt für eine Karussellfahrt waren, aber sie verwarf den Gedanken sofort wieder. Karussellfahren machte einfach Spaß. Egal ob man drei oder dreizehn war!

»Klar, das Karussell ist gar nicht weit von hier. Lasst uns losgehen!«

Doch sie kamen nicht besonders weit. Nach ein paar hundert Metern blieb Ava wie festgewurzelt stehen. Ihr Gesicht war bleich und ihre Augen schreckgeweitet. »Dona Petronilla hat meine Tasche gestohlen! Ich wusste es ... gleich als ich sie gesehen habe!«, hauchte sie. »Wir hätten nicht hierherkommen sollen.«

Franzi lief ein Schauer den Rücken herunter. Dona Petronilla? War das nicht dieses Spukmädchen, von dem Amy vorhin erzählt hatte?

»Oma!«, rief Amy und stützte Ava, die bedenklich ins Schwanken geriet. »Worüber sprichst du denn? Du machst mir Angst!«

Oma Ava packte Amy bei den Schultern und schüttelte sie. »Hast du nicht die Frau in dem gelben Kleid gesehen? Neben uns? Erst habe ich mir nichts dabei gedacht, aber sie hat nicht geschwitzt! Sie hat nichts gegessen, nichts getrunken ... sie hat immer nur diesen Mann angeschaut. Und sie war blass. Ihre Haut war beinahe durchsichtig.« Die letzten Worte krächzte Oma Ava nur noch. »Bestimmt will sie sich rächen. Ich … ich … ich …« Sie schlug die Hände vors Gesicht und begann zu schluchzen.

»Ganz ruhig«, sagte Kim und führte Oma Ava zur nächsten Parkbank. »Es ist immer gut, wenn wir erst einmal die Tatsachen betrachten. Zumindest machen wir das so, wenn wir einen neuen Fall haben.«

»Genau«, pflichtete Franzi Kim bei.

»Also: Erstens, Ihre Tasche ist verschwunden.«

»Geklaut, Dona Petronilla hat sie geklaut!«

»Wie auch immer. Die Tasche ist weg. Und neben uns saßen eine Frau in einem gelben Samtkleid und ein Mann in einem Frack. Beide haben nichts gegessen und getrunken, weil sie sich die ganze Zeit tief in die Augen geblickt haben, richtig?«

Diesmal widersprach Oma Ava nicht, sondern nickte nur zögerlich.

»Das ist erst mal ganz normal, da sind wir uns doch einig.« Kim blickte in die Runde.

»Allerdings hatte Sweety Angst vor ihr«, meinte Marie und strich sich nachdenklich mit dem Finger über den Nasenrücken. »Und die Frau war wirklich sehr blass.«

Franzi sagte nichts. Wenn Kim einfach nur nüchtern die Fakten aufzählte, fühlte es sich so an, als wäre der Vorfall erklärbar und logisch. Oma Avas und Maries Beobachtungen waren allerdings auch nicht von der Hand zu weisen … Und sofort schlichen sich bei Franzi Zweifel ein, ob die reinen Fakten bereits die ganze Wahrheit waren. Oder ob es eben doch Dinge gab, die man mit rein logischem Denken nicht erfassen konnte.

»Ich wäre dafür, dass wir die paar hundert Meter zurückgehen und schauen, ob Sie die Tasche nicht vielleicht bei unserem Essensplatz vergessen haben«, schlug Kim vor. »Das scheint mir die wahrscheinlichste Lösung zu sein.«

Oma Ava wischte mit einem Taschentuch an ihren Augen herum. Die Wimperntusche verschmierte ein wenig, doch Amy tupfte die schwarzen Schmierer schnell weg.

»Ja, das können wir tun. Aber ich bin sicher, die Tasche ist nicht mehr dort«, sagte Oma Ava düster.

Die Tasche blieb tatsächlich verschwunden. Franzi und Kim suchten den ganzen Bereich Meter für Meter ab, während Amy und Marie sich um die völlig aufgelöste Oma Ava kümmerten.

Plötzlich bellte Sweety laut und sauste los.

Franzi war geistesgegenwärtig genug, ihm zu folgen.

Zum zweiten Mal in kürzester Zeit rannte sie dem Mischling hinterher. Und er war ziemlich schnell. Schneller, als Franzi es einem Hund, der sich meistens herumtragen ließ, zugetraut hätte.

Sweety lief auf das Gelände des alten Zoos, vorbei an den ersten Käfigen und an einer Wiese, die früher einmal das Außengelände der Dromedare gewesen war. Das hatte Franzi vorhin auf der großen Schautafel gelesen. Dann bemerkte sie, dass Sweety sich unter einem Holzzaun hindurchquetschte, der vor einem Felsabgrund stand. Und es kam ihr so vor, als sähe sie ein Stück gelben Stoff vorwegflattern. Gelber Stoff? Wie das Kleid von Dona Petronilla! War Sweety etwa der Geisterfrau hinterhergelaufen?

»Sweety, bleib stehen!«, rief Franzi. »Das ist gefährlich!«

Doch Sweety hörte nicht auf sie. Der Hund scharrte wie verrückt am Abgrund. Dicke Erdklumpen flogen durch die Gegend.

Dann rutschte er weg und verschwand vor Franzis Augen in der Tiefe.

Schlagzeilen

»Sweety! Nein!« Franzi hechtete zwischen den Querbalken des Zauns hindurch und blickte in den Abgrund. Ihr stockte der Atem. Das waren mindestens fünf Meter. Irgendwo da unten musste Sweety liegen. Verletzt? Oder ...? Nein, das durfte nicht sein. Fieberhaft suchte Franzi mit den Augen nach dem Hund, als sie ein leises Winseln hörte. Moment. Das klang so, als wäre es ganz in der Nähe! Tatsächlich: Sweety presste sich einen halben Meter unter ihr auf einem kleinen Vorsprung an den Felsen und sah sie Hilfe suchend an.

»Sweety, was machst du denn für Sachen?« Franzi atmete auf. Von dem Vorsprung aus konnte der Hund locker wieder nach oben springen. Sweety bellte, sah aber nun nicht mehr Franzi an, sondern starrte nach unten.

Dort passierte etwas, das Franzi sprachlos machte: Eine Frau in einem gelben Kleid huschte vorbei und verschwand zwischen ein paar Büschen. Dona Petronilla?

Wie war die Frau im Samtkleid so schnell den Felsen hinuntergekommen? Sie hatte sie doch gerade noch oben gesehen. Geschah hier tatsächlich etwas Übersinnliches?

»Franzi, was ist los?« Kim kam außer Atem bei Franzi an. Sie hatte Marie und Amy im Schlepptau.

»Wo ist Sweety?«, fragte Amy.

Franzi deutete nach unten. »Sweety ist da. Und ich glaube, Dona Petronilla auch.«

Zum Glück war Sweety wild auf Amys Hundekekse. Sie musste ihm nur einen vor die Schnauze halten und Sweety sprang mit einem Satz nach oben, schnappte sich den Keks und knusperte ihn auf. Amy umarmte den Hund stürmisch und Sweety schleckte ihr zum Dank einmal quer übers Gesicht.

»Bäh!« Amy verzog das Gesicht und kicherte. »Du hast Hundekeksatem!«

»Was hast du damit gemeint, dass Dona Petronilla auch da ist?«, fragte Marie, als sie sich versichert hatten, dass Sweety wohlauf war.

»Ich hatte das Gefühl, dass Sweety jemandem gefolgt ist. Und dann hab ich ein Stück gelben Stoff gesehen und dachte, die Frau im gelben Kleid ist hier oben, doch plötzlich war sie ganz da unten. Das war richtig gespenstisch.«

»Franzi, du hast dich von Marie und Oma Ava anstecken lassen«, meinte Kim. »Du weißt überhaupt nicht, wem Sweety gefolgt ist. Klar, es gibt eine Frau im gelben Kleid, aber die macht gerade einen Spaziergang mit ihrem Frack-Mann unterhalb des Felsens.« Kim deutete nach unten, wo die Dame im Samtkleid wieder aufgetaucht war.

Franzi schluckte. Sie wollte Kim wirklich glauben. Sogar mehr als alles andere. Aber was sie gesehen hatte, hatte sie gesehen.

»Erst war sie hier oben!«, beharrte Franzi.

Kim beugte sich über das Holzgeländer und suchte den felsigen Hang ab. »Franzi, komm mal her«, sagte sie ruhig. »Kann es sein, dass du das hier gesehen hast?« Sie zeigte auf etwas.

Franzi kam näher. Dort, an einem kleinen Baumsprössling, der auf dem kargen Felsen wuchs, flatterte ein gelber Müllsack.

War es die Tüte gewesen, die vor ihnen hergeflogen war und sich in dem kleinen Baum verfangen hatte? Auszuschließen

war es jedenfalls nicht. Und auch wahrscheinlicher als eine Geistererscheinung. »Danke. Bestimmt ist es so gewesen.«
»Bitte.« Kim lächelte. »Ich bin nämlich sehr gerne Detektivin und wollte eigentlich nicht auf Geisterjägerin umsatteln.«

Franzis Herz klopfte zwar noch immer aufgeregt, aber je näher sie an die Picknickstelle kamen, an der Oma Ava auf sie wartete, desto ruhiger wurde sie. Und desto sicherer, dass Kim recht hatte. Auch Marie und Amy hatten keine weiteren Geistererscheinungstheorien verbreitet und Sweety trappelte gut gelaunt neben ihnen her.
Oma Ava winkte, als die drei !!! und Amy für sie in Sichtweite waren. »Ich hab sie wieder!«, rief sie ihnen entgegen und schwenkte ihre rote Handtasche durch die Luft.
»Huch, wie ist das denn jetzt zugegangen?«, fragte Franzi überrascht.
»Werden wir gleich erfahren«, meinte Amy. »Vielleicht hat Dona Petronilla ihr die Tasche persönlich wiedergebracht?«
Ava strahlte, als sie den drei !!! und ihrer Enkelin erzählte, dass ein netter älterer Herr ihr die Tasche gebracht hatte. Die Worte purzelten so schnell aus ihr heraus, dass Franzi Mühe hatte, der Geschichte zu folgen.
»Mr Lewis hat dort drüben auf der Bank gesessen, als wir vorhin gepicknickt haben. Und dann hat er irgendwann bemerkt, dass meine Tasche noch auf dem Platz stand. Er dachte, er erwischt uns noch, und wollte sie uns nachtragen. Aber er hat uns nicht mehr gefunden. Und jetzt war er auf dem Weg zum nächsten Fundbüro und zum Glück bin ich ihm begegnet. *I was really lucky.*«

Amy gab ihrer Oma ein Küsschen auf die Wange. »Wie schön. Ich freue mich, dass die Tasche wieder da ist. Und dass damit auch der Spuk von Dona Petronilla vorbei ist.« Sie nahm die Tasche und schüttete den Inhalt aus. Eine Geldbörse, die Essensdosen vom Picknick, ein Schlüsselbund und die Zeitung von heute Morgen klatschten auf den Holztisch. »Ist denn noch alles drin?«, fragte Amy. »Wer weiß ... Mr Lewis ist vielleicht kein Geist, aber womöglich kann er ein paar Dollar gut gebrauchen.«

»Was machst du da!«, fauchte Oma Ava. »Das ist nicht in Ordnung, was du da tust, Amy. Es ist meine Privatangelegenheit, was ich in meiner Tasche habe!«

Amy blickte erschrocken auf. »Warum explodierst du denn so? Ich wollte dir nur helfen. Außerdem«, sie griff nach der Zeitung, »hast du mir die heute beim Frühstück schon weggeschnappt und der Leitartikel klingt so spannend. »*Skandal nach 40 Jahren. Blauer Diamant ist eine Fälschung!* Ich liebe Diamanten und ich liebe Sensationen.«

»Ach was. Das sind doch alles nur Schundnachrichten. Die Zeitung kann weg.« Sie nahm Amy die Zeitung ab, riss sie in der Mitte entzwei und warf sie in den Papierkorb. Anschließend steckte sie ihre Geldbörse, die Schlüssel und die Reste vom Picknick zurück in die Tasche.

Franzi sah Amy an, dass sie die Welt nicht mehr verstand. So launisch war Oma Ava wohl normalerweise nicht.

»Oma, ich glaube, nach der ganzen Aufregung ist es gut, wir ruhen uns zu Hause ein wenig aus.«

Oma Ava seufzte. »Du hast recht. Vielleicht ist es wirklich besser, wir gehen zurück.«

Falscher Klunker

»Das war echt clever, dass du die Zeitung heimlich wieder aus dem Abfall geholt hast«, lobte Franzi Kim. »Und man kann auch noch fast alles lesen.«

Die drei !!! lagen am Pool der kingschen Villa. Über ihnen spendete ein Sonnenschirm Schatten und neben ihnen standen leckere Saftcocktails mit bunten Schirmchen.

Kim schob die beiden Teile der Zeitung, die Oma Ava im Griffith Park zerrissen hatte, so zusammen, dass der Artikel zu lesen war.

»Ja, nur an einer Stelle ist ein kleines Loch. Aber so können wir unsere detektivischen Fähigkeiten einsetzen. Die sind eh gerade am Verkümmern.« Kim lehnte sich zurück und wackelte mit den Zehen. »Ava verwöhnt uns zu sehr.«

Nachdem sie von ihrem Ausflug zurückgekommen waren, hatte Oma Ava es sich nicht nehmen lassen, ihnen Cocktails zu mixen und Clubsandwiches zu streichen. Als Wiedergutmachung für den Riesentrubel, den sie wegen ihrer Tasche veranstaltet hatte.

Franzi hatte versucht zu beteuern, dass doch alles gar nicht so schlimm gewesen und zum Glück alles gut ausgegangen sei, aber Ava blieb unerbittlich. Die Entschuldigungsleckereien mussten sein.

Amy hatte Kopfschmerzen und war in ihrem Zimmer verschwunden, um sich hinzulegen.

Franzi war das ganz recht. Nicht, dass Amy sie störte. Sie mochte sie mittlerweile richtig gern. Und trotzdem war es viel entspannender, nur mit Kim und Marie abzuhängen. Sie kannten sich einfach in- und auswendig. Jede von ihnen hatte Stärken und Schwächen, aber zusammen waren sie unschlagbar. Das hatten sie wirklich schon oft bewiesen. Über siebzig Mal. Obwohl. Den Fall um Sweety und die entführten Hunde konnte man nur so halb rechnen. Schließlich hatte Amy kräftig mitgemischt. Im Guten wie im Schlechten. Nachdem sie eine Runde Sandwiches gegessen hatten, waren sie ausgiebig im Pool geschwommen und hatten Tauchen geübt. Franzi hatte drei Bahnen am Stück geschafft und sie fühlte sich prima. Das kühle Wasser hatte ihr gutgetan, denn die Temperaturen waren seit dem Vormittag noch mal kräftig gestiegen.

»Okay, lasst uns versuchen rauszubekommen, warum Ava nicht will, dass Amy oder wir diesen Artikel lesen«, sagte Kim und zog an dem Strohhalm ihres Orangen-Erdbeer-Cocktails.

»Ich versuche zu übersetzen: *Skandal nach 40 Jahren. Blauer Diamant ist eine Fälschung. Es ist wirklich bitter: Der Hauptdarsteller des Films* Diamond Sky, *der Anfang der 1970er-Jahre große Erfolge feierte, ...*« Kim brach ab. »Hier ist jetzt leider das Loch, deshalb kann ich euch nicht sagen, wie der Hauptdarsteller heißt. Also weiter: ... *wollte den berühmten und besonders wertvollen blauen Diamanten für ein geplantes Remake des Films zur Verfügung stellen. Dabei kam heraus, dass der Stein eine Fälschung ist. Niemand weiß, wo der echte Stein abgeblieben ist. Die Polizei ermittelt.* Also das ist es im Großen und Ganzen, würde ich sagen.«

»Deine Englischkenntnisse können sich sehen lassen«, meinte Marie anerkennend. »Ich glaube, ich hätte das nicht so schnell übersetzen können.«

»Du hast auch nicht meine Mutter zu Hause. Vokabeln abfragen ist ihr Lieblingshobby«, knurrte Kim.
Franzi nahm die Zeitung und betrachtete das Foto des Diamanten genauer. Er war herzförmig geschliffen und funkelte blau-durchsichtig. Franzi hatte noch niemals einen so großen Diamanten gesehen. Er sah wunderschön aus. Wunderschön und unbezahlbar.
»Ein Remake von *Diamond Sky*? Das wird bestimmt super. Ich mag ja den alten Film schon so gerne.« Marie schüttelte die Sonnenmilchflasche, öffnete sie und drückte je einen Streifen Creme auf ihren rechten und linken Oberschenkel. »Ich habe ihn schon drei oder vier Mal gesehen. Total spannend. Es geht um einen Juwelenraub. Und die Liebesgeschichte ist auch einsame Spitze.« Sie blickte verträumt in die Ferne. »Das Besondere an dem Film ist, dass der Diamant, der darin vorkommt, echt ist. Deswegen waren damals die Sicherheitsmaßnahmen total hoch und es wurde unglaublich viel über den Film berichtet. Das ist wirklich Wahnsinn. So ein riesiger und teurer Diamant ...«
»Total verrückt!« Franzi schüttelte den Kopf. »Und wem gehörte der Diamant?«
»Offensichtlich diesem Hauptdarsteller, dessen Name im Papierloch verschwunden ist.« Kim tippte auf ihrem Smartphone herum. »Wir haben den WLAN-Code vom Haus noch nicht. Ich kann euch also nicht sagen, wie der Diamantenmann heißt.«
»Ist doch auch egal ...« Franzi deutete auf Kims Tasche. »Hast du dein Detektivtagebuch dabei?«
»Nö, wieso sollte ich? Ich liege am Pool und ich bin fallfrei«,

antwortete Kim. »Also bis auf den Fall, den ich mir gerade gemeinsam mit David ausdenke.«

Marie gähnte: »Ach ja, der mit dem entführten, außerirdischen Einhorn? Spannend …«

Kim streckte Marie die Zunge raus. »Bäh. Ich erzähle dir nie wieder von unseren Ideen.«

Franzi hörte nur mit halbem Ohr zu. »Ihr beide findet also nicht, dass wir einen neuen Fall haben?«

Normalerweise war Kim diejenige, die bei jeder Gelegenheit ein Geheimnis oder ein Verbrechen witterte – und damit auch meistens recht behielt. Diesmal allerdings schien sie überhaupt nicht misstrauisch zu sein.

»Wie sollte der denn aussehen?«, fragte Kim. »Sollen wir uns auf die Spur von Dona Petronilla begeben?«

»Hör bloß auf!« Marie schüttelte den Kopf. »Gerade habe ich es geschafft, das unheimliche gelbe Gespenst aus meinen Gedanken zu verbannen, und dann fängst du wieder damit an.«

»Nein, ich meine nicht Dona Petronilla. Die Sage ist zwar echt unheimlich und die Frau von vorhin auch, aber ich finde, wir sollten uns die Sache mit Ava und dem Zeitungsartikel näher ansehen.« Franzi nahm die beiden Hälften der Zeitung und wedelte damit vor Kims und Maries Nase herum. »Ava stand doch den ganzen Tag total neben sich. Und warum in aller Welt will sie nicht, dass wir diesen Artikel lesen? Der ist doch völlig harmlos. Auf dem Foto des Artikels ist nichts Schlimmes zu sehen. Kein Blut oder eine Leiche oder so. Nur der berühmte blaue Diamant.«

Kim setzte sich mit einem Ruck auf. Dabei stieß sie mit dem

Ellenbogen an den kleinen Metalltisch zwischen den Liegen. Die drei Cocktails schwappten über und Maries Sonnencreme fiel auf den Steinboden.

»Pass doch auf«, knurrte Marie.

»Entschuldigung.« Kim hob die Plastikflasche auf, gab sie Marie und wischte mit einem Taschentuch die Saftpfützen auf dem Tisch auf. »Ich glaube, Franzi hat recht. Wir liegen hier faul am Pool und haben gar nicht bemerkt, dass wir möglicherweise schon mitten in einem neuen Fall stecken. Wartet mal.« Kim zog den Lageplan des Griffith Parks aus dem Matchsack. Sie nahm einen der kleinen Möbelhausbleistifte, von denen sie immer mehrere bei sich hatte. »Also, ich bin bereit: Was ist uns aufgefallen?«

»Im Prinzip nur, dass Oma Ava sich heute ganz anders als gestern verhalten hat. Gestern war sie freundlich und ausgeglichen. Und heute war sie vergesslich und irgendwie komplett neben der Spur.« Franzi löste die Gummis an ihren Zöpfen und wuschelte sich durch die Haare.

»Sieht richtig gut aus«, kommentierte Marie. »Du solltest die Haare öfter so tragen.«

»Nee, ist mir zu unpraktisch. Das mache ich nur, damit sie besser trocknen.«

Kim guckte genervt. »Reißt euch zusammen. Wir haben einen neuen Fall, da ist es doch nebensächlich, wie Franzis Frisur ist.«

»Die Chefin vom Detektivclub hat gesprochen.« Franzi kicherte. »Das klang aber vor einer Minute noch ganz anders.«

»Ist doch klar, unsere Arbeit geht vor.« Kim legte den Kopf schief und knabberte am Bleistiftstummel.

»Ich finde, Ava verhält sich so, als hätte sie Angst. Aber wovor? Vor einem blauen Diamanten? Wohl kaum. So richtig viel Sinn ergibt das nicht, merke ich gerade.«
»Angst hat sie sicher nicht, aber zumindest mag sie Diamanten nicht besonders. Der von Violett Johannsen hat ihr zumindest gar nicht gefallen«, erinnerte sich Marie an den merkwürdigen Vorfall auf der Poolparty.
»Stimmt. *Übertriebenen Klunker* hat sie ihn genannt.« Franzi kicherte.
»Und wenn sie doch mehr über Dona Petronilla weiß?«, fragte Marie. »Das würde zumindest ihre Angst erklären.«
»Das stimmt.« Kim nickte. »Aber das erklärt nicht ihr komisches Verhalten heute Morgen. Da war doch von Dona Petronilla überhaupt noch keine Rede.«
»Und wenn sie da schon vor diesem Geist im gelben Kleid Angst gehabt hätte, wäre sie doch nicht mit uns gerade dorthin gegangen, wo das Gespenst spuken soll.« Franzi verschränkte die Arme.
»Vielleicht hängt dieser Artikel mit dem Spuk zusammen?«, überlegte Kim. »Ich schreibe unsere Gedanken einfach mal um ein Fragezeichen herum. Wie ein Brainstorming. Und dann können wir sie immer noch ordnen.«
Marie guckte Kim interessiert über die Schulter. »Hast du das im Schreibworkshop gelernt?«, fragte sie.
Kim wurde rot um die Nasenspitze. »Im Workshop gelernt und anschließend mit David geübt«, gab sie zu.
»Du bist so dermaßen süß verknallt«, meinte Marie und formte mit Daumen und Zeigefingern ein Herz in Kims Richtung.

»Na ja, wie auch immer«, meinte Kim verlegen, »ich dachte, wir können diese Methode auch mal bei einem unserer Fälle ausprobieren. Beim Geschichtenausdenken ist sie nämlich super. Aber he, halt, nicht …!«

Sam Hinkebein war auf Kims Liegestuhl gesprungen und hatte sich den Flyer vom Park geschnappt. Jetzt schubste er ihn mit der einen Pfote zum Poolrand.

»Wenn du den wäschst, ist er kaputt«, meinte Franzi, nahm Sam den Zettel weg und gab ihn Kim zurück. »Außerdem schmeckt er nicht. Pfui!«

Sam guckte Franzi aus großen Augen an. Dann quiekte er leise und drückte sich an ihren Unterschenkel. Sie setzte sich hin und streichelte Sam. »Du bist so niedlich, kleiner Sam. Am liebsten würde ich dich mit nach Hause nehmen. Und du würdest dich mit Tinka und Polly bestimmt gut verstehen.«

Sam wackelte mit der Waschbärnase und trabte los. Am Pool entlang und in eines der Blumenbeete, die um die Sonnenterrasse angelegt waren. Einen kurzen Augenblick danach kam er wieder. Mit einer Hibiskusblüte im Maul. Er legte sie Franzi vor die Füße.

Bevor Franzi sich bei ihm bedanken konnte, war er schon wieder weg. Diesmal kam er mit einer Banane wieder und platzierte sie neben der Blüte. In den nächsten Minuten kamen noch Badeshorts, ein Sitzkissen und ein braunes, trockenes Palmblatt hinzu. Danach sprang er zu Franzi auf die Liege und rollte sich zufrieden auf ihrem Schoß ein.

»Danke, ist das alles für mich?« Franzi lachte und kraulte den Waschbären am Bauch. »Das ist aber lieb. Was mache ich denn nur mit diesen tollen Geschenken?«

»Ist doch offensichtlich«, meinte Marie. Du sollst die Badeshorts anziehen, dich auf das Kissen setzen und in Ruhe eine Banane essen. Dabei hast du eine Hibiskusblüte im Haar und ein kleiner Waschbär fächelt dir mit einem vertrockneten Palmwedel Luft zu. Klingt paradiesisch, oder?«
»Ach so?« Franzi kicherte. »Stimmt, da hätte ich auch selbst draufkommen können.«
»Und noch etwas anderes ist ganz offensichtlich. Ich bin nicht die Einzige, die hier verliebt ist«, meinte Kim. »Du kannst von Glück sagen, dass Blake so weit weg ist. Der wäre auf deinen süßen neuen Freund nämlich tierisch eifersüchtig.«

Etwa eine Stunde später kamen Tessa, Liz, Finn und Lina und Sofie vom Dreh zurück. Alle bis auf Joe King und Maries Vater, die noch eine Nachtszene vor sich hatten.
Die drei !!! saßen gerade im Wohnzimmer der Kings auf dem hellen Ledersofa und planten den morgigen Urlaubstag.
Finn lief mit offenen Armen auf Marie zu und umarmte seine große Schwester. »Weißt du was?«, fragte er stolz und mit leuchtenden Augen. »Ich war mit meinem Kuschelhund in einem Auto und Papa war gar nicht mehr Papa, sondern ein Polizist, aber ich habe trotzdem einmal Papa zu Papa gesagt. Da musste dann ein neuer Teig gemacht werden.«
»Ein neuer Teig? Was meinst du denn damit?«
»Finn meint einen neuen Take«, erklärte Liz und grinste. »Sie mussten es noch mal drehen, weil alle lachen mussten.« Sie sah sich um. »Wo habt ihr Amy denn gelassen?«
»Amy schläft. Die hatte Kopfschmerzen«, erklärte Kim.

»Und Oma Ava?«, fragte Finn. »Wo ist die denn?«
Oma Ava kam mit einem großen Tablett voller Hotdogs aus der Küche. »Hier bin ich, Sweetheart. Hast du Hunger?«
Franzi wunderte sich. Oma Ava wirkte fröhlich und ausgeglichen. Die Unruhe und Angst von heute Morgen war wie weggeblasen.
Die Hotdogs dufteten lecker. Das frische Brot, die Röstzwiebeln und das Ketchup – Franzi lief das Wasser im Mund zusammen.
Finn rannte zu Tessa: »Darf ich noch einen?«
»Wenn dir davon nicht schlecht wird, bitte. Das wäre dann heute der dritte«, sagte sie. »Allerdings haben wir auch Nachholbedarf an ungesundem Essen. Oma Agnes sei Dank!«
Die drei !!! sahen einander an und kicherten. Die Berge an Grünkernbratlingen, Quinoa-Möhren-Brei und Vollwertkeksen ohne Zucker hatten alle noch lebhaft in Erinnerung.
Jeder langte zu und kurze Zeit später fanden sich nur noch ein paar Brotkrümel auf dem Tablett.
Finn war auf Maries Schoß geklettert und hüpfte von ihren Oberschenkeln auf das Sofa. »Weißt du noch was?«
Marie schüttelte den Kopf.
»Ich kann dann in dem Film nämlich englisch sprechen«, fuhr Finn fort und warf seinen Kuschelhund in die Luft. »Und der kann dann englisch bellen.«
Marie knuddelte Finn. »Ich bin ganz stolz auf dich, mein Großer. Freust du dich auf morgen?«
Finn nickte. Seine Wangen glühten vor Aufregung beinahe neonpink.
»Bald bin ich berühmt, weißt du, Marie?«

Marie wandte sich an Tessa: »Darf Finn also weiter mitmachen?«

»Ja, das darf er. Es hat wirklich Spaß gemacht«, meinte Tessa. »Und Finn hatte auch Spaß. Ich habe mir ganz umsonst Sorgen gemacht. Alle haben sich liebevoll um ihn gekümmert und er konnte zwischendurch immer wieder lange Pausen machen und spielen.«

Franzi erschrak. Tessa klang ganz anders als zu Beginn der Amerikareise. Hieß das, dass sich die Familie Grevenbroich doch vorstellen konnte, hierzubleiben? In den letzten zwei Tagen hatte Franzi das Thema immer wieder verdrängt. Verdrängen wollen. Aber der mögliche Umzug nach Los Angeles war noch nicht vom Tisch. Im Gegenteil: Die Familie Grevenbroich war hier, um das Leben in Amerika zu testen und dann zu entscheiden. Was, wenn Tessa und Finn sich auf Herrn Grevenbroichs Seite schlugen?

Dann würde Marie doch in Hollywood bleiben müssen. Und dann?

Franzi schluckte. In ihrem Hals war ein dicker Kloß. Schnell, schnell an etwas anderes denken, bevor sie hier im Wohnzimmer der Kings losweinen musste.

Der Weg der Sterne

Der Vorhang wehte ins Zimmer und bauschte sich wie ein Geist über Franzis Bett auf.

Die Nacht war so schwül gewesen, dass sie die Fenster im Zimmer offen gelassen hatten. Franzi hatte sich die ganze Nacht unruhig hin und her gewälzt. Erst jetzt, in den frühen Morgenstunden, war es etwas kühler geworden und Wind war aufgekommen.

Franzi betrachtete noch ziemlich verschlafen, wie sich der leichte Stoff des Vorhangs erst in die eine, dann in die andere Richtung wölbte. Sie stützte sich auf dem Fensterbrett ab und blickte nach unten in den verwilderten Garten. Alles war ruhig. Bis auf ein leises Blätterrauschen. Doch im nächsten Moment wurde dieses friedliche Bild zerstört. Die Waschbärenbande rannte laut quietschend und knurrend aus den dichten Brombeerbüschen und balgte sich um irgendetwas, das Franzi nicht genauer ausmachen konnte. Das Fauchen der Waschbären klang ziemlich aggressiv. Wahrscheinlich stritten sie um etwas Essbares. Etwas, das leckerer war als die Brombeeren, die überall wuchsen. Sam Hinkebein saß ein wenig abseits und sah dem wilden Knäuel zu. Franzi tat der kleine Kerl leid. Sie beobachtete ihn noch eine ganze Weile. Doch so richtig traurig wirkte er eigentlich nicht. Er guckte eher ein wenig genervt auf seine kämpfenden Kollegen und griff ab und zu hinter sich, um eine Beere zu pflücken und sie sich anschließend in den Mund zu stecken.

»Hallo, Sam!«, rief Franzi und winkte.

Sam blickte auf, legte den Kopf schief und machte Männchen. Franzi hatte den Eindruck, dass er sie erkannte. Dann verschwand er im Gebüsch.

»Sam? Wo?«, fragte Marie.

Franzi drehte sich um.

Marie und Kim waren mittlerweile aufgewacht und rekelten sich.

»Unten. Im Garten«, erklärte Franzi. »Erst dachte ich, die anderen lassen ihn nicht so richtig mitmachen, weil er ein Hinkebein hat. Aber mir kommt der Verdacht, dass Sam viel schlauer ist als die anderen Waschbären. Er hält sich aus den Kämpfen raus.«

»Franzi, die Waschbären-Flüsterin«, witzelte Marie. »Ich habe keine Ahnung, wie du es anstellst, aber du schaffst es immer wieder, allen Tieren in die Seele zu schauen. Wie machst du das nur? Gibt es ein Geheimnis?«

»Weiß auch nicht, das war schon immer so«, antwortete Franzi. »Ich habe das Gefühl, dass nicht nur ich sie verstehen kann, sondern dass sie mich auch verstehen. Na ja. Ist schwer zu beschreiben.«

»Ist das so ähnlich wie Gedanken lesen?«, fragte Kim neugierig und zückte Tagebuch und Stift.

»Keine Ahnung. Aber warum schreibst du dir das auf?« Franzi war irritiert.

»Mir ist da nur so eine neue Idee für Davids und meinen Science-Fiction-Fantasy-Krimi gekommen«, sagte Kim. »Was haltet ihr davon, wenn das außerirdische Einhorn Gedanken lesen könnte? Indem es jemanden mit dem Horn berührt. Und dann wüsste Junos, was Laurina ... Oder nicht? ...« Kim

brabbelte weiter vor sich hin und machte sich mit Feuereifer Notizen.
Franzi und Marie sahen einander an und riefen: »Erbarmen!«

»Fertig?«, fragte Amy und steckte eine Wasserflasche in einen kleinen Tagesrucksack.
»Wir schon«, sagte Marie und flocht sich mit ein paar geschickten Handbewegungen die Haare zu einem Zopf. »Nur deine Oma ist noch nicht da.«
»Was macht dein Kopf?« Kim sah Amy besorgt an.
»Gestern hatte ich wirklich eine Matschbirne, aber heute kann ich wieder messerscharf denken«, antwortete Amy. »Zum Glück ist es heute nicht so heiß. Ich freue mich riesig auf den Walk of Fame. Ich war schon ewig nicht mehr dort.«
Marie zog die Nase kraus. »Aber spätestens morgen will ich dann zum Rodeo Drive. Ich muss doch schließlich wissen, was nächstes Jahr bei uns modisch angesagt ist.«
Amy lachte. »Klar, versprochen.«
»Was war denn gestern mit deiner Oma los?«, fragte Kim. »Passiert das öfter?«
»Darüber wollte ich auch mit euch reden«, sagte Amy. Franzi sah, dass sie sich richtig Sorgen machte. »So habe ich meine Oma noch nie erlebt. Sie ist die freundlichste und mutigste Person der Welt. Bis gestern hätte ich mir nicht im Traum vorstellen können, dass sie vor solchem Geisterquatsch Angst hat. Sie hat mich immer beruhigt, wenn ich mich vor etwas gegruselt habe oder so.«
»Kannst du dir vorstellen, warum sie nicht wollte, dass du

diesen Zeitungsartikel liest?« Kim holte die beiden Hälften aus ihrem Detektivtagebuch und hielt sie Amy hin.
»Habt ihr den aus dem Papierkorb geholt?«
Kim nickte. »Wir sind Detektivinnen. Reine Routine. Wenn uns irgendetwas rätselhaft vorkommt, gehen wir dem nach.«
Amy nahm die Zeitung und las den Artikel. Dann zuckte sie mit den Schultern. »*I don't know. I really don't know* …«, murmelte sie. »Für mich ist das einfach ein Artikel über einen Film. Ich kenne den nicht mal. Keine Ahnung, warum Oma Ava nicht wollte, dass ich etwas über einen gestohlenen Diamanten erfahre.«
»Aber du bist schon der Meinung, dass da gestern etwas faul war, oder? Und dass wir Ava zumindest noch einmal fragen sollten, warum sie den Artikel vor uns verstecken wollte?«, hakte Kim nach.
Amy überlegte. »Ich weiß nicht«, sagte sie. »Vielleicht sollten wir die Sache lieber auf sich beruhen lassen. Ihr wisst, dass ich zu gerne mal einen richtigen Fall mit euch lösen würde, aber ich will Oma Ava nicht noch einmal aufwühlen. Und außerdem glaube ich wirklich, dass gar kein Fall dahintersteckt.«
Franzi war enttäuscht. Sie hatte felsenfest damit gerechnet, dass Amy sofort Feuer und Flamme sein würde. Aber eines war klar. Auch wenn sie Ava nicht direkt ansprechen würde, niemand konnte ihr verbieten, Augen und Ohren offen zu halten. Sie warf einen Blick zu Kim, und Marie und wusste genau, dass Kim in diesem Augenblick das Gleiche dachte.

Ava hatte beschlossen, dass sie mit der L. A. Metro Rail, einer Art S-Bahn, zum Hollywood Boulevard fahren würden. Und

Franzi freute sich darauf. Sie fuhr gerne Bahn und sie hatte gelesen, dass man von den Zügen aus schon viel von der Stadt sehen konnte. Beinahe wie bei einem kleinen Sightseeing-Trip. Kim, Marie und Amy waren auch einverstanden gewesen.

Gut gelaunt liefen sie vom Anwesen der Kings zur Metrostation, angeführt von einer noch besser gelaunten Ava.

Heute sah Amys Oma besonders bezaubernd aus. Sie trug ein weißes, trägerloses Spitzenkleid, silberne Riemenschuhe mit Absatz und einen kleinen Hut mit ein paar hüpfenden Federn daran.

»Der Fascinator steht ihr super, oder?«, flüsterte Marie Franzi ins Ohr.

Aha, dann hießen diese kleinen Hüte also Fascinator, dachte Franzi. Bei Modedingen war auf Marie absolut Verlass.

Franzi nickte. »Ja, sie sieht toll aus. Wie ein Filmstar.«

»Wer sieht aus wie ein Filmstar?«, fragte Amy, die nur die letzten Worte aufgeschnappt hatte.

»Deine Oma natürlich. Guck mal.«

»War sie ja auch mal. Vor langer Zeit. Aber stimmt schon. Sie ist wirklich sehr elegant. War sie schon immer. Und ich finde, Mama hat das geerbt.«

»Und du auch, Amy! Ihr drei seid euch richtig ähnlich!«, stellte Marie fest.

Amy wurde rot. »Danke, du bist lieb.«

Den Rest der Fahrt verging wie im Flug. Ava zeigte ihnen ein paar Sehenswürdigkeiten, an denen sie vorbeifuhren. Franzi war beeindruckt. So groß hatte sie sich L. A. gar nicht vorgestellt. Klar, gestern waren sie auch eine ganze Zeit bis zum Griffith Park unterwegs gewesen. In der Limousine hatte der Weg ganz anders gewirkt als heute in der Bahn.

In der Metro waren sehr viele Menschen unterwegs. Alle waren freundlich und hilfsbereit. Und viel bunter angezogen, als Franzi das von zu Hause gewöhnt war. Schön. Aber auch ganz schön viel zu beobachten und zu bestaunen.

Als die drei !!! und Amy und Oma Ava in der Nähe des Hollywood Boulevards ausstiegen, schwirrte Franzi der Kopf von den vielen neuen Eindrücken.

Marie und Amy waren schon ein paar Schritte vorausgegangen und überraschten die anderen mit einer Tüte Soft-Eis in der Sorte Kakao-Vanille.

»Das ist das *LICK*-Artigste, das ich auf die Schnelle auftreiben konnte«, sagte Marie. »Ich bin ganz aufgeregt. Bald laufen wir auf den Sternen, die die Welt bedeuten.«

»Lecker«, meinte Franzi und schleckte die kunstvoll gedrehte Eisspitze ab. »Und genau das Richtige.« Einen kurzen Moment überlegte sie, ob sie jetzt lieber im *Café Lomo* sitzen und einen richtigen, echten *LICK* schlürfen wollen würde. Nein, eigentlich nicht. Jetzt wollte sie die vielen Sterne sehen, die zu Ehren der Hollywood-Stars mit deren Namen in den Boden eingelassen worden waren.

Ava hielt ihr riesiges Kakao-Vanille-Eis mit bunten Streuseln nach oben und rief: »Mir nach! Wir besuchen erst einmal Marilyn Monroe und gehen dann zu Walt Disney.«

Marie strahlte, als sie auf der langen Straße mit den Sternen standen. Wie eine Tänzerin sprang sie von Stern zu Stern und juchzte auf, wenn sie einen bekannten Namen las.

»Ich zeige euch den Stern meines Vaters«, sagte Amy zu Kim und Franzi. »Hier: Joe King!«
»Das ist bestimmt ein tolles Gefühl, so einen berühmten Vater zu haben«, meinte Franzi.
»Hast du denn auch einen Stern?«, fragte Kim. »Schließlich war die Rolle der Carla Blomquist gar nicht klein.«
»Nein.« Amy schüttelte den Kopf. »Aber das ist auch nicht schlimm. Die Zeit, als mich jeder auf der Straße erkannt hat, war nicht schön. So etwas wie heute hätte ich vor zehn Jahren gar nicht machen können. Zum Glück hat sich mein Aussehen verändert und nur noch wenige Fans erkennen mich.«
»Ich kann dich verstehen«, meinte Kim. »Ich finde es auch anstrengend, wenn zu viel über *Die drei !!!* berichtet wird. Und: Je mehr Menschen uns kennen, desto schwieriger werden die Ermittlungen in einem neuen Fall.«
Amy lachte. »Genau. Her mit dem stinknormalen Leben! Mit kleinem Haus und anderen Kindern zum Spielen. Aber das ist nicht so einfach, wenn man die Tochter von Joe King ist …«
In diesem Augenblick kam Marie mit offenen Armen auf sie zu. »Wow! Ist das hier nicht Wahnsinn? Ein Spaziergang durch die Film- und Musikgeschichte der letzten Jahrzehnte. Hollywood ist das Paradies!«
Franzis Laune verschlechterte sich schlagartig. Sie wollte nicht, dass Marie sich hier wohlfühlte. Aber was hatte sie erwartet? Ihre Freundin war in ihrem Element.
»Wollt ihr noch schauen?«, fragte Marie. »Ansonsten würde ich vorschlagen, wir gehen zum Chinese Theatre.«
»Was willst du denn da?«, fragte Franzi. »Du kannst doch gar kein Chinesisch?«

»Im Chinese Theatre werden keine chinesischen Theaterstücke aufgeführt«, erklärte Oma Ava und lachte. »Es ist ein Kino und heißt so, weil es im Stil einer chinesischen Pagode aufgebaut ist. Wir können es gerne besichtigen, es ist sehr prunkvoll. Aber das Besondere und der Grund, warum viele Touristen dorthin gehen, ist, dass dort einige Hollywoodstars ihre Hand- und Fußabdrücke und ein Autogramm in den weichen Beton gedrückt haben.«
Mit schnellen Schritten lief sie voraus.
»Das ist wirklich schön«, pflichtete Amy ihrer Oma ein. »Und noch viel persönlicher als die Sterne im Boden!«
Franzi schämte sich ein wenig. Jetzt, wo Amy und Ava es gesagt hatten, erinnerte sie sich natürlich an diese Sehenswürdigkeit. »Klar, gehen wir los!«

»Amy, du? Das ist ja eine nette Überraschung!« Ein junger, etwa fünfundzwanzigjähriger Mann kam auf Amy zu und gab ihr rechts und links ein Küsschen auf die Wange. »Wie lange ist das her? Bestimmt fünf Jahre!«
»Hallo«, sagte Amy und strahlte den jungen Mann an. »Mit dir habe ich gar nicht gerechnet. Wolltest du nicht wieder nach Texas ziehen?«
»Da war ich auch die letzten Jahre. Aber jetzt bin ich wieder da. Aus ... äh ... geschäftlichen Gründen«, erklärte der junge Mann.
Amy winkte die drei !!! zu sich. »Darf ich euch Tom vorstellen? Tom-Hank Fisher. Er hat auch in der Serie *Carla Blomquist* mitgespielt. Als mein großer Bruder. Der mit der Stupsnase. Und der, der mich immer beschützt hat.«

»Und der, der mit dir Deutsch gesprochen hat«, erinnerte Tom-Hank Fisher sie. »Mein Vater ist Deutscher, genau wie Amys, das hat uns gleich zusammengeschweißt.«
Amy lächelte. »Stimmt.«
Tom-Hank legte die Hand an die Basekappe und sah die drei !!! an. »Und wer seid ihr?«
»Ich bin Franzi und das sind Kim und Marie«, stellte Franzi sie vor.
»Ich zeige meinen Freundinnen gerade die Sehenswürdigkeiten von Los Angeles. Wir sind auf dem Weg zum Chinese Theatre«, erklärte Amy. »Oma Ava ist schon vorgelaufen. Es tut mir leid, aber ich glaube, wir müssen jetzt weiter, sonst macht sie sich Sorgen. Es war nett, dich zu treffen.«
»Alles klar. Grüß sie von mir. Ich erinnere mich noch gut. Sie hat uns am Set immer mit frischen Pancakes versorgt. Himmlisch. Ich habe nie bessere gegessen. Also dann, schön, dich gesehen zu haben!«
Amy winkte und Tom-Hank Fisher verschwand um die nächste Hausecke.

Hand und Fuß

Franzi legte ehrfürchtig ihre Hände in die Abdrücke von Katy Perry. Passte genau. Kim probierte die von Ryan Gosling. »Der wäre meine erste Wahl, falls Davids und mein Roman verfilmt werden würde«, schwärmte sie.
»Und welche Rolle sollte er bekommen? Das Einhorn? Oder der Außerirdische im Raumschiff …?« Franzi kicherte.
»Nein, natürlich Junos«, erwiderte Kim angesäuert. »Ist doch klar.«
»Lass dich nicht ärgern«, tröstete Amy Kim.
Dann zeigte sie auf Oma Ava. Die kniete etwa zehn Meter entfernt am Boden und strich sanft über den Asphalt. Erst lächelte sie und dann wischte sie sich über die Wange, als wollte sie verbergen, dass sie weinte.
»Was macht sie denn da? Ich gehe besser zu ihr«, sagte Kim.
Doch Amy hielt sie am Arm zurück. »Warte mal. Vielleicht schwelgt sie in Erinnerungen und möchte einen Augenblick alleine sein.«
»Meinst du wirklich? Ich glaube, in den letzten Tagen ist etwas passiert, das deine Oma beschäftigt«, vermutete Kim.
»Aber wenn das so ist, müssen wir ihr doch helfen. Oder ermitteln. Am allerbesten beides«, überlegte Marie.
»Sage ich ja die ganze Zeit«, meinte Kim. »Wir sollten Ava einfach fragen. Was soll schon passieren?«
Nun nickte Amy. »Okay, einverstanden. Heute war sie zwar nicht so durcheinander und unfreundlich wie gestern, aber vor Handabdrücken zu weinen ist zumindest ungewöhnlich.«

Sie gingen auf Ava zu. Leider bemerkte sie sie, und bevor Franzi sehen konnte, vor welchem Pflasterstein Amys Oma gekniet hatte, richtete sie sich auf, tupfte ihr Gesicht mit einem Stofftaschentuch ab und lief strahlend auf die vier Mädchen zu.
Franzi zückte ihr Smartphone und schoss ein paar Fotos. Auch wenn sie nicht genau wusste, was Ava so traurig gemacht hatte, hoffte sie, dass die Bilder später beim genaueren Betrachten Hinweise darauf geben konnten.

»Nein, nein und nochmals nein. Es ist überhaupt nichts!« Ava verschränkte die Arme vor der Brust. »Ihr habt euch da irgendwas zusammengereimt.«
Amy kämpfte kurz mit sich. Dann hakte sie doch nach: »Warum durfte ich den Artikel über den blauen Diamanten denn nicht lesen? Und warum sitzt du vor dem Chinese Theatre und weinst?«
Franzi konnte sehen, wie unangenehm Ava die Fragen von Amy waren.
Und doch blieb sie ruhig. »Es gibt für beides eine ganz einfache Erklärung. Erstens: Dein Vater hat mir von der aufregenden Sache mit den Hundediebstählen in Deutschland erzählt. Und dass du dich todesmutig einem Auto in den Weg gestellt hast. Liz und er haben besprochen, dass du dich erst einmal ausruhen sollst. Das bedeutet, Ferien machen, keine Zeitung lesen, kein Internet und so weiter. Ich wollte nur helfen, indem ich die Zeitung habe verschwinden lassen.«
»Das haben Mum und Dad mit dir besprochen?«, wunderte sich Amy. »Wusste ich gar nicht. Ich fühle mich überhaupt nicht überanstrengt. Im Gegenteil. Ich glaube, ich war noch

nie so glücklich. Ich genieße es, mit meinen ...«, sie sah Kim, Franzi und Marie an und lächelte, »... Freundinnen zusammen zu sein.«
Die drei !!! lächelten zurück.
»Sie machen sich eben Sorgen. Und als dann gestern diese Aufregung mit Dona Petronilla war, habe ich wahrscheinlich ein wenig übertrieben. Das tut mir leid.«
»Du glaubst wirklich an diese gelbe Frau, oder?«, fragte Amy.
»Du hattest Angst.« Sie strich Oma Ava über den Oberarm.
Ava wiegte den Kopf hin und her. »Amy, ich weiß es selbst nicht ...«
»Und warum haben Sie, äh, vorhin geweint?«, druckste Kim etwas verlegen herum.
»Geweint?«
»Vorhin, als Sie vor einem der Hand- und Fußabdrücke gekniet haben«, sagte Kim.
»Ach so! Nein, nein, ich habe nicht geweint. Ich probiere gerade neue Kontaktlinsen aus und eine ist mir hinuntergefallen. Ich habe sie auf dem Boden gesucht und dabei hat mein Auge wie verrückt getränt.«
Franzi sah Kim und Marie an. Oma Avas Erklärungen klangen plausibel.
Das fand Amy offensichtlich auch, denn sie wirkte erleichtert.
»Haben Sie die Kontaktlinse wiedergefunden?«, fragte Kim, die nicht ganz überzeugt schien.
Oma Ava nickte. »Zum Glück.«
»Dann brauchen Sie doch sicher fließendes Wasser, um sie abzuspülen, richtig?«
Ava wirkte einen Augenblick verunsichert, sagte dann aber

schnell: »Ja, das wäre prima! Darf ich euch auf eine Limo ins Café einladen?«

Zwei Straßenecken weiter entdeckten sie ein kleines, gemütliches Café. Draußen war alles besetzt, also gingen sie hinein und setzten sich an einen der Ecktische. An den Wänden hingen Schwarz-Weiß-Fotos von Schauspielern, alle mit persönlicher Widmung für einen gewissen »Jeff«. Bestimmt war das der Besitzer des Cafés, dachte Franzi. Sie rieb sich die Arme, um die Gänsehaut zu vertreiben, denn die Klimaanlage war für ihren Geschmack mal wieder ein wenig zu kühl eingestellt. Sie bestellten Kakao und Limonade und Oma Ava verschwand auf der Toilette.

Kim zog ihr Detektivtagebuch heraus und notierte etwas.

»Gibt es was Neues?«, fragte Franzi.

Kim schüttelte den Kopf. »Nur so dies und das. Nichts Besonderes.«

Franzi bohrte nicht weiter nach. Sie kannte Kim gut genug, um zu wissen, dass sie sich Verdachtsmomente und Ungereimtheiten aufschrieb. Und ganz offensichtlich wollte und konnte sie gerade nicht darüber sprechen.

Franzi überlegte, ob sie sich die Fotos auf ihrem Handy ansehen sollte, aber in diesem Moment brachte der Kellner die Getränke und Franzi nahm sofort einen Schluck. Die wohlige Kakao-Wärme in ihrem Bauch tat gut.

»Lilli Labelle? Bist du das?«, rief ein Mann und winkte Oma Ava, die gerade von der Toilette kam, zu. Er trug einen weißen Leinenanzug und eine gelbe Fliege. Außerdem einen Strohhut mit zur Fliege passendem Hutband.

»Der sieht aber elegant aus«, meinte Marie. »Wie ein Italiener.«
»Aber wie vor hundert Jahren …«, sagte Kim. »Elegant, aber auch ziemlich aus der Zeit gefallen.«
»Und er braucht eine Brille …«, sagte Amy. »Er verwechselt Oma Ava mit einer Lilli Labello oder so … Hoppla, was ist denn jetzt los?«
Die drei !!! und Amy starrten gebannt auf die Szene vor ihren Augen.
Denn als Ava den Mann im Anzug sah, war sie einen Augenblick wie versteinert. Dann – ganz plötzlich – wich der Ausdruck der Verwunderung Schrecken und Angst. Sie ging im Stechschritt auf den Mann zu und sprach wild gestikulierend mit ihm. Leider konnte Franzi nicht verstehen, was sie sagte. Sie krallte die Fingernägel in ihre Handtasche, lief zu ihrem Tisch, knallte zwanzig Dollar darauf und sagte: »Wir müssen leider los. Sofort. Meine … äh … Kontaktlinse ist kaputt und ich habe meine Brille vergessen.«
»Aber mein Kakao …«, wandte Franzi ein.
»Ich mache euch zu Hause einen neuen. Versprochen. Aber jetzt müssen wir wirklich gehen.«
»Was wollte denn der Mann von dir?«, fragte Amy.
Ava winkte ungeduldig ab. »Der? Nichts. Der hat mich nur verwechselt. Jetzt kommt.«
Ava hatte es wirklich eilig. Sie pflügte sich einen Weg durch die vielen Menschen, bis sie an der nächsten Metrostation ankamen.
Die passende Bahn wartete gerade und sie stiegen ein.
»Warum fährt die denn nicht los?«, fragte Ava genervt.

»*Roadworks*«, erklärte eine junge Frau.
»Gegen Bauarbeiten ist man machtlos, Oma. Mach einfach deine Augen zu, dann ist es ohne Kontaktlinse nicht so anstrengend«, meinte Amy.
»Das geht doch nicht«, protestierte Oma Ava. »Ich habe versprochen, auf euch aufzupassen. Da kann ich doch nicht einfach die Augen zumachen.«
Während Amy und Oma Ava noch diskutierten, ob die Verzögerung nun schlimm sei oder nicht, sah Franzi einen Strohhut im Wagen hinter ihnen. Mit gelbem Hutband.
Sie stupste Marie an, die neben ihr ein Stück abseits der anderen saß, und zischte leise: »Guck mal, im nächsten Wagen. Ist das nicht der Verwechsler? Schon ein großer Zufall, dass er nun in derselben Bahn ist, oder?«
Endlich fuhr der Zug los. Franzi und Marie beobachteten den Mann mit dem Hut, der selbst auch immer wieder verstohlen zu ihnen hinüberblickte. Den anderen sagten sie lieber nichts.
Beim dritten Halt stiegen viele Leute aus und Franzi und Marie verloren den Mann eine wertvolle Sekunde lang aus den Augen. Als die neuen Fahrgäste sich gesetzt hatten, blieb der Mann verschwunden. »Hast du ihn aussteigen sehen?«, flüsterte Franzi Marie zu.
Marie schüttelte den Kopf. »Nein. Aber das muss er wohl … Er ist nämlich weg. Wahrscheinlich war es doch nur ein Zufall, dass er in derselben Metro war.«
Franzi runzelte die Stirn. Möglicherweise hatte Marie recht. Ihr Bauchgefühl sagte jedoch etwas ganz anderes.

Stein auf Stein

Als sie ausstiegen, war Oma Ava immer noch im Turbomodus. Mit riesigen Schritten, die Franzi der kleinen Frau gar nicht zugetraut hatte, lief sie zum kingschen Anwesen und öffnete ungeduldig das Tor. Als dieses hinter ihr ins Schloss fiel, fiel auch die Anspannung von ihr ab und sie schlenderte die lange Auffahrt nach oben zum Haus entlang.

Ob Ava eigentlich klar war, wie seltsam sie sich benahm?

Franzi wechselte einen Blick mit Kim und Marie. Doch Kim gab ihr stumm zu bedeuten, dass sie sich später in Ruhe darüber unterhalten würden.

Am Haus angekommen, entschuldigte sich Ava sofort und verschwand im Badezimmer, um eine neue Kontaktlinse einzusetzen, wie sie sagte.

»Wir treffen uns in fünf Minuten oben in unserem Zimmer. Ich berufe ein Detektivclubtreffen ein«, beschloss Kim.

»Haben wir denn jetzt doch einen Fall?«, fragte Amy überrascht.

Kim nickte ernst. »Er war immer da. Ich habe ihn nur erst nicht gesehen.«

»Und ich darf dabei sein?«, fragte Amy ungläubig.

»Unbedingt. Wir brauchen dich. Sogar dringend.«

Fünf Minuten später klopfte es an der Tür.

»Macht ihr mir auf?«, bat Amy. »Ich habe beide Hände voll.«

Franzi öffnete und sah erst mal gar keine Amy hinter dem Tablett, das sie in der Hand hielt und auf dem sich ein Riesenberg Sandwiches türmte.

»Zwei Fragen hätte ich. Erste Frage: Wie hast du klopfen können? Zweite Frage: Wie hast du das hier in den paar Minuten hinbekommen?« Franzi nahm Amy das Tablett ab. »Das ist ja der Wahnsinn!«

»Zwei kurze Antworten: Knie und Oma Ava.« Amy lachte. »Aber keine Panik. Mein Knie hat es ausgehalten und Oma Ava hatte anscheinend so ein schlechtes Gewissen wegen des übereilten Aufbruchs, dass sie gar nicht mehr aufhören konnte, Brote zu schmieren.« Sie nahm sich eines mit Ei und Thunfisch und biss hinein.

»Dass ist echt lieb von ihr«, sagte Marie und nahm sich ebenfalls ein Sandwich.

Kim hatte schon ihr Detektivtagebuch bereitgelegt. »Dann eröffne ich nun das erste Clubtreffen der drei !!! in Amerika und begrüße einen ganz besonderen Gast«, sagte sie feierlich.

»Jetzt kannst du uns ja verraten, was du dir vorhin im Café notiert hast«, meinte Franzi.

Kim nickte. »Ich habe mir vor allem ein paar Ungereimtheiten notiert. Wir müssen zum Beispiel herausfinden, warum Oma Ava uns nicht die Wahrheit sagt.«

Amy blickte sie erschrocken an. »Was meinst du damit?«

»Die Erklärungen, die sie heute abgegeben hat, sind eindeutig falsch. Zumindest, soweit ich das beurteilen kann. Vielleicht kannst du uns aber auch weiterhelfen, Amy.«

»Jetzt schieß schon los und mach nicht so ein Geheimnis daraus«, bat Marie.

»Also«, begann Kim. »Wir haben Ava doch auf den Zei-

tungsartikel angesprochen. Und warum sie ihn Amy nicht zeigen wollte.«
»Sie hat behauptet, dass sie Amy schützen wollte. Weil sie so viel ungewohnten Stress in Deutschland hatte«, sagte Marie. »Ist doch nachvollziehbar. Sie macht sich eben Sorgen.«
»Das widerspricht aber den Aussagen, die sie und Liz bei der Poolparty gemacht haben. Da hat sie uns nämlich versichert, dass sie so froh sind, dass wir hier sind und Leben ins Haus bringen. Wenn sie wirklich der Meinung wären, Amy bräuchte nach dem Hundefall Ruhe, hätten sie uns sicher irgendwo anders einquartiert, oder nicht? Schließlich müssen sie damit rechnen, dass Detektivinnen immer und überall ein Fall über den Weg laufen kann.«
»So ganz passt das wirklich nicht zusammen«, stimmte Franzi Kim zu.
»Richtig überzeugt, dass Oma Ava nicht die Wahrheit sagt, war ich, als ich mir vorhin die Fotos angesehen habe.« Kim reichte ihr Handy herum. Darauf war das Chinese Theatre zu sehen. Und im Vordergrund Ava, die vor der Bodentafel kniete. Kim zoomte den Teil, auf dem Ava zu sehen war, größer. »Seht ihr das auch?«, fragte sie. »Zu diesem Zeitpunkt trägt Ava noch ihre Lesebrille.«
»Und später behauptet sie, ihre Kontaktlinse wäre verloren und sie hätte gar keine Brille dabei!« Franzi war baff. Das war ihr total entgangen.
»Heißt das, sie hat doch geweint, und wollte das nicht zugeben?«, fragte Amy mit tonloser Stimme. »Aber warum?«
»Das ist die große Frage«, stimmte Kim ihr zu. »Warum?« Nun griff sie sich auch eines der Brote und biss hinein. »Wenn

wir nur wüfften, vor welcher Tafel fie fitzt. Daff wäre ein Hinweif«, mampfte sie mit vollen Backen.

Franzi nahm ihr eigenes Handy und öffnete die Bildergalerie. »Ich glaube, da kann ich euch weiterhelfen. Ich habe, nachdem Ava aufgestanden ist, noch ein paar Fotos von den Abdrücken gemacht. Wenn wir die Bilder gut vergleichen ...«, sie legte Kims Handy neben ihr eigenes, »... müssten wir feststellen können, vor welchem Abdruck Ava kniet.«

Kim blickte ihr über die Schulter. »Wenn wir von der Straßenlaterne aus eine Linie ziehen und die Steine zählen, müsste es dieser sein.« Sie deutete auf einen der Steine in der Mitte des Gehwegs. Und besah sich dann Franzis Bild genauer. »Hier ist dieser Fleck am Boden und genau ... das passt.«

Nun hatten sich auch Amy und Marie mit über die Fotos gebeugt. »Dieser hier?«, fragte Marie. »Da steht: Danke, Sid. S.L.«

»Also müssen wir nach einem Sid Ausschau halten«, schlussfolgerte Franzi.

»Ich kenne nur einen Sid. Und der ist ein Faultier in einem Zeichentrick-Film«, meinte Kim ernüchtert.

Doch Amy schüttelte den Kopf. »Wir suchen keinen Sid. Das ist nur der Betreiber des Chinese Theatres gewesen – Sid Grauman. Dem haben viele der Schauspieler gedankt. Guckt mal, der Name taucht überall auf.«

Franzi betrachtete das Foto genauer. Tatsächlich. Beinahe auf jedem Stein war der Name Sid eingraviert.

»Ich habe es doch gewusst, dass wir dich unbedingt brauchen«, sagte Kim.

Amy lächelte. Das Lob von Kim tat ihr gut.

»Und trotzdem ist es nicht so einfach«, überlegte sie weiter. »Da steht eben nicht der Name, sondern nur S.L. Und diese Abkürzung sagt mir nichts.«
»Mir auch nicht«, meinte Kim. »Aber immerhin. Jetzt ist klar, dass Ava wegen eines oder einer S.L. geweint hat und nicht wollte, dass wir das wissen. Was mir aber mindestens genauso wichtig erscheint, ist die Frage, wer der ominöse Mann aus dem letzten Jahrhundert war, der sie mit einer Lilli Labelle verwechselt hat und uns gefolgt ist.«
Amy war überrascht. »Der Mann ist uns gefolgt? Das habe ich gar nicht mitbekommen.«
»Du saßt auch mit dem Rücken zu ihm«, erklärte Franzi. »Du konntest ihn gar nicht sehen.«
»Kann gut sein, dass der Mann sie wirklich verwechselt hat«, sagte Marie. »Und nur zufällig in derselben Bahn war wie wir.«
Kim tippte auf ihrem Handy herum. »Lilli Labelle ... so richtig viel findet die Suchmaschine da nicht. Ein Nachtclub in New York heißt so. Und eine Lippenpflege aus Bio-Bienenwachs. Das hilft uns nicht weiter.«
Amy zuckte mit den Schultern. »Ich glaube, ich bin doch keine so gute Detektivin. Ich habe überhaupt keine Ahnung, was man mit diesem ganzen Kuddelmuddel an Ungereimtheiten macht. Der Fall kommt mir so komplett unlösbar vor.« Sie sah unglücklich auf den Boden.
Franzi legte ihr tröstend die Hand auf den Oberarm. »Ganz normal. Keine von uns kann mit den komischen Informationen und Beobachtungen im Moment etwas anfangen. Wir sammeln erst einmal und halten Augen und Ohren offen.«

»Eine gute Detektivin sollte geduldig sein. Das ist nicht gerade meine Stärke«, gab Amy zu.
»Meine auch nicht«, sagte Franzi. »Aber ich glaube, im Moment können wir nichts tun. Außer abwarten und eine Tasse kühlen Kakao trinken.«

Detektivtagebuch von Kim Jülich
Dienstag, 14:02 Uhr

Mein Eintrag von gestern? Hinfällig. Ich hätte es wissen müssen. Mit Los-Angeles-Sightseeing ist erst mal Schluss. Wir haben einen neuen Fall. Oder zumindest einen Berg an verknoteten Merkwürdigkeiten, die wir gerne aufdröseln würden ... aufdröseln müssen, denn ich habe das Gefühl, dass es einer ganz lieben Person in unserer Nähe nicht gut geht: Ava.
Irgendetwas bringt sie durcheinander. Warum erzählt sie uns nicht die Wahrheit? Warum darf Amy einen völlig harmlosen Artikel über einen Film-Diamanten nicht lesen? Wovor hat Ava Angst? Wir müssen uns dringend noch einmal mit dem Film selbst beschäftigen. Möglicherweise will Ava nicht, dass Amy ihn sieht? Allerdings hat Marie ihn schon oft gesehen – der Film ist nicht schlimm, sagt sie – es kommt nicht mal eine Leiche vor. Wenn überhaupt, will Ava Amy vor etwas anderem schützen. Aber vor was?
Warum will Ava uns nicht sagen, dass sie wegen eines oder einer S.L. weint? Lieber erzählt sie eine Quatschgeschichte von kaputten Kontaktlinsen. Wer ist S.L. überhaupt?
Dann sind noch zwei merkwürdige Personen aufgetaucht. Eine Frau im gelben Samtkleid, von der Ava dachte, sie wäre ein Geist aus einer alten Legende über den Griffith Park. Ein Geist? Also echt ... Marie würde mir zwar aufs Heftigste widersprechen, weil sie grundsätzlich glaubt, dass es Geister und Übersinnliches gibt, aber diese Frau sah ziemlich lebendig aus, fand ich.

Tja, und dann noch der Mann im Leinenanzug. Mit Strohhut. Er dachte, Ava wäre eine gewisse Lilli Labelle. Er hat sie bestimmt verwechselt. Eigentlich sah er ganz freundlich aus, aber Ava hat ihn deswegen ganz schön angefaucht.
Dass der Mann uns in die Metro gefolgt ist, haben wir ihr dann lieber gar nicht erzählt.
Ich bin wirklich gespannt, wie sich das Ganze weiterentwickelt.

Geheimes Tagebuch von Kim Jülich
Dienstag, 14:37 Uhr/23:37 Uhr ♥♥♥

► Ben und Lukas, ihr seid weit weg. Ha! Tausende Kilometer und viele Stunden. Ihr habt sowieso keine Chance (unter anderem, weil ihr gerade schlaft ...). Und allen anderen – Geister eingeschlossen – rate ich, lieber nicht weiterzulesen, denn euer Neid auf mein Liebesglück ist sicher. ◄
Ich hätte nicht gedacht, dass die Liebe so viel stärker wird, je weiter man weg ist. Und je länger. Mein Herz klopft so sehr, wenn ich an David denke, dass ich manchmal vor lauter Glück ein Kribbeln auf der Kopfhaut habe und ziemlich viel Bandnudel-Salat im Kopf.
Ob die Detektivarbeit darunter leidet? Vielleicht ein kleines bisschen. Denn meine Gedanken sind schon oft bei David. Auf der anderen Seite: Ich fühle mich so glücklich und so leicht, dass ich bestimmt mehr Ideen habe und vielleicht andere Dinge sehe als sonst.
Unentschieden also.
Und eine positive Nebenwirkung habe ich noch vergessen zu erwähnen: Ich mache mich wegen Marie nicht so verrückt. Es wäre wirklich ganz furchtbar, wenn die ganze Familie Grevenbroich in Los Angeles bleiben würde, aber ich lasse die Sache ruhig auf mich zukommen.
Heute war Amy zum ersten Mal bei einem unserer Clubtreffen dabei. Ich selbst

habe sie eingeladen. Natürlich wird sie kein Ausrufezeichen (wie soll das auch gehen, sie wohnt ja in Amerika), aber ich fand es ziemlich schön – so als Ausnahme.

Sechs Engel für drei !!!

Franzi und Kim trugen das leere Tablett und die Flaschen zurück in die Küche. »Es war richtig nett mit Amy«, sagte Kim. »Ich finde es gut, dass du über deinen Schatten gesprungen bist«, antwortete Franzi. »Zu Beginn wart ihr ja eher wie Feuer und Wasser.«

Kim nickte. »Um ehrlich zu sein, so richtig weit musste ich gar nicht mehr springen. Jetzt, wo ich hier bin, verstehe ich sie besser und ich mag sie mittlerweile echt gern.« Sie drückte die Klinke der Küchentür mit dem Ellbogen herunter.

Dann stellten sie die Teller in den Geschirrspüler.

»Wo kommen denn die leeren Flaschen hin?«, fragte Franzi und sah sich um.

»Keine Ahnung, vielleicht in den Keller?« Kim zeigte auf eine kleinere, schief in den Angeln hängende Holztür.

Franzi öffnete sie.

Die Stufen waren schmal und steil und es roch nach Äpfeln und nach Waschmittel. Vorsichtig gingen sie nach unten und stellten die Flaschen in die Getränkekästen, die am Fuße der Treppe standen.

»Pst.« Kim legte den Finger auf die Lippen. »Hörst du das auch?«

Franzi hielt inne, lauschte und schüttelte dann den Kopf. »Was meinst du?«

Kim öffnete das Kellerfenster und nun war deutlich Oma Avas Stimme zu hören.

Sie telefonierte.

»Nein, meine Liebe«, sagte sie gerade. »Ich werde heute nicht zu den *Mystic Angels* kommen. Und noch mal nein, ich finde weder diesen Blauen-Diamanten-Fall spannend noch wüsste ich, was eine Geisterbeschwörung zu dem Thema bringen soll.«

Dann schwieg Ava.

»Schon wieder der blaue Diamant!«, zischte Kim leise. »Das gibt es doch nicht. Dauernd taucht er auf. Wir müssen uns diesen Film ansehen! Da ist was faul.«

»Und wer oder was sind die *Mystic Angels*?«, fragte Franzi. »Davon habe ich noch nie etwas gehört.«

»Trefft euch gerne alleine«, beendete Ava das Gespräch. »Das nächste Mal bin ich wieder dabei. Tschüss, Helga. Grüß mir die anderen Angels.«

Kim und Franzi riefen sofort erneut ein Detektivtreffen ein. Diese Neuigkeiten mussten Marie und Amy natürlich erfahren.

»Hier, ich habe sie gefunden!« Amy hatte ihr Tablet geholt und die Internetseite der *Mystic L. A. Angels* – wie sie im Original hießen – aufgerufen.

»Ich übersetze mal sinngemäß, ja? Also: Die *Mystic L. A. Angels* sind ein Verein von sieben Frauen, die mit parawissenschaftlichen Methoden ungewöhnlichen Dingen und Geistererscheinungen hier in der Umgebung von L. A. nachgehen.«

»Parawissenschaftlich?«, fragte Franzi. »Was bedeutet das denn?«

»Wörtlich heißt das ›über die Wissenschaft hinaus‹. Sie versuchen, durch übersinnliche Methoden wie Hellsehen, Gedankenlesen und Geisterbeschwörung an Informationen heranzukommen und mit Geistern in Kontakt zu treten«, erklärte Marie.

»Hier!« Amy hielt den drei !!! das Tablet so hin, dass sie die Internetseite sehen konnten. »Sie haben vor allem die Geisterlegenden, die sich rund um L. A. – die Stadt der Engel – ranken, zusammengestellt und chatten mit Leuten, die behaupten, einen Geist gesehen zu haben. Dann gehen sie der Sache nach.«

»Und Ava ist Mitglied in diesem Verein?«, wunderte sich Franzi.

Amy klickte auf *Kontakt*. Ein Foto von den *Mystic Angels* erschien. Oma Ava stand hinten in der Mitte.

»Sieht ganz so aus«, meinte Kim. »Ich glaube, wir haben eine Spur.«

Dann deutete sie auf die Adress-Zeile, die unter dem Foto aufploppte. »Und wir können ihr sofort nachgehen.«

Das Treffen der *Mystic Angels* fand in einem der alten Hochsitze der Rettungsschwimmer am Strand von Santa Monica statt. Und wie Oma Ava am Telefon gesagt hatte, an diesem Nachmittag!

Marie hatte trotz aller Warnungen, dass die Schuhe im Sand möglicherweise Schaden nehmen könnten, ihre silbernen Riemchensandalen angezogen und sah mit ihrem weißen, luftigen Strandkleid und den geflochtenen Haaren sommerlich und sehr hübsch aus.

Nun waren die drei !!! und Amy zu Fuß auf dem Weg zum Strand von Santa Monica. Alle vier trugen große Sonnen-

brillen. Aus Sonnenschutzgründen, aus modischen Gründen und – natürlich – aus detektivischen Gründen.
»Alles in Amerika ist so riesig«, meinte Kim, als sie den gigantischen Pier betrachtete, unter dem sich der breite Sandstrand vor zum Meer erstreckte.
»Das ist echt Wahnsinn! Guckt mal die vielen Menschen. Und es ist erst Nachmittag.« Franzi zeigte auf das Riesenrad und die Achterbahn, die auf dem Pier standen und hoch in den Himmel ragten. »Das ist ja der reinste Vergnügungspark.«
»Mit ist es für den Alltag zu viel Trubel«, gab Amy zu. »Aber es gibt auch stillere Ecken.«
»Und ich nehme an, das Rettungsschwimmerhäuschen ist genau in einer solchen Ecke?«, fragte Kim. »Sonst würden alle Geister gleich wieder abhauen.« Sie grinste.
Amy warf noch einmal einen Blick auf die Wegbeschreibung auf der Seite der *Mystic Angels*. »Ja. So wie ich das verstehe, müssen wir noch ein ganzes Stück den Strand runter.«
Kim und Marie nickten.
Nur Franzi starrte wie gebannt auf eine Halfpipe, auf die ein junger Mann im Rollstuhl zufuhr.
»Ein Chairskater. Da muss ich kurz zugucken«, murmelte sie und warf einen Blick auf ihr Handy. »Wir haben doch noch ein paar Minuten.« Ohne eine Antwort abzuwarten, ging sie ihm hinterher.
Kim, Marie und Amy folgten ihr nach kurzem Zögern.
Der junge Mann war bereits auf die Plattform oberhalb der Halfpipe, auch Table genannt, gefahren. Ohne lange zu warten, fuhr er in die steile Halfpipe hinein, drehte sich gekonnt

vor dem Steilhang der anderen Seite und stemmte sich in die Höhe. Wie ein Handstand auf einem Arm – aber mit Rollstuhl.

»Wow!«, rief Franzi und klatschte. »Das war super! Schade, dass Blake nicht da ist.«

»Klasse. Richtig artistisch«, stimmte ihr Marie begeistert zu.

»Das Chairskating oder Wheelchair-Motto-Cross, wie Blake sagt, wurde ja auch in den Vereinigten Staaten erfunden. Die sind hier technisch viel weiter und haben viel bessere Trainingsmöglichkeiten.« Franzis Blick hing immer noch an dem Chairskater, der gerade einen Vorwärtssalto vollführte. Sie formte die Hände zu einen Trichter und rief: »Bravo!«

Der Chairskater wandte den Kopf, um zu sehen, woher der Ruf gekommen war.

Franzi winkte begeistert und der junge Mann rollte lächelnd auf sie zu.

»*Hi, I'm Marc*«, sagte er, nahm den Helm ab und reichte Franzi die Hand. »*You like what I do*?«

Franzi wurde ein wenig rot und stammelte: »*Y...yes, very much. You are fantastic. My boyfriend is totally into Wheelchair-Moto-Cross, too ...*«

»*You have a boyfriend? Oh well, what a pity ...*«, antwortete Marc und zog bedauernd die Mundwinkel nach unten. »*But tell him to come to L. A.! To the WCMX-World Championships. Next year.*« Er lachte und seine Augen blitzten dabei.

Franzi sah Marc kurz ein wenig verständnislos an, nickte aber.

Marc rollte wieder auf die Halfpipe und vollführte weitere Drehungen und Sprünge.

Franzi filmte die Kunststücke mit ihrem Handy.

»Du musst mir kurz helfen«, bat sie Amy dann. »Was soll ich Blake sagen? Das habe ich nicht richtig verstanden.«
»Du sollst ihm sagen, dass nächstes Jahr in Los Angeles die Wheelchair-Moto-Cross-Weltmeisterschaft stattfindet und er daran teilnehmen soll«, meinte Amy.
»Echt?«, sagte Franzi. »Weltmeisterschaften? Klar, das werde ich ihm gerne ausrichten.«
Franzis Herz machte einen kleinen Hüpfer, als sie sich vorstellte, wie Blake sich freute, wenn sie ihm diese Nachricht überbrachte. Er war ganz schön traurig gewesen, dass sein Traum von den Paralympics geplatzt war, weil WCMX dort nicht als Sportart aufgenommen worden war. Aber Weltmeisterschaft? Das klang großartig!
»Wir sollten jetzt trotzdem langsam los«, drängte Kim. »Wir wissen ja noch nicht genau, in welchem Häuschen das Treffen der *Mystic Angels* stattfindet.«
Franzi riss sich gut gelaunt vom Anblick des virtuos skatenden Marc los und hakte Marie unter. »Logo. Suchen wir die Geisterdamen.«

Sie gingen den Strand entlang. Marie trug ihre Sandalen in der Hand und auch Franzi hatte die Turnschuhe ausgezogen. Der Sand zwischen den Zehen fühlte sich gut an und für einen Augenblick hätte sie die Recherche am liebsten Recherche sein lassen und sich auf ein Handtuch an den Strand gelegt.
Doch schon im nächsten Augenblick gewann die Neugier die Oberhand und sie schaltete in den Detektivinnenmodus.
»Da vorne, das müsste es sein!«, meinte Kim. Etwa fünfzig Meter vor ihnen stand eines der Bademeisterhäuschen auf ho-

hen, hölzernen Beinen. Eine breite Treppe, die einmal weiß angestrichen war, führte zum Eingang.
An der Seite hingen noch zwei Rettungsbojen und ein runder Rettungsring. Alles wirkte so morsch und marode, dass klar war, dass das Häuschen nicht mehr benutzt wurde.
»Wie machen wir das jetzt eigentlich? Spazieren wir da einfach rein und sagen: ›Hallo, wir hören euch jetzt mal zu, um herauszufinden, warum Oma Ava sich gerade so seltsam benimmt‹?«, fragte Marie.
»Erst mal die Lage prüfen«, schlug Kim vor. »Ist zwar komisch für so eine verlassene Bude, aber auf dem Balkon, der um das Häuschen herumführt, stehen lauter Kisten und anderer Kram. Da kann man sich ganz gut verstecken.« Sie sah auf die Uhr. »Das Treffen hat bereits begonnen, also denke ich, wir können uns nach oben wagen.«
Damit waren alle einverstanden und so schlichen sich die vier geduckt die Treppe hinauf.
Aus dem Häuschen drangen Stimmen, erst noch leise, aber je weiter sie um das Häuschen herumgingen, desto lauter wurden sie.
Auf der Rückseite stand das Fenster offen. Perfekt, dachte Franzi. So bekommen wir ohne großen Aufwand alles mit.
Kim hatte, wie fast immer, recht gehabt: Zwischen den großen Kisten, den Seilen und Rettungswesten konnte man sich leicht verstecken, sodass sie von den vorbeilaufenden Menschen nicht gesehen werden konnten.
Franzi machte es sich hinter einem Stapel verrosteter Karabinerhaken gemütlich, Marie hatte sogar eine alte Decke aus einer der Kisten gekramt, auf der sie alle Platz fanden.

Die drei !!! und Amy lauschten angestrengt, um auch nicht die kleinste Kleinigkeit zu verpassen.

Doch leider gab es gerade gar nichts zu verpassen. Es war total still. Gespenstisch still. Nur das Rauschen der Wellen war im Hintergrund zu hören.

»Was machen die denn jetzt?«, wisperte Franzi.

Kim und Amy zuckten ratlos mit den Schultern.

Marie zog sich am Fensterrahmen ein wenig nach oben und schielte ins Innere des Raums. Dann tauchte sie wieder zu ihren Freundinnen ab. »Sie sitzen mit geschlossenen Augen im Kreis und halten sich an den Händen«, flüsterte sie. »Ich denke, sie beschwören gerade einen Geist.«

Mist, dachte Franzi. Sie hatten also das Wichtigste schon versäumt. Nun wussten sie nicht, worum es ging, und schon gar nicht, welchen Geist die Gruppe eingeladen hatte.

Doch in diesem Augenblick begann eine der Damen mit heller Stimme auf Englisch zu sprechen: »Wer von den anwesenden Geistwesen kann uns etwas über den verlorenen blauen Diamanten erzählen? Wer hat ihn entwendet? Wo ist er nun? Antwortet uns!«

Dann war es erneut still.

»Ist niemand zugegen?«, fragte die Stimme wieder. »Dona Petronilla? Don Antonio Feliz? Colonel Griffith? Seid unbesorgt und zeigt euch.«

Franzi sah Marie, Kim und Amy an und formte lautlos die Worte: »Schon wieder Dona Petronilla.«

Stille.

So ein Pech. Franzi musste sich anders hinsetzen. Ihr linkes Bein war eingeschlafen. Vorsichtig zog sie den kribbeligen, gefühlslosen Unterschenkel unter dem anderen hervor und stieß dabei gegen die Kiste mit den Karabinerhaken. RUMMS!

Marie presste sich die Hand vor den Mund. Kim riss die Augen auf, Amy verbarg erschrocken ihr Gesicht und von innen drang ein erstauntes Raunen zu ihnen heraus. Eine Frau mit dunklerer Stimme rief: »Endlich ein Zeichen! Geist, danke, dass du da bist. Dürfen wir mit der Befragung beginnen? Wer bist du?«

Die drei !!! und Amy rührten sich nicht. Keine von ihnen wusste so richtig, was sie nun tun sollten – außer still abzuwarten, was passieren würde.

»Geist, wir bitten dich. Gib dich noch einmal zu erkennen!«, sagte die Frau erneut.

»Ja, ein Zeichen!«, riefen die anderen dazwischen.

Franzi hielt es nicht mehr aus. Wenn die Engel da drinnen ein Zeichen brauchten, dann würde sie ihnen eines geben. Sie zog sich erneut am Fenster hoch und sah hinein. »*Hello*!«, sagte sie freundlich und winkte in die Runde.

»Ahhhh!«, »*Help*!«, »*What the hell*?«, riefen die Damen durcheinander und verharrten in Schockstarre auf ihren Stühlen.

Mit dieser Reaktion hatte Franzi nicht gerechnet. Noch vor einer Minute hatten sie ein Geistwesen zu sich in die Runde eingeladen und jetzt erschraken sie vor einem ganz und gar lebendigen Mädchen?

Nun tauchten auch Marie, Kim und Amy am Fenster auf.

»Bitte haben Sie keine Angst. Wir sind keine Geister. Nur Detektivinnen«, sagte Kim auf Englisch und reichte die Visitenkarte der drei !!! durch das Fenster hinein.

Die drei !!! Detektivinnen
Kim Jülich
Franziska Winkler
Marie Grevenbroich

Wir lösen jeden Fall!
Kontakt: siehe Rückseite

Eine Frau mit schwarzen lockigen Haaren stand auf und ging langsam auf Kims ausgestreckte Hand mit der Karte zu. Vorsichtig nahm sie sie ihr ab und studierte sie gründlich. Dann wandte sie sich an eine etwas jüngere Frau in einem grünen Kleid. »Helga, kommst du mal? Du sprichst doch Deutsch. Kannst du mir das übersetzen?«
»*Sure*. Aber willst du die *detectives* nicht reinbitten, Mary?«
Mary strich unschlüssig über das raue Papier der Visitenkarte, nickte dann und öffnete die Tür. »Was führt euch zu uns?«
Helga. Das war ganz offensichtlich die Frau, mit der Oma Ava vorhin telefoniert hatte. Und bevor die drei !!! und Amy erzählen konnten, warum sie überhaupt hier waren, wussten sie bereits, dass Helga vor fünfzehn Jahren nach Los Angeles gekommen war und dass sie so froh war, mit Oma Ava Deutsch sprechen zu können.
Die anderen Damen rutschten bereits ungeduldig auf ihren Stühlen hin und her; sie verstanden nämlich kein Wort von Helgas Wortschwall. Und natürlich wollten die *Mystic Angels* zuallererst wissen, warum sie von vier Detektivinnen belauscht worden waren.
Kim ergriff das Wort und Amy und Helga übersetzten. Sie er-

zählte, dass Amy die Enkelin von Oma Ava war und dass sie alle zurzeit bei den Kings wohnten. Dass Oma Ava sich ab und zu ganz seltsam benahm. Immer wenn es um diesen blauen Diamanten ging oder um mögliche Geister. Und auch in manch anderer Situation. Sie erzählte von dem Mann im Leinenanzug und von S.L.

Die *Mystic Angels* hörten gebannt zu und unterbrachen sie kein einziges Mal.

Nur als Kim vom Leinenanzugmann erzählte, stöhnte eine der Damen auf.

»… und so wie ich die Sache sehe«, schloss Kim, »können wir uns vielleicht gegenseitig helfen. Wir haben das gleiche Ziel. Wir wollen herausfinden, was es mit Ava und diesem blauen Diamanten auf sich hat. Und warum sie vor dem eleganten Herrn im Anzug wegläuft und vor den Hand- und Fußabdrücken eines oder einer S.L. weint und das nicht zugeben will.«

»Eine gute Idee und schön, dass ihr hier seid«, meinte Mary und die anderen *Mystic Angels* stimmten ihr zu. »Wir machen uns auch Sorgen um Ava. Sie hat diesen Verein mitgegründet und sie war immer Feuer und Flamme, wenn ein neuer oder ein altbekannter Geist in L. A. wieder einmal irgendwo aufgetaucht war.«

Helga nahm Kim und Franzi etwas zur Seite, während die anderen Frauen Marie und Amy in ein Gespräch verwickelten.

»Ich muss zugeben«, raunte Helga, »dass wir mit unseren Geisterbeschwörungen bisher noch nicht viel Erfolg hatten. Aber das ist mir egal. Ich mag die *Mystic Angels* und ich grusle mich gerne. Deswegen nehme ich an jedem Treffen teil. Einem richtigen Geist will ich eigentlich gar nicht begegnen.«

Sie zwinkerte Kim und Franzi zu. »*You know*?«

»Aber glauben Sie, dass an diesen Geistergeschichten etwas dran ist?«, fragte Kim. »Oma Ava hatte richtig Angst vor dieser Dona Petronilla.«

Doch bevor Helga antworten konnte, wurde es in der anderen Ecke des Rettungsschwimmerhauses laut.

»*You are all blind. It's clear as daylight*!«, rief eine der Frauen. »*Ava saw the ghost of Don Antonio Feliz. Poor, poor Ava*! *No wonder she isn't here. She is sick with fear*!«

Nun waren die *Mystic Angels* nicht mehr zu halten. Sie waren sich einig, dass sie zum Griffith Park fahren wollten. Vielleicht konnten sie Don Antonio Feliz dort zur Rede stellen und fragen, was er von Ava wollte. Sie fragten die drei !!! und Amy, ob sie sie begleiten wollten. Doch die lehnten dankend ab. Noch eine Geistererscheinung an diesem Tag? Lieber nicht.

»Können wir das Ganze noch einmal Stück für Stück durchgehen?«, bat Kim. »Einiges habe ich verpasst und einiges nicht verstanden.« Sie nahm ein Stöckchen und malte eine Acht in den Sand.

Nachdem sie sich von den *Mystic Angels* verabschiedet hatten, hatte Kim eine Sofortbesprechung vorgeschlagen und alle waren einverstanden gewesen. Nun saßen sie am Strand von Santa Monica, tranken kühle Limo, die Marie bei einem der Verkaufsstände gekauft hatte, und diskutierten die neuen Informationen, die sie von den *Mystic Angels* bekommen hatten.

»Soll ich das machen?«, fragte Amy. »Da ging wirklich ganz schön viel durcheinander. Und wenn man es nicht gewöhnt ist, Nachforschungen auf Englisch zu führen, ist es schwer, sechs gleichzeitig sprechenden Amerikanerinnen zuzuhören.«

»Es waren zwar nur fünf – Helga müssen wir abziehen –, aber ja. Mir schwirren die Ohren. Von meinem Hirn ganz zu schweigen«, gab Franzi zu und schlürfte den letzten Rest Blubberlimo durch den Strohhalm. »Bitte gib uns ein Update.«

»Also: Oma Ava hat, was ich im Übrigen auch nicht wusste, die *Mystic Angels* mitgegründet. Sie glaubt an die Geistererscheinungen, von denen hier in L. A. immer wieder berichtet wird. Und die *Angels* machen sich Sorgen um sie, weil sie noch nie ein Treffen abgesagt hat. Bis auf dieses, bei dem sie dem Skandal um den blauen Diamanten nachgehen wollten.«

»Was wir ja auch schon festgestellt haben: Ava reagiert allergisch auf dieses Thema«, ergänzte Kim.

»Stimmt. Ich habe die *Angels* auch gefragt, ob sie wüssten, warum Oma Ava da so heftig reagiert – niemand hat auch nur einen Schimmer. Da kommen wir also nicht weiter.«

»Genauso wenig bei S.L. Da konnte sich auch niemand einen Reim darauf machen«, meinte Marie.

»Eine Sache war allerdings sehr interessant. Zumindest, wenn man an Geister glaubt«, fuhr Amy fort und rollte die kalte Glasflasche über ihre Stirn, um sich ein wenig zu kühlen. »Der Mann im Leinenanzug ähnelt laut der Beschreibung einer der *Mystic Angels* dem Onkel von Dona Petronilla: Don Antonio Feliz.«

»Der sie um ihr Erbe gebracht hat?«, fragte Kim.

»Genau der. Er hatte ihr das Land versprochen und sie hat es dann doch nicht geerbt«, bestätigte Amy. »Und seitdem sucht sie die Gegend immer wieder heim und zerstört sie. Vor allem mit Feuer.«

»Dann hat Oma Ava geglaubt, sie sieht einen Geist vor sich, als sie den Mann im Leinenanzug gesehen hat?« Franzi warf eine Handvoll Sand zwischen den Handflächen hin und her, bis so viel auf den Boden gerieselt war, dass es nichts mehr zu werfen gab.

»Das würde zumindest den sehr schnellen Aufbruch und ihre Panik erklären«, meinte Marie. »Was meint ihr? Ist S.L. dann auch ein Geist?«

»Glaub ich nicht«, überlegte Amy. »Vor den Geistern hatte sie Angst. Aber als sie vor den Abdrücken saß – das war eine zärtliche Geste. Vor S.L. fürchtet sie sich nicht.«

»Und was machen wir jetzt? Aus Oma Ava bekommen wir nichts raus. Außer ein paar Ausflüchten. Das haben wir schon probiert«, knurrte Kim unzufrieden.

»Also, für mich liegt die Sache klar auf der Hand«, sagte Franzi. »Immer wieder geht es um den Film *Diamond Sky*. Wir sollten nach Hause gehen und ihn uns endlich mal ansehen. Amy, seid ihr Mitglied in einem Streaming-Dienst?«

»Ja, klar«, antwortete Amy. »Ich checke mal kurz, ob der Film zur Verfügung steht.« Sie tippte kurz auf ihrem Handy herum und strahlte. »Lasst uns heimgehen. Jetzt ist Kino angesagt.«

Franzi hatte noch niemals etwas Vergleichbares gesehen: Als sie wieder in der Villa der Kings waren, führte Amy sie in den Keller des Hauses. Neben zwei alten Flipperautomaten und einer antiken Popcornmaschine führte eine gepolsterte Tür geradewegs in einen Kinosaal mit mehreren Reihen weinroter Plüschsessel und einem goldenen Vorhang, hinter dem sich, zumindest vermutete Franzi das, die Leinwand befand. Ein richtiges Kino in einem ganz normalen Haus? Na ja, ganz normal war das Haus ja nicht, aber einen Kinosaal hatte Franzi trotzdem nicht erwartet.

»Wenn mein Vater einen neuen Film fertig gedreht hat, gucken wir den häufig erst mal hier mit ein paar Leuten«, erklärte Amy. »Ich aber ziehe für einen Filmabend meinen Laptop und mein Zimmer vor. Ist gemütlicher als hier im Keller.«

Kim ließ den Blick durch den Raum schweifen: »Also, ich finde es ziemlich gemütlich hier. Genau die richtige Kulisse für diesen Diamanten-Uraltfilm.«

»Na, dann mal los! Setzt euch.« Amy schloss den Computer an den Beamer an.

Die drei !!! ließen sich in die Plüschsessel sinken. Dann ging das Licht aus und der Film startete.

Eineinhalb Stunden später flimmerte die Schlusskussszene über die große Leinwand. THE END ...

Franzi seufzte. Der Diamantenschmuggel war ganz schön aufregend und die Liebesgeschichte fürchterlich herzzerreißend gewesen. Das war es allerdings auch schon. Ein nette Handlung, aber keine Hinweise darauf, warum Ava überreagierte, sobald der Name des Films fiel. Zumindest hatte sie, Franzi, keine gesehen.

Sie linste zu Kim und Marie. Die waren auch noch ganz ergriffen von der romantischen Liebesszene, mit der der Film geendet hatte. Gerade lief der Abspann und Franzis Blick blieb an

dem Namen des männlichen Hauptdarstellers hängen. Stan Larsen. Stan Larsen? S.L.?
Im gleichen Augenblick quietschte auch Marie auf. »Stan Larsen ist S.L.!«
»Natürlich!« Kim schlug sich auf die Stirn.
»*That's it*!« Amy klopfte Marie auf die Schulter. »Der geheimnisvolle S.L. ist entlarvt.«
» Meint ihr, Ava hat vor seinen Handabdrücken geweint, weil sich Stan Larsens wertvoller Diamant als Fälschung herausgestellt hat?«, fragte Franzi.
»Kann ich mir irgendwie nicht vorstellen«, sagte Marie. »Das nimmt sie doch nicht so mit. Selbst wenn man ein großer Fan des Schauspielers ist. Bestimmt steckt noch etwas anderes dahinter.«
»Aber was?« Kim gähnte und dehnte die Arme über den Kopf. »Ich bin total platt und mein Gehirn ist schon schlafen gegangen. Können wir morgen weitermachen?«, fragte sie. »Das mit den Geistern und Stan Larsen muss ich jetzt erst einmal verdauen.«
»Klar«, meinte Amy. »Obwohl ich schon ein paar Tage länger wieder zu Hause bin, macht mir die Zeitverschiebung noch zu schaffen. Ich frage mich eh, wie ihr das so gut hinbekommt.«
»Bekommen wir doch gar nicht«, sagte Franzi und gähnte nun auch. »Ich bin hundemüde und schließe mich Kim an.«
Die drei !!! sagten Amy und Sweety Gute Nacht und gingen in ihr Zimmer.
Franzi kuschelte sich in das Bettlaken, mit dem sie sich zugedeckt hatte, und warf einen Blick auf ihr Handy. Blake hatte

ihr geschrieben. Mit vielen Herzen und einem fetten DANKE, weil sie ihm das Video von Marc, dem Chairskater, geschickt hatte. Sie schickte ein BITTE und einen Smiley mit Kussmund zurück, schaltete das Handy aus und schlief mit einem Lächeln auf den Lippen ein.

Geist im Anzug

Pling, plong, plangplingplong, plingpling! Franzi stand unter der Dusche, als sie die Melodie hörte. Sie drehte das Wasser ab. Kil Phollins spielte wieder. Doch diesmal waren es nicht einfach nur wirre Töne, sondern es klang richtig hübsch.

Sie trocknete sich ab und ging zurück ins Zimmer. Kim lag auf dem Bett und notierte eifrig etwas in ihr Tagebuch. Über dem Heft lag der Holzmarienkäfer, den David ihr geschenkt hatte. Franzi kniff ihr im Vorbeigehen in den großen Zeh, aber Kim schüttelte sie nur gedankenverloren ab. Na, so was. Sonst war sie doch immer so kitzelig.

In diesem Augenblick kam Marie aus *ihrem* Badezimmer heraus. Mit einem feuerroten Handtuchturban um den Kopf und duftendem Körperpuder bestäubt. Dabei wedelte sie wie wild mit ihren Händen, um den ebenfalls feuerroten Nagellack zu trocknen, den sie erneuert hatte. »Soll ich dir bei der Entscheidung helfen?«, bot sie Franzi an.

Franzi wusste erst nicht, welche Entscheidung Marie meinte. Dann fiel ihr Blick auf das weiße T-Shirt in ihrer Hand und den Koffer vor ihr, in dem sie ihre sauberen Anziehsachen aufbewahrte. »Du meinst, was ich heute anziehen soll?«, fragte sie und grinste.

»Ja, genau«, antwortete Marie und klopfte gekonnt mit den Fingerkuppen den Puder in die Haut.

Franzi kicherte: »Danke, lieb von dir, aber da gibt es nicht viel zu entscheiden. Ich habe noch zwei weiße Shirts und zwei weiße Tank-Tops dabei. Dazu zwei dunkelblaue kurze Hosen.

Egal, wie man es kombiniert, es kommt immer aufs Gleiche raus.«

Marie schüttelte den Kopf und holte eine Stoff-Margerite aus ihrem Kulturtäschchen.

»Du brauchst ein Accessoire«, meinte sie entschieden und steckte Franzi die Blume an die kurze Jeans.

Franzi schlüpfte in die Hose. Ansteckkram und Broschen waren normalerweise nicht so ihr Ding, aber diese Blume sah lustig aus. Nach Natur und nach Garten. »Darf bleiben«, informierte sie Marie, die daraufhin zufrieden nickte.

Franzi ging zum geöffneten Fenster. Ob Sam Hinkebein und seine Bande wohl gerade unten bei den Brombeerbüschen herumräuberten? Sie ließ den Blick über den Garten schweifen und schnupperte den Duft von Erde, Sonne und Bäumen. Alles war ruhig. Der kleine Waschbär war nirgends zu sehen. Na ja, sie hatte sich doch schon am ersten Tag vorgenommen, das riesige Grundstück der Kings abzulaufen. Nicht nur die schönen Anlagen, sondern auch die etwas unzugänglicheren Teile, die kein Gärtner bearbeitet hatte. Marie brauchte garantiert noch eine ganze Weile, um frühstücksfertig zu sein, und Kim war sowieso gerade in ihrer eigenen Welt. Oder zusammen mit David in einer außerirdischen. Mit einem sprechenden Einhorn. Oder wie war das gewesen?

Franzi beschloss, diese Zeit zu nutzen und einen kleinen Spaziergang zu machen.

Sie sagte Kim und Marie kurz Bescheid und ging die breite Marmortreppe nach unten.

Aus der Küche drang bereits Kaffeeduft und ... Waffeln? Ja, das musste es sein. Lecker.

Finn, Joe King, Herr Grevenbroich und die anderen waren offensichtlich bereits am Film-Set, denn es war ganz still im Haus. Franzi ging ins Wohnzimmer, von dem aus mehrere Terrassentüren nach draußen führten. Eine davon in den Teil des Gartens, in den sie wollte. Herrlich. Hier durfte alles kreuz und quer wachsen und das Gras war lang und an manchen Stellen allerdings braun und verbrannt.

Als sie die saftigen Brombeeren sah, die in den Büschen hingen, pflückte sie ein paar und ärgerte sich, dass sie sich nicht schon längst welche geholt hatte. Zu den Pancakes vorgestern hätten sie bestimmt göttlich geschmeckt. Und zu Waffeln von heute? Sicher auch.

Sie wollte gerade noch einmal in die Küche zu Ava gehen, um eine Schüssel zu holen, als sich etwas regte. Ein leises Rascheln und ein Scharren. Franzi blieb stehen.

»Sam?«, rief sie. »Sam, bist du das?«

Es polterte. So, als wäre jemand gegen einen schweren Gegenstand gestoßen.

»Ava? Kim? Marie?« Franzi erhielt keine Antwort.

Franzi hatte plötzlich einen Kloß im Hals. Irgendetwas stimmte hier nicht. Sie konnte es nicht sehen, aber sie konnte es fühlen.

Sie musste der Sache auf den Grund gehen.

So flach sie konnte, presste sie sich gegen die weiße Hauswand. Zum Glück hatte sie ein weißes Oberteil an, damit war sie schon zur Hälfte unsichtbar. Schritt für Schritt tastete sie sich vorwärts und sah sich nach allen Seiten um.

Da! Eine helle Gestalt löste sich aus den Büschen, die am Por-

tal des Hauses standen, verharrte kurz und verschwand dann um die Ecke.
Franzi stand da und zitterte. Ihr Herz raste und gleichzeitig fühlte sich die Luft um sie herum an wie zäher, undurchdringlicher Kaugummi.
Don Antonio Feliz! Vor dem Haus der Kings! Kein Zweifel.
Franzi wurde schlecht.
Atmen, ermahnte sie sich.
Einatmen, ausatmen, einatmen ...
Wo war er nur hin?
Sobald ihre Beine wieder einsatzbereit waren, rannte Franzi los. Und schalt sich innerlich dafür, dass sie einen Moment geglaubt hatte, tatsächlich einen Geist zu sehen und nicht einfach einen Mann im weißen Leinenanzug und mit Hut.
Nur weil die *Mystic Angels* davon überzeugt waren, dass es sich bei dem Anzugmann um Don Antonio Feliz handelte, musste es ja nicht stimmen. Und trotzdem war ihr bei seinem Anblick mulmig geworden.
In Windeseile war sie an der Stelle, an der der alte Herr verschwunden war. Und sehr zu Franzis Leidwesen blieb er das auch, obwohl sie beim Haus, bei den Büschen am Pool und einfach überall nach ihm suchte. Franzi lief sogar noch ein Stück die Auffahrt hinunter. Aber dann gab sie auf. Hier hätte er sich einfach ÜBERALL verstecken können.
Sie trottete zurück, den Blick dabei grimmig nach unten gerichtet.
Direkt vor den Büschen, aus denen der Anzugmann vorhin gekommen war, lag etwas Weißes auf dem Boden. Was war das? Ein Briefumschlag?

Franzi hob das Papier auf. Tatsächlich. Und auf dem Briefumschlag stand eine Adresse: S.L., Hillbilly Road 25, Beverly Hills.
Schon wieder! S.L. Stan Larsen? Sehr wahrscheinlich …
Sie musste schnell zu Kim und Marie. Offensichtlich hing alles zusammen.
Nur wie? In Franzis Kopf wirbelte es durcheinander.
Vielleicht konnten Kim und Marie helfen, die losen Enden zusammenzubringen?
Bestimmt.
Sie musste dringend zu ihnen. Und zwar sofort.

Franzi rannte ins Haus hinein und wäre beinahe mit Marie zusammengeknallt.
»Es ist etwas passiert!«, rief Marie.
»Es ist etwas passiert!«, rief Franzi.
»Du zuerst!«, riefen beide gleichzeitig.
»Oma Ava ist weg.« Marie schnappte nach Luft.
»Was?« Franzi sah aufgeregt in die Runde. »Der elegante Anzugmann war im Garten und hat einen Brief verloren!«
Amy und Kim nahmen jeweils eine der beiden an die Hand und setzten sie aufs Sofa.
»Nun mal langsam und eins nach dem anderen«, sagte Kim. »Wer möchte anfangen?«
Marie deutete auf Franzi und die erzählte, was ihr gerade im Garten passiert war.
»Dann hat uns dieser elegante Herr bis nach Hause verfolgt«, schlussfolgerte Kim. »Von wegen, das war nur eine Verwechslung.« Kim biss sich auf die Lippen. »Und jetzt du, Marie!«

Marie nickte und begann ebenfalls zu erzählen: »Ich wollte Ava fragen, ob ich ihr mit dem Frühstück helfen kann, und gehe in die Küche. Dort ist alles total verwüstet und Oma Ava ist weg. Einfach verschwunden. Ich habe ein ganz ungutes Gefühl. Ich glaube, sie wurde entführt.«

Schnell liefen sie in die Küche.

Marie hatte nicht übertrieben. Auf dem Boden lagen kaputte Eier und eine zerbrochene Kaffeekanne und alles war mit feinem Mehl bestäubt. Ein Kochbuch lag aufgeschlagen auf der Arbeitsplatte. Vom Herd tropfte dickflüssiger Waffelteig und das Waffeleisen schwamm in einer Lache aus Früchtetee.

Amy hielt Sweety zurück, die sich sofort über den Waffelteig hermachen wollte. »Nicht, Sweety, das ist nicht gesund für dich«, schimpfte sie und brachte den Hund in ein anderes Zimmer.

»Das Waffeleisen habe ich vorhin ausgemacht. Nicht, dass noch etwas passiert.« Marie verzog den Mund und begann zu schluchzen: »Das ist alles ganz furchtbar. Wir haben etwas übersehen und jetzt geschehen so schlimme Sachen. Die arme Ava.«

Amy legte Marie tröstend den Arm um die Schulter. »Ich verstehe, dass du dir Sorgen machst. Aber Oma Ava ist öfter mal alleine unterwegs. Auch ohne Bescheid zu sagen. Sie ist so. Von den *Mystic Angels* weiß hier garantiert niemand im Haus. Sie hat also viele Geheimnisse.«

»Aber sie ist ja nicht einfach so weg«, sprang Kim Marie zur Seite. »Hier sieht es aus wie nach einem Kampf.«

»Ich weiß nicht«, meinte Amy ruhig. »Diese Sauerei kann doch auch von alleine passiert sein. Wenn das Kochbuch da aus dem Regal fällt und auf die Tüte mit Mehl und auf die Eier kracht und dabei die Kanne Tee umwirft ...«

»... wäre das ziemlich unwahrscheinlich«, pflichtete Franzi ihren Freundinnen bei. »Außerdem: Findet ihr es nicht auch total komisch, dass Ava ausgerechnet in dem Augenblick verschwindet, wo hier der Mann im weißen Anzug auftaucht? Ich denke, da gibt es einen Zusammenhang. Es muss einen geben!« Franzi kratzte sich nervös am Kopf.

Kim holte tief Luft. »Aber vielleicht hat Amy recht und wir lassen uns gerade von unseren Ängsten davontragen. Betrachten wir erst einmal nur die Fakten. Falls Oma Ava wirklich in Gefahr sein sollte, und ich betone: *falls,* helfen wir ihr damit wohl am besten.« Kim blickte in die Runde. Niemand widersprach.

»Erstens: Wir wissen nicht genau, was mit Ava passiert ist. Amy meint, wir sollten uns nicht zu viele Sorgen machen. Sie kennt Oma Ava am besten. Allerdings bleibt festzuhalten, dass niemand weiß, wie das Durcheinander in der Küche zustande kam. Zweitens: Der Mann im weißen Anzug, von dem Ava behauptet, ihn nicht zu kennen, hat uns gestern bis hierher verfolgt. Was will er von Ava? In welcher Verbindung steht er zu ihr? Tatsache ist, dass er einen Briefumschlag hier verloren hat mit den Initialen S.L. und einer Adresse in Beverly Hills. Und ist er etwa der gewisse S.L., wegen dem Oma Ava Tränen vergießt? Oder wollte er S.L. diesen leeren Briefumschlag geben?

Drittens: Ich glaube, wir können ausschließen, dass der Mann im Anzug ein Geist namens Don Antonio Feliz ist. Einverstanden?«

Marie schüttelte den Kopf. »Nein, ich bin anderer Meinung. Don Antonio Feliz sollten wir unbedingt weiterverfolgen. Auch wenn es möglicherweise keine Geister gibt: Oma Ava glaubt daran. Und vielleicht hat ihr plötzliches Verschwinden damit zu tun? Möglicherweise hat sie es sich doch anders überlegt und ist zu den *Mystic Angels* gegangen?«

»Okay, wir werden es im Hinterkopf behalten«, stimmte Kim widerwillig zu.

Dann wandte sie sich an Amy. »Und du meinst, wir sollten nicht die Polizei über Oma Avas Verschwinden informieren?«

»Nein, ich würde auf jeden Fall noch warten. Bisher ist sie immer wieder aufgetaucht.«

»Und deine Mutter?«, fragte Franzi.

»Die will ich erst recht nicht beunruhigen«, sagte Amy.

Franzi nickte. Wenn Amy sich so sicher war, wollte sie auch nicht unnötig Panik verbreiten. Obwohl sie sich mit der Entscheidung nicht so richtig wohlfühlte. Kim und Marie schien es ähnlich zu gehen, denn Marie rieb sich nervös die Hände und Kim strich mechanisch ihre Ponyfransen glatt.

Plötzlich ging ein Ruck durch Kim. »Wir wissen so viel mehr als gestern«, sagte sie. »Das Einzige, was wir nicht wissen, ist, wie alles zusammenhängt. Aber das kriegen wir nicht heraus, indem wir hier in der Villa sitzen. Ich würde vorschlagen, wir fahren jetzt sofort nach Beverly Hills.«

»Nur so zur Sicherheit für mein Outfit: Wir werden dort nicht einkaufen, sondern zu der Adresse fahren, die auf dem Umschlag steht, richtig?«, fragte Marie und grinste.

»Genau richtig«, meinte Kim. »Dort wohnt S.L., und den

oder die werden wir befragen. Und wenn wir Glück haben, wohnt dort der Anzugmann. Und wenn wir noch mehr Glück haben, *ist* S.L. der Anzugmann. Und Stan Larsen aus dem Film. Das größte Glück wäre, wenn wir dann auch noch dem Verschwinden des blauen Diamanten auf der Spur wären, ihn finden und einen Finderlohn bekommen. Danach wird die Geschichte verfilmt und wir drücken nächstes Jahr unsere Hände in den Beton vor dem Chinese Theatre und …«

»Hilfe!«, rief Franzi und knuffte Kim in die Seite. »Wie stoppt man deinen Größenwahn? Die Story kannst du in deinem Roman verwursten. Jetzt haben wir ein ganz anderes Problem. Wie kommen wir nach Beverly Hills?«

»Wir fahren mit dem Taxi«, meinte Amy. »Ich habe noch genug Taschengeld und … He, Sam, was soll das? Du darfst nicht hier im Haus sein!«

Sam Hinkebein hoppelte über den glatten Marmorfußboden und zog die Reisetasche, in der Sweety normalerweise transportiert wurde, über den Boden. Dann stellte er sie vor Franzi ab und sah sie an.

Franzi lachte: »Du willst uns wohl bei den Ermittlungen helfen? Ich befürchte, daraus wird nichts.« Sie streichelte den kleinen Waschbären.

Sam senkte den Kopf und watschelte langsam nach draußen.

»Unglaublich, als ob er dich verstanden hätte«, wunderte sich Amy. »Bei mir klappt das nie. Ich muss den kleinen Kerl immer aus dem Haus werfen, damit er nicht zu viel Unheil anrichtet. Er ist schlauer, aber auch frecher als alle anderen.«

Kurze Zeit später war das Taxi da. Die drei !!! und Amy stiegen ein. Sweety hatten sie lieber wieder zu Hause gelassen.

»Hillbilly Road 25, Beverly Hills, bitte«, sagte Amy beim Einsteigen und machte es sich auf dem Rücksitz bequem.
Franzi war noch nicht so oft mit einem Taxi gefahren. Sie starrte gebannt auf das Taxameter und besah sich die Kleeblätter, Heiligenbilder und Rosenkränze, die an jedem freien Fleckchen des Taxi-Innenraums baumelten.
Der Taxifahrer lachte, als er im Rückspiegel Franzis erstaunten Gesichtsausdruck sah.
»*These are my lucky charms. I've had no accident in twenty-five years. Just because of them.*«
»Wenn das so ist, sollten wir unseren Pferdeanhänger auch mit Glücksbringern behängen«, sagte Franzi leise zu Marie und Kim. »Dann würden wir die nächsten fünfundzwanzig Jahre jeden Fall lösen – und das nur mit dem ganzen Glück, das diese Dinger produzieren.«
Marie kicherte.
»Niemals!« Kim guckte grimmig und duckte sich vor einem baumelnden Papphufeisen mit bunten aufgeklebten Herzchen weg, das sich immer wieder in ihren Haaren verfing. »Lieber bleibt mal ein Fall ungelöst.«
Als sie in der Hillbilly Road angekommen waren, drückte Amy dem Taxifahrer einen Geldschein in die Hand und sie stiegen aus. Die Mehrfamilienhäuser waren hier nicht ganz so prachtvoll wie in Santa Monica und es waren viel mehr Menschen unterwegs als im Viertel der Kings.
»Habt ihr gesehen? Wir sind direkt am Rodeo Drive vorbeigefahren. Nur für den Fall, dass wir hier nichts rausbekommen oder den Fall in Windeseile lösen ... Mir würde hier nicht langweilig werden«, sagte Marie.

»Ich verstehe überhaupt nicht, wie du jetzt an Shopping denken kannst.« Kim guckte beinahe noch grimmiger als vorhin. »Habt ihr die Nummer 25 schon entdeckt?«
»War doch nur ein Scherz«, meinte Marie. »Aber nach über siebzig gelösten Fällen sollte ich eigentlich schon wissen, dass du während akuter Ermittlungsarbeiten null Spaß verstehst ...«
»Oh, ist ja gut.« Kim rang sich ein Lächeln ab. »Ich versuche, mein Humorzentrum das nächste Mal nicht ganz zu sperren, wenn ich mich konzentriere und ...« Sie hielt inne und zeigte auf ein Haus, das die Nummer 25 trug. »Da! Jetzt bin ich wirklich gespannt.«

Die Häuser in der Hillbilly Road glichen sich wie ein Ei dem anderen. Zweistöckige, hellgrau gestrichene, würfelförmige Gebäude, die so nahe aneinandergebaut worden waren, dass sich die Bewohner beinahe gegenseitig in die Küche sehen konnten. Die schmalen Gartenstreifen um die Gebäude waren pflegeleicht mit ein paar Büschen oder Bodendeckern bepflanzt, bei manchen Häusern fehlte der Grünstreifen allerdings ganz und der Boden war mit dekorativen Steinplatten gepflastert. An jedem der Gebäude führte eine eiserne Feuerleiter vom zweiten über den ersten Stock nach unten.
»Also, ich müsste mir da eine feuerrote Skulptur in den Vorgarten stellen. Sonst würde ich immer an meinem eigenen Haus vorbeilaufen«, meinte Marie, als sie die Straße überquerten, um zur Nummer 25 zu gelangen. »Die unterscheiden sich ja kaum.«
»Stimmt. Tagsüber geht es ja noch, aber stellt euch das nachts

vor. Bestimmt steht immer mal jemand vor der falschen Wohnungstür.« Franzi kicherte.

Doch Amy schüttelte den Kopf. »Das kann nicht passieren. Seht ihr den kleinen schwarzen Kasten über dem Klingelbrett der 25? Das ist ein Iris-Scanner. Hier kommen nur die Leute rein, die hier wohnen.«

»Du meinst, dieses Ding hier erkennt die Iris deines Auges und lässt dich nur dann hinein?«, fragte Kim. »Das ist genial.«

»Oder jemand macht dir von innen die Tür auf. Und diesen Weg würde ich vorschlagen. Wir hatten ja nicht vor einzubrechen, oder?« Franzi deutete auf das obere Messingschild, auf dem die Initialen S.L. eingraviert waren. »Klingeln wir einfach.« Sie drückte auf den Knopf und wartete.

Niemand öffnete. Auch nach dem zweiten Versuch nicht.

Unschlüssig standen sie vor der verschlossenen Haustür.

»Das glaube ich nicht! Erst sieht man sich so lange nicht und dann gleich an zwei Tagen hintereinander?« Tom-Hank Fisher lief mit einer braunen Pappeinkaufstüte in den Händen direkt auf sie zu. Die Tüte war groß und ein Bündel Lauch ragte oben heraus, sodass Tom-Hank seitlich vorbeigucken musste, um etwas zu sehen. »Was macht ihr hier?«

»Wir wollten jemanden besuchen, es ist aber niemand zu Hause«, antwortete Amy.

»Habt ihr Hunger?«, fragte Tom-Hank. »Ich wollte gerade Spaghetti bolognese machen. Genug Nudeln für uns fünf hätte ich und die Soße reicht auch …« Er guckte auf die prall gefüllte Tüte.

Amy sah die drei !!! fragend an. »Was meint ihr?«
»Ich sterbe vor Hunger«, sagte Kim. »Schließlich ist das Frühstück heute ausgefallen.«
Franzi und Marie waren auch einverstanden und so folgten sie Tom-Hank Fisher ins benachbarte Haus.
»Besser hätte es gar nicht laufen können«, flüsterte Franzi Kim und Marie zu. »Wenn wir Glück haben, können wir von Tom-Hanks Wohnung aus beobachten, ob sich bei S.L. etwas tut.«

Spaghetti à la Spioni

Und sie hatten Glück! Die Wohnung von Tom-Hank befand sich im zweiten Stock. Mit toller Aussicht auf das Nachbarhaus.

Kim stellte sich sofort an die großen Fenster im Wohnzimmer und warf immer wieder verstohlene, aber konzentrierte Blicke nach drüben. Schließlich wollte sie nichts verpassen.

»Deine Wohnung ist superschön!«, sagte Amy. »So hell und so ... aufgeräumt.«

Tom-Hank lachte. »Ich wohne noch nicht lange hier. Und ich kann sie mir auch nur leisten, weil ich gerade so einen tollen Job bei einer Filmproduktion habe. Aber stimmt schon. Ich mag es auch, wenn alle Räume miteinander verbunden sind. In Texas habe ich in einer ganz kleinen dunklen Bude gehaust. Den ganzen Tag brauchte ich elektrisches Licht – da ist mir das Loft hier schon lieber.«

Er stellte die Einkaufstüte auf den Küchentresen, der mitten im Raum stand. Dann begann er, eine Zwiebel klein zu schneiden, und setzte einen Topf mit Wasser auf.

»Kann ich dir helfen?«, fragte Marie.

Tom-Hank schob Marie ein Brett, ein Messer und die Karotten hin. »Klar, gerne.«

»Dann decken Amy und ich den Tisch«, meinte Franzi. »Wo sind denn Teller, Gläser und Besteck?« Sie sah sich um. »Und wo ist der Tisch?«

»Ups«, sagte Tom-Hank. »Da müssen wir wohl oder übel ein wenig improvisieren. Ich esse normalerweise alleine, da genügt der Tresen.« Er sah sich um und überlegte. »Wir können den Tapeziertisch aufbauen. Und als Stühle nehmen wir einfach ein paar Umzugskisten.«

Franzi räumte die Platte frei und zog die Böcke, die als Tischbeine dienten, in die Mitte des Raumes. Dann schob sie die Umzugskisten dazu.

Als sie die letzte anhob, riss der Boden der Kiste aus und der Papierkram, der sich in der Kiste befunden hatte, verteilte sich auf dem Boden.

»Oh, 'tschuldigung«, sagte Franzi und kniete sich hin, um die Papiere aufzuheben und zu ordnen.

»Lass mal lieber«, rief Tom-Hank, ließ die Zwiebel Zwiebel sein und hechtete auffallend schnell zu dem ausgeleerten Karton. Dann schob er die Sachen mit dem Fuß in die Ecke. »Das mache ich nachher selbst. Ist ein ... kompliziertes System.«

»Okay.« Franzi sah auf das oberste Blatt des Papierstapels, den sie in der Hand hielt. Ein Zeitungsausschnitt war daraufgeklebt. Und die Schlagzeile darüber: *»Blue Diamond – Fake Diamond.«*

Bevor sie Tom-Hank den Stapel in die Hand drückte, blätterte sie ihn kurz durch. Es waren Zeitungsausschnitte zum Thema: Der blaue Diamant.

»Interessierst du dich für diesen wertvollen blauen Diamanten?«, fragte Franzi. »Oder warum hast du so viele Artikel gesammelt?«

Tom-Hank wurde erst ein wenig bleich und dann rot. Nervös fuhr er sich durch die halblangen braunen Haare.

»Äh ... ja ... ertappt!«, gab er schließlich zu und lachte. »Ich wollte es euch nicht gerade auf die Nase binden, weil es mir furchtbar peinlich ist. Ich bin ein großer Freund von Liebesschnulzen. Und der Film *Diamond Sky* ist mein allerliebster Lieblingsfilm. Und jetzt soll es ja ein Remake geben. Ich sammle einfach alles, was ich darüber bekommen kann. Jeden Schnipsel.«

»Das hättest du nicht verheimlichen müssen«, sagte Marie. »Gegen eine wunderbare Liebesschnulze hat hier, glaube ich, niemand etwas einzuwenden. Ich finde das eigentlich ganz süß, wenn ein Junge sich gerne Liebesfilme ansieht.«

»Ich bin deswegen eben schon ziemlich oft ausgelacht worden«, meinte Tom-Hank. »Da bin ich vorsichtig geworden. Kann ich die Unterlagen jetzt wiederhaben?«

Er streckte Franzi die Hand entgegen, doch Franzi machte keine Anstalten, ihm die Papiere zu geben.

»Ach, weißt du, wir interessieren uns auch wahnsinnig für diesen Film. Ich würde mir das alles gerne mal durchlesen«, sagte sie und begann, wieder zu blättern.

Tom-Hank biss sich auf die Lippen. Dann sagte er gepresst: »Klar, wenn du meinst.«

Er trommelte auf seinem Oberschenkel herum und plötzlich hellte sich sein Gesicht auf. »Leg die Sachen aus der Hand. Ich weiß etwas viel Besseres und Spannenderes. Wenn ihr wirklich Fans von *Diamond Sky* seid, dann habe ich heute von meinem Kollegen etwas bekommen, das euch vom Hocker reißen wird.« Er holte seinen Lederrucksack und förderte einen USB-Stick zutage. »Ich habe ihn selbst noch nicht gesehen, aber es ist eine Version von *Diamond Sky* mit allen Szenen, die später im Film herausgeschnitten worden sind. *Diamond Sky – Uncut* sozusagen.«

Franzis Herz klopfte schneller. Das war ja großartig. Vielleicht lieferte diese Version neue Hinweise in diesem verzwickten Fall?
»Dann essen wir also beim Film?«, fragte Kim und stellte zwei dampfende Teller mit Nudeln auf den Tapeziertisch.
»Genial. Es lebe Amerika, das Land der Freiheit. Das darf ich zu Hause nämlich nicht.«

Franzi holte sich die zweite Portion Nudeln. Aus reiner Langeweile, nicht weil sie noch Hunger hatte. *Uncut Version* – das hatte sich echt spannend angehört. Die Realität war aber ernüchternd. Seit einer halben Stunde flimmerte der Film, den sie gestern bereits gesehen hatte, über den Bildschirm, unterbrochen von Landschaftsaufnahmen und Probeszenen. Gähnlangweilig. Zumindest für Franzi.
Sie versuchte, sich nichts anmerken zu lassen. Denn die anderen waren aus unerklärlichen Gründen total hin und weg. Maries Teller stand sogar noch unangerührt vor ihr, sie starrte nur konzentriert auf das Geschehen. »Seht euch das an«, murmelte sie immer wieder. »Unglaublich.«
»Äh, was jetzt genau?«, fragte Franzi, die wirklich nicht verstand, was Marie so faszinierend fand. Auf dem Bildschirm war doch mal wieder nur irgendeine Landschaft zu sehen. Brombeerbüsche und Wiese und ... Moment mal! Jetzt wurde es wirklich interessant. Konnte das sein? Diese Landschaft war nicht irgendeine Landschaft. Der große Baum, die Brombeeren – das erinnerte sie an das Grundstück der Kings.
Franzi sah zu Amy, die mit offenem Mund dasaß. Leider hatte sie die Spaghetti vorher nicht heruntergeschluckt.

Alle waren bis aufs Äußerste gespannt, wie es weitergehen würde, nur Tom-Hank aß in aller Seelenruhe weiter.
Nun erschienen eine Frau mit Kopftuch und der Held des Films, Gary Travis, von Stan Larsen verkörpert, im Bild. Die beiden rannten auf die Brombeerhecken zu und Gary Travis kämpfte sich mit gekonnten Machetenschlägen durch das Gestrüpp. Ein Weg tat sich auf und die beiden liefen weiter, immer weiter, bis sie plötzlich stehen blieben. Vor ihnen ragte ein über und über mit Efeu bewachsener Fels auf. Die Frau sah sich einmal hektisch um, aber Franzi konnte ihr Gesicht nicht erkennen. Dann begann die Frau zu tanzen. Eine wunderschöne Melodie erklang. *Pling, plong, plangplingplong, plingpling!*
Sie starrte weiter auf den Bildschirm. Gary Travis und die Frau sahen sich verliebt in die Augen – und dann brach die Szene ab.
»Halt mal kurz an«, bat Amy Tom-Hank. »Das ist unheimlich. Mir kommt das alles irgendwie bekannt vor.«
Kim, Marie und Franzi nickten.
»Könnte gut sein«, bestätigte Franzi. »Der Baum, die Brombeerhecken, der Hang ... so ähnlich sieht es auf eurem Grundstück aus. Aber das kann ja gar nicht sein. Ist bestimmt nur Zufall.«
Franzi zuckte mit den Schultern. Sie wusste nicht, was sie glauben sollte. Und noch viel weniger wusste sie, ob und, wenn ja, wo sie diese Melodie schon mal gehört hatte.
Tom-Hank war mit einem Mal ganz aufgeregt. »Meint ihr wirklich, ihr kennt das Grundstück?«, fragte er. Dann lachte er künstlich. »Na ja. Kann mir auch egal sein. Aber als Großfan des Films will ich eben jedes Detail wissen.«

Amy wiegte den Kopf hin und her. »Es ist sehr ähnlich, aber ganz sicher bin ich mir nicht.«
»Können wir die Szene noch mal sehen?«, unterbrach Kim sie. »Mir ist da etwas anderes aufgefallen und ich will überprüfen, ob ich recht habe.«
»Klar!« Tom-Hank ging zu seinem Rechner und setzte den Film ein Stück zurück.
Sie sahen erneut zu, wie sich die Frau und Gary Travis durch die Brombeerhecken kämpften. In dem Augenblick, als die Frau sich umdrehte, rief Kim: »Stopp! Diese Stelle meine ich. Kann man das Gesicht der Frau näher heranzoomen?«
»Kein Problem. Ich habe den Film in hoher Auflösung gespeichert«, meinte Tom-Hank und machte den Bildausschnitt größer.
Nun konnte man das Gesicht der Frau deutlich erkennen.
Es war jung, es war schön, und ... es war Ava!

»Wie ist das möglich?«, flüsterte Amy und klammerte sich an Kims Arm. »Was macht meine Oma neben Stan Larsen?«
Franzi konnte Amys Fragen auch nicht beantworten. Eigentlich entwirrten sich die Fäden im Laufe eines Falls, bis die Lösung klar auf der Hand lag. Nun schien der Fall immer komplizierter zu werden. Und doch auch wieder nicht. Denn jetzt wussten sie zumindest, dass der Film tatsächlich Teil des Rätsels war. Und dass er mit Ava in Verbindung stand. Nur wie und warum, das blieb weiter unklar.
»Ava war doch einmal Schauspielerin«, sagte Marie. »Kann es nicht sein, dass sie eine kleine Rolle in dem Film hatte, die dann rausgeschnitten wurde?«

»Muss wohl so sein«, meinte Amy. »Und warum sagt sie uns das nicht einfach?«

Bevor irgendjemand weitere Schlussfolgerungen ziehen konnte, klingelte Amys Handy.

»Entschuldigung«, sagte sie. »Das muss ich kurz ran. Ist mein Vater!«

Tom-Hank räumte in der Zwischenzeit die Teller ab, murmelte: »Na, so was … Zufälle gibt es …«, und pfiff gut gelaunt die Titel-Melodie von *Diamond Sky*.

»Wir müssen sprechen«, flüsterte Kim. »Ohne diesen Tom-Hank.«

»Und wir müssen dringend die Wohnung gegenüber beobachten«, sagte Marie. »Und hoffen, dass dieser S.L. von drüben Stan Larsen ist. Die Sache verdichtet sich, dass zwischen Ava und ihm etwas vorgefallen ist. Die Verbindung ist nun zweifelsfrei bewiesen. Vielleicht hat er sogar mit ihrem Verschwinden zu tun.«

Franzi nickte. »Gut möglich.«

In diesem Augenblick kam Amy zurück und machte ein griesgrämiges Gesicht: »Mein Vater möchte, dass ich nach Hause komme. Er will etwas mit mir besprechen. Klingt ultrawichtig. Einen ungünstigeren Zeitpunkt hätte er sich gar nicht aussuchen können«, brummte sie genervt.

»Kein Problem.« Tom-Hank strahlte. »Ich fahre euch. Dann kann ich euch gleich mein neues Auto zeigen«, sagte er stolz.

»Das wäre super«, sagte Amy dankbar. »Dann können wir im Auto weiter über unsere Entdeckung sprechen.«

Oh nein, dachte Franzi. Das lief in die ganz falsche Richtung.

In Kims und Maries Miene sah sie, dass die beiden auch alles andere als begeistert waren.
Ein Plan musste her. Und zwar schnell.
Ihr Blick fiel auf das Schlüsselbrett im Flur.
»Ich geh mal schnell zur Toilette«, meinte Franzi.
Ob Tom-Hank einen Zweitschlüssel für die Wohnung hatte? Schnell überflog sie die Aufschriften der Schlüsselanhänger. Bingo! *Wohnung Tom,* stand auf dem ganz linken. Vorsichtig nahm Franzi den Schlüssel vom Haken. Jetzt nur nicht klimpern.
»Das Klo ist in der anderen Richtung!«, rief Tom-Hank.
»Ja, haha, hab ich auch schon gemerkt«, rief Franzi mit gespielter Leichtigkeit zurück und ließ den Schlüssel geräuschlos in die Hosentasche gleiten.
Dann ging sie augenzwinkernd an Kim und Marie vorbei, die die Szene aufmerksam beobachtet hatten.

»Springt rein!« Tom-Hank hielt den drei !!! und Amy die Tür seines neuen weißen Sportwagens auf.
Marie machte keine Anstalten einzusteigen. »Wir sind hier ganz in der Nähe vom Rodeo Drive. Ich würde gerne noch ein bisschen shoppen gehen. Wer hat Lust?«
»Klar, wann ist man schon mal wieder in Beverly Hills«, antwortete Kim.
»Vollkommen richtig«, meinte Franzi. »Ich bleibe auch noch.«
Amy sah die drei !!! enttäuscht an. »Ist das euer Ernst? Dann sprechen wir nicht im Auto über den Fall? Gerade jetzt, wo es spannend wird.«

»Wir kommen bald mit dem Taxi nach«, vertröstete Franzi sie. »Einverstanden?«

»Einverstanden«, sagte Amy geknickt. »Viel Spaß euch!«

Die drei !!! winkten Amy und Tom-Hank, bis sie außer Sichtweite waren.

Dann holte Franzi den Schlüssel aus der Hosentasche. »Los geht's Mädels. Jetzt können wir uns den Film noch einmal in Ruhe ansehen. Und die Wohnung gegenüber beobachten.«

Sie gingen zurück zum Haus.

»Es fühlt sich nicht richtig an«, meinte Marie. »Der arme Tom-Hank. Erst ist er so freundlich zu uns und dann brechen wir in seine Wohnung ein? Und die noch ärmere Amy haben wir nun auch abgehängt.«

»Es ist zugegebenermaßen ein etwas fragwürdiges Vorgehen«, gab Franzi zu. »Aber das Einzige, was mir auf die Schnelle eingefallen ist.«

»Wenn wir in diesem Fall weiterkommen wollen, müssen wir es wagen.« Kim wirkte entschlossen. »Es ist mehr als wahrscheinlich geworden, dass dieser S.L. – oder soll ich lieber gleich Stan Larsen sagen? – etwas mit Avas Verschwinden zu tun hat.«

In Tom-Hanks Mietshaus wohnten weniger vorsichtige Menschen und es war zum Glück kein Iris-Scanner angebracht. Die drei !!! kamen ohne Probleme in die Wohnung zurück.

Kim klappte Tom-Hanks Rechner auf, um den Film erneut abzuspielen.

»Ich wette, wir finden doch noch das ein oder andere Geheimnis«, vermutete sie.

Franzi blickte aus dem Fenster. Drüben in S.L.s Wohnung regte sich etwas.
»He, kommt mal rüber«, forderte sie Marie und Kim auf. »Ich glaube, S.L. ist nach Hause gekommen.«
Immer wieder tauchte der Umriss einer Gestalt am Fenster auf. Eine Gestalt, die versuchte, etwas Schweres, Langes durch die Wohnung zu ziehen.
Franzi sah Kim und Marie entsetzt an. »Denkt ihr, was ich denke?«, fragte sie. »Hat S.L. etwa Ava entführt?«
»Und hat sie anschließend in einen Teppich oder so gewickelt? Und schleppt sie nun durch die Wohnung?«, sagte Marie.
»Und deswegen ist das Teil auch so schwer ... das ergibt Sinn«, überlegte Kim weiter. »Wir müssen genauer untersuchen, was dort drüben vor sich geht. Nur zuschauen ist nicht. Wenn Ava da drüben ist, braucht sie unsere Hilfe.«
»Und wie? Hast du eine Idee?« Marie sah Kim fragend an. »In das andere Haus kommen wir nicht hinein ...«
»Nicht von unten«, überlegte Marie und betrachtete die Feuerleiter und die Garage, die quer zu den beiden Häusern stand. »Franzi, was meinst du? Schaffen wir es über die Dächer und die Feuerleitern zum anderen Haus?«
Daran hatte Franzi noch gar nicht gedacht. Das war vielleicht eine Möglichkeit. Sie öffnete das Fenster und kletterte auf das kleine eiserne Gitter, von dem aus man über die Feuerleiter nach unten gelangte.
Ob man auf das Dach des Schuppens springen konnte? Wie weit mochte das sein? Einen Meter, schätzte sie. Das würde gehen.

Sie machte das Daumen-hoch-Zeichen. »Wir probieren es!«

»Ich auch?«, fragte Kim ängstlich. »Das schaffe ich nicht. Ich bin im Weitsprung die totale Niete ...«

Franzi kletterte noch mal in die Wohnung hinein, um ihre Freundin zu beruhigen. »Du schaffst das. Natürlich. Und zwar mit uns zusammen.«

Franzi sah, dass Kim dringend eine Extra-Portion Power brauchte. Also streckte sie den Arm nach vorne und sagte: »Die drei !!!. Eins!«

Marie legte die Hand auf Franzis. »Zwei!« Kim zögerte, legte schließlich aber doch ihre Hand auf die ihrer Freundinnen und sagte leise: »Drei!« Dann warfen sie die Arme nach oben und riefen: »Power!!!«

Wie immer spülte der Power-Spruch eine Welle an Energie durch Franzis Körper.

Kim lächelte zuversichtlich: »Okay. *Let's hop!* Was sein muss, muss sein.«

Zu dritt war es recht eng auf der Plattform. Franzi sprang als Erste. Sie kletterte über das Geländer und ließ sich auf das flache Dach der Garage unter sich fallen. Sie landete elegant auf beiden Beinen und sah zu Kim und Marie hoch.

»Jetzt du!«, forderte sie Kim auf.

Leicht zitternd stieg Kim auf das Geländer.

»Ich fang dich auf!«, versicherte ihr Franzi.

Kim schloss die Augen und sprang. *Klonk!*, landete sie neben Franzi. Unversehrt.

»Du kannst die Augen wieder aufmachen«, sagte Franzi und lachte. »Du hast es geschafft.«

»Innerlich nicht ...«, murmelte Kim düster.

Schließlich landete auch Marie neben ihren Freundinnen und klopfte Kim auf die Schulter. »Ich bin stolz auf dich«, sagte sie.

Sie liefen das Garagendach entlang, bis sie auf Höhe des Nachbarhauses waren.

»Ich klettere wieder voraus«, beschloss Franzi mutig und machte einen großen Schritt, mit dem sie die Feuerleiter des Hauses erreichte. Sie schwang sich hinüber und zog sich an den Sprossen nach oben. Als sie auf der Plattform stand, beugte sie sich so weit wie möglich nach vorne und versuchte, einen Blick in S.L.s Wohnung zu erhaschen.

»Der Winkel ist blöd«, sagte sie. »Das spiegelt so. Ich sehe etwas, aber nicht genug. Ich muss es anders versuchen.«

Sie kletterte auf das Geländer der Plattform und lehnte sich zur Seite. Mit den Händen hielt sie sich am nächsten Fensterbrett fest.

Nur noch ein kleines Stück nach links und sie würde alles sehen, was in der Wohnung passierte. Sie streckte sich, so weit sie konnte ... Stück für Stück, immer weiter. Als sie beinahe freie Sicht hatte, rutschte die Stange, auf der sie stand, aus den Angeln. Ahhhhh! Ihre Füße fanden keinen Halt mehr. Ein Ruck ging durch ihren Körper und sie krallte sich mit den Händen ans Fensterbrett. Unter ihr war nur noch gähnende Leere ...

DIESES BUCH GEHÖRT:

Die drei !!!

Die drei !!!

Tatort Hollywood

Teil 3: Der Juwelenraub

Kirsten Vogel

KOSMOS

Umschlagillustration von Ina Biber, Gilching
Umschlaggestaltung von Friedhelm Steinen-Broo, eSTUDIO CALAMAR

Unser gesamtes lieferbares Programm und
viele weitere Informationen zu unseren Büchern,
Spielen, Experimentierkästen, Autoren
und Aktivitäten findest du unter **kosmos.de**

Weitere Bände dieser Reihe siehe S. 128

MIX
Papier aus verantwortungsvollen Quellen
FSC® C014138
FSC www.fsc.org

Gedruckt auf chlorfrei gebleichtem Papier

ISBN 978-3-440-17268-1
Redaktion: Lea Hille
Produktion: Lena Geiger
Druck und Bindung: Finidr, s.r.o., Český Těšín
Printed in the Czech Republic / Imprimé en République tchèque

Die drei !!!

Der Juwelenraub

Power

»Hilfe!«, schrie Franzi panisch.

Alarmiert beobachtete Marie vom Garagendach aus, wie Franzi sich an der Hauswand gegenüber mit ihren Fingern am Fensterbrett von Stan Larsens Wohnung festkrallte. Unter ihr waren bis zum Boden mindestens vier oder fünf Meter Luft.

»Franzi, halt dich fest!«, rief sie ihrer Freundin zu. »Wir kommen.« In Windeseile machte Marie einen großen Schritt vom Garagendach auf die Feuerleiter des Nachbarhauses und kletterte bis zum zweiten Stock hinunter.

»Ich kann nicht mehr, das ist so rutschig«, stöhnte Franzi.

»Wir sind gleich da!« Kim atmete tief durch, machte ebenfalls einen großen Schritt und war dann auf der Leiter.

Als Marie und Kim auf Franzis Höhe angekommen waren, beugte Marie sich über das Geländer der Feuerleiter und streckte ihre Arme nach Franzi aus.

»Ich kann nicht loslassen«, japste Franzi. »Wenn ich eine Hand wegnehme, falle ich.«

Auf Franzis Stirn glitzerten Schweißperlen.

Maries Herz raste. Sie blickte nach unten und ihr wurde schwindelig. »Kim, leg deine Arme um mich und halt mich fest, okay?!«

Kim nickte ihr ängstlich zu.

»Franzi, ich halte dir meine Hand hin, komm, du schaffst das.« Marie streckte ihre Arme, so weit sie konnte, über das Geländer in Franzis Richtung, während Kim sie nun von hinten fest umklammerte.

»Ich kann nicht!«, stieß Franzi hervor und schnappte nach Luft.
»Du musst!«, drängte Kim sie.
»Wenn einer so etwas schafft, dann du, Franzi. In der Kletterhalle warst du neulich auch die Erste, die oben war.« Marie streckte sich so weit nach vorne, dass sie Franzis Fingerspitzen fast berühren konnte.
Franzis Augen füllten sich mit Tränen. Voller Angst sah sie Marie an.
Lange würde Franzi sich nicht mehr halten können. Marie zwang sich, nicht nach unten zu sehen.
»Franzi, du musst nach meiner Hand greifen. Ich halte dich fest! Versprochen!«, rief Marie. »Eins!«
»Zwei!«, stimmte Kim mit ein.
»Und …« Marie sah Franzi streng an. »Drei. Los, Franzi, wenn einer die Power hat, dann du.«
Franzis Gesicht war schon ganz rot. Sie atmete stoßweise und blickte konzentriert zu Maries Händen. Ihre rechte Hand löste sich von dem Sims und sie versuchte, sie Marie entgegenzustrecken, verlor aber den Halt mit der linken Hand und rutschte.
Marie, deren Körper durch das Adrenalin angespannt war, schoss mit ihrem Oberkörper so weit über das Geländer, dass sie beinahe auch vornüberfiel, aber Kim hielt sie an der Hüfte fest umklammert.
»Nein!«, schrie Franzi, aber es gelang Marie, Franzis rechtes Handgelenk zu greifen. Im gleichen Moment rutschte Franzis linke Hand ab und es ging ein Ruck durch Marie und Kim. Marie umklammerte Franzis Handgelenke mit beiden Hän-

den. »Gib mir auch deine linke Hand. Komm, das schaffst du!«, schnaufte Marie.
Franzi hielt den Atem an. Mit letzter Kraft streckte sie Marie ihre Hand entgegen, sodass Marie nun beide Hände festhalten konnte.
»Los, Franzi, jetzt ziehen wir dich hoch!«, presste Kim hervor.
Franzi spannte ihre Bauchmuskeln an und zog die Beine nach oben, um damit auf den äußeren Rand des Geländers zu treten. Es gelang ihr. Marie hielt Franzi noch immer ganz fest, als sie sich am Geländer aufrichtete und darüberkletterte.
Bei Marie und Kim angekommen, sackte Franzi zu Boden. Sie hockte sich auf die Plattform der Feuerleiter. »Danke«, sagte sie zwischen zwei heftigen Atemstößen.
Marie und Kim fielen ihr um den Hals. Einen Moment lang sagte niemand etwas.
»Das war knapp«, flüsterte Kim.
Marie merkte, dass Tränen der Erleichterung in ihre Augen schossen. Auch Kim und Franzi wischten sich über die Augen.
Plötzlich hörte Marie, wie das Fenster geöffnet wurde, an dessen Fensterbrett Franzi gerade gehangen hatte. »Runter!«, zischte sie ihren beiden Freundinnen zu, die sich sofort duckten. Vorsichtig spähte Marie über das Geländer und sah, wie ein Mann irritiert aus dem Fenster guckte und es dann wieder von innen schloss. »Puh! Glück gehabt! Das ist er.«
Die drei Detektivinnen richteten sich wieder auf.
»Wer?«, fragte Kim.
»S.L. ist Stan Larsen, der Schauspieler aus *Diamond Sky*. Habe ich eben ganz deutlich gesehen.«

»Was machen wir denn jetzt?«, wisperte Franzi, während sie ihre roten Handgelenke massierte.
»Ich musste deine Handgelenke so sehr festhalten, damit du mir nicht wegrutschst«, erklärte Marie entschuldigend.
»Du musst dich für gar nichts entschuldigen, ihr zwei habt mir eben das ...« Franzi zeigte nach unten auf den Fußweg. »Guckt mal, Stan Larsen verlässt gerade das Haus.« Sie stockte. »Mit der roten Teppichrolle auf der Schulter.«
»Hinterher!«, entschied Marie und lief zur Treppe. Sie drehte sich zu Kim und Franzi. »Kommt ihr?«
»Meint ihr, Ava ist da drin?«, fragte Kim besorgt, während sie dem Mann mit dem hellen Leinenanzug und der roten Teppichrolle auf den Schultern folgten.
Als hätte er sie gehört, drehte er sich um. Franzi griff schnell nach einer Zeitung, die jemand auf den Boden geworfen hatte, und hielt sie sich vors Gesicht. Marie fischte in Windeseile ein Puderdöschen mit Schminkspiegel aus ihrer Tasche und hielt es sich ebenfalls direkt vor ihr Gesicht, und Kim fiel auf die Knie und fummelte am Riemen ihrer Sandale herum.
»Total unauffällig!«, lachte Marie, die den Mann in ihrem Schminkspiegel beobachtete. »Er geht weiter.«
»Ja, in Hollywood muss man sich auffällig verhalten, um nicht gesehen zu werden!« Franzi grinste.
»Interessant, dass wir schon wieder so albern sein können.« Marie überlegte, ob sie nach dem gefährlichen Ereignis auf der Feuerleiter vielleicht unter Schock standen und es nun verdrängten.
Nach einer Weile wurde Larsen langsamer und auch die drei !!! drosselten ihr Tempo. Er betrat ein Geschäft.

»*Laundry and Cleaners*«, las Marie vor. »Das ist eine Wäscherei und Reinigung.«
Die drei Detektivinnen näherten sich dem Geschäft und versuchten, einen Blick ins Innere zu werfen.
Kim kniff die Augen zusammen. »Das spiegelt so, aber ich glaube, er hat den Teppich gerade ausgerollt.«
»Ava ist da nicht drin«, sagte Franzi. »Dann hätte er den Teppich auch nicht so leichtfüßig durch die Straßen getragen.«
Marie atmete auf. »Puh, zum Glück! Aber wo ist sie dann?«
Sie beobachteten, wie Larsen aus der Reinigung trat und weiterging.
Mit ein bisschen Abstand setzten die drei !!! ihre Verfolgung fort.
»Was macht er?« Marie blieb abrupt stehen.
»Er setzt sich in ein Café«, sagte Franzi. »Und trifft sich mit einer Frau.«
»Die sieht ja aus wie ...« Marie stockte der Atem.
»Wie denn?« Kim zog die Stirn kraus.
»Na, diese Petronilla«, meinte Marie nachdenklich. »Nur heute ist sie nicht in Gelb, sondern in einem weißen Gewand.«
»Du glaubst doch nicht wirklich, dass die beiden Geister sind, oder?« Kim sah Marie halb belustigt, halb ernst an.
Marie zuckte mit den Schultern. Gerade als sie Nein sagen wollte, passierte etwas Seltsames. »Seht ihr das auch?«
Franzi und Kim wandten ihren Blick von Marie ab und blickten zu dem Café, wo Stan und die Frau gerade eine Bestellung aufgaben.
»Was denn?«, erkundigte sich Franzi.

»Sie hat eben geleuchtet«, erklärte Marie aufgeregt.
»Wer *sie*?«, fragte Kim.
»Na, Petronilla. Richtig gefunkelt.« Marie schaute Kim und Franzi ungläubig an.
»Oh Mann, bist du jetzt verhext?«, fragte Kim.
»Können wir uns mal irgendwo hinsetzen?«, unterbrach Franzi die beiden. »Irgendwie zittern meine Beine.«
Kim legte den Arm um Franzi. »Kein Wunder bei dem, was du gerade erlebt hast.«
Marie legte ebenfalls ihren Arm um Franzis Schultern. »Ich möchte gar nicht daran denken, was da hätte passieren können.«
»Wir gehen in das Eiscafé dahinten«, schlug Kim vor. »Ein Schokowunder wäre jetzt für uns alle gut.«
Die drei !!! suchten sich einen kleinen runden Tisch aus, der unter einem gelben Sonnenschirm stand. Marie gab die Bestellung auf.
»Was genau hast du bestellt?«, wollte Franzi wissen.
Marie lächelte geheimnisvoll. »Lass dich überraschen.«
»Ich habe von Überraschungen jeglicher Art im Moment genug.« Kim seufzte.
»Geht mir genauso.« Franzi lehnte sich zurück und schloss die Augen. »Das hätte vorhin echt in die Hose gehen können.«
Marie griff nach Franzis Hand. »Ist es zum Glück aber nicht. Möchtest du vielleicht lieber nach Hause zu den Kings und dich ausruhen?«
»Bist du wahnsinnig? Wir müssen den Fall lösen. Danach können wir Strandurlaub machen.« Franzi massierte sich ihre Handgelenke, die noch immer rot waren.

»Wie du meinst. Sag Bescheid, wenn irgendetwas ist.« Maries Handy piepte. Sie zog es aus der Tasche. »Von Amy. Ava ist weiterhin nicht erreichbar und Joe wundert sich auch schon. Er hat das Chaos in der Küche entdeckt«, fasste Marie den Inhalt der Nachricht zusammen. »Ich schreibe ihr, dass wir Larsen beschatten, okay?« Marie sah kurz zu Stan Larsen und der Frau und tippte dann die Nachricht.

»Ich würde so gern mal wissen, warum dieser Stan Larsen heute auf dem Grundstück der Kings war. Der muss doch irgendwas mit Avas Verschwinden zu tun haben.« Kim zeigte auf den blonden jungen Mann, der mit drei großen Eisbechern auf sie zukam. »Wow, das ist ja riesig! *Thank you*!« Sie nahm ihr Eis entgegen.

Die Bedienung stellt auch vor Marie und Franzi einen Eisbecher ab, nickte freundlich und verschwand dann wieder im Café.

»Süß!«, schwärmte Kim.

»Der Typ oder der Chocolate-Ice-Cream-XXL-Becher?«, fragte Marie augenzwinkernd.

»Beides natürlich.« Kim löffelte genüsslich los. »Das brauchte ich jetzt.«

Franzi und Kim begannen ebenfalls, ihr Eis zu essen.

Marie sah zu dem Café hinüber, in dem gerade noch Stan Larsen und die Frau im weißen Flatterkleid gesessen hatten. »Mist, sie sind weg!«

Wie von Geisterhand

Marie kniff die Augen zusammen und suchte die Straße ab. »Ich habe doch nur einen Moment nicht hingesehen.«
Auch Franzi und Kim hielten nach den beiden Ausschau.
Kim zog die Schultern hoch. »Stimmt. Wie vom Erdboden verschluckt.«
»Vielleicht haben sie sich unsichtbar gemacht« Franzi kicherte. »Wie echte Geister.«
»Haha, sehr witzig! Dir scheint es ja wieder gut zu gehen.« Marie zog ihr Portemonnaie hervor und fischte ein paar Dollarscheine heraus, die sie auf den Tisch legte. »Meint ihr, das reicht?«
»Bestimmt.« Kim trank die geschmolzene Eiscreme aus.
Franzi war schon aufgesprungen. »Wollen wir uns aufteilen und die beiden suchen?«
»Suchen ja, aufteilen nein«, entschied Marie.
»Finde ich auch besser.« Kim wischte sich den Mund mit einer Serviette ab und stand auf.
»Super! Aber wir haben nach dem Schock noch was vergessen.« Marie hielt ihren Freundinnen die Hand entgegen. Kim und Franzi verstanden sofort und streckten die Arme aus. Sie legten die Hände übereinander und riefen leise im Chor: »Die drei !!!.« »Eins!«, sagte Marie. »Zwei!«, folgte Franzi und »Drei!« rief Kim. Dann rissen alle drei die Arme in die Höhe und riefen: »Power!!!«
Marie merkte, wie eine Energiewelle durch ihren Köper strömte. Sie waren *Die drei !!!* und würden den Fall lösen.

Nachdem die drei fast eine Stunde lang erfolglos alle Straßen in der Umgebung nach einem Mann im Leinenanzug und einer Frau in einem weißen Flatterkleid abgesucht hatten, entschieden sie, noch mal zur Hillbilly Road 25 in Beverly Hills zu gehen. Aber der Iris-Scanner am Eingang von Stan Larsens Haus erkannte natürlich auch dieses Mal ihre Augen nicht. Nachdem sie noch eine weitere halbe Stunde hier gestanden hatten und nichts passiert war, kam ein Anruf von Amy: Ihr Vater und ihre Mutter hatten mittlerweile mitbekommen, dass Ava verschwunden war, und Amy hatte sie nicht anlügen können. »Mein Vater hat gerade die Polizei informiert. Sie werden gleich hier sein«, schluchzte Amy ins Telefon.
»Okay, wir kommen«, entschied Marie und winkte ein Taxi heran.

Auf dem Grundstück der Kings kam den drei !!! die aufgelöste Amy entgegen. »Sie hat geschrieben, dass der Waffelteig fertig ist und wir es uns schmecken lassen sollen.« Amy hielt Marie einen Zettel hin.
Marie nahm ihn und betrachtete ihn genau. »Wo war der?«
»Er lag unter der umgekippten Mehlpackung. Mein Vater hat ihn gefunden.« Amy knuddelte ihren Hund Sweety.
Zusammen gingen die drei !!! mit Amy am Pool vorbei, über die große Terrasse und betraten das Haus.
»Ist die Polizei schon wieder weg?«, wollte Kim wissen.
»Ja, sie können nicht viel machen. Laut dem Zettel ist Ava freiwillig gegangen.« Amy blickte auf die große Uhr an der Wand. »Es ist jetzt fünf Uhr nachmittags, sie ist erst seit heute Vormittag verschwunden.«

Die Mädchen betraten die Küche.
»Ist ja alles schon wieder aufgeräumt«, stellte Marie fest. »Haben die Polizisten das Chaos noch gesehen?«
»Leider nein. Mein Vater hat aufgeräumt, bevor ihm bewusst wurde, dass Ava verschwunden ist.« Amy nahm vier Flaschen Zitronenlimonade aus dem Kühlschrank. »Der eine Polizist meinte, dass es bei ihm auch immer aussieht wie nach einer Schlacht, wenn er Waffeln gebacken hat.«
Kim öffnete den Schraubverschluss ihrer Flasche. »Na toll. Aber der kennt Ava nicht. Hier ist es ja sauberer als bei meiner Mutter auf dem Schreibtisch. Und das will was heißen.«
Franzi setzte sich an den Tresen und nahm einen großen Schluck von ihrer Limonade. »Hast du ihnen erzählt, dass ich heute Morgen Stan Larsen hier gesehen habe?«
Amy nickte. »Sie wollen ihn aufsuchen und sich dann bei uns melden.«
Marie trank nun ebenfalls von der Limo. »Hast du deinen Eltern von unseren Ermittlungen erzählt?«
Amy schüttelte den Kopf. »Das wollte ich erst mal mit euch besprechen.«
»Wir sollten es auch vorerst für uns behalten. Sie würden uns die Ermittlungen sonst sicher verbieten.« Marie drehte den Schraubverschluss ihrer Flasche wieder zu. »Wo sind eigentlich deine Eltern, Amy? Und meine Eltern?«
»Deine Eltern, Lina und Sofie sind noch am Set und meine Eltern haben es nicht ausgehalten und sind los, um Ava zu suchen. Ich sollte hier die Stellung halten.« Amy seufzte. »Was, wenn sie heute Abend nicht wiederkommt?«
Marie legte den Arm um Amy. »Wir bleiben bei dir.«

Detektivtagebuch von Kim Jülich
Mittwoch, 21:17 Uhr

Wir haben ja schon geahnt, dass mit Oma Ava etwas nicht stimmt, aber seit heute Morgen ist sie wie vom Erdboden verschluckt. Niemand hat sie gesehen. Sie hat sich nicht gemeldet; ihre Handtasche ist noch da, ihr Handy auch.
Sie wollte uns frische Waffeln zum Frühstück backen, und als wir in die Küche gekommen sind, war sie weg. Sie hatte uns eine Nachricht hinterlassen, aber es herrschte Chaos in der Küche und der Zettel lag unter einer umgekippten Mehlpackung und wurde erst später von Joe gefunden ...
Ungefähr zu der Zeit, als Marie und ich das Chaos in der Küche entdeckt haben, hat Franzi einen Mann in einem weißen Leinenanzug gesehen. Hier im Garten der Kings. Aber er hat sich vor ihr versteckt und war so schnell weg, wie er gekommen war. Franzi ist sich sicher, dass es sich um denselben Mann handelt, der Oma Ava neulich in dem Café angesprochen und sie Lilli Labelle genannt hat. Er hat einen Briefumschlag verloren, auf dem S.L. stand und eine Adresse.
Wir haben uns mit Amy zusammen gleich auf den Weg dorthin gemacht, aber da das Haus einen Iris-Scanner hat (die Tür öffnet sich nur, wenn der Scanner die Iris deines Auges erkennt), sind wir nicht reingekommen. Dann hat Amy zufällig Tom-Hank Fisher (einen alten Bekannten von früher) getroffen, der im Haus nebenan wohnt und uns spontan zum Spaghetti-Essen eingeladen hat. Und jetzt kommt der Hammer: Tom-Hank hatte eine Uncut-Version von *Diamond Sky* und wir durften sie mit ihm anschauen. In dem Video ist Ava als junge Frau zu sehen, woraus wir schließen konnten, dass sie in dem Film auch mal mitgespielt hat bzw. mitspielen sollte. Aber aus irgendwelchen Gründen sind die Szenen mit ihr wieder rausgeschnitten worden. Seltsam, dass sie Amy nie etwas davon erzählt hat.
Dann hat Amys Vater angerufen und sie nach Hause beordert. (Im Nachhinein

haben wir erfahren, dass er vorher das Chaos und die Nachricht von Oma Ava in der Küche entdeckt hatte.)

Tom-Hank hat Amy nach Hause gebracht und wir sind unter dem Vorwand, shoppen gehen zu wollen, noch dageblieben. Franzi war so schlau, heimlich einen Zweitschlüssel von Toms Wohnung zu organisieren, sodass wir uns noch mal in Ruhe umsehen konnten. Dabei hat Franzi entdeckt, dass man von Tom Hanks Wohnung aus in S.L.s (alias Stan Larsen, wie wir mittlerweile sicher wissen) Wohnung gucken kann. Wir konnten sehen, dass Stan Larsen eine Teppichrolle durch seine Wohnung trug ... Wir haben vermutet, dass Ava in der Rolle steckte, und sind dann über die Feuerleiter auf Tom-Hanks Dach geklettert und von da aus (ich kann es immer noch nicht glauben, dass ich mich das getraut habe!!!) auf das Dach des Hauses von Stan Larsen gehüpft, um uns Zugang zu Larsens Wohnung zu verschaffen. Franzi wollte von der Feuerleiter aus durch das Fenster sehen, dabei hat sie sich so weit vorgebeugt, dass sie von der Feuerleiter abgerutscht ist. Sie konnte sich gerade so mit beiden Händen am Fensterbrett festhalten. Das war schrecklich. Larsens Wohnung ist im zweiten Stock. Ich darf gar nicht daran denken, was passiert wäre, wenn wir es nicht geschafft hätten, sie auf die Feuerleiter zurückzuholen. Als Franzi wieder in Sicherheit war, haben wir beobachtet, wie Stan Larsen mit der Teppichrolle die Wohnung verlassen hat. Wir haben ihn dann undercover verfolgt und herausgefunden, dass er den Teppich nur in die Reinigung bringen wollte. Oh Mann, die ganze Aktion nur wegen einem dreckigen Teppich.

Danach ging es aber auch gleich weiter. Larsen hat sich mit einer Frau in einem weißen Flatterkleid getroffen, und als wir einmal kurz nicht hingesehen haben, waren sie plötzlich verschwunden. Wie von Geisterhand! Wir haben sie nirgends mehr gefunden.

Marie will es nicht so recht zugeben, aber sie denkt darüber nach, ob Larsen der Geist von Don Antonio Feliz sein könnte, der mit Dona Petronilla im Clinch liegt. Das würde erklären, warum Ava bei der Begegnung mit ihm so heftig reagiert hat. Andererseits war sie ganz traurig, als sie am Hollywood Boulevard am Stern von S.L. saß. Aber Marie hat noch etwas gesehen, und zwar hat die Frau im weißen Flatterkleid geleuchtet. Was das zu bedeuten hat, daran scheiden sich die Geister (im wahrsten Sinne des Wortes ☺). Franzi und ich glauben, dass Marie sich einfach verguckt hat ...

Beim Abendessen war die Stimmung auf dem Tiefpunkt. Verständlicherweise. Danach haben wir uns auf unser Zimmer zurückgezogen, um eine geheime Clubsitzung abzuhalten. Natürlich wieder mit Amy, die wir in diesem Fall unbedingt an unserer Seite brauchen.

Unser weiteres Vorgehen sieht wie folgt aus: Morgen werden wir die Mystic Angels noch einmal aufsuchen. Niemand außer uns weiß, dass Oma Ava an ihren Treffen teilnimmt. Da sie es nicht wollen würde, haben wir bis jetzt auch niemandem davon erzählt, sondern wollen zunächst selbst mit ihnen sprechen. Amy hat Oma Avas Notizbuch heimlich aus der Tasche geholt und Helga angerufen. Wir haben uns im Griffith Park verabredet, denn die Mystic Angels wollen dort nach Don Antonio Feliz und Dona Petronilla Ausschau halten. Und dann suchen wir Mr Larsen noch mal auf. Wenn sein Iris-Scanner unsere Augen nicht erkennt, wird er Augen machen. Irgendwie werden wir da schon reinkommen.

Geheimes Tagebuch von Kim Jülich

Mittwoch, 22:09 Uhr (Bei David ist es 7:09 Uhr – bestimmt schläft er gerade selig.) ♥

► Dieses Tagebuch ist STRENG GEHEIM, so was von TOPSECRET und VERBOTEN! Wer trotzdem darin liest, wird mit einem Geist zusammen in einen Teppich eingerollt ... ◄

Joe, Liz und Maries Eltern sitzen noch unten und warten auf Ava. Sie hoffen, dass sie jeden Moment wiederkommt. Keiner kann sich ihr Verschwinden erklären und vor allem ihre Tochter Liz ist fix und fertig mit den Nerven.

Franzi und Marie sind gerade eingeschlafen.
Das war ein aufregender Tag!
Als Franzi am Fensterbrett hing, hatte ich solche Angst um sie! Ich hätte mich nicht so lange festhalten können. Was da alles hätte passieren können ... Schrecklich!
An David zu denken lenkt mich etwas ab. Heute haben wir gar nicht telefoniert – das ist aber auch nicht leicht, wenn man in unterschiedlichen Zeitzonen lebt. Das sind ja Welten. Ich habe auch ein bisschen über den Fantasy-Krimi nachgedacht, den wir zusammen schreiben wollen. Die Entführer des Einhorns könnten Geister sein, die sich einfach unsichtbar machen können. Zuerst leuchten sie hell auf, und dann verschwinden sie in einer anderen Welt (oder Zeitzone. Hihi).
Aber wirklich lustig ist das natürlich auch nicht. Jetzt muss ich schon wieder an Oma Ava denken und hoffe, dass sie nicht entführt wurde und wir morgen aufwachen und sie in ihrem taubenblauen Kleid in der Küche steht und Pancakes macht ...

Marie schreckte aus einem unruhigen Traum auf. War da eben ein Geräusch? Sie hatte von einem Mädchen geträumt, das zu der wunderschönen Melodie aus *Diamond Sky* getanzt hatte. Oder hatte sie die Melodie gerade wirklich gehört?
Im Mondlicht, das silbrig durch die Vorhänge ins Zimmer fiel, griff Marie nach ihrem Handy. Es war halb fünf. Ob Kil Phollins etwa noch wach war und Fingerübungen machte? Oder schon wieder? Sollte sie aufstehen und nachsehen, ob Oma Ava wieder da war? Marie gähnte und entschied, noch kurz liegen zu bleiben – und schlief wieder ein ...
Als zweieinhalb Stunden später Maries kleiner Bruder Finn ins Zimmer stürzte und sich zu Marie unter die Decke ku-

schelte, fühlte sie sich ziemlich gerädert. »Hallo, Finn, wir müssen leise sein«, flüsterte Marie, aber dann merkte sie, dass Kim und Franzi bereits wach waren und sich gemeinsam Aufzeichnungen in Kims Notizbuch ansahen. Marie kitzelte Finn einmal durch.

»Ist Oma Ava zurückgekommen?«, fragte sie ihre Freundinnen, die gleichzeitig den Kopf schüttelten.

»Dann sollten wir sofort zum Griffith Park fahren.« Marie sprang auf. »Ich dusche nur schnell.«

»Schnell?« Franzi lachte. »Das möchte ich mal erleben.«

»Sehr witzig.« Marie schnappte sich frische Klamotten aus ihrem Koffer und verschwand im Bad. »Ihr könnt ja schon mal Frühstück machen.«

»Wir sind immer noch pünktlich«, sagte Marie zu Kim und Franzi und sah sie vorwurfsvoll an.

Die drei !!! waren mit dem Taxi zum Griffith Park gefahren und dann in ordentlichem Tempo den Hügel hinaufgegangen. Nun standen sie neben der Bank, auf der sie mit Oma Ava gesessen hatten. Helga war schon da und winkte ihnen zu. Sie war in Begleitung einer Frau, die Marie bei ihrer ersten Begegnung mit den *Mystic Angels* wegen ihrer großen Brille aufgefallen war.

Kim, die ein Cap von Amy trug und ganz schön aus der Puste war, hob die Hände. »Ich habe doch gar nichts gesagt!«

»Hallo, ihr drei! Das ist ja interessant«, sagte Helga zur Begrüßung.

»Hallo. Was meinen Sie?« Kim holte ihre Wasserflasche aus dem Beutel und trank sie zur Hälfte aus.

»Na, diese nonverbale Kommunikation zwischen euch.«

Helga zeigte im Uhrzeigersinn auf Marie, Franzi und Kim. »Ihr kennt euch so gut, dass ihr gar nichts mehr sagen müsst. Ihr versteht euch ohne Worte.«
Marie kicherte. »Da haben Sie irgendwie recht.«
Helga zeigte zu ihrer Freundin, die freundlich nickte. »Ja, und laut Jodie kann man so auch mit Geistern kommunizieren. Wir haben gerade schon versucht, zu Dona Petronilla und Don Antonio Feliz Kontakt aufzunehmen.« Helga sah die drei !!! interessiert an. »Aber warum wolltet ihr uns eigentlich treffen? Und wo ist Avas Enkelin Amy?«
»Amy muss zu Hause die Stellung halten«, erklärte Franzi.
»Ava ist seit gestern verschwunden und niemand weiß, wo sie sich aufhalten könnte«, ergänzte Marie.
»Oh my God!«, rief Helga und ließ sich auf der Bank nieder. Als sie Jodie die neuesten Nachrichten übersetzt hatte, ließ auch diese sich fassungslos auf die Bank fallen. *»Oh no!«*
»Haben Sie vielleicht irgendeine Ahnung, wo Ava sich aufhalten könnte?«, fragte Marie.
»Nein! Meint ihr, sie ist entführt worden?« Helga fächelte sich mit einer Hand Luft zu.
»Keine Ahnung. Sie hat einen Zettel hinterlassen, das spricht dafür, dass sie freiwillig gegangen ist.« Marie setzte sich zu den beiden Frauen.
»Los, sag es ihnen, Marie«, forderte Kim ihre Freundin auf.
Marie stockte. »Also, ich glaube ja eigentlich nicht an Geister. Und Sie ja auch nicht, oder?«
»Nicht so richtig.« Helga sah Marie gespannt an. »Aber jetzt schieß los!«

»Wir haben diesen Mann ausfindig gemacht, den im weißen Leinenanzug«, erklärte Marie.

»Er war gestern im Garten, ungefähr zur selben Zeit, als Ava verschwunden ist. Und dann war er weg.« Franzi setzte sich dazu. »Und Ava auch. Ohne Tasche und Handy. Nur mit den Kleidern, die sie trug.«

Helga übersetzte. Jodie schlug die Hände über dem Kopf zusammen und sprudelte drauflos. So schnell, dass Marie nur einzelne Wortfetzen verstand.

»Jodie glaubt, dass Don Antonio Feliz mit ihrem Verschwinden zu tun haben könnte«, berichtete Helga.

»Aber warum?« Marie konnte sich keinen Reim darauf machen.

»Das müssen wir herausfinden«, erklärte Helga.

»Wir wissen, wo der Mann wohnt«, meinte Kim.

»Was? Und das sagt ihr uns erst jetzt?« Helga war irritiert.

»Ja, wir haben ihn beobachtet. Nach Avas Verschwinden«, erklärte Marie. »Er hat sich mit einer Frau getroffen, die aussah wie Dona Petronilla und so komisch geleuchtet hat. Einen Moment haben wir nicht hingesehen und dann waren sie plötzlich weg.«

»Ich vermute ja, dass sie einfach in ein Geschäft gegangen sind oder so«, meinte Franzi zu Kim und Marie, während Helga ihrer Freundin alles auf Englisch übersetzte. Diese war nun in heller Aufregung.

»Jodie glaubt, dass das Leuchten ein Zeichen war. Könntet ihr uns seine Adresse verraten?«, fragte Helga. »Wir würden uns den Mann gerne mal aus der Nähe ansehen. Jodie möchte versuchen, nonverbal Kontakt mit ihm herzustellen.«

»Wir könnten zusammen hinfahren. Wir wollten ihn sowieso noch mal unter die Lupe nehmen«, schlug Marie den beiden *Mystic Angels* vor.
Helga übersetzte es und Jodie rief sofort: »*Yes! Darling! Fantastic!*«
»Ob das so eine gute Idee ist?«, flüsterte Franzi Kim zu. »Und warum eigentlich nonverbal?«
Kim musste grinsen. »Frag lieber nicht.«
»Pssst«, zischte Marie. »Das habe ich gehört.«
»Ich auch!«, flüsterte Helga und lächelte.
»Gut, nächstes Mal wieder nonverbal.« Franzi zwinkerte Kim sehr auffällig zu. Alle mussten lachen.
»Jodie und ich sind mit dem Van hier. Kommt ihr mit?«, fragte Helga.
Kim und Franzi nickten nur.
»Heißt das Ja?« Helga lächelte.
»Ja, danke«, antwortete Marie für ihre beiden Freundinnen.

»Das ist ein Auto nach meinem Geschmack! Und das ist immerhin auch ein Zeichen, und zwar ein gutes!« Franzi lachte.
Sie fuhren in dem mit Blumen bemalten Kleinbus zur Hillbilly Road 25 in Beverly Hills. Dass sie dabei an den tollsten Boutiquen vorbeikamen, war Marie fast egal, denn sie wollte endlich herausfinden, wo Oma Ava war.
Als Jodie eingeparkt hatte, lief sie zum Kofferraum und holte eine große Ledertasche hervor.
»Was ist das?«, wollte Kim von Helga wissen.
»Ihre Ausrüstung«, erklärte Helga.

»Ausrüstung?« Franzi zog die Stirn in Falten. »Etwa eine Geisterjägerausrüstung?«

»Nein, keine Sorge.« Helga lächelte beschwichtigend.

Marie zeigte Helga und Jodie den kleinen schwarzen Kasten über dem Klingelbrett, das sich neben der Hausnummer 25 befand. »Schade, dass man dem Iris-Scanner keine schönen Augen machen kann«, meinte Marie.

Doch Jodie hatte bereits auf die Klingel gedrückt.

»Oh nein. Was machen wir denn, wenn er aufmacht?«, fragte Marie nervös.

»Aber ihr wolltet doch mit ihm sprechen?«, wunderte sich Helga und drückte dabei gleich noch einmal auf den Klingelknopf.

»Wir wollten undercover mit ihm sprechen. Wir sind Detektivinnen«, erklärte Kim nervös.

Alle starrten gespannt zu der Sprechanlage, die sich unter der Klingel befand, aber niemand meldete sich.

»Vielleicht ist er nicht zu Hause?«, überlegte Franzi.

Genau in diesem Moment öffnete sich die Haustür. Ein großer Mann kam aus dem Haus. Franzi reagierte blitzschnell. Sie griff sich ein kleines Steinchen vom Boden und warf es so geschickt in die sich gerade schließende Tür, dass diese einen Spaltbreit offen stehen blieb.

»Sehr gut!«, freute sich Marie und ging Richtung Tür. Sie winkte die anderen zu sich.

»Warte mal!«, rief Kim.

Marie drehte sich zu ihrer Freundin um. »Was ist?«

»Wir sind in einem fremden Land. Wollen wir wirklich in diese Wohnung gehen? Wir kennen diesen S.L. doch

gar nicht.« Kim rieb sich mit dem Zeigefinger über die Nase.
Marie wusste, dass Kim nicht gerne unerlaubte Dinge tat. »Ich fürchte, uns bleibt nichts anderes übrig. Stell dir vor, er hat Ava etwas angetan. Wer weiß, vielleicht ist sie bei ihm?«
Franzi nickte aufgebracht.
»Also ich finde auch, dass wir mal nachsehen müssen«, mischte Helga sich ein und sah Jodie an, die ebenfalls nickte.
Kim wiegte den Kopf hin und her. »Wahrscheinlich habt ihr recht.« Sie ließ sich von Marie an der Hand Richtung Eingangstür ziehen. »Und was ist, wenn die Polizei etwas mitbekommt? Die denken, dass wir da einbrechen.«
»Werden sie nicht, und wenn ja, dann können wir ihnen alles erklären.« Marie drückte die Tür auf.
»Na gut. Überzeugt. Und wie kommen wir in seine Wohnung?«
»Pst.« Marie wartete, bis alle das Haus betreten hatten, und schloss dann vorsichtig die Tür hinter ihnen.
Leise schlichen die drei !!!, Helga und Jodie einen Gang entlang. Roter, flauschiger Teppich dämpfte ihre Schritte.
»Fahrstuhl oder Treppe?«, fragte Marie.
»Treppe!«, antworteten Kim und Franzi gleichzeitig.
Kim hatte Platzangst, Franzi war eine Sportskanone, warum war Marie da überhaupt auf die Idee gekommen, die beiden zu fragen.
Auch Helga und Jodie nahmen die Treppe.
»S.L. Hier ist es.« Franzi hatte als Erste die Tür im zweiten Stock entdeckt.
»Hoffentlich ist er nicht zu Hause«, flüsterte Kim.

Marie zog ihr Dietrichset aus dem Matchbeutel. »Ich denke nicht, sonst hätte er bestimmt auf das Klingeln reagiert.«
»Und wenn er ein Geist ist, der sich unsichtbar machen kann?« Franzi grinste.
»Wollen wir nicht lieber noch mal klingeln?«, fragte Kim.
Marie schüttelte den Kopf. »Er ist bestimmt nicht da.« Im selben Moment machte es KLICK und die Tür ging auf.
»Pfff, unten ein Iris-Scanner und hier oben ein ganz einfaches Schloss.« Vorsichtig lugte Marie durch die Tür. »Ich glaube, hier ist niemand.«
Leise betraten die drei Detektivinnen zusammen mit Helga und Jodie die Wohnung. Vom großen Flur gingen mehrere Zimmer ab, aber es gab kaum Möbel.
»Wohnt der hier wirklich?«, flüsterte Kim.
»Ich denke schon.« Maries Blick fiel auf Jodie, die sich im Flur auf den Boden gelegt hatte.
»Geht's Ihrer Freundin nicht gut?«, fragte Marie Helga besorgt.
»Doch, doch, alles bestens. Sie möchte den Kosmos in sich aufnehmen«, erklärte Helga. »Wände und Boden können Geschichten erzählen, wenn man Zugang zu ihnen findet.« Helga sah die drei !!! lächelnd an. »Ich weiß, das klingt etwas komisch für euch.«
»Etwas?« Franzi versuchte, nicht zu lachen.
Kim beobachtete Helga, die Jodie nun eine weiße Muschel aus Jodies Tasche holte und ihr reichte. Jodie nahm die Muschel, ließ sie über den Boden kullern und hielt ihr Ohr daran.
»Die Muschel verstärkt die Verbindung«, erklärte Helga. »Angeblich«, flüsterte sie augenzwinkernd.

Jodie hielt mahnend den Finger vor den Mund.
»Ah, das Ganze passiert natürlich nonverbal«, flüsterte Kim und Franzi musste schon wieder fast losprusten.
Jodie stand abrupt auf. *»It is his flat! The floor told me that!«*
Jodie ging durch eine Tür und hielt die Muschel an die Wand. Dann lauschte sie wieder.
Franzi sah sich das Zimmer genauer an. »Hier in den Raum müsste ich gestern reingeguckt haben.« Im Zimmer befanden sich ein großes Bücherregal, eine Lampe und ein Sessel.
Kim deutete auf den roten Teppich, der in der Mitte des Zimmers lag. »Huch, hat er den Teppich schon wieder aus der Reinigung abgeholt?«
»Meint ihr, sie war da drin?« Marie merkte, wie ihr Herz zu rasen begann. Ein Gedanke schoss ihr durch den Kopf. »Vielleicht hat er den Teppich ja auch reinigen lassen, um Spuren zu verwischen?«
Aufgeregt übersetzte Helga für Jodie, was Marie gerade gesagt hatte.
»Let's have a look«, sagte Jodie und lief zum Teppich. Ohne zu überlegen, legte sie sich darauf und begann sich darin einzurollen.
Kim schlug die Hände vor den Mund. »Das würde ich aber nicht freiwillig machen.«
Aufgeregt standen die drei !!! vor dem Teppich und sahen zu, wie Helga Jodie half, immer weiter in der Teppichrolle zu verschwinden. »Der ist ganz schön schwer. Helft ihr mir?«
Kim, Franzi und Marie fassten mit an.
»This is fantastic!«, rief Jodie. *»Now, please help me out again.«*

Gemeinsam mit Helga begannen die drei !!! nun, den Teppich wieder auszurollen.
Plötzlich stand ein braun glänzender Lederschuh auf dem Teppich. »*Are you rolling out the red carpet for me?*«, fragte eine tiefe Stimme.

Eiskalte Diamanten

Marie traute sich kaum, an dem braunen Lederschuh hinaufzublicken, aber dann tat sie es doch. Vor ihnen stand Stan Larsen und er wirkte ziemlich echt.
Marie richtete sich langsam auf. »*Hallo, äh, hello, we are really sorry. I am Marie. This is Kim.*« Sie zeigte auf Kim und Franzi, die nun auch langsam aufstanden. »*This is Franzi, and this is Helga with her friend Jodie.*« In Maries Kopf ratterte es. In solchen Situationen hatte sie meistens sofort eine perfekte Geschichte im Kopf und spielte eine Rolle, sodass sie an neue Informationen gelangen konnten, ohne sich als Detektivinnen erkennen geben zu müssen. Aber die Situation war so absurd mit Jodie, die im Teppich eingerollt war. Wie sollten sie Larsen das denn erklären? Marie wollte jetzt keine Rolle spielen. Nach einem kurzen Blickkontakt mit ihren Freundinnen entschied sie, die Flucht nach vorn anzutreten. Ehe sie etwas sagen konnte, streckte Kim dem Mann im hellen Leinenanzug, in dessen Wohnung sie gerade eingebrochen waren, die Hand entgegen. »*Hello, Mr Larsen. Nice to meet you.*«
»Was heißt das?«, raunte Franzi ihr zu.
Der Mann sah die drei !!! überrascht an. »Ich weiß nicht, ob das *nice* ist, euch hier zu treffen. Und was macht ihr *girls* aus *Germany* hier?«
»Warum sprechen Sie so gut Deutsch?«, fragte Marie überrascht.
Larsen verschränkte die Arme vor der Brust. »Ich wüsste nicht, was euch das angeht.«

»*Hello! Can you help me, please? I need to get out!*«, rief nun Jodie.

Larsen drehte sich um. »Ist hier noch jemand?«

»Äh, ja, in Ihrem Teppich.« Franzi zeigte auf den Teppich, während Helga und Kim Jodie halfen, sich wieder komplett aus dem Teppich rauszurollen.

»Was machen Sie da?« Larsen sah Jodie entsetzt an, die mindestens genauso entsetzt zurückstarrte und dann rief: »*Don Antonio Feliz!*«

Larsen zog die Augenbrauen zusammen. »*What?* Vielleicht sollte ich lieber die Polizei rufen.« Larsen fischte sein Handy aus der Tasche.

»Nein, bitte nicht. Wir möchten es Ihnen gerne erklären«, sagte Marie höflich.

»Ihr seid einfach in meine Wohnung eingebrochen! Und warum hat sich diese Frau in den Teppich eingerollt?« Larsen zeigte auf Jodie, die gerade etwas aus ihrer Tasche holte.

»Bitte, lassen Sie es uns erklären«, flehte Marie.

»*Well, okay.* Ihr habt *five minutes.*« Larsen sah von seiner Armbanduhr zu den drei !!!.

»Wir sind zu Besuch bei Liz und Joe King. Mein Vater ist ein deutscher Schauspieler und ein guter Freund von Joe King«, erklärte Marie.

»Gestern Morgen ist Ava, Kings Schwiegermutter, spurlos verschwunden«, berichtete Franzi. »Wir suchen sie überall, und weil ich Sie gestern Morgen im Garten der Kings gesehen habe, haben wir Sie verdächtigt. Sie haben einen Briefumschlag im Garten der Kings verloren, daher wussten wir, wo Sie wohnen.«

Larsen hob die Arme. »Stopp! Ich kenne keine Ava! Und warum sollte ich etwas mit ihrem Verschwinden zu tun haben?«

»Wir haben gestern gesehen, wie Sie den Teppich eingerollt haben, und hatten Angst, dass Ava darin sein könnte«, berichtete Franzi aufgewühlt. »Sie hat sich seit der Begegnung mit Ihnen total seltsam verhalten.«

Wie aufs Stichwort kam Jodie vorsichtig näher. In den Händen hielt sie eine kleine Dose und einen Pinsel. Ihre Augen waren weit aufgerissen, ihr Mund leicht geöffnet.

»Was hat sie vor?«, fragte Marie Helga, die etwas abseits stand und das Ganze gespannt beobachtete.

»Das ist der Test«, antwortete Helga leise.

»Welcher Test?« Larsen wich ein Stück zurück. »Ihr verhaltet euch aber auch alle ganz schön seltsam.«

»Ava ist die Frau, die Sie neulich in dem Eiscafé angesprochen haben«, mischte sich Franzi ein. »Wie haben Sie sie noch gleich genannt?«

»Lilli Labelle!«, half Kim ihr auf die Sprünge.

»Ihr kennt Lilli?« Marie beobachtete, wie Stan Larsens Gesichtszüge etwas weicher wurden. »Was ist mit ihr?«

»Wir wissen es nicht. Aber warum nennen Sie sie Lilli? Sie heißt doch Ava«, sagte Franzi.

Jodie stand nun direkt vor Stan Larsen. Sie hielt ihm den Spiegel hin. *»I can see his reflection in the mirror!«,* rief sie erleichtert.

»Na klar spiegele ich mich im Spiegel.« Larsen schüttelte den Kopf. »Ich bin doch kein Geist!«

Jetzt kam Helga näher. »Dürfen wir das als letzten Test mit unserem Geisterfingerabdruckpulver prüfen?«

Larsen sah überrascht in die Runde.
»Wir haben Sie zusammen mit Dona Petronilla gesehen.« Marie räusperte sich. »Und dann hat sie so hell geleuchtet und Sie beide waren verschwunden.
Larsen lachte auf. »Und jetzt denkt ihr, dass ich ein Geist bin?«
»Na ja, Sie sehen irgendwie so aus, als seien Sie aus der Zeit gefallen«, erklärte Kim verlegen.
Larsen zeigte an sich herunter. »Zeitlos, mein Anzug, nicht wahr? Übrigens, es könnte sein, dass das Leuchten von einem Glasstein ausging. Ich hatte ihn dabei und habe ihn der Dame gezeigt.«
Jodie stand vor Larsen und lächelte ihn fragend an.
»Was möchte sie?«, fragte Larsen Marie.
»Das ist nonverbale Kommunikation«, erklärte Marie. Ich nehme an, dass sie Fingerabdrücke von Ihnen nehmen möchte.«
Larsen nickte Jodie schmunzelnd zu.
Diese hielt ihm ein Blatt Papier hin und wies ihn an, seinen Zeigefinger darauf zu pressen. Anschließend öffnete sie ein kleines Döschen und pinselte den Abdruck mit Grafitpulver ein. Zum Vorschein kam ein sehr deutlicher Fingerabdruck. Marie wusste, dass es sich um stinknormales Grafitpulver handelte, denn das gehörte auch zur festen Ausrüstung der drei !!!.
Jodie steckte erleichtert das Döschen ein. *»He is real!«,* rief sie Helga zu.
Marie sah Jodie zwar die Erleichterung an, aber ein bisschen enttäuscht schien sie auch zu sein. »Jodie und Helga gehören wie Ava zu den *Mystic Angels*. Sie beschäftigen sich mit den Geistern von Los Angeles«, erklärte Marie.

»Der Teppich war übrigens einfach nur dreckig und musste gereinigt werden. Und ich bin echt, das ist richtig«, sagte Larsen belustigt.
»Sie ja, aber der Diamant nicht.« Kim sah Larsen an.
»Wollt ihr einen Eistee?«
»Was ist mit den fünf Minuten, die wir haben?«, fragte Marie.
»Das hat sich erledigt.« Larsen verließ das Zimmer und drehte sich zu den drei !!!, Jodie und Helga um. »Kommt ihr?«
Jodie ließ sich alles von Helga übersetzen und flüsterte ihr dann etwas ins Ohr. »Sie hat den Kosmos so stark in sich aufgesogen, dass sie sich erst mal ausruhen möchte«, erklärte Helga.
Als die drei !!! sich von den beiden *Mystic Angels* verabschiedeten, raunte Helga Marie noch etwas zu. »Jodie sagt, Ava war niemals hier. Auch nicht im Teppich. Aber sie wohnt in seinem Herzen.« Helga deutete mit dem Kopf auf Larsen. »Meldet ihr euch, wenn es Neuigkeiten gibt?«
Marie nickte.
Die beiden Frauen verließen die Wohnung. Die drei !!! folgten Larsen durch den langen Flur. Im Vorbeigehen hängte er seinen Strohhut an einen Haken. Stan Larsen hatte graue Haare. Marie schätzte ihn auf Ende sechzig.
An der Stirnseite des Flurs angekommen, wurde der Blick auf eine offene Küche mit Wohnzimmer frei.
»Ach, das ist Ihr Wohnzimmer. Wir haben uns schon gewundert, weil das andere Zimmer so leer war.« Marie sah sich um. Auch dieser Raum war spärlich eingerichtet und alles wirkte sehr aufgeräumt.

»Das war mein Arbeitszimmer. Ich kann am besten denken, wenn ich von nichts abgelenkt werde.« Larsen öffnete den großen silbernen Kühlschrank und bat die Detektivinnen, an der Theke Platz zu nehmen.
»Meint ihr, wir können ihm trauen?«, raunte Kim Marie zu.
»Das habe ich gehört, junge Frau.« Stan Larsen lachte. »Ihr seid doch bei mir eingebrochen.«
»Sorry.« Kim lächelte verlegen.
Larsen stellte drei Gläser vor ihnen ab. Er goss aus einer Karaffe Eistee mit frischen Zitronenscheiben hinein. Das Ganze garnierte er mit Eiswürfeln und einem Strohhalm. Marie fiel auf, dass die Eiswürfel die Form eines geschliffenen Diamanten hatten. Sehr stilecht, aber auch irgendwie schräg, fand sie. Larsen schenkte sich selbst auch ein Glas ein und setzte sich den Mädchen gegenüber auf einen Barhocker. »So, und jetzt mal eins nach dem anderen. Ihr kennt Lilli …«
»Ava!«, unterbrach ihn Kim und nahm einen Schluck von ihrem Eistee.
»Das war also ihr echter Name! Lilli Labelle war ihr Künstlername und sie hat immer ein großes Geheimnis um ihren richtigen Namen gemacht.« Stan Larsen rührte nachdenklich in seinem Getränk. Die Eiswürfel klackerten. »Ich habe Lil- … entschuldigt … Ava neulich das erste Mal wiedergesehen. Nach vierzig Jahren.«
»Ava hat gesagt, dass sie Sie nicht kennt.« Marie wusste gar nicht, was sie zuerst fragen sollte. »Also kennen Sie sich doch?«
»Ja, wir kannten uns mal sehr gut«, sagte Larsen und lächelte kurz.

»Und was ist dann passiert?«, fragte Kim.
»Also, *girls, I don't know*. Warum sollte ich euch das erzählen?«
»Wir sind Freundinnen von Avas Enkelin. Sie heißt Amy und wohnt zusammen mit ihren Eltern und Ava auf dem Anwesen, auf dem ich Sie gestern Morgen gesehen habe«, berichtete Franzi.
Kim stellte ihr leeres Glas auf die Theke. »Ava wollte Frühstück machen und dann war totales Chaos in der Küche und sie war weg.«
»Das ist ja echt seltsam.« Eine Sorgenfalte bildete sich auf Larsens Stirn. »Und ihr wollt sie suchen?«
»Ja, genau. Und wir haben das Gefühl, dass ihr Verschwinden etwas mit dem Diamanten aus dem Film *Diamond Sky* zu tun hat«, erklärte Marie und holte einen Diamanteneiswürfel mit dem keinen Löffel aus ihrem Glas.
»Der Diamant gehört doch Ihnen, oder?«, wollte Kim wissen.
»Und Sie haben in dem Film mitgespielt und waren gleichzeitig Produzent?«
»Ihr wisst ja ganz schön gut Bescheid.« Larsen überlegte kurz. »Ja, er gehört mir. Der Stein ist ein Erbstück aus der Familie und sehr wertvoll. Leider kam jetzt erst heraus, dass die letzten vierzig Jahre lang eine Fälschung im Tresor bei meiner Bank lag.« Larsen haute mit der flachen Hand auf den Tisch. »Unfassbar, dass ich das nicht früher gemerkt habe!«
»Und warum haben Sie es erst jetzt gemerkt? Weil es ein Remake geben soll und Sie den Diamanten zur Verfügung stellen wollen?«, fragte Marie und betrachtete dabei den Eiswürfel auf ihrem Löffel.

»Richtig.«

»Wir haben gestern durch Zufall eine Uncut-Version des Films gesehen. Ava hat in dem Film mitgespielt.«

Larsen horchte auf. »Woher hattet ihr diese Version?«

»Ihr Nachbar von gegenüber hat sie uns gezeigt. Aber wir kennen ja den Film, der in den Kinos lief. Darin taucht sie gar nicht auf.« Marie nahm den halb geschmolzenen Eiswürfel in den Mund.

»Ava und ich. Wir haben uns sehr geliebt. Sie hat die weibliche Hauptrolle, die Grace Parker, gespielt, aber kurz nach Drehstart hat sie mich von einem auf den anderen Tag verlassen und ist verschwunden. Die bereits gedrehten Szenen haben wir dann mit der neuen Hauptdarstellerin noch einmal drehen müssen.« Larsen räusperte sich. »Sie verschwindet also gern.«

Maries Eiswürfel war geschmolzen. »Kann sie den Diamanten gestohlen haben?«

»Das glaube ich nicht. Sie fand ihn zwar sehr schön, hat sich aber nicht viel daraus gemacht. Sie hat sich immer Gedanken gemacht, ob andere aus dem Team es vielleicht auf den Stein abgesehen haben könnten.«

»Wer könnte denn noch infrage kommen?«, fragte Kim und zog ihr zerfleddertes Notizbuch aus der Tasche.

»Ich habe ehrlich gesagt keine Ahnung«, sagte Stan. »Das hat die Polizei mich auch schon alles gefragt.«

»Und was glauben Sie, warum Ava Sie verlassen hat?«, fragte Marie vorsichtig nach.

»Zuerst dachte ich, dass mein Freund Doug Michaels, der ebenfalls Produzent des Films und Regisseur war, etwas damit zu tun hatte. Denn auch er war verliebt in Ava. Als er dann aber nach kurzer Zeit glücklich verheiratet war, habe ich auch das nicht mehr geglaubt!«

»Und warum waren Sie gestern Morgen auf dem Grundstück der Kings?« Franzi trank ihr Glas aus.

»Ach, wisst ihr, ich habe Lilli, nein, Ava vierzig Jahre lang gesucht, und als ich sie dann in dem Café wiedergefunden hatte und sie nicht mit mir reden wollte, bin ich ihr in der Metro heimlich gefolgt. Ich musste einfach wissen, wo sie lebt. Heute Morgen habe ich es nicht mehr ausgehalten und wollte nachsehen, wie es ihr geht. Was sagt ihr, sie lebt dort mit ihrer Enkelin? Also hat sie ein Kind?«

»Ja, Liz, die Mutter unserer Freundin Amy.« Marie sah Larsen fragend an. »Warum?«

Er schien ihr gar nicht zugehört zu haben. »Ihr müsst mich leider entschuldigen. Ich habe gleich einen wichtigen Termin mit der Produktionsfirma, die das Remake produziert.«

Marie überlegte nicht lange. Schnell zog sie ein silbernes Döschen aus ihrem Beutel, öffnete es und holte eine Karte heraus, die sie Stan Larsen überreichte.

Larsen nahm die Karte entgegen und betrachtete sie. »Ihr seid Detektivinnen?«
»Ja, Mr Larsen. Wenn Ihnen noch irgendetwas einfällt, würden wir uns freuen, wenn Sie uns kontaktieren. Wir müssen Ava finden. Und wir würden auch gern behilflich sein und das Rätsel um den verschwundenen Diamanten auflösen.«
Larsen steckte die Karte in die Tasche seines Leinenhemdes. »Ich wünsche euch Glück.« Er stand auf und ging Richtung Flur. Die drei !!! folgten ihm.
Während er seinen Strohhut aufsetzte und das Leinenjackett anzog, wirkte Larsen abwesend. In seinem Outfit sah der grauhaarige Mann wieder etwas unwirklich aus. Marie erinnerte sich an die junge Frau im weißen Flatterkleid. »Darf ich Sie noch etwas fragen?«
Stan ging zur Tür und hielt sie den drei Detektivinnen auf. »Ja, was denn?«
»Wer war die Frau, mit der Sie sich gestern getroffen haben, die im weißen Kleid?«
»Ich kann es immer noch nicht glauben. Ihr habt mich tatsächlich verfolgt!« Stan sah die drei !!! tadelnd an.
»Ja«, gab Marie kleinlaut zu. »Und vorher aus der Wohnung gegenüber beobachtet.«
»Ihr seid ja echte Profis. Ich habe nichts davon bemerkt«, sagte er beeindruckt. »Das war Kiddie Nicelman. Sie wird wahrscheinlich die weibliche Hauptrolle in dem Remake spielen.«
»Also nicht Dona Petronilla«, stellte Marie erleichtert fest. »Dann war sie bestimmt auch die Frau im gelben Kleid, die wir im Griffith Park gesehen haben.«

»Ja, das kann sein. Ich glaube, Kiddie dreht sogar gerade einen Film über Dona Petronilla, auch mit meinem früheren Kumpel Doug.«

»*Die* Kiddie Nicelman? Ich habe sie gar nicht erkannt«, gab Kim zu.

»Und sie spielt im Remake von *Diamond Sky* dann die Hauptrolle, die vor vierzig Jahren eigentlich Ava spielen sollte?« Marie war beeindruckt.

»Ja, genau. Wir suchen gerade noch eine junge Schauspielerin, die die jüngere Version der Hauptdarstellerin spielt. Im Film gibt es nämlich Rückblenden in ihre Jugend. Aber jetzt muss ich wirklich los. Nur zwei Fragen noch: Wie heißt denn der Nachbar, von dessen Wohnung aus ihr mich beobachtet habt?«

»Tom-Hank Fisher.« Marie beobachtete, wie Larsen seine Tür zweimal abschloss.

»Und wie seid ihr eigentlich hier hereingekommen?«

Marie zuckte mit den Schultern. »Detektivinnengeheimnis.«

Nachdem die drei !!! sich von Stan Larsen verabschiedet hatten, standen sie unschlüssig auf der Straße vor seinem Haus. Kim fächelte sich mit der Hand Luft zu. »Wollen wir uns mal kurz irgendwo in den Schatten setzen?«

»Gute Idee! Guckt mal, dahinten ist eine kleine Grünfläche mit ein paar Palmen drauf.« Franzi marschierte vorweg.

Kim schaute nach oben. »Die Palmen sehen cool aus, aber Kühlung bringen sie nicht. Ist ja nur so ein mickriger Schatten.« Sie setzte sich im Schneidersitz auf den Rasen und begann, sich Notizen zu machen. »Also, Ava war Schauspiele-

rin, war verliebt in Stan Larsen und hat dann ihren Namen geändert. Wahrscheinlich weiß niemand davon. Sie hat es uns verschwiegen, als das Thema Diamant aufkam, und auch geleugnet, dass sie Stan Larsen kennt. Und dass sie ihre Hollywoodkarriere abgebrochen hat, bevor sie überhaupt anfing ...«
Kim betrachtete nachdenklich ihre Notizen.
»Wie wäre es, wenn wir mal diesen Doug Michaels unter die Lupe nehmen?«, schlug Franzi vor.
Marie überlegte. »Der ist einer der bekanntesten Hollywood-Regisseure, wie sollen wir an den rankommen?«
»Wir könnten Amy fragen, ob sie ihn kennt«, schlug Kim vor.
Marie zog ihr Smartphone aus der Tasche. »Akku leer.«
»Ich ruf sie an.« Kim wählte Amys Nummer. »Hallo, Amy. Gibt es was Neues?« Kim hörte Amy eine Weile zu.
Marie beobachtete Kim und rupfte dabei Gras ab. »Was sagt sie?«, flüsterte sie ungeduldig.
Kim gab Marie mit der Hand zu verstehen, dass das Gespräch gleich zu Ende sein würde. »Mach das. Wir haben eine neue Spur: Doug Michaels. Weißt du zufällig, wo er wohnt?« Kim klemmte das Smartphone zwischen Ohr und Schulter und notierte sich etwas. »Gut. Wir kommen auch bald zurück.« Kim legte auf. »Er wohnt in den Hollywood Hills, aber sehr zurückgezogen und er empfängt grundsätzlich keine Gäste.«
»Woher weiß sie das?«, fragte Marie.
Kim zuckte mit den Schultern. »Sie kennt eben Gott und die Hollywood-Welt.«
»Und was hat sie noch gesagt?«, wollte Marie von Kim wissen.
»Es gibt leider nichts Neues. Die Polizei war da und hat Fin-

gerabdrücke von Ava genommen. Amy will sich Avas Zimmer noch mal genauer ansehen.«

Franzi nahm Kims Notizbuch in die Hand und betrachtete die Adresse von Doug Michaels. »Meint ihr, wir kommen da rein?«

»Uns fällt irgendwas ein. Ich spendiere uns jetzt ein Taxi.« Marie stand auf und lief zur Straße, wo sie ein Taxi anhielt. »Los, Mädels, kommt endlich!«

Die Schauspieldetektivin

»*Thank you very much.*« Marie stieg als Letzte aus dem Taxi und verabschiedete sich von dem Fahrer, der sie zum Canyon Drive, der Adresse von Doug Michaels in den Hollywood Hills, gefahren hatte. »Wow, das ist ja mal eine noble Hütte!«, staunte sie.

Vor ihnen befand sich ein Hügel, auf dem eine moderne Villa mit voll verglaster Fassade stand. Eine Treppe führte den Hügel hinauf zu einer großen Holztür. Das Grundstück war komplett umzäunt.

»Wie sollen wir denn da reinkommen?«, überlegte Franzi. Sie zeigte zu einer Überwachungsanlage mit Kameras, die sich neben der Holztür befand.

»Wir versuchen es einfach mal auf dem ganz natürlichen Weg«, schlug Marie vor und spazierte mit klopfendem Herzen die Treppe hinauf. Kurz bevor sie oben angekommen war, ging die Tür auf und ein blondes Mädchen kam ihnen entgegen. Marie schätzte sie auf siebzehn.

»*Hello!*«, sagte Marie mit ihrem freundlichsten Lächeln.

»*Hi! The casting is over.*« Das Mädchen lief an ihnen vorbei die Treppe hinunter und die Tür fiel hinter ihr ins Schloss.

Kim und Franzi, die dicht hinter Marie waren, schauten ihr verwundert nach.

»Kam sie euch auch bekannt vor? Ich glaube, sie spielt in einer Serie mit. Aber in welcher?« Marie dachte angestrengt nach.

»Viel interessanter ist doch, was sie gerade gesagt hat«, mischte Franzi sich ein. »Das Casting ist vorbei?«

»Welches Casting?«, fragte Kim.

»Ja, das ist echt interessant.« Marie war an der Tür angekommen und drückte den Klingelknopf.

Eine dunkelhaarige Frau mit einem Headset auf dem Kopf öffnete die Tür. *»Hello! Casting is over. Sorry, girls!«*

Marie zwinkerte Kim zu und lächelte die Frau, die sie auf Anfang dreißig schätzte, an. *»I am so sorry. We arrived this morning. I came all the way from Germany for this casting.«* Marie sah die Frau mit großen Augen an. *»My name is Marie Grevenbroich. I am a friend of Joe King's.«*

»Okay, one second.« Die Frau wischte ihren langen Pony aus dem Gesicht und entfernte sich ein Stück von den drei Mädchen.

»Was hast du genau gesagt?«, flüsterte Franzi.

»Dass wir heute Morgen aus Deutschland angekommen sind und ich nur wegen des Castings hier bin«, erklärte Marie mit Seitenblick zu der Frau, die über das Headset mit jemandem sprach. »Und dass ich eine Freundin von Joe King bin.«

»Und was ist, wenn du am Casting teilnehmen kannst? Du bist doch gar nicht vorbereitet und weißt nicht mal, für welche Rolle das sein soll!« Kim sah Marie skeptisch an.

Die Frau kam zurück. *»Okay. Doug has five minutes. By the way, I am June.«*

Marie strahlte. *»Thank you so much, June.«*

Die drei !!! folgten June und gingen am türkisfarbenen Pool vorbei Richtung Haus. Sie betraten die Villa und befanden sich direkt in einem großen Raum, in dem ein paar Stühle standen. An den Wänden hingen große Bilder. Marie erkannte, dass es Fotos aus bekannten Hollywoodfilmen waren.

»*Have a seat. Doug will be with you in a few minutes.*« June lächelte die Mädchen an und lief dann eine Treppe hinauf, die sich im hinteren Bereich des Raumes befand.
»Hast du einen Plan?«, fragte Kim neugierig nach.
»Eigentlich nicht«, gab Marie zu. »Ich kann es kaum fassen: Wir sind im Haus eines der bekanntesten Hollywood-Regisseure beim Casting.« Schnell nahm Marie eine kleine Schminktasche aus ihrem Matchbeutel und begann sich zu pudern.
»Marie wird das schon machen.« Franzi lächelte zuversichtlich.
Marie holte ihren neuen Lippenstift, den Franzi ihr zu Hause geschenkt hatte, aus der Tasche und zog sich die Lippen nach. Die Farbe hieß *Home Sweet Home*. Sie merkte, dass sie nervös wurde. Aber dann erinnerte sie sich daran, dass sie alle noch so ausweglosen Situationen zusammen mit Kim und Franzi gemeistert hatte, und so würde es auch dieses Mal sein.
Sie atmete tief ein und im selben Moment war Doug Michaels zu sehen, der die Treppe herunterkam. Er sah viel kleiner aus als in der Klatschzeitschrift, in der Marie kurz vor Abflug nach Los Angeles noch bei ihrem Friseur geblättert hatte. Doug war Mitte sechzig, hatte grau melierte Haare und trug ein graues Hemd.
»*Marie from Germany?*« Er kam lächelnd auf Marie zu. »*Hello, nice to meet you.*«
Kim und Franzi nickten Marie aufmunternd zu.
»*Nice to meet you*«, sagte nun auch Marie.
»*You are not on my list.*« Doug Michaels sah Marie erwartungsvoll an.

»First of all, these are my two best friends: Kim and Franzi.« Marie zeigte auf die beiden, die Michaels freundlich und schon fast ehrfürchtig die Hand gaben.
»Schön, euch kennenzulernen!«, begrüßte Doug die beiden.
Marie war wie vom Donner gerührt. Noch jemand, der Deutsch sprach! »Warum sprechen Sie so gut Deutsch?«
»Ich war mal vor *twenty years in Germany*. Mit einem Freund«, erklärte der Regisseur.
»Mit Stan Larsen?«, fragte Franzi.
»Ja, genau«, sagte Michaels verwundert. »Kennt ihr ihn?«
Marie nickte.
»Und was verschlägt euch hierher?« Michaels blickte Marie gespannt an.
»Wir sind Detektivinnen und ermitteln in einem Fall.«
Michaels lächelte. »Lasst mich raten. Im Fall *Diamond Sky.*«
»Richtig«, sagte Marie.
»Ich habe die Probeszene nur auf Englisch, aber du kannst improvisieren, Marie.« Michaels setzte sich auf einen der Stühle und bot auch Kim und Franzi, die ziemlich erstaunt aussahen, Plätze an.
Marie wusste, dass jetzt ihr Improvisationstalent gefragt war. Doug glaubte ihnen nicht, dass sie als Detektivinnen ermittelten. In ihrem Kopf ratterte es. War das hier etwa ein Casting für die Rolle der jungen Grace Parker? Ein Casting für das Remake von *Diamond Sky*? Dem Film, den Marie seit Jahren zu ihren allerliebsten Lieblingsfilmen zählte?! Und sie wurde gecastet! Marie atmete tief durch und versuchte, sich an eine spannende Szene aus *Diamond Sky* zu erinnern. In dieser Szene ging es darum, dass Gary Travis der jungen Grace Parker

den Diamanten seiner Mutter vermachen möchte, sie ihn aber nicht annehmen will. Belauscht werden sie dabei von einem Juwelendieb, der den Diamanten Jahre später erst klauen wird.
Marie zögerte nicht lange. Unter den neugierigen Blicken ihrer Detektivkolleginnen und Doug Michaels ging sie zu Kim.
»Darf ich mir den kleinen Marienkäfer ausleihen?«
Kim nickte und holte das Geschenk, das David ihr vor der Abreise nach L. A. geschenkt hatte, aus der Tasche ihrer Jeansshorts. »Er bringt uns allen Glück.«
Marie nahm den kleinen Käfer behutsam in die Hand und trat nach vorne, auf die improvisierte Bühne. Für einen Moment schloss sie ihre Augen, um Kraft zu sammeln und die reale Welt um sie herum auszuschalten.
Als sie die Augen wieder öffnete, war sie nicht mehr Marie, sondern Grace Parker. »Du möchtest mir das Herz schenken?«, fragte sie ungläubig. Dabei sah sie Doug Michaels tief in die Augen und stellte sich vor, dass er ihr Anspielpartner Gary Travis war. »Das kannst du nicht machen. Der Diamant gehörte deiner Mutter.« Marie stockte und tat so, als ob ihr Gegenüber etwas sagte. Sie lachte. »Du bist auch mein Herz. Aber ich kann das nicht annehmen. Der Stein ist viel zu wertvoll.« Marie blickte Michaels in die Augen. »Mir reicht es, wenn ich in deinem Herzen bin.« Ihr Gesichtsausdruck änderte sich. Aus dem Augenwinkel sah sie, dass Kim und Franzi sie gebannt beobachteten. »Warum willst du den Diamanten wegwerfen? Nur, weil ich ihn nicht annehmen will?« Marie fühlte sich immer mehr in ihre Rolle hinein. Sie spürte förmlich, wie verletzend es war, dass Gary Travis ihr nicht glaubte, dass sie diesen Diamanten als Liebesbeweis nicht brauchte.

Dieses Gefühl des Misstrauens tat ihr weh. Tränen stiegen ihr in die Augen. Dann wurde sie wütend. Sie schloss die Hand um den Käfer-Diamanten. »Gut. Ich nehme ihn. Aber ich verwahre ihn für dich an einem sicheren Ort.« Tränen der Enttäuschung und der Wut rannen über Maries Wangen. »Ich werde ihn erst wieder ansehen, wenn du mir vertraust und mir glaubst, dass ich dich auch ohne den Stein liebe.«
Marie sah Doug Michaels weiter in die Augen. Sie war so sehr in der Rolle der Grace Parker gefangen, dass sie am ganzen Körper zitterte.

»Du bist ein einziges Rätsel für mich«, schaltete sich nun Doug Michaels als Gary Travis ein.

»Versuch doch einfach mal zu vertrauen, verdammt.« Marie feuerte den kleinen Käfer wütend auf den Boden, hob ihn dann aber schnell wieder auf und nahm ihn schützend in ihre Hände. »Der Stein bleibt bei mir«, sagte sie entschieden. Schwer atmend blieb sie stehen und sagte nichts mehr. Sie war so überwältigt, dass ihr wieder Tränen in die Augen stiegen.

Und dann kam der Applaus. Doug Michaels klatschte erst langsam und dann schneller, Kim und Franzi applaudierten ebenfalls.

Michaels stand auf. »Du hast das echt gut gemacht, Marie. Und was meinst du, wie Grace zwanzig Jahre später reagiert, als sie merkt, dass der Stein aus dem Tresor gestohlen wurde?«

Marie wischte sich mit dem Handrücken die Tränen weg. »Sie weint. Sie wird sehr traurig sein, weil sie damals viel zu hart zu Gary war. Indem er ihr den Diamanten schenkte, wollte er ihr seine Liebe beweisen. Das hat sie nicht richtig verstan-

den.« Marie überlegte kurz. Vielleicht war jetzt der Moment gekommen, dass sie Michaels ein paar Fragen stellen konnte.
»Und was meinen Sie, warum wurde der Stein in Wirklichkeit gegen eine Fälschung getauscht?«
Der Regisseur zuckte mit den Schultern. »Keine Ahnung. Eifersucht? Habgier? Bei so einem wertvollen und schönen Diamanten werden die Menschen leicht verrückt.«
»Sie auch? Sie waren doch als Regisseur des Films täglich mit diesem wertvollen Stein konfrontiert.«
Überrascht sah Michaels Marie an. »Soll das jetzt ein Verhör werden?«

Das Diamanten-Puzzle

Marie tauschte einen Blick mit Kim und Franzi. Schnell holte Kim das silberne Döschen mit den Visitenkarten aus Maries Matchbeutel. Sie öffnete es und reichte Doug Michaels eine der Karten.

Neugierig betrachtete der Regisseur die Karte. »Ihr seid wirklich Detektivinnen?«

Franzi nickte. »Wir haben schon über siebzig Fälle erfolgreich gelöst.«

»Im In- und Ausland«, ergänzte Kim.

»Respekt«, sagte Michaels. »Also dann warst du gar nicht zum Casting hier?«, fragte er Marie.

Die wiegte den Kopf hin und her und lächelte verschmitzt. »Ava, die Sie wahrscheinlich als Lilli Labelle kennen, wird seit gestern Morgen verrmisst, und wir haben den Verdacht, dass das etwas mit dem verschwundenen Diamanten zu tun haben könnte. Wir haben Angst, dass sie in Gefahr schwebt.«

Kim nahm Marie den Käfer wieder aus der Hand und steckte ihn in ihre Hosentasche. »Gerade waren wir bei Stan Larsen und haben erfahren, dass Sie auch mal in Lilli verliebt waren.«

Michaels nickte. »Auch wenn es euch eigentlich nichts angeht – sie war einfach zauberhaft. Und eine ganz große Schauspielerin. Wirklich schade, dass sie damals spurlos verschwunden ist und wir den Film umschneiden mussten. Auch für Stan. Er hat sie sehr geliebt.«

»Waren Sie nicht eifersüchtig auf das Liebesglück der beiden?«, fragte Marie und sah Michaels aufmerksam an.

Der blickte nachdenklich aus einem der bodentiefen Fenster. »Doch, *sure*. Sehr sogar. Aber was sollte ich machen?«

»Aus Rache einen Diamanten vertauschen?«, sagte Franzi Michaels auf den Kopf zu.

»Ganz ehrlich: Ich habe tatsächlich mal daran gedacht, Stan zu ärgern und ihm den Diamanten wegzunehmen. Aber ich habe es nicht gemacht.« Michaels seufzte. »Stan und ich hatten eigentlich ständig Streit. Nicht nur wegen Lilli. Wir hatten auch unterschiedliche Vorstellungen von dem Film *Diamond Sky*. Stan hat nach Lillis Verschwinden einfach den ganzen Film umschneiden lassen. Auch eine bereits gedrehte Szene, in der Juwelendiebe durch einen langen unterirdischen Gang flüchten.«

»Und warum wollen Sie jetzt wieder mit ihm zusammenarbeiten?«, fragte Marie.

»Der Film war sehr erfolgreich. Stan hat den richtigen Riecher gehabt. Wobei ich jetzt schon überlege, ob wir wieder zur ursprünglichen Variante zurückkehren und die Geschichte mit dem Tunnel erzählen. Die Idee mit dem Klangspiel war schon ziemlich genial.«

Franzi wurde hellhörig. »Klangspiel?«

»Stan und ich hatten die Idee, dass die Luke, durch die die Diebe flüchten, sich nur durch eine Melodie öffnen lassen sollte, die man tanzen musste. Und zwar auf in den Boden eingelassenen Naturstein-Tasten, ähnlich einer großen Klaviertastatur. Wir haben das alles extra für den Film bauen lassen.«

»Jetzt weiß ich, woher mir die Melodie bei Tom-Hank bekannt vorkam!«, platzte Franzi heraus.

Marie und Kim sahen sie gespannt an.

»Das ist die Melodie, die ich gestern Morgen durchs Fenster gehört habe«, berichtete Franzi aufgeregt.

Marie konnte es kaum glauben. »Kurz bevor Ava verschwunden ist?«

Franzi nickte.

Marie erinnerte sich an ihren Traum, in dem das Mädchen die Melodie getanzt hatte. »Befindet sich der Gang etwa auf dem Grundstück der Kings?«

»Ja, das ist richtig. Genau da, wo ihr wohnt.« Michaels lächelte. »Was für ein Zufall, oder?«

»Also doch!«, sagte Franzi. »Das gibt es nicht. Der Zugang ist bestimmt in dem verwilderten Teil des Gartens, bei den Brombeerbüschen.«

»Meinst du da, wo sich die Waschbären aufhalten?«, fragte Marie. »Der muss aber gut versteckt sein, wenn selbst Amy ihn nicht kennt.«

»Das ist er«, bestätigte der Regisseur.

Franzi sprang auf. »Wir müssen los.« Hektisch sammelte sie Maries Sachen ein und stopfte sie in deren Matchbeutel.

Marie stand auf und hielt Doug Michaels die Hand hin. *»Thank you so much, Mr Michaels.«*

»My pleasure«, sagte der Regisseur. *»Good luck!«*

Zehn Minuten später saßen die drei !!! im Taxi.

»Ava kennt den Gang. Und die Melodie. Weil sie in der Szene mitgespielt hat, in der wir die Melodie gehört haben.« Kim rang nach Fassung.

»Aber warum hat sie niemandem davon erzählt?«, überlegte Franzi.

»Meint ihr, sie hat gestern Morgen die Melodie auf diesen großen Tasten getanzt und ist im Gang verschwunden?«, fragte Kim.

»Gut möglich. Und wenn du das heute Morgen gar nicht geträumt hast, Marie?« Franzi sah Marie aufgeregt an.

»Meint ihr, es ist noch jemand im Gang? Aber wer?« Kim zog ihr Notizbuch aus der Tasche und schlug es auf.

Marie tippte dem Fahrer auf die Schulter. »*Could you please drive faster, Sir?*«

Der Fahrer musste grinsen. »*Are you on the run?*«

»*No, we are following somebody.*« Marie sah ungeduldig durch die Frontscheibe.

»Was redet ihr da?«, fragte Franzi.

»Ich habe ihn gebeten, schneller zu fahren, und gesagt, dass wir jemanden verfolgen«, sagte Marie und wurde im selben Moment in den Sitz gedrückt, weil der Fahrer stark beschleunigte und anfing, Autos zu überholen.

»Du bist ja voll in deinem Element.« Kim umklammerte ihr Notizbuch.

Marie runzelte die Stirn. »Wie meinst du das?«

»Na, das Leben auf der Überholspur. Im wahrsten Sinne des Wortes.« Kim versuchte zu lächeln.

»Weil ich beim Casting alles gegeben habe, damit wir an Informationen kommen? Oder weil wir hier gerade eine kleine Verfolgungsjagd wie aus einem Film hinlegen?«

»Du hast die Rolle der Grace Parker so toll gespielt. Der Wahnsinn«, sagte Kim anerkennend.

»Wer weiß, Marie. Vielleicht gehörst du doch nach Hollywood«, schloss Franzi sich Kim an.

»So ein Quatsch. Ich will bei euch bleiben. Und bei Holger«, sagte Marie und starrte nachdenklich aus dem Fenster.
»Hoffentlich ist das auch wirklich so«, sagte Kim leise.
»Ja, das hoffe ich auch.« Franzi hielt Kims Hand.
Marie wollte das auch glauben. Jawohl, sie waren *Die drei !!!* und gehörten zusammen. Wenn sie diesen Fall gelöst hatten, würden sie wieder gemeinsam in ein Flugzeug steigen und nach Hause fliegen. Ohne Turbulenzen und ohne Umwege! Und Marie hoffte inständig, dass Helmut und Tessa das genauso sahen. Marie wollte die Gedanken an das Casting verdrängen, doch es gelang ihr nicht. Sie hatte sich so sehr in Grace reingefühlt, dass es fast schon wehgetan hatte. Gleichzeitig war es auch so spannend und befreiend gewesen. Von einem lauten Hupen wurde Marie aus ihren Gedanken gerissen. Der Fahrer überholte alle Autos, und Kim sah mittlerweile aus wie ein Häufchen Elend. »*Could you please slow down?*«
Der Fahrer nickte, wurde aber kaum langsamer.
In Maries Kopf schwirrten die Gedanken umher. »Mist, wir haben vergessen, Doug Michaels zu fragen, wohin der unterirdische Weg überhaupt führt.«
Kim, die kreidebleich auf der Rückbank neben Franzi saß, nickte. »Wollt ihr da jetzt echt rein?«
»Auf jeden Fall. Vielleicht ist Ava in Not.« Marie zog ihr Portemonnaie aus ihrem Matchbeutel, denn sie hatten die Auffahrt zum Anwesen der Kings erreicht. Sie bezahlte den Fahrer und sprang aus dem Auto. »*Bye!*«
Schnell öffnete sie Kim und Franzi die Tür.
»Danke.« Kim stieg etwas benommen aus. »Gibt es hier eigentlich kein Tempolimit?«

»Keine Ahnung«, meinte Franzi und lief los Richtung Garten.
»Du kennst aber auch kein Tempolimit!«, rief Kim ihr hinterher.
Marie musste lachen.
»Wollen wir einen Plan schmieden?« Kim zog die Schultern nach oben. »Oder wollt ihr da einfach so da reingehen?«
»Wo reingehen?« Amy kam den drei !!! entgegen.
»Marie hat sich zu einem Casting für das Remake von *Diamond Sky* bei Doug Michaels reingeschlichen und das Casting endete in einer Befragung«, berichtete Franzi.
»Du glaubst es nicht. Der Film wurde teilweise hier auf eurem Grundstück gedreht!« Marie betrachtete den Garten genauer und entdeckte Sam Hinkebein, der gerade angehumpelt kam. Er lief freudig auf Franzi zu und brachte ihr eine Haarspange.
»Die gehört Lina. Aber danke, Sam.«
»Und weiter?«, fragte Amy ungeduldig.
»Es gibt einen geheimen Tunnel, dessen Zugang sich nur öffnen lässt, wenn man auf großen Steinen, die wie Klaviertasten in den Boden eingelassen sind, eine Melodie tanzt.« Marie merkte, dass es Amy die Sprache verschlug. »Er muss weiter hinten im verwilderten Teil eures Gartens sein.«
Die Mädchen gingen Richtung Pool.
»Wahrscheinlich bei den Brombeerbüschen.« Franzi zeigte in die Richtung, wo sie vom Fenster aus die Waschbären beobachtet hatte. Die Haarspange steckte sie in ihre Jeansshorts.
»Meine Oma hat mir als Kind immer erzählt, dass ich in dem Teil des Gartens nicht spielen soll, weil dort eine verzauberte Fee lebt. Ich glaube da sogar immer noch ein bisschen dran«,

erzählte Amy, während sie am Pool vorbeigingen. »Na ja, nicht wirklich. Aber manchmal hört man so seltsame Töne, die ganz anders klingen als das wilde Klavierspiel von Kil Phollins.«

»Das sind wahrscheinlich die Waschbären, die über die Natursteintasten laufen«, überlegte Franzi. »Ich habe doch bei Tom-Hank gestern die ganze Zeit überlegt, woher ich die Melodie aus der Uncut-Version kenne. Das ist die Melodie, die ich gestern Morgen gehört habe, als ich am Fenster stand. Und danach war Ava weg.«

»Wohin führt der Tunnel denn?« Amy sah die drei !!! alarmiert an.

»Das wissen wir nicht. Ich glaube, uns bleibt nichts anderes übrig, als nachzusehen«, sagte Marie.

»Ja, und zwar schnell.« Amy lief los und die drei !!! folgten ihr.

Als Marie sich umdrehte, sah sie, dass Sam ihnen hinterherhumpelte.

»Wo ist eigentlich Sweety?«, wollte Kim wissen.

»Mit Lina und Sofie unterwegs.« Amy zeigte auf die Brombeersträucher. »Hier ist es.«

»Wow, das ist ja wie ein kleiner Park«, stellte Kim fest, als sie im verwilderten Teil des Gartens angekommen waren. Hohe Palmen und Büsche wuchsen hier, das Gras war nicht gemäht und ziemlich trocken. »Überall Brombeerbüsche!«

»Wir müssen die Tasten im Boden finden!«, rief Amy.

»Am besten, wir teilen uns auf. Wir machen das wie Polizisten, wenn sie auf unwegsamem Gelände nach etwas suchen«, schlug Kim vor.

»Das ist gut«, meinte Marie. »Wir gehen eine Armlänge getrennt voneinander alles gemeinsam ab.« Die Freundinnen stellten sich nebeneinander. »Und los!«
Kim blieb mit dem Fuß beinahe in einem Busch hängen. »Ganz schön viel Gestrüpp hier.«
»Mein Vater hat heute erzählt, dass auf unserem Grundstück vielleicht bald ein Film gedreht werden soll, und wollte wissen, wie ich das finde«, berichtete Amy.
Marie wurde hellhörig. »Hat er gesagt, wie der Film heißt?«
»Der Regisseur kommt morgen vorbei. Nein, keine Ahnung.« Amy stockte. »Meint ihr, es könnte das Remake sein?«
»Ja. Das kann sein.« Franzi zog sich einen Stachel aus der Hand. »Hier gibt es ganz schön viele Kakteen.«
»Wo sind denn nur diese Tasten?«, stöhnte Marie.
Kim zuckte mit den Schultern. »Keine Ahnung. Ich hatte mir die Tasten wie eine riesige Klaviertastatur vorgestellt.«
Plötzlich waren Klaviertöne zu hören.
Marie ließ ihren Blick über die Büsche schweifen. »War das jetzt Kil Phollins oder das Klangspiel?«
»Für Kil klang es zu sanft.« Auch Amy suchte die Umgebung ab.
»Da raschelt was.« Marie lief zu den Büschen, die sich in der Nähe bewegten. Sie musste schmunzeln, als sie Sam Hinkebein entdeckte, der auf großen Steinen hin- und herlief und verschiedene schräge Töne damit erzeugte. Das mussten die Natursteintasten sein. Sie waren braun, mit vertrocknetem Moos bedeckt und man konnte sehen, dass einige Äste und Gestrüpp davon abgerissen und an die Seite geschafft worden waren.

»Hier ist es«, rief Marie ihren Freundinnen aufgeregt zu. Franzi kam als Erste bei Marie an. »Aber wo ist diese Luke?«

»Ich glaube, du stehst drauf.« Kim zeigte auf Franzis Füße. Genau dazwischen blitzte ein silberner Ring in der Sonne auf. Franzi sprang zur Seite und versuchte, an dem Ring zu ziehen, aber es tat sich nichts.

»Die geht nur auf, wenn du die Melodie darauf tanzt.« Kim zeichnete die Umrisse der Luke mit ihren Händen nach. Sie war rund und nicht viel größer als ein Gullydeckel.

»Na, dann zeig mal, was du kannst«, forderte Kim Marie auf.

»Aber ich habe die Melodie nur einmal gehört. Bei Tom-Hank, als ich gleichzeitig Spaghetti gegessen habe. Na ja, und heute Morgen im Traum.« Marie stupste Franzi an. »Du musst mir helfen. Du hast die Melodie doch gestern Morgen auch schon gehört.«

Kim zwinkerte Sam Hinkebein zu. »Mach dich mal vom Acker, kleiner Freund. Jetzt darf Marie auf den Tasten tanzen.«

Sam verschwand aber nicht, sondern hüpfte auf einer der Tasten auf und ab.

»Warte mal, ich glaube das war tatsächlich der erste Ton der Melodie.« Franzi trat mit einem Fuß vorsichtig auf die Taste. Der Ton erklang wieder. »Und dann: Pling, plong, plangplingplong, plingpling!«, sang Franzi weiter.

Marie trat auf den großen Stein. Der Ton erklang erneut. Dann setzte sie einen ihrer Füße auf den Stein daneben. Wieder erklang ein Ton. »Das ist es nicht.«

Marie versuchte es weiter, während Franzi ihr unablässig die Melodie vorsummte. Auch Kim und Amy stiegen in den Singsang mit ein und beobachteten gebannt Marie, die immer leichtfüßiger über die Tasten tanzte.

»Es sieht gut aus, aber es klingt schräg«, bemerkte Kim.

»Ich ziehe mir mal die Schuhe aus, dann kann ich die Töne vielleicht besser fühlen.« Marie öffnete die Riemen ihrer silbernen Sandalen und stellte sie an den Rand. Dann probierte sie weiter. Die ersten fünf Töne hatte sie auf den Tasten bereits gefunden, aber der Rest klang schief.

»Pling, plong, plangplingplong, plingpling!«, sang Franzi nun möglichst deutlich.

Marie begann zu schwitzen. »Was, wenn wir diese Luke nicht öffnen können? Sollten wir nicht lieber die Polizei einschalten?«

»Bis wir denen alles erzählt haben, dauert es bestimmt ewig, und ich bin nicht *sure*, ob die bei den Cops auch Balletttänzer haben«, sagte Amy.

»Los, Marie, versuch es weiter«, bat Kim. »Du schaffst das.«

Marie konzentrierte sich. Sie versuchte, alles um sich herum auszublenden und nur noch an die Melodie zu denken. Dabei summte sie leise. Jedes Mal, wenn ein schiefer Ton herauskam, fing sie wieder von vorne an. Sie dachte an den Filmausschnitt, den sie bei Tom-Hank gesehen hatten, aber sie konnte sich nicht so richtig daran erinnern.

»So ein Mist!« Wütend stampfte sie auf eine der Tasten. Ein heller Ton erklang.

»Das war es!«, rief Franzi aufgeregt. »Dieser Ton hat gefehlt! Versuch es noch mal.«

Marie rieb sich den Knöchel, der nach dem Aufstampfen etwas wehtat. Dann begann sie, erneut zu tanzen.

»Du hast es doch schon fast.« Kim lächelte Marie an.
Marie konzentrierte sich und tanzte auf den großen Tasten los.
Eine wunderschöne Melodie erklang.
»Das ist es!«, rief Franzi begeistert. »Tanz weiter, Marie!«
Während Marie sich der Melodie und dem Tanz hingab, versuchten nun Franzi, Amy und Kim, die Luke an dem glänzenden Ring hochzuheben.
»Es geht auf!«, rief Kim aufgeregt. »Aber nur ein Stück.«
Marie hielt inne und schaute durch die Öffnung in das Innere.
»Ganz schön dunkel da unten.«
»Egal. Wir können unsere Handytaschenlampen anschalten. Kommt ihr?« Franzi legte sich bäuchlings vor die Luke und steckte ihre Füße durch das Loch. »Hier ist eine Leiter. Ich steige runter.«
Marie beobachtete, wie Franzi durch die Luke im Tunnel verschwand. »Alles klar da unten?«, rief sie hinunter.
Franzi hatte im selben Moment ihre Taschenlampe am Handy eingeschaltet und streckte den Daumen nach oben. »Kommt ihr?«
Marie nickte. »Kim, du bist die Nächste.«
»Wenn es sein muss.« Marie merkte, dass Kim zögerte. »Das mit der Feuerleiter hast du schließlich auch gut hinbekommen.«
»Ja, du hast recht.« Kim machte es wie Franzi und legte sich auf den Bauch. Mit den Füßen voran verschwand sie durch den Einstieg in den Tunnel.
»Jetzt du, Amy«, sagte Marie, während sie die Luke aufhielt.
Als auch Amy nach unten geklettert war, schnappte Marie ih-

re Schuhe, legte sich auf den Bauch und trat barfuß auf die Leiter. Mit einer Hand griff sie nach den Sprossen, mit der anderen Hand hielt sie die Sandalen und den Deckel. Vorsichtig tastete sie sich mit den Füßen auf der Leiter nach unten. Als sie gerade die Hand mit den Sandalen nachziehen wollte, ging die Luke abrupt zu und klemmte eine Sandale ein.

»Mist!« Marie blickte zu Kim, Franzi und Amy, die alle ihre Handytaschenlampen angeschaltet hatten und zu ihr leuchteten. »Das blendet, Mädels.« Mit aller Kraft zog sie an dem Riemen ihrer eingeklemmten Sandale, aber sie bewegte sich nicht. Dann drückte sie von innen gegen den Deckel. Wenn er sich nur ein kleines Stück nach oben drücken ließ, könnte sie die verklemmte Schnalle herausziehen. Aber es tat sich nichts, der Tunneleingang war zu.

»Egal.« Mit einer Sandale in der Hand stieg sie nach unten. Im Schein der Taschenlampen sah sie, dass sich vor ihnen ein langer Tunnel erstreckte. Es roch modrig und sie konnte gerade so aufrecht stehen.

»Wohin führt dieser Gang wohl?«, fragte Franzi.

Amy überlegte. »Ich glaube, in dieser Richtung liegt das Meer.«

»Man sieht gar kein Ende.« Kims Stimme klang zittrig.

Sie hatte Platzangst, das wusste Marie. Hoffentlich würde Kim jetzt nicht panisch werden. »Kim, denk an etwas Schönes«, flüsterte Marie ihrer Freundin ins Ohr. »An David. Oder an euer entführtes Einhorn.«

Kim lächelte gequält. »Ich versuche es.«

»Da wir nicht wissen, wie lang dieser Gang ist, schlage ich vor, dass wir nicht alle gleichzeitig unsere Handytaschenlampen anlassen. Nicht, dass unsere Akkus bald leer sind.« Marie sah auf ihr Handy. »Meiner ist leider schon alle.«

»Stimmt. Du hast recht«, sagte Franzi.

Amy und Franzi schalteten ihre Lampen aus. Nun leuchtete nur noch Kims Taschenlampe.

»Kann eine von euch vorgehen?«, fragte sie.

»Das mache ich.« Marie nahm ihr das Handy aus der Hand und setzte sich langsam in Bewegung. »Bitte bleibt dicht hinter mir.«

Der Boden war uneben. Marie spürte trockene Erdklumpen unter ihren Füßen, und je tiefer sie in den Tunnel hineinliefen, desto wärmer wurde es. Die Luft war zum Schneiden. Alle waren still, aber Marie hörte Kims gepressten Atem. »Kim, du musst ruhiger atmen, sonst bekommst du nicht genug Sauerstoff«, riet Marie ihrer Freundin.

»Ich kann das nicht! Ich will sofort hier raus!«, rief Kim plötzlich.

Marie blieb stehen und drehte sich zu Kim um. »Die Klappe geht von innen nicht mehr auf. Ich habe versucht, sie aufzudrücken, weil meine Sandale sich verklemmt hatte.«

»Das heißt, wir sind hier gefangen?«, keuchte Kim und setzte sich auf den Boden. »Das halte ich nicht aus!«

Ausweg(los)

Marie und Franzi tauschten alarmierte Blicke.

Franzi kniete sich neben Kim und legte den Arm um sie. »Komm, wir schaffen das. Aber wir müssen weitergehen. Irgendwo gibt es einen Ausgang.«

»Außerdem müssen wir Ava finden. Und euren Fall lösen«, ergänzte Amy. Auch sie sah ziemlich mitgenommen aus. »Weißt du, Kim, seit ich euch kenne, glaube ich daran, dass es immer einen Weg gibt. Ihr habt mir gezeigt, dass man Vertrauen haben muss. Und ich habe Vertrauen, dass wir es zusammen schaffen.«

Kims Augen füllten sich mit Tränen. »Ich bekomme kaum Luft«, schluchzte sie.

Marie reichte ihr ihre Trinkflasche und ein Brausebonbon, das Finn ihr heute Morgen geschenkt hatte, bevor er mit Helmut, Tessa, Lina und deren Freundin zu *Cops and the City* aufgebrochen war, wo sowohl Finn als auch Helmut gerade Gastrollen spielten.

Kim nahm einen Schluck, steckte sich das Bonbon in den Mund und stand tapfer auf. »Na gut. Ich versuche es.«

»Super, dann weiter.« Marie lief los. Die trockenen, harten Erdklumpen bohrten sich in ihre Fußsohlen, aber sie versuchte den Schmerz zu ignorieren. Im Schein der Taschenlampe starrte sie nach vorne und wünschte sich, am Ende des Ganges endlich Licht zu sehen. Einen kurzen Moment vergaß Marie, auf den Boden zu schauen, sodass sie einen besonders großen Erdklumpen nicht sah und darüberstolperte. »Au!« Sie konnte sich gerade noch mit den Händen abfangen, aber dabei fiel Kims Handy herunter und ging aus. Sofort war es stockdunkel.

»Alles klar?«, fragte Kim dicht hinter ihr.

Marie rieb sich die Handflächen und tastete den Boden ab. »Wo ist denn bloß das Handy?«

»Ich mache meins an«, sagte Franzi schnell und es wurde wieder hell. Marie entdeckte Kims Handy und wollte es anschalten. »Oh nein, entweder ist der Akku alle oder es ist durch den Sturz kaputtgegangen.« Marie reichte Kim ihr Handy und sah sie schuldbewusst an.

»Egal«, meinte Kim. »Hauptsache, wir sind hier bald wieder raus.«

»Soll ich jetzt mal vorgehen?«, bot Franzi an.

»Gerne.« Marie stand auf und drängte sich an die erdige Wand, damit Franzi an ihr vorbeigehen konnte. Als sie auftrat, merkte sie einen stechenden Schmerz in ihrer Fußsohle. »Mist, ich bin in irgendwas Spitzes reingetreten.«

»Kannst du noch laufen?«, fragte Franzi.

Marie versuchte ein paar Schritte zu gehen. »Kaum, aber ich humpele einfach.« Sie musste sich anstrengen, nicht bei jedem Schritt, den sie machte, laut »Au« zu rufen. Ihr Fuß schmerzte sehr, aber sie biss die Zähne zusammen.

»Wie lange sind wir eigentlich schon hier unten?«, wollte Kim wissen.

»Keine Ahnung, vielleicht eine halbe Stunde«, schätzte Franzi.

»Kommt mir vor wie drei Stunden«, keuchte Kim.

Franzi hielt das Handy hoch, um weiter in den Gang hineinzuleuchten. »Ich glaube, dahinten ist irgendwas!«, rief sie aufgeregt.

Als hätte Franzi es mit dem lauten Ruf ausgelöst, bröckelte plötzlich Erde auf Marie herab. Sie duckte sich. »Vorsicht, hier fallen …«
Noch ehe Marie es ausgesprochen hatte, krachte es laut. Erdbrocken und Steine fielen herunter.
»Hilfe!«, schrie Amy und Kim kreischte.
Marie hockte sich auf den Boden, hielt ihre Arme über den Kopf und schloss die Augen. Was, wenn der Gang einstürzen würde? Würde sie hier überhaupt irgendjemand finden?
Als das Donnern verklungen war, öffnete Marie vorsichtig die Augen »Geht's euch gut?«, flüsterte sie in die Stille.
»Ja!«, kam es dreimal zurück.
Maries Freundinnen hockten vor ihr und trauten sich nur langsam, ihre Arme, die sie instinktiv zum Schutz über die Köpfe gestreckt hatten, wieder runterzunehmen.
»Was war das?«, fragte Kim. »Ein Erdbeben?«
»Glaube ich nicht.« Franzi leuchtete mit der Taschenlampe gegen die Decke, von der alles runtergekommen war.
»Wahrscheinlich eine Erschütterung, weil hier außer uns seit vierzig Jahren niemand langgelaufen ist«, vermutete Amy.
Marie versuchte aufzustehen und berührte mit der Hand etwas Hartes. Sie sah genauer hin. »Guckt mal.« Sie hielt eine goldene Kette hoch, an der ein Medaillon hing.
Amy nahm ihr das Schmuckstück aus der Hand. »Es gibt ein Foto von meiner Oma, da war sie ganz jung und hatte genau diese Kette am Hals.« Sie öffnete das goldene Medaillon. Darin befanden sich zwei Schwarz-Weiß-Fotos. Auf einem war Ava neben einem jungen Mann im Leinenanzug zu sehen.
»Stan und Ava«, sagte Marie.

Mit zittrigen Händen betrachtete Amy das zweite Foto. »Das ist meine Mutter. Als Baby.«
Kim, Franzi und Marie tauschten Blicke.
»Denkt ihr, was ich denke?«, fragte Marie und ihre beiden Freundinnen nickten.
»Meint ihr, Ava ist wirklich hier gewesen?« Amy blickte die drei !!! mit großen Augen an.
Marie nickte. »Und noch was.«
»Was?«, fragte Amy.
»Es klingt bestimmt verrückt, aber vielleicht ist Stan Larsen ja dein Opa«, sagte Marie.
Im selben Moment rieselte Sand von der Decke.
»Wir müssen hier raus!«, rief Kim.
»Vor uns liegt ein Geröllberg.« Franzis Stimme klang alarmiert.
Marie drehte sich um und sah, dass der Gang in der Richtung, aus der sie gekommen waren, ebenfalls zugeschüttet war. »Hinter uns auch.«
»Oh nein!« Kim schaute sich panisch um.
Sie mussten jetzt schnellstmöglich etwas unternehmen! »Bitte nicht hyperventilieren!« Marie steckte die Sandale, die sie die ganze Zeit fest umklammert hatte, in ihren Matchbeutel und zog eine kleine Tüte hervor, die sie normalerweise nur für wichtige Beweisstücke dabeihatte. Sie hielt sie Kim vor den Mund. »Atme hier rein. Ganz ruhig. Ein- und ausatmen.«
Marie drehte sich zu Franzi und Amy. »Wir müssen das Geröll ein Stück wegräumen und dann darüberkriechen. Du hast doch eben das Ende des Gangs gesehen, oder, Franzi?«

Franzi zuckte mit den Schultern. »Ich bin mir nicht ganz sicher.«

Marie rollte mit den Augen und deutete dann mit dem Kopf auf Kim, damit Franzi verstand, dass sie zuversichtlicher tun sollte.

»Ja, wahrscheinlich war es das Ende.« Franzi stand auf und begann mit ihren Händen, das Geröll abzutragen. Amy half ihr dabei.

Marie streichelte Kims Wange und merkte, dass Kims Atem sich langsam wieder etwas beruhigte. »Kann ich die Tüte wegnehmen?«

Kim nickte tapfer.

»Du schaffst das.« Marie stand auf und half Franzi und Amy dabei, die Erdbrocken und Steine mit den Händen so zu verteilen, dass sie irgendwann würden darüberkriechen können. Auch Kim machte mit.

Nach einer Weile hatten sie es geschafft. Nacheinander krabbelten sie nun auf allen vieren vorsichtig über den kleinen Hügel. Marie schaute dabei immer wieder zur Decke und hoffte, dass das der einzige Erdrutsch gewesen war.

Als sie alle auf der anderen Seite des Geröllhaufens angekommen waren, seufzte Kim erleichtert. »Puh, wenn das unser Sportlehrer gesehen hätte, dann würde ich glatt mal eine Eins in Geräteturnen bekommen.«

Franzi leuchtete erneut mit der Handytaschenlampe in den Tunnel hinein. »Ich glaube, dahinten ist was. Ich sehe einen ganz schwachen Lichtschein.«

»Los, beeilen wir uns! Ich will hier endlich raus.« Kim drehte sich zu Marie um. »Geht das mit deinem Fuß?«

»Ja.« Marie versuchte zu lächeln.
»Zum Glück ist es nicht mehr weit«, sagte Amy.
Marie biss wieder die Zähne zusammen und humpelte weiter. Je näher sie dem Lichtschein kamen, desto schneller wurden sie. Am Ende des Ganges entdeckten sie in der Decke eine Luke, die halb geöffnet war.
»Wie kommen wir da hoch?« Franzi sah sich ratlos um.
»Räuberleiter?«, fragte Kim.
»Okay, ich gehe als Erste«, bot Franzi an und gab Marie das Handy. Marie richtete den Lichtschein auf die Luke.
Amy und Kim hielten ihre Hände zusammen, sodass Franzi vorsichtig darauftreten konnte. Dann versuchten Amy und Kim, Franzi so weit wie möglich nach oben zu heben, bis sie an die Luke kam. Franzi drückte sich hoch und verschwand in der Öffnung.
»Was siehst du?«, rief Marie ihr aufgeregt zu.
»Ist ziemlich dunkel hier«, flüsterte Franzi nach unten. »Sieht aus wie ein Schlafzimmer oder so. Die Vorhänge sind zu.«
»Gruselig.« Kim konnte es kaum glauben. »Wer hat denn in seinem Schlafzimmer eine Luke, die in einen unterirdischen Geheimgang führt?«
»Gibt es irgendwelche Spuren von Oma Ava?«, fragte Amy nach oben.
»Ich sehe nichts. Kommt ihr?« Franzis Gesicht erschien an der Luke.
»Darf ich zuerst?«, fragte Kim.
»Klar!« Marie hielt nun mit Amy zusammen ihre Hände hin, sodass Kim mit beiden Füßen daraufsteigen konnte.

»Du kannst dich auf meine Schultern stellen«, sagte Amy. Mit zittrigen Beinen und Maries Hilfe klappte es. Franzi streckte Kim die Hand entgegen und zog sie nach oben.

»Jetzt du, Amy.« Marie machte wieder Räuberleiter. »Schaffst du es, auf meine Schultern zu steigen?«

»Ja, wir hatten mal Zirkus-Unterricht in der Schule. Das mach ich mit links.« Amy grinste und kletterte geschickt auf Maries Schultern.

»Das ist ja toll!« Franzi zog Amy mit Kims Hilfe nach oben. Nun war Marie als Einzige noch unten. Die Luke war so weit über ihrem Kopf, dass sie sie nicht berühren konnte, auch nicht, wenn sie sich auf die Zehenspitzen stellte. Außerdem schmerzte ihr Fuß.

»Warte mal, Marie. Ich habe eine Idee.« Franzi verschwand aus dem Sichtfeld und kam mit einem Stuhl zurück, den sie nach unten hielt. Marie nahm ihn an den Stuhlbeinen entgegen und stellte ihn auf den Boden. Vorsichtig stellte sie sich auf die Sitzfläche. Jetzt konnte sie zwar Franzis ausgestreckte Hände berühren, aber leider war die Öffnung immer noch ziemlich weit oben. »Steig auf die Stuhllehne«, schlug Franzi vor.

»Aber dann kippt der Stuhl doch um«, wandte Kim ein.

»Ja, aber genau in dem Moment ziehen wir Marie dann nach oben«, erklärte Franzi. »Darin sind wir doch schon geübt.«

»Okay. Bei drei steige ich auf die Lehne«, sagte Marie. »Eins!« Marie hob ihren rechten Fuß langsam hoch. »Zwei!« Sie fokussierte die Stuhllehne und sah dann zu den drei Mädchen hoch, die auf dem Bauch lagen und ihr aus der Luke ihre Hände entgegenstreckten. »Drei! Und Power!!!«

Marie trat auf die Lehne des Stuhls und drückte sich blitzschnell mit Kraft nach oben. Sie merkte schon, dass der Stuhl umkippte, und griff im Flug Kims und Franzis Hände. Nun baumelte sie in der Luke, genau wie Franzi am Tag zuvor an der Fensterbank von Stan Larsens Wohnung gehangen hatte.
»Könnt ihr mich irgendwie hochziehen?«, keuchte sie.
»Du bist ganz schön schwer«, stöhnte Franzi.
Aber schließlich hatten sie es mit vereinten Kräften geschafft. Marie blieb einen Moment auf dem kühlen Holzboden liegen. Was war das für ein seltsames Rauschen? War das etwa ihr Herz, das von der ganzen Aufregung hämmerte? Oder das Meer?
Plötzlich war Avas Stimme zu hören. »Nein!«
Amy riss die Augen auf. »Oma!« Sie rannte sofort los.
Auch Marie, Kim und Franzi waren schnell bei der Tür.
»Stopp!«, flüsterte Marie. »Was, wenn sie nicht allein ist?«
Aber Amy hatte die Hand schon auf der Türklinke und drückte sie nach unten.
Sonnenlicht blendete sie. Marie musste die Augen zusammenkneifen, denn sie hatten bestimmt mindestens eine Stunde in diesem dunklen Gang verbracht. Auch die anderen brauchten eine Weile, um sich an die Helligkeit zu gewöhnen.
Amy stürzte zu Ava, die in einem grauen Ohrensessel saß und seltsam teilnahmslos wirkte. Durch das große Fenster konnte man den Strand und das Meer sehen. Sie waren in einer kleinen Hütte am Meer.
Wie schön es hier war, dachte Marie. Aber irgendetwas stimmte nicht.
Ava sagte kein Wort. Mit starrem Gesichtsausdruck schüttel-

te sie ganz leicht den Kopf. Sie sah so zerbrechlich aus. Ihr petrolfarbenes Kleid war zerknittert und etwas staubig.
»Was hast du denn?« Amy kniete sich neben ihre Oma und wollte sie umarmen, aber Ava wich zurück.
»Oma?«, fragte Amy verunsichert. Ava antwortete nicht, sondern starrte an ihrer Enkelin vorbei zur Tür.
Vorsichtig guckte Marie sich um. Vor Ava stand ein kleiner Wohnzimmertisch, auf dem sich eine Porzellanvase mit Plastikblumen und ein Glas Wasser befanden. Weiter hinten gab es eine Küchenzeile und einen Tisch für zwei Personen. Alles wirkte sehr aufgeräumt und ein bisschen altmodisch. Auf dem Couchtisch lag ein dreckiges Staubtuch. Hatte Ava gerade Staub gewischt? Und hatte sie mit jemandem geredet? Marie sah sich weiter um. Es gab noch eine Tür zu einer Kammer, die offen stand. Neben der Tür lag ein Strohhut auf der Hutablage. An den Wänden hingen alte Schwarz-Weiß-Fotografien und ein Fischernetz.
»Oma, jetzt sag endlich was!«, rief Amy verzweifelt.
Kim kniete sich neben Amy vor den Sessel, auf dem Ava saß. »Geht es Ihnen gut, Ava?«
Leise, fast unhörbar zischte Ava. »Verschwindet!«
Marie, Kim und Franzi tauschten alarmierte Blicke.
»Amy, komm, wir gehen besser.« Marie wollte Hilfe holen.
»Ich bleibe bei dir, Oma!« Amy versuchte, Avas Hand zu nehmen, aber sie zog sie weg.
Marie humpelte zu Amy. »Bitte, komm, irgendwas stimmt hier nicht«, flüsterte sie Amy zu.
Kim stand auf. »Ja, es ist besser.«
Franzi, die sich bis zu diesem Zeitpunkt in der Hütte umgese-

hen hatte, kam auf die drei zu. »Ich glaube, sie ist nicht allein. Da steht noch ein Glas in der Spüle.« Sie deutete mit dem Kopf zur Küchenzeile.

Wieder begann Maries Herz zu rasen. Sie ließ ihren Blick erneut durch den Raum wandern. Aus dem Augenwinkel sah sie, dass sich einer der Vorhänge bewegte. Marie schaute genauer hin und bekam einen Riesenschreck. Hinter dem weißen Vorhang zeichnete sich ein großer Schatten ab.

Zeitlose Gier

Marie hielt sich die Hand vor den Mund, um nicht zu schreien.
»Was ist?« Kim sah sie verwirrt an.
Vorsichtig deutete Marie mit dem Kopf auf den Schatten. Nun erschraken auch Kim, Franzi und Amy. Marie gab ihnen ein Zeichen, dass sie durch die Tür fliehen sollten. Kim wollte Amy mit sich ziehen, aber die griff nach der Hand ihrer Oma.
Jetzt bewegte sich die Gestalt.
Die drei !!! rannten zur Tür, die sich direkt neben dem Fenster befand.
»Stopp!« Ein Mann sprang hinter dem Vorhang hervor.
Marie zuckte zusammen und stieß einen spitzen Schrei aus. Kim erstarrte.
Ehe die drei !!! reagieren konnten, schnappte der Mann sich das Fischernetz von der Wand und warf es über sie.
Marie war einen kurzen Moment so perplex, dass sie einfach stehen blieb. Der Mann, der sie hier gerade mit einem Fischernetz gefangen hatte, war kein anderer als Tom-Hank Fisher, bei dem sie gestern noch Spaghetti bolognese gegessen hatten und der ihnen die Uncut-Version von *Diamond Sky* gezeigt hatte! Marie war fassungslos. Ehe sie ihre Gedanken ordnen konnte, hatte Tom das Netz fest um die drei !!! gewickelt, die nun Rücken an Rücken zusammengebunden waren und sich nicht mehr bewegen konnten.
Amy, die fassungslos zugesehen hatte, stand auf. »Tom, was soll das?«
Anstatt zu antworten, holte Tom eine große Rolle Klebeband

aus seiner Jackentasche. Er ging auf Amy zu, die sich wehren wollte. Aber sie hatte keine Chance. Mit ein paar gekonnten Handgriffen hatte Tom-Hank ihre Hände mit dem Klebeband hinter ihrem Rücken zusammengebunden.

»Los, hinsetzen!«, befahl er.

»Mach bitte alles, was er sagt, Amy-Darling«, sagte Oma Ava mit zittriger Stimme.

Amy ließ sich neben dem Sessel auf den Boden gleiten und sah entsetzt dabei zu, wie Tom nun auch ihre Knöchel mit dem Klebeband umwickelte. Das Gleiche machte er mit Avas Füßen, die dabei schmerzerfüllt aufstöhnte.

Marie wollte den Moment, in dem Tom-Hank ihnen den Rücken zuwandte, nutzen, um sich zu befreien, und auch Kim und Franzi versuchten es, aber Tom hatte das Netz unten so geschickt zugeknotet, dass es ihnen nicht gelang.

Nachdem Tom Ava gefesselt hatte, drehte er sich wieder zu den drei !!! und begann, das Netz unten um ihre Beine herum festzukleben.

Marie beobachtete ihn dabei ganz genau. Jetzt wurde ihr klar, warum Tom-Hank so scharf auf *Diamond Sky* war. Es hatte mit dem Diamanten zu tun. »Kann es sein, dass du durch uns auf die Idee gekommen bist, hierherzukommen? Weil du auf den Diamanten scharf bist?«, fragte Marie. Sie wusste nun, dass sie die Melodie nicht geträumt, sondern im Halbschlaf tatsächlich gehört hatte. »Und heute Morgen hast du die Melodie getanzt!«

»Man könnte meinen, du bist eine kleine Carla Blomquist!« Tom lachte.

»Du wirst es nicht glauben, aber wir sind Detektivinnen«,

sagte Kim selbstbewusst. »Mit einer Erfolgsquote von einhundert Prozent!«
»Das werden wir ja noch sehen.« Tom blickte Ava drohend an. »Das Hinhalten ist vorbei, Oma. Wenn du mir jetzt nicht endlich sagst, wo der Diamant ist, wird das hier kein schönes Ende nehmen.«
»Wie kommst du darauf, dass Ava den Diamanten hat?«, mischte Franzi sich ein.
»Ich denke, ihr seid Detektivinnen«, sagte Tom verächtlich. »Dann zählt doch mal eins und eins zusammen!«
Marie wusste, dass er recht hatte, aber sie mussten Zeit gewinnen, und das funktionierte am besten, wenn sie sich nicht in die Karten schauen ließen. Sie mussten hier irgendwie rauskommen, ehe Tom mit dem Diamanten verschwand oder Schlimmeres passierte.
»Er ist nicht hier«, sagte Ava mit fester Stimme.
Alle sahen Ava erschrocken an, da sie bis zu diesem Zeitpunkt nichts gesagt hatte.
Tom schüttelte den Kopf. »Das Märchen kannst du vielleicht den kleinen Detektivinnen erzählen, mir aber nicht.«
»Sehen Sie die Palmen dahinten?« Ava deutete zum Fenster. »Die wie ein Herz zusammengewachsen sind? Dort habe ich ihn vergraben.«
Tom nahm einen Schluck Wasser aus dem Glas, das auf dem Tisch stand. Er schaute nachdenklich aus dem Fenster und drehte sich dann zu Ava, Amy und den drei !!! um. »Ich sehe jetzt nach. Aber wenn der Diamant nicht dort ist, dann …«
Toms Hand umklammerte das Glas so fest, dass es zerbrach.
»Gebt mir eure Handys, na los!« Tom hielt seine Hände auf

und Marie versuchte umständlich, ihr Handy aus ihrem Beutel, den sie auf den Rücken geschnallt hatte, herauszuholen. Als Tom alle Handys hatte, verließ er die Hütte. Marie beobachtete, wie er die Telefone aus der Tür in den Sand warf und zu den beiden Palmen lief.

»Was machen wir jetzt?«, fragte Kim panisch.

»Es tut mir so unendlich leid, dass ich euch in diese Lage gebracht habe, Kindchen.« Über Avas Wange lief eine Träne. »Dieser Diamant hat auf manche Menschen eine verheerende Wirkung. Wie seid ihr denn hierhergekommen?«

»Das ist eine lange Geschichte«, sagte Marie. »Wir sollten jetzt lieber mal überlegen, wie wir hier wieder rauskommen.«

»Ihr müsst in den Tunnel zurück«, meinte Ava. »Lauft nach Hause und holt Hilfe.«

»Das geht nicht«, erklärte Franzi. »Der Tunnel ist nicht sicher. Er ist teilweise verschüttet.«

»Und die Luke klemmt«, ergänzte Marie. »Meine Sandale hat sich darin verkeilt.«

»Außerdem sind wir doch alle gefesselt.« Kim seufzte.

»Alles klar?«, erkundigte Amy sich bei ihr.

»Na ja ...« Kim versuchte tapfer zu lächeln. »Platzangst habe ich gerade nicht.«

Marie blickte aus dem Fenster. Tom war immer noch damit beschäftigt, unter den Palmen zu graben. »Ist der Diamant wirklich da vergraben?«

Ava schüttelte den Kopf. »Ich wollte Zeit gewinnen.«

Amy schnaubte wütend. »Zeit hattest du ja nun wirklich genug. Warum bist du heute Nacht nicht zurückgekommen? Wir haben uns alle solche Sorgen gemacht.«

»Als ich durch den Tunnel ging, bin ich umgeknickt. Ich kann nicht mehr auftreten. Mein Knöchel hat so wehgetan, dass ich mich erst mal hingelegt habe«, erzählte Ava und schaute Amy schuldbewusst an. »Ich muss eingeschlafen sein. Als ich wach wurde, war es dunkel. Dann habe ich entschieden, hier zu schlafen. Und als ich mich heute Morgen auf den Weg machen wollte, stand Tom plötzlich in der Hütte. Ich hab ihn hingehalten und ihm nichts gesagt. Aber jetzt seid ihr hier. Ich muss euch doch vor ihm schützen. Am besten ich sage ihm, wo der Stein ist.«
»Nein. Wir müssen das anders lösen. Nur wie?« Marie sah sich im Raum um. »Wie sind Sie denn überhaupt durch die Luke gekommen?«
»Es gibt eine Leiter, die hatte ich eingezogen und im Nebenzimmer hinter den Schrank gestellt.«
Amy atmete schwer. »Oma, warum hast du mir das alles nicht schon viel früher erzählt? Und hast du diesen blöden Stein etwa auch vertauscht?«
»Amy, Sweetie, du musst mir glauben, dass ich es nicht aus böser Absicht oder Habgier gemacht habe.«
»Warum denn dann?« Amy sah ihre Großmutter verständnislos an. »Wir haben im Tunnel eine Kette mit einem Medaillon gefunden. Darin ist ein Bild von dir und Stan Larsen.«
Ava war überrascht. »Du kennst Stan?«
Amy schüttelte den Kopf. »Aber Marie, Kim und Franzi haben ihn getroffen.«
Oma Ava seufzte. »Ich habe Stan Larsen, den Produzenten von *Diamond Sky*, geliebt. Sehr sogar! Wir hatten ständig Angst, dass jemand seinen Diamanten klaut.«

Amy zog die Augenbrauen zusammen. »Ach, und dann hast du dir überlegt, ihn an dich zu nehmen?«

»Ich habe eine Fälschung herstellen lassen. Täuschend echt. Die wollte ich Stan geben und ihm vorschlagen, diesen gefälschten Diamanten für den Dreh zu verwenden und das Original lieber sicher zu verwahren. Es sollte eine Überraschung werden …« Ava stockte. Tränen liefen ihr über das Gesicht.

Die vier Mädchen hörten ihr gespannt zu.

»Und ich hatte noch eine Überraschung für ihn. Aber dann habe ich ein Gespräch zwischen Stan und seinem Vater mitgehört, in dem Stan sagte, dass er unter keinen Umständen Kinder haben wollte …« Ava schluchzte.

»Sie waren mit Liz schwanger und das wollten Sie ihm gerade sagen?«, fragte Marie vorsichtig.

»Ja, genau. Ich war so enttäuscht, dass ich den echten Diamanten einfach mitgenommen habe. Und die Fälschung hab ich dagelassen. Niemand hat es bemerkt.«

»Und es kam erst jetzt ans Licht, weil ein Remake von *Diamond Sky* gedreht werden soll«, sagte Franzi.

Ava nickte. »Diesen Stein. Ich wollte ihn eigentlich niemals haben. Aber ich war auch zu feige, ihn Stan zurückzugeben.«

Amy hockte wie erstarrt vor dem Sessel, auf dem ihre Oma saß. »Du wusstest die ganze Zeit, wer Mamas Vater war, hast es ihr aber nicht gesagt?«

Ava sah Amy traurig an. »Alle kannten mich nur unter meinem Künstlernamen Lilli Labelle. Eigentlich wollte ich Stan zusammen mit der Nachricht, dass wir ein Baby bekommen, auch meinen richtigen Namen verraten.« Ava seufzte. »Stattdessen habe ich Liz dann allein zur Welt gebracht. Dass ich bei den damaligen Besitzern des Grundstücks als Kindermädchen arbeiten durfte, war ein Segen für mich, denn so fühlte ich mich den glücklichen Zeiten immer noch nahe. Und als Joe King das Anwesen dann gekauft hat, haben er und Liz sich kennengelernt. Ich war ewig nicht mehr in dieser Hütte. Bestimmt zwanzig Jahre. Sie wurde damals extra für den Film gebaut. Der Juwelendieb sollte hier seine Beute lagern. Alles sollte möglichst echt aussehen: die Drehorte, der Diamant …« Ava räusperte sich und lächelte. »Stan und ich haben uns nach Drehschluss manchmal heimlich hier getroffen. Wir sind sogar einmal hergeschwommen, weil es keinen direkten Weg über den Strand gibt. Es sind überall nur Felsen.« Ava blickte aus dem Fenster, wo Tom-Hank unter den Palmen im Sand grub. »Ich habe auch gar nicht gewusst, dass die Palmen, die Stan und ich hier damals gepflanzt hatten, zu einer Herzform zusammengewachsen sind. Gestern Morgen habe ich spontan entschieden, den Stein zu holen und ihn Stan zurückzugeben.«

Maries Blick fiel von Avas geschwollenem Knöchel auf ihren eigenen Fuß, der immer noch ziemlich wehtat. »Unglaublich, was das für eine Lawine ins Rollen gebracht hat. Wir dachten, Ihnen wäre etwas Schlimmes zugestoßen.« Marie überlegte. »Wahnsinn, wir haben Tom-Hank durch unsere Ermittlungen überhaupt erst auf diese Spur gebracht.«

Franzi seufzte. »Stimmt. Hätten wir nicht ermittelt, würden wir jetzt nicht in der Patsche sitz- … ahhhhhhhh«, schrie Franzi auf. »Da hat mich was ins Bein gepikst.«

Marie entdeckte den kleinen Waschbären Sam Hinkebein,

der ihre zweite Sandale in den Pfoten hatte und Franzis Bein anstupste. »Das gibt es doch nicht!«

»Sam. Wie bist du denn hier reingekommen?«, fragte Kim überrascht. »Hast du etwa die Melodie getanzt?«

»Wahrscheinlich hat er sich ganz dünn gemacht und ist durch den Spalt gekrochen«, überlegte Franzi.

Marie sah aus dem Fenster und beobachtete, dass Tom-Hank immer hektischer im Sand wühlte. Wenn sie etwas unternehmen wollten, würde ihnen nicht mehr so viel Zeit bleiben.

Sam hielt Franzi die Sandale hin.

»Danke, Sam. Die gehört Marie. Aber ich kann sie durch das Netz leider nicht nehmen.«

Der kleine Waschbär ließ den Schuh fallen, humpelte los und zupfte eine der Plastikblumen aus der Vase, die auf dem Tisch stand. Dann lief er zu Franzi und gab sie ihr durch das Netz.

»Mir fällt gerade was ein. Sam hat mir doch vorhin Linas Haarspange geschenkt.« Franzi versuchte, in ihre Hosentasche zu fassen, aber die drei !!! waren so eng eingewickelt, dass sie sich unter dem Netz kaum bewegen konnten. »Mist. Ich dachte, damit könnte man vielleicht das Klebeband aufschneiden.«

Als hätte Sam Franzi verstanden, brachte er nun eine Scherbe, und zwar von dem Glas, das Tom vorhin zerquetscht hatte. »Du bist genial, Sam!«, freute sich Franzi und schnitt einen Teil des Netzes auf. Mit der neuen Armfreiheit, die die drei !!! dadurch hatten, konnten sie das Netz weiter aufreißen. Schnell schnitt Franzi das Klebeband an ihren Füßen durch.

»Beil dich!«, rief Marie mit Blick aus dem Fenster. »Er kommt zurück.«

Draußen waren Wolken aufgezogen. Tom-Hank hatte die Hütte schon fast erreicht. Sein Gesicht war wutverzerrt.

»Was machen wir denn jetzt?«, rief Amy panisch.

Überwältigt

Marie griff sich eine der Scherben und befreite Ava, während Kim und Franzi das Klebeband, das um Amys Handgelenke geschlungen war, aufschnitten. Gerade als alle befreit waren, öffnete sich die Tür und Tom stürzte herein. Er war so überrascht, dass sie nicht mehr gefesselt waren, dass er sich unvermittelt Amy griff. »So, Oma, und jetzt sagst du mir sofort, wo der Stein ist, ansonsten ist Amy weg.«
Amy sah Marie panisch an. Die tauschte einen Blick mit Ava und deutete mit dem Kopf zur kleinen Kammer. Ava schien zu verstehen, was Marie meinte. »Er ist in der Kammer. Unter der dritten Holzdiele hinten links.«
Tom, der seinen Arm um Amys Hals gelegt hatte, ging langsam zu dem kleinen Abstellraum. Marie überlegte fieberhaft, wie sie Amy jetzt befreien sollten. Ihr Blick fiel auf Sam Hinkebein, der sich bis dahin nah an Franzis Bein aufgehalten hatte. Mit einer Plastikblume in der Hand humpelte er zu Tom-Hank. Dieser war kurz so irritiert, dass er Amy losließ. Marie und Franzi nickten sich zu. Blitzschnell wirbelten die beiden los. Aus der Bewegung heraus schubsten und drückten die beiden Tom so heftig weg, dass er auf dem Boden in der Kammer landete.
Amy war sofort zur Stelle und warf die Tür zu. Kim unterstützte Amy und presste sich mit aller Gewalt von außen an die Tür. Auch Marie und Franzi kamen nun dazu und drückten mit ihrer ganzen Kraft von außen dagegen.
»Rufst du die Polizei, Amy?«, keuchte Marie.

»Ihr blöden Gören!« Tom-Hank rammte von innen gegen die Tür, und Marie war sich nicht sicher, wie lange sie es schaffen würden, sie zuzuhalten.
»Ja!« Amy lief vor die Hütte, wo die Handys im Sand lagen. Marie hörte, wie Amy mit der Polizei telefonierte. Kurz darauf kam sie zurück. »Die Polizei ist auf dem Weg. Hoffentlich dauert das nicht so lange.«
Ava, die langsam ihre Fassung wiedergefunden hatte, half nun ebenfalls dabei, die Tür von außen zuzuhalten.
Tom ließ nicht locker, immer wieder warf er sich von innen gegen die Tür und schimpfte.
»Gib auf, Tom!«, rief Marie. »Die Polizei ist auf dem Weg!«
»Auf keinen Fall!«, antwortete Tom und polterte erneut gegen die Holztür.
Kim, Franzi, Marie, Amy und Ava drückten sich von außen dagegen.
Marie sah immer wieder zum Fenster, aber von der Polizei keine Spur.
Doch plötzlich hörten sie im Nebenraum Geräusche.
»Was ist das?«, fragte Kim ängstlich.
In diesem Moment kam jemand durch die Tür: Stan Larsen.
»Was ist hier los?«, fragte er alarmiert.
Als Ava Stan erblickte, wurde sie kreidebleich.
Marie merkte sofort, dass alle Kraft aus Amys Oma wich. Schnell hielt sie ihr ihren Arm hin, damit Ava sich setzen konnte.
»Was machen Sie hier? Wie sind Sie hier reingekommen?«, rief Kim verwundert.
»Da unten lag ein Stuhl. Und ich war mal ein guter Turner.«

Stan raste zur Tür und stemmte sich mit Kim, Franzi und Amy dagegen.
»Ist das Tom-Hank Fisher?«, wollte Larsen wissen.
»Ja, Ihr Nachbar!«, erklärte Franzi, die von der Anstrengung schon ganz rot war.
»Er hat es auf den Diamanten abgesehen und sich vermutlich deshalb direkt neben Ihnen eingemietet«, berichtete Kim.
»Das hab ich mir schon gedacht.« Larsen drückte sich mit seinem ganzen Gewicht gegen die Tür.
Ein ohrenbetäubender Lärm drang in die Hütte und Marie konnte sehen, dass direkt davor ein Polizeihubschrauber am Strand landete. Eine Menge Sand wurde aufgewirbelt. Als die Rotorblätter langsamer wurden und der Sand sich wieder legte, betraten drei Polizisten das Häuschen. Marie, die Ava gerade ein Glas Wasser reichte, atmete erleichtert auf.
Die Polizisten blickten sich um. Marie deutete auf die Tür, vor der Kim, Franzi, Amy und Stan Larsen standen.
»On the count of three, please step aside«, sagte ein großer Polizist leise, während er sich der Tür näherte.
Seine Kollegen zogen Waffen und zielten damit auf die Tür.
»One, two, three!«, zählte der Kommissar und Franzi und Kim sprangen auf die eine Seite, Stan Larsen und Amy auf die andere. Im selben Moment warf Tom-Hank sich von innen gegen die Tür, die nun aufging. Tom stolperte heraus, fiel hin, drehte sich aber geschickt und landete gleich wieder auf den Füßen. Als er die Polizisten erblickte, versuchte er zu fliehen, aber weiter als bis zur Tür kam er nicht, denn einer der Polizisten war schneller als er. Er warf sich auf Tom-Hank, sodass dieser zu Boden ging.

»*You are under arrest.*« Der Polizist steckte seine Waffe in den Gürtel zurück. Stattdessen holte er nun Handschellen hervor, die er Tom-Hank anlegte.
Wutentbrannt starrte Tom die drei !!! und Amy an. »Die können mir gar nichts!«, schnaubte er.
»Oh doch, das glaube ich schon«, mischte Larsen sich ein.
Interessiert hörten ihm nun alle zu. Auf Englisch fasste Larsen für die Polizisten zusammen, was geschehen war. Er berichtete, dass er nach dem Besuch der drei !!! heimlich in Fishers Wohnung war, wo er sich ein Bild von dem machen konmte, was Tom-Hank seit Jahren plante: seinen Diamanten zu klauen. Stan überreichte den Polizisten mehrere Schlüssel zu Schließfächern, die er in Tom-Hanks Wohnung gefunden hatte und in denen er ebenfalls gestohlene Schmuckgegenstände vermutete.
Der große Polizist mit den dunklen Haaren kam auf die drei !!! zu und reichte zuerst Marie und dann Kim und Franzi die Hand. »*Hello, I am Officer Miller. You girls did a great job. Are you real detectives?*«
Marie nickte stolz.
»*Next time you have to be more careful*«, ermahnte sie der Polizist mit einem freundlichen Lächeln.
»*We know.*« Marie lächelte zurück und beobachtete, wie Amy ihrer Oma das Medaillon gab, das sie im Tunnel gefunden hatten.
»Danke, mein Schatz. Ich habe es gestern Morgen aus meinem Schmuckkästchen genommen und muss es im Tunnel verloren haben. Wahrscheinlich, als ich hingefallen bin. Kannst du es mir umhängen?«

»Ja. Sagst du es Mama?« Amy schloss die Kette.
»Natürlich. Die Zeit der Geheimnisse ist jetzt vorbei.« Oma Ava strich liebevoll über die Wange ihrer Enkelin.
Officer Miller wandte sich an Stan Larsen und wollte wissen, ob der echte Diamant nun wieder aufgetaucht sei.
Stan sah Ava durchdringend an. Sie konnte seinem Blick kaum standhalten und nickte. Larsen verabredete mit dem Polizisten, den er zu kennen schien, dass er sich bei ihm melden würde.
Die Polizisten verabschiedeten sich und führten Tom zum Hubschrauber. Officer Miller kam noch mal zurück und informierte Stan, dass gleich ein Rettungshubschrauber kommen würde, um sie abzuholen. Dann hob er kurz die Hand und verließ die Hütte.
Die drei !!! und Amy fielen sich in die Arme. Einen Moment sagte niemand etwas.
»Bin ich froh, dass uns nichts passiert ist«, brach es schließlich aus Kim heraus. Tränen der Erleichterung liefen ihr über die Wangen.
Als Marie sah, dass auch Amy weinte, legte sie den Arm um sie. »Alles klar?«
Amy deutete auf ihre Oma und Stan Larsen, die sich am Fenster gegenüberstanden.
»Ich war nie wieder hier. Ich konnte es ohne dich nicht ertragen«, sagte Larsen leise zu Ava.
Hinter ihnen waren die beiden herzförmigen Palmen zu sehen. Ava und Stan blickten sich in die Augen, dann ging Ava zu dem Sessel, in dem sie die ganze Zeit gesessen hatte, und schob ihn beiseite. Sie kniete sich auf den Boden und strich mit ihrer

Hand über die Dielen. Eine der Dielen bewegte sich und Ava hob sie an. Darunter war eine hellblaue Schachtel versteckt. Vorsichtig nahm Ava sie, stand auf und ging damit zu Stan. Mit den Worten »Es tut mir leid, dass ich dich so lange im Unklaren gelassen habe« überreichte sie ihm die Schachtel. Stan öffnete sie und zog zwei winzig kleine Schühchen hervor. Sprachlos hielt er die Schuhe in der Hand. Tränen kullerten über seine Wangen. »Sind die von unserer Tochter?«

Ava nickte und musste nun auch weinen. »Ich wollte es dir erzählen, aber dann habe ich gehört, wie du sagtest, dass du niemals Kinder haben wolltest. Ich war noch so jung und naiv.« Ava schluchzte. »Und so verletzt. Ich wusste nicht, was ich machen sollte. Mit der Fälschung, mit der ich dich überraschen wollte, war bereits eine Szene gedreht worden. Ich hatte nur kurz testen wollen, ob die Fälschung erkannt wird, aber niemandem war etwas aufgefallen. Dann bin ich gegangen und habe den echten Diamanten mitgenommen.«

Stan zog ein gebügeltes Stofftaschentuch aus seiner Tasche und tupfte Avas Tränen damit weg.

Ava nahm Stan die Schachtel aus der Hand und holte eine Pappe heraus. »Das hier ist ein Zwischenboden«, erklärte sie. »Darunter ist der Diamant.«

Mit Zeigefinger und Daumen holte Ava den Diamanten aus dem Kästchen und hielt ihn Stan hin. Genau in diesem Moment kam die Sonne hinter den Wolken hervor und schien in die Hütte. Das Licht brach sich an den geschliffenen Flächen des Diamanten so, dass überall im Zimmer regenbogenbunte Lichtpunkte auftauchten.

Noch nie in ihrem Leben hatte Marie einen so wunderschönen Diamanten gesehen. Das blaue Herz war noch größer, als sie erwartet hatte, und sie hatte sofort das Bedürfnis, den Stein auch mal in die Hand zu nehmen.

»Du siehst ja aus wie ein Superstar bei der Oscar-Verleihung«, stellte Kim fest. Marie sah an sich herunter. Auf dem silbernen Sternenaufdruck ihres blauen T-Shirts spiegelten sich die Lichtreflexe des Diamanten so stark, dass sie von ihr abstrahlten.

»Wenn das mal kein Zeichen ist«, sagte Franzi trocken.

»Das hoffe ich nicht!«, meinte Kim leise.

Sam kam durch die Tür. In der Pfote hielt er ein Handy, das er Franzi brachte. »Danke, Sam, das ist Maries.«

Marie nahm es an sich und sah, wie ein Hubschrauber vor der Hütte landete. Die Rotoren wurden langsamer und ein Sanitäter und eine Sanitäterin stiegen aus. Auf dem Weg zum Haus hoben sie die restlichen Handys aus dem Sand auf und betraten die Hütte. Franzi nahm die beiden Telefone entgegen, und Stan Larsen und Amy erklärten ihnen, was passiert war. Die Sanitäterin kümmerte sich sofort um Avas Knöchel und der Sanitäter kam zu Marie.

In der Aufregung hatte sie ihre Verletzung fast vergessen. Der Sanitäter untersuchte die Wunde an ihrer Fußsohle und sprach dann mit Amy, die übersetzte.

»Deine Wunde sieht nicht so schlimm aus. Sie wird gereinigt und du bekommst einen kleinen Verband. Er möchte noch wissen, ob du geimpft bist. Gegen …« Amy überlegte. *»How is it called?«*

»Tetanus?«, fragte Marie. »Ja, bin ich.«

Während Maries Fuß versorgt wurde, schaute sie zu Ava, deren Fuß ebenfalls bandagiert werden musste. Amy berichtete, dass es sich laut der Sanitäterin bei ihrer Oma nur um eine Verstauchung handelte.

Als alle versorgt waren, konnten sie in den Hubschrauber einsteigen.
»Darf Sam auch mit?« Franzi zeigte auf den Waschbären, der neben ihr herhumpelte.
Marie fiel auf, dass sie jetzt mit ihrer Humpelei schon zu dritt waren.
Der Sanitäter nickte und half allen beim Einsteigen.
Franzi war begeistert. »Wow, ist das spannend!«
»Also mir reicht es mit der Spannung.« Kim seufzte. »Ich brauche jetzt ganz dringend etwas *Ent*spannung.«
Als alle eingestiegen waren und Kopfhörer als Lautstärkeschutz aufhatten, startete der Pilot den Helikopter. Franzi versuchte, Sam die Ohren zuzuhalten. Er kauerte sich neben sie und bewegte sich kaum.
»Ich hab mit dem Piloten besprochen, dass er uns direkt nach Hause fliegt.« Amy strahlte die drei !!! an. »Die werden Augen machen!«

Familienzusammenführung und neue Turbulenzen

»Habt ihr einen eigenen Hubschrauberlandeplatz?«, wunderte Kim sich.

»Nicht direkt«, sagte Amy. »Aber auf dem Grundstück ist ja genug Platz.«

Marie sah aus dem Fenster. Es war mittlerweile später Nachmittag, die Sonne stand nicht mehr ganz so hoch am Himmel und das Meer unter ihnen glitzerte.

Sie war so glücklich, dass sie den Fall gelöst hatten, und wollte jetzt nur noch zu den Kings. Und bald wollte sie auch zurück nach Hause. Sie vermisste Holger. Aber noch ein paar Tage in Hollywood ohne einen Fall könnten natürlich auch schön sein. Marie erinnerte sich wieder daran, warum sie überhaupt hier waren. Zu Hause waren Sommerferien, ihr Vater hatte das Angebot bekommen, eine feste Rolle in der erfolgreichen amerikanischen Fernsehserie *Cops and the City* zu spielen, und er liebäugelte damit, diese anzunehmen. Nachdem ihre Freunde aber im Garten der Grevenbroichs eine Demo abgehalten hatten, hatte Helmut verkündet, sich alles erst mal anzusehen. Außerdem hatte er Tessa, Marie und Lina deutlich gemacht, dass sie nur umziehen würden, wenn es allen in Hollywood gefiele.

Marie nahm sich vor, heute noch mit ihrem Vater zu sprechen, ob er schon eine Entscheidung getroffen hatte. In den letzten Tagen hatte sie ihre Familie eigentlich kaum gesehen. Selbst wenn ihr Vater hier die Rolle seines Lebens spielen konnte, wollte sie doch gerne wieder nach Hause. Sie hoffte sehr, dass ihr Vater das auch so sah.

Maries Blick fiel auf Oma Ava, die ganz ruhig vor ihr saß und nachdenklich aus dem Fenster schaute. Das Medaillon, das an einer goldenen Kette um ihren Hals hing, funkelte in der Sonne.

Nach einigen Minuten ging der Hubschrauber schon wieder nach unten und landete im Garten der Kings.

Maries Halbschwester Lina und ihre Freundin Sofie hatten am Pool gelegen und sprangen überrascht auf. Als der Hubschrauber sanft auf dem Rasen landete, kamen Joe, Liz, Helmut und Tessa angerannt.

Marie nahm die Ohrenschützer ab. Die Sanitäter halfen Oma Ava beim Aussteigen.

»Mama! Bin ich froh, dass dir nichts passiert ist!« Liz fiel ihrer Mutter um den Hals, ließ aber gleich wieder von ihr ab und blickte suchend zum Hubschrauber.

Als die Sanitäter nun Marie helfen wollten, ließ sie Amy den Vortritt. Erleichtert nahm Liz ihre Tochter in den Arm.

Danach stieg Marie aus, die von ihrem Vater und Tessa stürmisch begrüßt und umarmt wurde. Das Gleiche wiederholte sich mit Kim und Franzi, die Sam Hinkebein aus dem Hubschrauber trug und ihn dann absetzte. Marie sah, wie er davonhumpelte. Bestimmt wollte er nach der ganzen Aufregung auch nur noch zu seinen Freunden.

Helmut und Tessa hatten sich große Sorgen gemacht, doch nun waren sie erleichtert und strahlten über das ganze Gesicht.

Niemand dachte daran, dass noch jemand im Hubschrauber saß: Stan Larsen. Finn kam angerannt und betrachtete den

Hubschrauber freudestrahlend. »Das ist ja der Rettungshubschrauber von Feuerwehrmann Frank!«, rief er laut.
Alle guckten zum Hubschrauber, aus dem nun Stan Larsen ausstieg. Oma Ava streckte ihm die Hand entgegen und er ergriff sie. Liz sah ihre Mutter fragend an.
Die Sanitäter und der Pilot verabschiedeten sich und stiegen in den Hubschrauber. Die Rotorblätter des Hubschraubers begannen sich zu drehen. Alle wichen zurück und hielten sich die Ohren zu.
Marie nahm ihren kleinen Bruder auf den Arm. »Es kommt mir vor, als ob ich dich eine Ewigkeit nicht gesehen hätte«, rief sie gegen den Lärm an.
Aber Finn hörte sie nicht, sondern beobachtete fasziniert den Hubschrauber. »Können wir damit nach Hause fliegen?«
Der Hubschrauber hatte an Höhe gewonnen und drehte ab.
»Ist deine Karriere als Filmstar denn vorbei?«, fragte Marie.
Finn nickte. »Alles im Kasten.«
Marie musste lachen. »Du bist ja ein echter Profi.«
Helmut, Lina und Tessa kamen zu Marie.
Grevenbroich legte den Arm um seine Tochter. »Was ist mit deinem Fuß?«
Marie hatte ihre Sandale über den Verband gezogen. »Nichts Schlimmes, Papa.«
Sie ahnte, dass ihre Familie nicht begeistert sein würde. Denn die drei !!! hatten sich wirklich in Gefahr begeben, um diesen Fall zu lösen. Aber weil auch Ava dabei gewesen war, wusste Marie, dass sie ihren Eltern die Wahrheit sagen musste. »Können wir euch nachher alles in Ruhe erzählen?«, bat Marie. »Wir sind alle ganz schön hungrig.«

»Klar. Ich koche was!«, schlug Helmut vor.
Tessa nahm Finn auf den Arm. »Wollen wir Papa helfen?«
Finn nickte. »Ich mach Pfannkuchen!«
»Marie? Geht's dir gut?«, fragte Maries Halbschwester Lina. »Habt ihr einen Fall gelöst?«
Marie nickte erschöpft. »Und Sofie und du? Was habt ihr so gemacht? Gefällt es euch in Hollywood?«
»Ich finde es echt cool hier«, schwärmte Lina. »Aber ich freue mich auch wieder auf zu Hause. Da ist es am schönsten!«
Das fand Marie auch. Ihr Blick fiel auf Oma Ava, Stan Larsen, Amy und Liz. Sie hatten an einem Tisch auf der Terrasse Platz genommen und Joe King brachte gerade ein großes Tablett mit Gläsern und einer Karaffe Wasser nach draußen. Als er allen etwas eingeschenkt hatte, stellte er sich neben Marie, Franzi und Kim. »Wollt ihr etwas trinken?«
Dankbar nahmen die drei !!! die kühlen Getränke entgegen. Als King wieder weg war, ließen Kim und Franzi sich auf den Liegen am Pool nieder.
Marie blieb kurz alleine zurück und blickte zu Oma Ava, die gerade versuchte, die Kette, an der das Medaillon hing, zu öffnen. Amy sprang auf und half ihrer Oma. Als Ava das Medaillon geöffnet hatte, gab sie es Liz.
Überrascht schaute sich Amys Mutter die Bilder an. Ava, die neben ihrer Tochter saß, hielt deren Hand und redete mit ihr.
Marie konnte nicht hören, was gesprochen wurde, aber das war auch egal, denn daran, wie Ava die Hand ihrer Tochter streichelte und wie sie sie ansah, konnte man erkennen, wie

sehr Ava Liz liebte. Liz schluchzte auf, Amy saß nervös daneben und Stan Larsen, der bis zu diesem Zeitpunkt kaum etwas gesagt hatte, streckte Liz und Ava nun seine Hände entgegen. Marie konnte sehen, wie Liz mit sich rang. Dann ergriff sie die Hände des Mannes, den sie bis dahin wahrscheinlich nur aus Filmen kannte und von dem sie gerade erfahren hatte, dass er ihr Vater war.

Marie war gerührt. Sie selbst hatte ihre Mutter früh verloren und konnte sich nur ansatzweise vorstellen, wie sich eine solche Begegnung anfühlen musste.

Auf jeden Fall freute sie sich auch für Amy, dass die jetzt einen neuen Opa hatte. Stan Larsen war bestimmt ein netter Opa, da war Marie sich sicher.

»Mein Handy geht wieder. War bestimmt nur ein Wackelkontakt.« Marie wurde von Kim aus ihren Gedanken gerissen.

»Die Jungs schlafen ja sicher schon.« Kim legte ihr Handy beiseite. »Ich rufe David morgen an.«

Erschöpft ließ Marie sich neben ihren Freundinnen nieder.

»Ich kann jetzt auch nicht mehr mit Holger sprechen.«

Franzi massierte ihre Handgelenke.

»Tun die immer noch weh?«, fragte Kim.

Franzi nickte. »Wie geht's deinem Fuß, Marie?«

»Ach, das ist halb so wild!«

»Vielleicht doch gut, dass Kommissar Peters nicht hier ist. Der hätte uns mal wieder ganz schön den Marsch geblasen.«

Kim lachte.

Franzi nickte. »Ja, es war aber auch teilweise ganz schön gefährlich. Und ist es nicht krass, dass wir einen gesuchten Juwelendieb gefasst haben?«

»Den wir überhaupt erst auf die richtige Fährte gebracht haben«, ergänzte Marie.
Kim stand auf und setzte sich an den Rand des Swimmingpools. »Das stimmt, aber ohne seinen Filmausschnitt wären wir nie auf den Tunnel gekommen, und Oma Ava hätte doch mit dem verstauchten Knöchel allein gar nicht den weiten Weg zurück durch den Tunnel geschafft.«
Marie verstellte ihre Liege und schloss die Augen. »Ja. Alles hängt irgendwie zusammen.« Sie blinzelte. Der Sonnenuntergang verfärbte den Himmel in ein tiefes Orange.
»Essen ist fertig!«, hörte Marie ihren Vater rufen. Sie schreckte auf. Wahrscheinlich war sie kurz eingeschlafen. Es war mittlerweile schon fast dunkel.
Marie sah an sich und ihren beiden Freundinnen herunter. Ihre Jeansshorts und ihre T-Shirts waren ganz dreckig. »Normalerweise würde ich in Hollywood so nicht zum Dinner gehen.« Sie grinste.
Helmut und Tessa hatten auf der Terrasse eine lange Tafel gedeckt. Lampions baumelten darüber. Finn saß bereits am Tisch und aß Pfannkuchen, als die drei !!! sich setzten. Joe, Liz, Amy, Ava und Stan Larsen hatten auch bereits Platz genommen.
»Darf ich euch meinen Vater vorstellen, von dem ich bis heute nichts wusste?!« Liz deutete auf Stan Larsen, der sich verbeugte. »Hallo. Ich freue mich, Sie alle kennenzulernen.«
»Irgendwie wirkt er immer noch wie ein Geist«, flüsterte Marie Kim zu.
»Stimmt, aber wie ein guter Geist«, erwiderte Kim.
Helmut und Tessa verteilten kleine bunte Cocktails an die

Anwesenden. »Natürlich ohne Alkohol und mit viel Himbeersirup.« Tessa zwinkerte den Mädchen zu.

»Auf den Familienzuwachs!« Joe King erhob sein Glas.

Nachdem alle angestoßen und getrunken hatten, stellte Helmut zwei große Schüsseln auf den Tisch: Spaghetti mit einer Soße aus frischen, sonnengereiften Tomaten.

»Und jetzt erzählt mal, was passiert ist.« Helmut verteilte die Nudeln und sah Marie gespannt an. »Ihr seht so erdig aus. Habt ihr einen Tunnel gegraben?«

Marie lächelte. »So ähnlich.«

»Ich würde zuerst gerne mal wissen, wo du warst, Ava. Und warum seid ihr mit einem Hubschrauber nach Hause gebracht worden?«, fragte Joe King.

Ava räusperte sich. »Das ist eine lange Geschichte.« Sie begann zu erzählen. Alle hörten gespannt zu. Ava berichtete schließlich von der mutigen Rettungsaktion der drei !!!.

»Da habt ihr euch aber in große Gefahr begeben.« Maries Vater sah die Mädchen tadelnd an. »Zum Glück ist nichts passiert!«

»Wir mussten schnell in den Gang und Ava suchen. Da blieb uns keine Zeit, noch jemanden einzuweihen«, erklärte Marie.

»Und woher wusstet ihr von dem Geheimgang und dem Klangspiel? Hat Stan euch darauf gebracht?«, wollte Liz wissen.

Larsen schüttelte den Kopf. »Als die Mädchen mich aufgesucht haben, hatten wir so viele andere Themen. Ava und den Diamanten …«

»Dürfen wir den Diamanten mal sehen?«, unterbrach ihn Lina aufgeregt.

»Natürlich.« Larsen holte die kleine Kiste aus der Tasche seines Jacketts und öffnete sie. Zum Vorschein kamen Liz' Babyschuhe. Stan drückte die Hand seiner Tochter. »Schade, dass ich das verpasst habe.«

Liz lächelte ihren Vater an.

Dann nahm er den Zwischenboden aus dem Kästchen und holte den Diamanten heraus. Stan reichte ihn Lina, die ihn fasziniert betrachtete.

»Wow!«, rief Sofie.

»Wisst ihr, was mir gerade auffällt«, mischte Amy sich ein. »Der Film *Diamond Sky* muss ja dann mit der Fälschung gedreht worden sein.«

»Das muss unser Geheimnis bleiben, okay?« Stan zwinkerte Amy zu.

Ava nickte. »Ja, das wäre besser. Noch einen Skandal brauchen wir nicht. Was sagst du eigentlich der Polizei?«

»Dass ich ihn in einer alten Schuhschachtel wiedergefunden habe.« Stan zwinkerte Ava zu.

»Morgen solltest du den Diamanten als Erstes in einen Safe legen«, sagte Ava. »Und nur an den Drehtagen herausholen, wo ihr ihn wirklich braucht.«

»Kommst du mit?« Stan lächelte Ava an. »Wir könnten danach einen Kaffee zusammen trinken gehen.«

»Gerne«, sagte Ava, und Marie sah, dass ihre Wangen sich rötlich verfärbten. »Süß! Ich liebe Happy Ends!«, flüsterte sie Franzi und Kim zu.

Mittlerweile war der Stein bei Marie angekommen. Andächtig drehte sie ihn in den Händen hin und her.

Es klingelte an der Tür.

»Entschuldigt mich.« Joe King stand auf und verschwand.
»Ich will jetzt mit dir in den Geheimgang.« Finn trug eine Stirnlampe und kletterte auf Maries Schoß.
Marie grinste und musste gähnen. »Du bist so süß Finn, aber das ist leider zu gefährlich.«
»Wieso? Ich bin doch Feuerwehrmann!« Finn verschränkte die Arme vor der Brust. »Der coolste Feuerwehrmann in Hullewutt!«
»Das stimmt.« Marie drehte sich zu ihrem Vater. »Gibt es eigentlich schon irgendeine Entscheidung?«
Genau in diesem Moment hörte sie eine Stimme, die ihr bekannt vorkam und die mit Joe englisch sprach. Kurz darauf stand Doug Michaels vor ihr.

Klarer Fall?

»*Good evening*. Hallo!«, grüßte er in die Runde.

Alle starrten ihn überrascht an.

Finn erschrak. »Bist du Feuerwehrmann Frank?«

Marie lachte. Doug Michaels hatte tatsächlich eine gewisse Ähnlichkeit mit der animierten Figur aus Finns Lieblingsserie. Micheals ging auf Finn zu und hielt ihm die Hand hin. »Nein, ich bin Doug. Und wer bist du?«

»Finn!«

»Hallo, Finn! Ist das deine große Schwester?« Doug zeigte auf Marie, die gar nicht wusste, wie ihr geschah.

»Warte, ich gucke mal.« Finn schaltete seine Strinlampe ein, sodass Marie geblendet wurde. Im selben Moment brach sich das Licht in dem Diamanten, den Marie noch in den Händen hielt, und sie wurde angeleuchtet.

»Ja, das ist sie.«

Doug lächelte geheimnisvoll. »Du hast recht. Sie ist es.«

Marie blickte fragend zu ihren beiden Freundinnen. Was wollte Doug Michaels hier?

»Entschuldigen Sie, dass ich Sie störe.« Erst jetzt sah Michaels wieder in die Runde. »Ach, hallo, Stan. Hallo, Lilli. Du bist also wieder da.« Michaels ging um den Tisch herum. Ava und er umarmten sich herzlich. »Du hast dich in den letzten vierzig Jahren kaum verändert.« Michaels grinste verschmitzt.

»Danke für die Blumen, Doug«, sagte Ava. »Du auch nicht.«

Michaels und Stan klopften sich gegenseitig freundschaftlich auf die Schulter.

Wieder strahlte Finn mit seiner Taschenlampe den Diamanten an und das Licht brach sich in hunderte bunte Punkte.
»Ist das etwa der echte Diamant?«, fragte Doug Michaels irritiert.
Stan Larsen nickte. »Ja.«
»Das ist fantastisch. Alles fügt sich!« Michaels lächelte Joe und Liz an. »Ich weiß, wir haben den Termin wegen Ihres Grundstücks erst morgen, aber ich habe noch ein anderes Anliegen. Es geht um Ihren Besuch.«
Marie war etwas mulmig zumute, sie wusste aber nicht so genau, warum.
»Hallo, Mr Grevenbroich!« Doug Michaels ging auf Maries Vater zu und schüttelte ihm die Hand.
»Oh, Sie kennen meinen Namen?« Grevenbroich fühlte sich geschmeichelt.
»Ich werde das Remake von *Diamond Sky* drehen«, erzählte Michaels. »Am liebsten hier auf diesem Grundstück. Der Originalfilm wurde auch teilweise hier gedreht.«
»Es handelt sich also wirklich um *Diamond Sky*, das ist doch unglaublich!«, flüsterte Amy Marie zu, die ihr schräg gegenübersaß.
Marie hatte es anscheinend die Sprache verschlagen.
»Ehrlich? Das ist ja interessant.« Tessa reichte Doug Michaels ebenfalls die Hand.
»Sie sind Kamerafrau, nicht wahr?«
»Ja, das stimmt«, sagte Tessa überrascht.
Doug Michaels drehte sich wieder zu Marie. »Ihr habt den Fall anscheinend gelöst und auch noch den Diamanten gefunden?!«

Marie nickte. Sie merkte, wie ihr Herz zu rasen begann, denn sie spürte, dass gleich etwas passieren würde.

»Ihr seid ja echte Profis. Glückwunsch!« Michaels strahlte Kim und Franzi an. Dann wandte er sich zu Helmut. »Ihre Tochter scheint viele Talente zu haben.«

»Ja, das stimmt.« Grevenbroich sah Marie an. »Aber wie kommen Sie darauf, Mr Michaels?«

»Nennen Sie mich bitte Doug. Marie war heute bei mir. Bei einem Casting für die Rolle der jungen Grace Parker. Die Hauptrolle spielt Kiddie Nicelman, aber der Film hat viele Rückblenden«, erklärte Michaels. »Dafür suche ich eine junge Schauspielerin.«

»Du warst bei einem Casting?«, fragte Grevenbroich überrascht.

Marie nickte wieder nur. Sie suchte Augenkontakt mit Kim und Franzi, aber die beiden konnten ihrem Blick kaum standhalten.

»Marie, ich mache es kurz: Du hast die Rolle!«, sagte Michaels.

Marie wurde heiß, ihr Herz raste, ihr wurde schwindelig. Hatte einer der bekanntesten Regisseure der Welt ihr gerade wirklich eine Rolle in seinem neuen Film angeboten?

»Du hast die Grace Parker so natürlich rübergebracht und so viel *emotions* reingelegt. Das hat mich echt beeindruckt«, erklärte Michaels.

»Das ist ja ... das ist ... wow ... ich weiß gar nicht, was ich sagen soll«, stotterte Marie. Hilfe suchend sah sie zu Kim und Franzi, die sie übertrieben angrinsten und beide Daumen hochhielten.

Helmut nahm Marie in den Arm. »Glückwunsch, mein Schatz!«

Lina sprang aufgeregt auf und hüpfte auf und ab. »Das ist der Hammer!«

Auch Tessa kam zu Marie und drückte sie. »Du musst das nicht machen, wenn du nicht willst«, flüsterte sie ihr ins Ohr.

»Kommt, lasst uns auf Marie anstoßen«, rief Joe King und hob sein Glas.

Alle machten mit, auch Oma Ava, die Marie zuzwinkerte.

Marie wusste gar nicht, wie ihr geschah. Sie wollte jetzt gern mit Kim und Franzi reden, aber die beiden sahen weg.

»Auf Marie!«, sagte Stan Larsen.

Alle tranken, nur Marie bekam keinen Schluck ihres Himbeercocktails herunter.

»Bist du dabei?«, fragte Doug Michaels sie, nachdem er sein Getränk geleert hatte.

»Ich weiß nicht«, stammelte Marie und sah wieder zu ihren beiden Freundinnen herüber.

Kim und Franzi nickten ihr zu.

»Also, wenn du das möchtest, können wir alles regeln. Du bist so gut in der Schule, da kannst du auch mal eine Weile weg sein«, überlegte Helmut laut. »Oder wir ziehen alle her.«

»Oh ja!«, rief Amy, verstummte aber gleich wieder und sah betreten zu Kim und Franzi.

»Mr Michaels. Vielen Dank für das Rollenangebot, aber ich glaube …« Marie stockte. Sie konnte keinen klaren Gedanken fassen.

»Marie braucht sicher Zeit zum Nachdenken«, kam Tessa ihr zu Hilfe.

Marie nickte überfordert. »Ja. Ist das möglich?«

»Ich würde mich sehr freuen, wenn du es dir überlegst, Marie. Natürlich, denk in Ruhe nach. Ich bin ja morgen sowieso noch mal hier, um mit den Kings über den geplanten Dreh auf ihrem Grundstück zu sprechen, vielleicht hast du dann auch ein bisschen Zeit für mich?« Doug lächelte Marie an.

»Ja, klar, gerne.«

»Super! Dann verabschiede ich mich jetzt und wünsche allen noch einen schönen Abend!« Doug Michaels winkte in die Runde und ließ sich von Joe King hinausbegleiten.

Als er weg war, wusste niemand so recht, was er sagen sollte. Marie merkte, dass alle sie anstarrten. »Was guckt ihr denn so?«

»Wir freuen uns für dich«, brachte Kim hervor.

Franzi nickte. »Ja, dass du so talentiert bist!«

Amy stand auf und kam zu Marie. »Wow! Herzlichen Glückwunsch, Sweetie! Das musst du machen. Das ist eine echte Chance. Michaels hat Kiddie Nicelman groß rausgebracht. Und Violett Johannsen. Wahnsinn, wenn du auch in der Liga spielst.«

Finn, der sich den Diamanten geschnappt hatte, kletterte auf Maries Schoß. »In welcher Liga spielt Marie denn? Wirst du jetzt Fußballer?«

Marie musste lachen. »Ich spiele in keiner Liga, mein kleiner Feuerwehrmann. Ich werde vielleicht in einem Film mitspielen.«

»Darf ich mal den Diamanten haben, Finn?«, fragte Oma Ava.

»Ja!«, rief Finn und lief zu ihr.

»Danke, Sweetie.« Ava nahm ihm den Diamanten aus der Hand.

Marie stand auf. »Ich bin total müde und würde gerne ins Bett gehen.«

Franzi streckte sich. »Ich auch.«

»Danke für das leckere Essen!«, sagte Kim.

Amy gähnte. »Ich gehe auch bald schlafen.«

Grevenbroich setzte sich neben Marie. »Möchtest du reden?«

Marie schüttelte müde den Kopf.

»Gut, dann morgen.« Grevenbroich nahm Marie in den Arm, aber sie löste sich aus der Umarmung. »Gute Nacht.«

»Danke noch mal! Ihr seid ganz tolle Mädchen! Sehr mutig und clever«, sagte Oma Ava.

»Ohne Amy hätten wir das aber nicht geschafft.« Kim lächelte Amy an. Marie freute sich, dass der anfängliche Streit zwischen den beiden – ausgelöst durch Visitenkarten mit Strasssteinen und Amys Namen darauf für *Die vier !!!!* – nun beigelegt war.

»Ja, danke, dass ihr meiner Mama geholfen habt.« Liz nahm Maries Stuhl und stellte ihn Oma Ava hin, damit sie ihren bandagierten Fuß darauf ablegen konnte. »Schlaft gut!«

Ava legte den Stein in Stans Hand.

»Ihr habt mein Leben auf den Kopf gestellt – dafür bin ich euch sehr dankbar«, sagte Stan. »Und dafür, dass ich jetzt zwei so kostbare Schätze wiederbekommen habe – und noch zwei neue dazu!« Larsen sah glücklich von Ava zu Liz und Amy.

»Ich glaube das alles nicht«, sagte Marie, als sie die Tür hinter sich geschlossen hatten.

Kim und Franzi ließen sich auf ihre Matratzen fallen. Marie setzte sich im Schneidersitz neben ihre Freundinnen.

»Ich auch nicht.« Kim öffnete die Schublade des Nachtschränkchens.

»Willst du etwa jetzt noch Tagebuch schreiben?« Franzi hatte bereits die Augen geschlossen.

»Nee, ich brauche Schokolade.« Kim wurde fündig und wickelte einen Schokoriegel aus. »Wollt ihr auch?«

»Nein danke.« Marie sah zu Franzi rüber.

»Ich auch nicht.«

Marie zog sich ihre Schuhe aus. Ihre Füße waren fast schwarz von dem Gang durch den Tunnel. Sie würde auf jeden Fall gleich noch ein Bad nehmen. »Was sagt ihr denn jetzt zu dem Rollenangebot?«, fragte sie aufgeregt.

»Das ist der Hammer!« Franzi setzte sich auf.

»Ja, unglaublich. Du hast echt Talent. Und wahrscheinlich bist du wie für die Rolle gemacht.« Kim biss in ihren Schokoriegel.

»Okay, das ist echt lieb von euch. Aber was denkt ihr wirklich?« Marie sah ihre beiden Freundinnen erwartungsvoll an.

Kim zuckte mit den Schultern. »Dass wir dir alles gönnen und uns für dich freuen.«

Franzi nickte.

Marie wusste, dass die beiden nicht ehrlich waren. »Ich würde gerne duschen. Möchte eine von euch vorher ins Bad?«

»Ich gehe nach dir.« Franzi gähnte.

»Ich auch.« Kim knüllte das Papier ihres Schokoriegels zu einer Kugel zusammen und zielte damit auf den Papierkorb unter dem Schreibtisch. »Ah, knapp daneben.«

Marie hob die Papierkugel auf und warf sie im Vorbeigehen in den Mülleimer.
Sie ging ins Bad und schloss die Tür hinter sich. Was war nur mit Kim und Franzi los, warum waren sie so komisch? Marie ließ Wasser in die Badewanne laufen. Vorsichtig wickelte sie den Verband von ihrem Fuß ab und setzte sich in die Badewanne. Das warme Wasser tat gut. Am liebsten hätte sie ihre Gedanken ausgeknipst, aber das funktionierte nicht.
Sie hatten den Fall gelöst. Ava war wieder da, der Diamant hoffentlich bald sicher im Safe, Tom-Hank in Untersuchungshaft ... Und das Unglaublichste: Sie, Marie, hatte ein Angebot für eine Traumrolle in dem Remake eines ihrer Lieblingsfilme bekommen, der von lauter Hollywoodgrößen produziert wurde. Marie dachte an das Casting. Sie hatte sich in der Rolle der Grace Parker gut gefühlt und es hatte ihr Spaß gemacht. Aber es war auch unheimlich anstrengend gewesen. Nie zuvor hatte sie sich so intensiv in eine Rolle eingefühlt!
Was, wenn sie das Rollenangebot tatsächlich annehmen würde? Wie lange würde sie dann in Hollywood sein? Und würde sie berühmt werden?
Marie stellte sich kurz vor, wie es wäre, eine wohlhabende und berühmte Hollywoodschauspielerin zu sein. So schlecht war der Gedanke gar nicht ...
»Marie?! Bist du bald fertig?« Kim hämmerte gegen die Badezimmertür. »Ich würde mir auch gerne mal die Zähne putzen!«
»Komm rein!« Marie stand auf und duschte den Schaum ab. Kim betrat das Badezimmer. »Erzählst du Holger morgen von dem Rollenangebot?«

Marie zog sich ihren Schlafanzug über. »Ich weiß es nicht.« Während sie sich neben Kim die Zähne putzte, dachte sie an Holger. Sie war so abgelenkt gewesen, dass sie bisher kaum an ihn gedacht hatte, aber jetzt vermisste sie ihn.

Kim spülte ihren Mund aus, wusch sich Hände und Gesicht, und verschwand wieder ins Zimmer.

Marie blieb ratlos zurück. Sie klappte den Klodeckel zu und setzte sich darauf. Was sollte sie nur machen? Sie fühlte sich allein. Eigentlich wollte sie doch gar nicht nach Hollywood und war nur mitgekommen, um sich das hier mal anzusehen. Durch die Turbulenzen der letzten Tage war Marie so abgelenkt gewesen, dass sie gar nicht wusste, was ihre Familie über Hollywood dachte. Sie musste morgen unbedingt mit ihnen reden.

Eins machte ihr aber am meisten zu schaffen: Was war mit ihren Freundinnen los? Wollten Kim und Franzi, dass sie das Rollenangebot annahm? Aber warum? Schließlich waren sie die drei !!!, und das sollte doch auch so bleiben!

Sie *konnte* diese Rolle nicht annehmen, und die Frage, ob sie es vielleicht wollte, musste sie verdrängen.

Marie spülte die Zahnbürste aus, trocknete sich den Mund ab und ging zurück ins Zimmer. Sie war entschlossen, Kim und Franzi ihre Entscheidung mitzuteilen – aber die beiden waren schon eingeschlafen.

Die Nachricht musste also bis morgen warten.

Marie griff nach ihrem Handy, doch der Akku war leer. Sie seufzte und stöpselte das Ladekabel ein. Wenn sie aufwachte, würde sie gleich Holger anrufen.

Marie machte das Licht aus und schlief sofort ein.

Detektivclub in Gefahr

Detektivtagebuch von Kim Jülich
Donnerstag, 22:17 Uhr

Wir haben den Fall »Hollywood-Diamant« gelöst. Ich bin nicht sicher, ob wir so ein Kaliber schon mal geschafft haben. Sowohl was die Größe des Diamanten betrifft als auch was den Juwelenräuber angeht, den wir dingfest gemacht haben. Er scheint landesweit gesucht zu sein, hat Officer Miller Stan Larsen mitgeteilt.

Der Weg zur Lösung des Falls war sehr steinig (im wahrsten Sinne des Wortes) und gefährlich. Und wir haben das Ganze erst so richtig ins Rollen gebracht. Wenn wir mit Oma Ava nicht bei den Hollywood-Sternen gewesen wären, hätten wir Stan Larsen nicht getroffen. Und er hätte nicht gewusst, wo Oma Ava lebt, und wäre nicht zufällig kurz nach ihrem Verschwinden im Garten der Kings aufgetaucht. Er war zwar so schnell weg, wie er gekommen war, aber er hat einen Briefumschlag mit seiner Adresse darauf verloren, sodass wir ihn ausfindig machen konnten. Dann haben wir zufällig Tom-Hank kennengelernt, durch den wir (und der durch uns) auf die richtige Spur kamen. Durch Tom-Hanks Interesse an dem Diamanten konnten wir Filmausschnitte von *Diamond Sky* sehen, die vor Erscheinen des Films von dem damaligen Produzenten Larsen herausgeschnitten wurden. Larsen hat uns auf Doug Michaels gebracht, der einer der bekanntesten Hollywood-Regisseure ist und bei dem Marie aus einem Casting eine Befragung gemacht hat (und sie war so gut, dass sie jetzt die Rolle angeboten bekommen hat). Bald danach haben wir es geschafft, den Geheimgang zu finden, die Luke zu öffnen, sind beinahe verschüttet und dann auch noch von Tom-Hank Fisher gefangen genommen worden. Unter anderem dank Sam Hinkebein-Waschbär haben wir es letztlich

geschafft, Tom-Hank Fisher zu überwältigen. WAHNSINN! Das ist wirklich wie im Film!
Stan Larsen hat durch uns einiges kombiniert und herausgefunden, zum Beispiel, dass Ava durch den Tunnel gegangen sein könnte. So konnte er uns am Ende helfen. (Er wäre auch ein guter Detektiv, denn er hat Franzi bei unserem ersten Treffen unbemerkt Tom-Hanks Wohnungsschlüssel aus der Tasche stibitzt, sodass er dessen Wohnung heimlich nach Hinweisen durchsuchen konnte.)
Ich nehme mal an, dass Tom-Hank Fisher (vielleicht hat er auch einen anderen Namen?) ins Gefängnis kommt. Er hat den Diamanten zwar dank uns nicht stehlen können, aber er war der Polizei bekannt. Officer Miller hat Stan Larsen vorhin am Telefon mitgeteilt, dass Tom-Hank in diversen Schließfächern sehr viel Schmuck gelagert hat.

Geheimes Tagebuch von Kim Jülich

Mittwoch, 22:48 Uhr (Wie spät es wohl bei David ist? Ich kann gerade nicht rechnen ...)

▸ Stopp! Dieses Tagebuch ist geheim. Wer weiterliest, muss so lange an den Sitzungen der Mystic Angels teilnehmen, bis er oder sie es schafft, Kontakt zu Dona Petronilla aufzunehmen. ◂
Ich bin eine gute Detektivin, aber heute Abend war ich keine gute Freundin.
Dass Marie dieses unglaubliche Rollenangebot bekommen hat, ist natürlich der absolute Hammer, und ich bin so stolz auf sie. Es ist eine riesige Chance für sie. Ich habe versucht, mich einfach nur für sie zu freuen. Aber da war gleich wieder diese Angst, dass Marie nach Hollywood zieht. Die ist jetzt noch viel größer, weil Marie selbst dieses fantastische Rollenangebot bekommen hat. Sie und Franzi sind meine besten Freundinnen. Ich kann mir ein Leben ohne die beiden einfach nicht mehr vorstellen. Und was wird dann aus den drei !!!? War das vielleicht unser letzter Fall? Und dieser letzte Fall wäre dann daran schuld, dass es

der letzte Fall war?! Das klingt jetzt vielleicht etwas kompliziert, aber wenn wir uns nicht bei Doug Michaels zum Casting reingeschlichen hätten, hätte er Marie ja nie entdeckt. Und wir hätten den Geheimgang auf dem Grundstück der Kings nicht entdeckt und Ava nicht aus den Klauen von Tom-Hank Fisher befreien können ... Ich drehe mich im Kreis.
Leider weiß ich überhaupt nicht, wie ich jetzt reagieren soll. Denn als gute Freundin möchte ich für Marie natürlich nur das Beste. Franzi geht es genauso. Als Marie vorhin so lange im Bad war, haben wir überlegt, wie wir uns jetzt verhalten sollen. Leider sind wir zu keinem Ergebnis gekommen. Franzi ist dann eingeschlafen und ich habe etwas wirklich Blödes gemacht: Als Marie aus dem Bad kam, habe ich mich einfach schlafend gestellt. Wie feige! Aber ich möchte lieber erst mal über alles schlafen und hoffe, dass ich morgen weiß, was ich machen soll. Wahrscheinlich ist es am besten, wenn ich Marie dazu rate, die Rolle anzunehmen, denn ich möchte niemals denken, dass ich ihr irgendetwas verbaut habe ...
Gerade habe ich versucht, mich abzulenken. Ich wollte Davids und meine Einhorn-Entführungsgeschichte weiterspinnen. Aber mir ist nur eingefallen, dass das Horn des Einhorns aus einem Diamanten ist und es deshalb in größter Gefahr schwebt. Irgendwie unrealistisch. Und David findet das wahrscheinlich auch nicht so toll. Hach, David! Wie schade, dass du nicht hier sein kannst! Wenn du wüsstest, was dein kleiner Marienkäfer-Glücksbringer heute alles angerichtet hat. Er war ein imaginärer Diamant in Maries Casting und später hautnah (in meiner Hosentasche) dabei, als wir den Juwelendieb gestellt haben. Jetzt steht er auf unserem Nachtschränkchen. Gute Nacht, kleiner Käfer. Ich hoffe, du hilfst mir morgen, wenn ich endlich mit Marie reden muss.

Marie schreckte auf. Ein Sonnenstrahl kitzelte sie und durch das geöffnete Fenster waren wieder Töne zu hören. Sie erkannte die Melodie des Klangspiels und lief zum Fenster. Im hinteren Teil des Gartens tanzte Stan Larsen auf den Natursteintasten. Joe King stand staunend daneben, während Doug Michaels die Luke zum Tunnel anhob. Mist! Sie hatte verschlafen! Und wo waren überhaupt Kim und Franzi? Marie fiel wieder ein, wie komisch die beiden gestern Abend gewesen waren.

Schnell lief sie ins Bad und klatschte sich jede Menge kaltes Wasser ins Gesicht. Zum Glück hatte sie gestern Abend schon gebadet. Schnell zwirbelte sie ihre lange blonde Mähne zu einem Dutt zusammen und putzte sich die Zähne. Dann noch ein bisschen Wimperntusche, und sie sah einigermaßen ausgeschlafen aus.

Als sie aus dem Bad stürmte, stieß sie beinahe mit Kim und Franzi zusammen.

»Guten Morgen, Murmeltier!« Kim hielt ihr lachend einen frisch gepressten Orangensaft entgegen.

»Oma Ava hat Waffeln gemacht!« Franzi stellte ein Tablett auf dem kleinen Schreibtisch ab, der an der Wand neben dem Fenster stand.

»Oh, das duftet gut!« Marie wühlte in ihrem Koffer und schlüpfte in eine Jeansshorts. Den Orangensaft leerte sie in einem Zug. »Ich wollte gestern Abend noch mit euch reden …«, begann sie, wurde aber von Kim unterbrochen.

»Es tut uns sehr leid, dass wir eingeschlafen sind.« Kim reichte Marie einen Teller mit einer herzförmigen Waffel darauf. Daneben waren Himbeeren und Erdbeeren, ebenfalls in Herzform gelegt.

»Herzen überall!« Marie war begeistert. Das sah wirklich schön aus.

Kim sah Marie ernst an. »Also, wir gönnen dir von Herzen, dass du diese Rolle annimmst.«

Franzi steckte sich ein Waffelstück in den Mund. »Ja, du wärst eine großartige Grace Parker.«

Marie spießte eine Erdbeere auf die kleine Kuchengabel. »Aber …«

»Nichts aber! Du hast es drauf. Das ist deine Chance – wenn Helmut und Tessa dabei sind. Dann machen die drei !!! halt mal eine Pause.« Kim versuchte zu lächeln. Wir sollen dir von deinem Vater übrigens ausrichten, dass er einen wichtigen Termin bei *Cops and the City* hat und mittags zurück ist.«

»Genau. Und damit wir uns jeden Tag sehen, können wir ja auch Videoanrufe starten.« Franzi hatte ihre Waffel bereits aufgegessen. Sie stellte den leeren Teller zurück.

Marie war total überrumpelt. Sie wusste gar nicht, was sie sagen sollte. Doch ihre Freundinnen ließen sie ja sowieso nicht zu Wort kommen. Sie hatten natürlich mit allem, was sie sagten, recht, aber Maries Herz schmerzte beim Gedanken daran, für längere Zeit von den beiden getrennt zu sein. Jetzt fiel Marie auch wieder ein, dass sie eigentlich Holger anrufen wollte. Schnell verwarf sie den Gedanken wieder, denn dazu war sie gerade wirklich nicht in der Lage. Und wer wusste, was passieren würde, wenn der Film Erfolg hatte. Würde sie dann glücklich sein? Amy hatte sich ja auch bewusst gegen eine Karriere als Schauspielerin entschieden … Und Oma Ava auch …

Es klopfte an der Tür. »Kann ich reinkommen?« Amy lugte durch den Türspalt. »Doug Michaels würde sich gerne noch mal mit dir unterhalten.«

Marie sah ihre beiden Freundinnen Rat suchend an.

»*Go, Marie!*«, rief Kim.

Franzi nickte. »*Go!*«

»Okay.« Mit einem letzten Blick zu ihren Freundinnen verließ Marie das Zimmer.

Doug Michaels wartete gemeinsam mit Stan Larsen auf der Terrasse. »Hast du dich erholt, Marie?«, fragte der Regisseur.

Marie nickte.

»Stan und ich haben gerade schon mit Joe King eine Grundstückbegehung gemacht. Er hat zugesagt. Wir können Teile des Films hier am Originalschauplatz drehen«, berichtete Michaels.

»Joe und dein Vater haben uns erzählt, dass Amy und du Freundinnen geworden seid. Du bist hier jederzeit willkommen«, erzählte Stan.

Michaels nickte. »Wenn du nichts dagegen hast, würde ich dich gerne mit in den Griffith Park nehmen. Dort drehe ich gerade mit Kiddie Nicelman. Ich fände es schön, wenn du sie kennenlernst.«

Da musste Marie nicht lange überlegen. Kiddie Nicelman persönlich zu begegnen, hätte sie sich im Traum nicht vorstellen können. »Gut, ich komme mit.«

»Schön. Der Fahrer wartet dahinten!« Doug zeigte auf eine große Limousine. Kim und Franzi kamen in Badeanzügen aus dem Haus.

Marie lief zu ihnen. »Michaels möchte, dass ich Kiddie Nicelman treffe«, berichtete Marie aufgeregt. »Kommt ihr mit?«

Kim und Franzi sahen sich kurz an und schüttelten dann beide den Kopf.

Kim räusperte sich. »Wir würden heute gern am Pool entspannen.«

»Ist das okay für dich?« Franzi band ihren Badeanzug im Nacken fester zusammen.

Marie nickte tapfer. Eigentlich hätte sie es viel lustiger gefunden, die beiden dabeizuhaben. Aber sie verstand auch, dass sie nach dem aufregenden Tag gestern lieber im Pool baden wollten. Sam Hinkebein kam angehumpelt.

»Na, du kleiner Held!« Franzi wuschelte dem Tier durchs Fell.

Marie hörte ein Hupen.

Als sie in die Limousine einstieg, saß Oma Ava bereits auf der Rückbank. »Hallo, Marie, ich komme auch mit. Doug hat mir erzählt, dass er einen Film über Dona Petronilla dreht. Ich glaube, wir haben neulich eine Schauspielerin dort gesehen und keinen Geist.« Ava zwinkerte Marie zu. »Davon muss ich mich jetzt überzeugen. Helga und Jodie kommen auch.«

Während der Fahrt wurde nicht viel gesprochen. Marie wunderte sich jedoch, warum man eine so große Limousine brauchte, um einen so kurzen Weg zu fahren. Da war ihr der blumige Van von Jodie doch deutlich lieber gewesen …

Nach wenigen Minuten stiegen sie auch schon wieder aus. Helga und Jodie kamen auf Oma Ava zugeeilt und umarmten sie. »Wir sind so froh, dass dir nichts passiert ist, Ava.«

»Ich auch.« Ava lächelte.

Überall standen Filmfahrzeuge. Die Limousine hatte direkt neben einem Wohnwagen gehalten. Weiter hinten entdeckte Marie die Film-Crew. Das alles war ihr nicht neu, sie kannte das von der *Vorstadtwache*, wo ihr Vater seit Jahren die Rolle des Kommissars Brockmeier spielte. Allerdings war hier alles irgendwie größer und pompöser. Selbst die Lampen der Beleuchter wirkten so groß wie Scheinwerfer in einem Fußballstadion.

»Sieh dich in Ruhe um, Marie. Ich muss jetzt arbeiten und melde mich heute Abend bei dir.« Ehe Doug Michaels vom Regieassistenten in Beschlag genommen wurde, bat er seinen alten Kumpel Stan, Oma Ava und ihren beiden Freundinnen das Set zu zeigen.

Marie setzte sie sich auf eine Stufe des großen Wohnwagens und beobachtete das Treiben.

»*Oh, hello!*« Plötzlich saß Kiddie Nicelman in dem gelben Kleid, in dem sie sie neulich schon gesehen hatten, neben ihr. »Marie?«, fragte sie.

Marie war so überrascht, dass sie nur nicken konnte. Sie wunderte sich, dass sie Nicelman nicht neulich schon erkannt hatte. In Wirklichkeit sah sie viel natürlicher und kleiner aus als im Film. Die Schauspielerin fragte sie, ob sie das Mädchen sei, von dem Doug ihr berichtet hatte. Marie erzählte, dass sie aus Deutschland kam und zufällig in das Casting geraten sei. Kiddie Nicelman meinte, dass Doug sehr angetan von Marie gewesen sei.

»*Kiddie? It's your turn now!*«, rief jemand.

Kiddie verabschiedete sich schnell von Marie. »*See you soon!*« Sie lachte und weg war sie.

Als hätte sie darauf gewartet, dass Kiddie verschwindet, erschien Jodie neben Marie. Sie hatte ihre große Ledertasche dabei und begann in Windeseile, das Treppengeländer, an dem Kiddie sich gerade festgehalten hatte, mit Grafitgeisterpulver einzupinseln. *»Ava is right. No ghosts here«,* stellte sie nach kurzer Zeit fest.
»Ich habe öfter mal recht!« Oma Ava, die sich unbemerkt neben Jodie gestellt hatte, grinste. »Marie, hast du kurz Zeit für mich?« Ava hielt Marie die Hand hin.
Marie ergriff sie und stand auf. »Ja, klar.«
»Komm, wir laufen den Berg hinauf. Ich verspreche dir, dass ich dieses Mal keine Geister sehen werde und meine Tasche nicht wieder irgendwo liegen lasse.« Oma Ava hakte sich bei Marie ein. »Mein Knöchel tut noch ein bisschen weh. Wie geht es deinem Fuß?«
»Ganz gut.« Marie hatte einen Kloß im Hals.
»Unglaublich, was wir zwei alles gemeinsam haben. Einen verletzten Fuß und das Angebot für die gleiche Rolle. Nur dass es bei mir schon vierzig Jahre zurückliegt.« Ava sah Marie mit großen Augen an. »Du weißt nicht, was du jetzt tun sollst, oder?«
Marie konnte nur nicken und lief schweigend neben Ava her.
»Einerseits reizt dich das Angebot, andererseits möchtest du niemanden vor den Kopf stoßen.«
»Genau. Und ich weiß auch nicht, wie ich ohne meinen Freund, meine Freundinnen und mein Zuhause hier klarkommen soll«, gab Marie zu.
»Klarkommen würdest du bestimmt. Wir sind ja auch noch

da.« Ava lächelte Marie an. Maries Augen füllten sich mit Tränen. »Und ich kann mir auch vorstellen, dass du wie gemacht bist für diese Rolle.«

»Kim und Franzi sind so komisch«, brach es aus Marie heraus. »Sie sagen die ganze Zeit nur, dass ich die Rolle annehmen soll, aber sie fragen gar nicht, was ich will.«

»Das machen sie bestimmt nur, weil sie dir nicht im Weg stehen wollen. Aber sie würden dich sicher schrecklich vermissen.« Ava legte den Arm um Marie, die nun schluchzte.

»Du musst auf dein Herz hören, Marie. Das habe ich damals auch gemacht.«

»Haben Sie die Entscheidung bereut?«, fragte Marie und wischte sich mit dem Handrücken eine Träne von der Wange. Ava suchte in ihrer Tasche nach Taschentüchern und gab Marie eins.

»Ja, manchmal schon. Aber es war mein Weg. Und jetzt habe ich Stan wiedergetroffen. Mal sehen, was daraus wird. Marie, du bist noch jung. Und dein Talent ist eine Gabe, die dir für immer bleibt. Du kannst auch erst mal die Schule beenden und dann sehen, welchen Weg du gehen möchtest.«

Marie putzte sich die Nase. »Ich würde jetzt gerne zurück zu Kim und Franzi«, sagte Marie.

»Gut. Ich sage Doug und Stan Bescheid.« Ava nahm Marie in den Arm. »Alles wird gut. Ganz sicher.«

Als Marie eine halbe Stunde später wieder bei den Kings aus Doug Michaels' Limousine stieg, waren Kim und Franzi gerade im Pool und spritzten sich gegenseitig nass. Amys Hund Sweety saß am Rand und futterte einen Hundekuchen.

Marie war warm und sie brauchte dringend eine Abkühlung.
»Hallo, Mädels«, rief sie ihren Freundinnen zu. »Ich hole schnell meinen Badeanzug und dann verrate ich euch was.«
Kim und Franzi erstarrten in der Bewegung.
»Was verrätst du uns denn?«, fragte Kim neugierig.
Franzi kam an den Beckenrand geschwommen. »Geht das auch ohne Badeanzug?«
Marie atmete tief durch. »Mir ist so heiß, ich muss mich erst mal …« Plötzlich machte es PLATSCH, und Marie landete im Pool. Kurz darauf tauchte sie wieder auf und sah sich um.
»Hihi!« Finn hatte sich heimlich angeschlichen und Marie ins Wasser geschubst. Er selbst trug eine rote Badehose und Schwimmflügel und sprang hinterher.
Marie fing ihn auf. »Du kleiner Halunke!«
Finn kicherte. »Dir war doch so heiß.«
»Stimmt!« Marie knuddelte Finn und wandte sich dann an Kim und Franzi. »Also, ich würde gern auch weiterhin mit dem Rad fahren und nicht mit einer Limousine.«
»Heißt das, du …?« Kims Augen leuchteten.
»Ja, ich nehme das Angebot nicht an.«
»Hurra! Hurra! Hurra!« Kim hüpfte auf und ab.
»Jippie!«, schrie Franzi.
Dann umarmten sich die Freundinnen.
»Hey, das ist meine Marie!«, sagte Finn.
»Und unsere!«, rief Kim glücklich. »Wie kommt's?«
»Dieser ganze Rummel ist nichts für mich. Der Luxus in der Villa Grevenbroich reicht mir vollkommen.« Marie grinste verschmitzt. »Aber vor allem möchte ich nicht ohne euch

und Holger sein. Zu Hause ist es irgendwie doch am schönsten.«

»Da sagst du was, Marie!« Helmut Grevenbroich hatte sich ebenfalls unbemerkt genähert und sprang mit einem Köpper in den Pool. Neben Marie tauchte er wieder auf. »Ich möchte auch wieder zurück. Das habe ich gerade der Produktionsfirma mitgeteilt.«

»Ist das toll!«, rief Marie. »Und warum?«

Helmut zeigte auf sich selbst. »Violett Johannsen gefällt mein Bauchansatz nicht«, scherzte er. Dann wurde er ernst. »Ich denke, dass die Familie Grevenbroich nach Hause in die Villa Grevenbroich gehört.«

Kim, Franzi und Marie jubelten.

»Joe weiß schon Bescheid, Tessa und ich wollten nur noch abwarten, wie du dich entscheidest.« Grevenbroich nahm Finn von Maries Arm und wirbelte ihn in die Luft, um ihn kurz vor der Wasseroberfläche wieder aufzufangen.

»Hui!«, rief Finn laut.

Erleichtert und glücklich drückte Marie sich am Beckenrand hoch. Grevenbroich kletterte auch aus dem Wasser und legte den Arm um seine Tochter. »Jetzt machen wir uns noch ein paar schöne Tage! Wir können Hollywood noch eine ganze Woche genießen, und dann steigen wir in den Flieger!«

»Sweetie, wie hast du dich entschieden?« Amy war mit einem Tablett dazugekommen, auf dem einige Gläser Limonade und Gebäck standen. Sie sah Marie gespannt an.

»Ich nehme die Rolle nicht an.« Marie nahm ein Glas und trank es in einem Zug aus.

»Verstehe ich, obwohl ich dich natürlich gern bei uns gehabt hätte«, sagte Amy. »Besucht ihr uns dann irgendwann mal wieder?«

»Klar. Du bist auch immer herzlich in der Villa Grevenbroich willkommen.« Marie nahm Amy in den Arm. Dabei fiel ihr Blick auf das Tablett. Die Kekse und Waffeln lagen nicht mehr darauf, sondern auf dem Boden. »Das gibt's doch nicht!« Marie entdeckte Sam, der mit einer Waffel in der Pfote davonhumpelte. »Jetzt wird mir so einiges klar: Das Chaos in der Küche nach Avas Verschwinden hat Sam angerichtet!«

»Stimmt!« Franzi war aus dem Wasser gekommen. »Der kleine Halunke!«

»Eher der kleine Prinz.« Amy grinste.

Franzi lachte. »Warum Prinz?«

»Na, weil er dir den silbernen Schuh hinterhergetragen hat«, erklärte Amy.

Franzi musste kichern. »Ja, aber der Schuh passte nicht. Marie ist Cinderella.«

»Marie ist vor allem Marie«, schaltete Kim sich ein und spritze die Mädchen vom Wasser aus nass.

»Na warte! Jetzt bist du dran!« Franzi sprang zurück ins Wasser.

»Komm, Marie!« Amy hüpfte nun ebenfalls in den Pool.

In ihren triefend nassen Klamotten beobachte Marie glücklich, wie Kim, Franzi und Amy sich gegenseitig nass spritzten. Dann nahm sie Anlauf und sprang in den Pool.

Home Sweet Home

Geheimes Tagebuch von Kim Jülich
Freitag, 01:45 Uhr

▸ Dieses Tagebuch ist das geheimste Geheimtagebuch der Welt. Es ist in letzter Zeit weit gereist und nun sehr glücklich, wieder zu Hause zu sein. Habt Erbarmen mit ihm und gönnt ihm seine Ruhe. ANSONSTEN: Wer weiterliest, muss sich Maries Lippenstift mit der Farbe »Home Sweet Home« auf die Lippen schmieren und nach den Ferien damit zur Schule gehen. ◂

Vor drei Stunden sind wir gelandet. Es gab keine Turbulenzen und der Flug verging so gar nicht wie im Flug, denn ich habe die ganze Zeit an David gedacht und wie es ist, ihn endlich wiederzusehen. Da wir erst so spät am Abend gelandet sind, haben wir mit unseren Familien verabredet, dass wir heute Nacht noch alle in der Villa Grevenbroich übernachten. So richtig trennen konnte ich mich sowieso nicht von Franzi und Marie. Mann, ich bin soooooo froh, dass wir alle wieder hier sind – und auch hier bleiben! Ist das toll! Uns bleiben noch zwei Wochen Sommerferien, in denen wir uns jetzt aber wirklich mal ausruhen wollen ...

Franzis Mutter hat uns für morgen alle zum Frühstück auf dem Winklerhof eingeladen. Sie will ein Willkommens-Event machen mit Planschbecken und Plastikpalmen. Voll süß!

Ich hab auch David Bescheid gesagt. Hach, ich freue mich sooooo sehr darauf, ihn wiederzusehen. Wir haben in den letzten Tagen öfter gechattet und er hatte eine supergute Idee für unsere Einhornentführungsgeschichte. (Meine Idee, dass das Horn aus Diamant sein könnte, fand er übrigens auch nicht schlecht.) David hat sich überlegt, dass das Einhorn seinen Entführern entkommen kann und von einem Pärchen versteckt wird, das dann ebenfalls in

Gefahr gerät. Aber die Liebe der beiden ist so stark, dass ihnen nichts passiert ... Ich hatte ein bisschen das Gefühl, dass David uns damit meint. Ahhhh, ich hab starke Turbulenzen in meinem Herzen! Wie soll ich es bis morgen früh bloß aushalten?

»Können wir etwas schneller fahren?«, bat Kim den Busfahrer.
Die drei !!! hatten sich entschieden, den Bus zu nehmen, denn Helmuts und Tessas Auto war mit Finn und Lina ganz schön voll. Der Busfahrer schüttelte mürrisch den Kopf.
Marie musste lachen. »Manches ist hier doch ganz anders als in L. A.«
»Stimmt, das Wetter zum Beispiel.« Franzi zeigte zum Fenster. Es hatte ganz plötzlich angefangen zu regnen. »Das wird wohl nichts mit den Planschbecken.«
»Ach, egal«, meinte Kim. »Sonne wird total überbewertet.«
»Hach, jetzt stellst du dir bestimmt vor, wie du David gleich im Regen gegenüberstehst, stimmt's?« Franzi grinste.
»Kommt Blake denn nicht?«, fragte Kim.
»Doch, er kommt. Holger auch?«
»Ja!« Marie strahlte. »Wenn die wüssten.«
»Aber echt.« Kim nickte. »Sie haben sehr mutige und clevere Freundinnen, die den bekannten Hollywooddiamanten gefunden haben.«
»Und die beinahe Hollywoodstars geworden wären«, ergänzte Franzi mit Blick zu Marie.
Der Bus hielt an der Haltestelle. Die drei !!! stiegen aus und liefen zum Winklerhof. Es regnete mittlerweile in Strömen.

Marie zog sich ihre Kapuze über den Kopf. »Mist, warum habe ich meine Haare denn überhaupt geföhnt?«
Als sie auf dem Hof ankamen, sahen sie zunächst nur die Planschbecken, die im Regen etwas trostlos wirkten. Im hinteren Teil des Gartens befand sich der Glaspavillon, den Frau Winkler für ihr Hofeventcafé hergerichtet hatte. Darin war einiges los. Maries Herz raste. Gleich würde sie Holger wiedersehen. Sie sah nach links und rechts. Ihre beiden besten Freundinnen liefen aufgeregt neben ihr.
»Halt! Ich muss euch noch kurz was sagen!« Marie blieb stehen. »Ich bin euch total dankbar, dass ihr mir so gut zugeredet habt, die Rolle anzunehmen. Das war bestimmt nicht leicht, oder?«
»Das war schrecklich.« Kim hüpfte unruhig auf und ab.
In dem Moment fuhr ein Streifenwagen auf den Hof. Kommissar Peters stieg aus. »Hallo, Lieblingsdetektivinnen. Frau Winkler hat mich eingeladen, da konnte ich nicht Nein sagen. Ich hab da eine Meldung gelesen … Dass in L. A. ein gesuchter Juwelendieb gefasst wurde. Und zwar von drei deutschen Mädchen.«
»Oh, die waren sicher sehr mutig und clever.« Marie schmunzelte.
»Und sie haben sich bestimmt nicht in Gefahr gebracht«, sagte Peters mit gespielt ernstem Gesichtsausdruck.
»Nein, bestimmt nicht«, bestätigte Franzi.
In dem Moment ging die Tür des Pavillons auf und David kam herausgelaufen, gefolgt von Blake und Holger.
David steuerte auf Kim zu, rutschte aber in einer Pfütze aus und strauchelte. Kim fing ihn auf und lachte. »Sehr elegant.«

David grinste und gab ihr einen Kuss.
Auch Franzi und Blake umarmten und küssten sich.
Blake sah Franzi verliebt an. »Danke für die WCMX-Videos, die du mir geschickt hast. Ich muss unbedingt auch mal nach L. A.«
Marie und Holger fielen sich ebenfalls in die Arme. Auf diesen Moment hatte Marie sich sehr gefreut.
»Ich hab dich so vermisst.« Marie gab ihrem Freund einen Kuss und wusste, dass sie alles richtig gemacht hatte.
Holger war ihr Prinz. Oder, na ja, Holger war eben Holger und der beste Freund der Welt.
Nun kamen Kims und Franzis Eltern aus dem Pavillon. Die Wiedersehensfreude war groß.
»Hast du Englisch gelernt?«, fragte Frau Jülich ihre Tochter, und Herr Jülich verdrehte die Augen.
»*Yes,* Mama. *Where are* denn meine Brüder?«
»Die sind noch mal im Fußballcamp«, erklärte Herr Jülich schmunzeld.
»Ach, schön, dann habe ich endlich mal meine Ruhe.«
Frau Jülich zog die Stirn in Falten. »Aber du warst doch gerade im Urlaub?«
Franzi hatte eine große Handtasche dabei. Zielstrebig lief sie auf ihren Vater zu. »Papa, wir bräuchten mal deinen fachmännischen Rat.«
»Um was handelt es sich denn?« Der Tierarzt zeigte auf die Tasche. »Hatte die Amerikanerin nicht ihren Hund in so einer Tasche?«
»Ja, das stimmt. Aber hier ist nur Kims Laptop drin.« Franzi klappte ihn auf und tippte auf einen grünen Hörer. Auf dem

Bildschirm erschien Amy. Sie hockte gerade in den Brombeerbüschen und winkte den drei !!! und Herrn Winkler zu. Neben ihr saß Sam Hinkebein.

»Papa, das ist Sam. Er ist ein sehr kluger Waschbär. Leider humpelt er und kommt deshalb manchmal nicht mit seinen Artgenossen mit. Fällt dir was ein, was man da machen könnte?«

»Ich müsste ihn mir mal anschauen. Könnt ihr ihn herbringen?«

»Leider nein. Er lebt in L. A.«

»Ich mache mich mal schlau, okay?« Herr Winkler wuschelte seiner Tochter über den Kopf.

»Super. Danke, Papa!«

Marie und Kim kamen dazu und winkten Amy und Sam zu.

»Wir sollten uns doch neue Visitenkarten anschaffen«, überlegte Marie.

Kim schüttelte den Kopf. »Wieso?«

»Nicht mit Strasssteinen als Punkte der Ausrufezeichen ...«, sagte Marie.

»... sondern mit Diamanten?«, fragte Kim und grinste.

»Nein, mit Waschbärenpfoten!«, rief Franzi.

Alle mussten lachen. Sie verabschiedeten sich von Amy.

Als Franzi den Laptop wieder in der Tasche verstaut hatte, kam die Sonne durch die Wolken.

»Was habt ihr eigentlich die ganze Zeit in Hollywood gemacht? Shoppen?« Holger legte den Arm um Marie, die ihn geheimnisvoll ansah.

»Ich hab dich ganz schön vermisst.«

»Und ich hatte schon Angst, dass du in Hollywood entdeckt

wirst und dableibst.« Holger hauchte ihr einen Kuss auf die Nase.

Marie lächelte. Irgendwann würde sie ihm die ganze Geschichte erzählen.

Kirsten Vogel hat viele Jahre als Storylinerin, Drehbuchautorin und Producerin bei bekannten Fernsehserien gearbeitet. Inzwischen ist sie als Kinderbuchautorin tätig.

Ann-Katrin Heger arbeitete viele Jahre als Redakteurin in verschiedenen Kinder- und Jugendbuchverlagen, bevor sie sich als Autorin selbstständig machte.

Die drei !!!
Rätselhafter Raub
KOSMOS